DE RUIM

VAN LEON DE WINTER VERSCHEEN

Over de leegte in de wereld (verhalen) 1976
De (ver)wording van de jongere Dürer 1978
Zoeken naar Eileen W. 1981
La Place de la Bastille 1981
Vertraagde roman 1982
Kaplan 1986
Hoffman's honger 1990
Super Tex 1991
Een Abessijnse woestijnkat (verhalen) 1991
Zionoco 1995
De hemel van Hollywood 1997

Leon de Winter

DE RUIMTE VAN SOKOLOV

Roman

2000
UITGEVERIJ DE BEZIGE BIJ
AMSTERDAM

Alle gebeurtenissen en karakters beschreven in dit boek zijn fictief

Eerste druk november 1992
Tweede druk december 1992
Derde druk maart 1993
Vierde druk april 1993
Vijfde druk juli 1993
Zesde druk januari 1994
Zevende druk maart 1994
Achtste druk februari 1995
Negende druk februari 1996
Tiende druk (pocket) juli 1996
Elfde druk (pocket) november 1996
Twaalfde druk (pocket) juli 1997
Dertiende druk (pocket) maart 1998
Veertiende druk (pocket) oktober 1998
Vijftiende druk (Literaire Reus) april 2000
Omslag Studio Paul Koeleman
Foto omslag Chris van Houts
Druk Hooiberg, Epe
ISBN 90 234 3970 8 CIP
NUGI 300

Voor Jessica

Niets zult ge zien in de eeuwig lege verte,
De stap niet horen die ge doet,
Geen steunpunt vinden voor uw voet.

Goethe, *Faust*

'Geloof je niet dat God alles ziet?'
'God is een luxe die ik me niet kan veroorloven.'

Woody Allen, *Crimes and Misdemeanors*

DEEL EEN

EEN

Op zondag 23 september 1990 werd in de wijk Shekunat Hatikva in het zuiden van Tel Aviv een moord gepleegd.

Het grootste deel van de Regov Etsel, de hoofdstraat van de overwegend door Jemenieten bewoonde wijk, was door Aleksandr Iwanowitsj Sokolov, een lange magere man van drieënveertig met een kinderlijk gezicht, zorgvuldig maar traag geveegd, en op de hoek van de Regov Etsel en Regov Roni was hij achter zijn straatvegerskar gaan zitten om onbespied een fles wodka aan zijn mond te zetten. Enkele seconden voor de schoten vielen had Sokolov zich opgericht teneinde zijn werk in de straat te voltooien. Het was een warme dag, de zon broeide op zijn rossige haar.

Sokolovs gereedschap bestond uit een originele bezem van stug stro, een papierprikker, een bakje met klep voor de hondedrollen en een karretje – niets meer dan twee fietswielen die met armen aan een ijzeren ring waren gehangen, en een V-vormige beugel waaraan het geheel kon worden voortgeduwd. In de ring hing een plastic vuilniszak, het middelpunt van Sokolovs activiteiten. Het karretje was gefabriceerd van tweede kwaliteit staal, slordig gelast, maar het was effectief genoeg.

Sokolov had zich vegend naar de hoek met de Regov Roni gewerkt, een smal zijstraatje dat als een tak in een stam in de Regov Etsel oploste. Rond deze T-kruising met de Regov Etsel, een wat vervallen straat vol goedkope restaurants, eethuisjes en snackbars, had hij een hoge concentratie afval aangetroffen. De blaren op Sokolovs handpalmen waren genezen sinds hij plastic handschoenen droeg, maar zijn rug herinnerde hem eraan dat hij geen handarbeid gewend was. Voor de meest efficiënte veegbeweging diende hij zich licht te buigen, en na een dag intensief straat- en gootvegen keerde hij met brandende rugspieren terug naar zijn kamer op de eerste verdieping van een slecht onderhouden huis in de Regov Ivri, een andere dwarsstraat van de Etsel. Als hij werkte, zweefden Sokolovs gedachten van onderwerp naar onderwerp, soms met de snelheid van het licht, soms traag als de tred van een bezopen Rus.

Terwijl het uitverkoren volk zich gedurende de siësta binnenshuis bevond, maakte Sokolov zijn ronde om de uren te compenseren die hij 's ochtends was kwijtgeraakt. Hij had zich pas om half elf gemeld bij de barak die het schoonmaakbedrijf had ingericht voor de stalling van de rijdende vuilnisbakken, lang nadat de wekker hem uit zijn zware dromen had gehaald.

Zoals in heel kapitalistisch Israël besteedde de gemeentebureaucratie het schoonmaken van de stad uit aan particuliere bedrijven. In Shekunat Hatikva was de goedkoopste ondernemer een Jemeniet die Zwarte Jossi werd genoemd. Zwarte Jossi had de gemeentelijke opdracht gekregen doordat hij zijn concurrenten bedreigde (hij sloeg ze in elkaar of stak hun huis in brand als ze het lef hadden om lager in te schrijven dan hij), en doordat hij speciale betrekkingen onderhield met de ambtenaren die de opdrachten verdeelden. Zijn personeel betaalde hij niet meer dan het absolute minimumloon, en dat was het bedrag dat in Israël als de armoedegrens werd beschouwd. Sokolov veegde zes dagen per week de straten voor negenhonderd sjekel per maand, zijn kamer kostte tweehonderdvijftig, gas en licht honderd, en de rest ging nagenoeg op aan wodka.

Sokolov was vanochtend te laat omdat hij zo zwaar beschonken was geweest dat hij, nadat hij zijn wekker door de kamer had gesmeten, nog drie uur in de ban van een magische slaap was gebleven. De zware opdraaiwekker was *made in Switzerland* en voldoende solide om Sokolov nog een paar jaar uit zijn dromen te sleuren tot de Messias zich had geopenbaard (een paar dagen geleden vierden ze hier de eerste dag van het jaar 5751, en veel langer zou Hij toch niet nodig hebben). Sokolov had de wekker op de Arabische vlooienmarkt in Jaffa gekocht, en het ding werkte na een tiental worpen nog zonder mankeren. Met splijtende hoofdpijnen had hij om tien uur zijn ogen geopend en zich naar de barak gehaast enkele straten verder, waar Zwarte Jossi persoonlijk de scepter zwaaide over de vegers van Shekunat Hatikva: Sasja Sokolov en achttien andere academici die zo fortuinlijk waren een baan te hebben gevonden.

'Vroeger had ik Palestijnen in dienst,' verklaarde Zwarte Jossi bij het sollicitatiegesprek, 'maar je moet de *oliem chadasjiem*, de nieuwe immigranten, helpen zoveel als je kan. Wat deed je vroeger in Rusland?'

'Ik ben metallurgisch ingenieur,' antwoordde Sokolov met wankele trots, 'ik ben cum laude gepromoveerd op *Metaalmoeheid in vacuümruimten*.'

'Die had ik nog niet,' lachte Jossi, en hij noemde de oorspronkelijke beroepen van zijn straatvegers: een arts, een violist, een leraar geschiedenis ('Ja, daar heb je hier natuurlijk helemaal geen zak aan!') een bioloog, een geoloog ('Gespecialiseerd in toendra's en zo, ook geen cent waard hier.') en een auto-ontwerper die meegetekend had aan de Moskwitsj en de Wolga ('Auto's uit het jaar nul, zie jij die hier aan de bak komen?')

De vorige avond had Sokolov zich bedronken. Hij had zich ook de nacht daarvoor bedronken en de nacht die daaraan voorafging: alle ruim tweehonderd nachten die hij in Israël had doorgebracht, had hij in wodka ondergedompeld. De Eerste Halve liter werkte verkwikkend en verhelderend. Maar die Eerste Halve maakte ook een verterende dorst bij hem wakker die alleen met de Tweede Halve gelest kon worden. En die Tweede Halve bracht terug wat met de Eerste was beneveld. Hij was dan niet meer in staat om de dop op de fles te draaien en zich te verdiepen in de cursus *Ivriet voor gevorderden*, die in zijn kamer rondslingerde. Hij moest dan op zoek naar een tweede fles en zich naar zwarte vergetelheid toe drinken.

Sokolov was vaker te laat gekomen, maar niet zo laat als vandaag, besefte hij. Vandaag spande de kroon. Gisteren was het sjabbat, een dag vrij om grenzeloos te zuipen. Toen hij zich eindelijk meldde, werd hij door Jossi vernederd. In de barak zat zijn baas achter een kaal bureau en in de hoek stond een verrijdbare, luidruchtige airco, die brulde als een vliegtuigmotor. Jossi's stem had er geen moeite mee.

'Wat denk je wel, dat je meer rechten hebt dan anderen?' vroeg hij. Zwarte Jossi was bijna vierkant van gestalte, zijn ronde hoofd zat direct op zijn gespierde borstkas (wat moest een mens als Zwarte Jossi met zoiets elegants als een nek?) en zijn zware armen, resultaat van jarenlange inspanningen bij een sportschool, zouden Sokolov, ook al was deze zeker twee hoofden groter, binnen enkele seconden noodlottig kunnen verwonden. Om Jossi's nek hing een gouden ketting met een Davidster ter grootte van een verkeersbord, rond beide polsen had hij vrijwillig ketens van massief goud laten slaan, en zijn vingers pronkten met vette zegelringen. Dit type, dat ook in de Unie voorkwam, heette hier *tjag tjag*, goedkope, vulgaire eenvoudigen van geest met te veel dubieus vergaard geld.

'Luister es, Boris, jij...'

'Ik heet Sasja. Aleksandr Iwanowitsj...'

'Val me niet in de rede, man, anders kun je meteen wegblijven. Luister, mannetje, je bent hier nou in het Westen, duidelijk? Je kunt niet meer lui achteroverhangen zoals je dat gewend was. Je bent nou in het kapitalisme en hier wordt gewerkt voor geld, begrepen? Dit was de laatste keer, ik waarschuw je, nog één keer te laat en dan is je carrière in de schoonmaaksector beëindigd, okee?'

De metallurgisch ingenieur had geknikt. Hij had zijn kar gepakt en deze naar zijn deel van de wijk geduwd.

Het was kwart voor drie en een laag vettig zweet bedekte zijn lichaam. De vochtigheidsgraad in Tel Aviv schommelde op warme dagen rond de honderd procent, ideaal voor reptielen en insekten. De hoofdpijn die hem vanochtend kwelde was opgelost in de slokken wodka die hij vanaf een uur of twaalf tot zich had genomen. Hij had toen in een supermarkt een fles Gold Vodka aangekocht, veertig procent en scherp en tegelijk waterig vergeleken met de goddelijke Stolitsjnaja die hij in de USSR gewend was (goede wodka was zacht van smaak en olieachtig van structuur), maar hij kon geen andere bekostigen. In dit land betaalde je een vermogen voor een fles Stolitsj en als hij zou toegeven aan zijn hang naar kwaliteitsdrank zou hij zijn maandsalaris binnen enkele dagen verzuipen. Dan liever Gold, een Israëlisch merk, onmiskenbaar vele treden lager op de ladder van de wodkahiërarchie, maar goedkoop en, voor zover te beoordelen, niet ernstiger van nawerking dan de betere merken. De pijnen waarmee Sasja ontwaakte waren pijnen die samenhingen met de kwantiteit die hij genuttigd had en met de herinneringen die hij had ondergedompeld, hij kon dat Gold niet aanrekenen.

Sinds zijn debuut als straatveger had Sokolov vastgesteld dat Israëli's, en in het bijzonder de joden die uit Noord-Afrika en Jemen afkomstig waren, geen belangstelling hadden voor het milieu. Alles smeten ze op straat. Dit waren nieuwe waarnemingen voor hem, hij zag die dingen pas sinds hij keek en leefde als een straatveger, en wat hij registreerde maakte hem attent op de grenzen van zijn perceptie. Vroeger, als ruimtevaartingenieur in de Unie, zag hij een andere wereld dan nu. Zorg om het milieu was geen onderwerp van discussie geweest in zijn vorige leven, de natuur van de Oekraïne en Siberië was er om geëxploiteerd te worden, en pas na zijn aankomst in Israël nam hij kennis van de Westerse aandacht voor het milieu. Greenpeace. Nu ergerde hij zich wanneer hij zag dat uit auto's die voor een stoplicht wachtten papiertjes en blikjes en plastic bekertjes op straat werden gegooid. Elke keer als er in deze wijk een verkeerslicht op rood sprong ontstond er werk voor het personeel van Jossi Cohen. En in het bijzonder voor dr. Aleksandr Iwanowitsj Sokolov, wie de zwaarste straat van de Shekunat Hatikva was toegewezen.

Het noordelijke deel van de Regov Etsel, dat grensde

aan de Jemenitische markt die daar in de steegjes en straatjes was gevestigd, had hij inmiddels schoongeveegd. Het vuil in de door magere bomen omzoomde straat bestond uit weggegooide verpakkingen van snacks: de papieren zakjes van Mars en M&M's, vetvrije papiertjes waarin broodjes shoarma en falafels werden verpakt, lege blikjes en halfgegeten perziken en sinaasappels. Hier lagen op straat de bewijzen van welvaart en overvloed. Vroeger, thuis, lagen in de goten hoogstens lege flessen en stukken papier die niet voor hergebruik geschikt waren, maar eigenlijk was er geen afval in de Unie. Armen hebben niets om weg te gooien.

De vele eethuizen trokken elke avond een meute toeristen, studenten, artiesten, op zoek naar de originele Jemenitische keuken, de echte sfeer en een goedkope maaltijd. De prijzen in de meeste eethuizen waren zo laag dat zelfs hij het zich soms kon veroorloven aan de houten tafels aan te schuiven. Schaaltjes met voedzame, smakelijke sauzen kostten een paar sjekel, een mandje met platte pitabroodjes kreeg je voor één sjekel en als je er water bij nam (je moest er natuurlijk je eigen wodka aan toevoegen) dan had je voor hoogstens vijftien sjekel een volledige maaltijd met vrij uitzicht op de flanerende menigte.

Elk eethuisje had de stoep geannexeerd en er al of niet legaal een terras gevestigd, en het hele jaar door was het er 's avonds druk. Sinds zijn vertrek uit het appartement in Herzlia, drie weken geleden, woonde hij in deze buurt en wanneer hij dank zij de Eerste Halve voldoende moed verzameld had om de straat op te gaan en een blokje om te lopen, dan zag hij honderden mensen luidruchtig eten en drinken, lachen en gebaren, en hij loerde naar strelende vingers, naar lippen die kusten en gekust werden, naar jonge vrouwen met mysterieuze ogen en in strakke hemdjes, en als hij achter zijn zonnebril zijn blik liet zakken dan zag hij onder al die tafels prachtige gladde dijen en kuiten en enkels van een schoonheid die pijn deed en hem ten slotte naar zijn kamer joeg, waar de Tweede Halve op hem wachtte.

Sokolov at weinig. Hij was mager. Als hij naakt was waren zijn ribben te onderscheiden, maar zijn hoofd oogde vol en gezond. Sokolovs hoofd had hoegenaamd geen band met zijn lichaam. Het contrast was zo groot dat het leek alsof het bij een experimentele operatie met een ander was verwisseld. Zijn lange lichaam, benig als van een bedelmonnik, was via een slanke zwanehals, waarin een enorme adamsappel, verbonden aan het hoofd van een kind met bolle wangen en grote onschuldige ogen. Zijn leven lang had hij iets kinderlijks uitgestraald, iets onschuldigs dat door de meisjes vertederend werd gevonden. Hij liet een tijdje een snor staan, probeerde lange bakkebaarden, kweekte een baardje, maar de beharing wekte de indruk dat ze was opgeplakt door een jochie dat een vent wilde lijken. Toen hij zijn veertigste naderde, was er in zijn gezicht nog altijd niet meer dan de schemer van zijn ware leeftijd.

In de Unie had hij progressief werk verricht: het had een welomschreven doel dat op een dag werd bereikt en vervangen door een ander doel waarvoor nieuwe methoden en nieuwe apparatuur moesten worden bedacht. Hij was daar een radertje in de dynamiek van de wetenschap. En wat deed hij nu? Het was van volstrekt ondergeschikt belang voor wie er niet rechtstreeks mee te maken had. In de Sovjet-Unie behoorde het vegen van de straat aan het legioen van oudere alleenstaande vrouwen, die daarmee een handvol roebels aan hun kale pensioentje of uitkering toevoegden. Zijn leven lang had hij naar hen gekeken als een slaapwandelaar. In hun nabijheid had hij zich geen rekenschap gegeven van hun doorzettingsvermogen en ossekracht, maar nu zag hij zijn heldhaftige collega's in gedachten voor zich, dikke vrouwen met gelooide gezichten en gezwollen handen en versleten hoofddoeken. Nu pas herinnerde hij zich hun onvermoeibare lijven, bukkend, draaiend, hurkend, zwoegend, en in gedachten – het universum van zijn geest – bewees hij hun achteraf eer. Dat was futiel, maar beter dan niets.

Na zijn aankomst had Sokolov met zijn begroetingsgeld een duur appartement in Herzlia gehuurd, alsof hij zich had willen wreken op de magere jaren in Tomsk. Hij had verwacht binnen korte tijd goedbetaald werk te vinden aangezien hij een bijzondere specialisatie bezat die hem overal ter wereld aan een baan kon helpen. Maar in Israël bleek er slechts één bedrijf te bestaan dat hem had willen hebben. Het legde strenge veiligheidsnormen aan en de antecedentencommissie sloot sollicitanten aan op een leugendetector, zoals in Amerika. Sokolov was ervoor bezweken. Zo had dat gevoeld, bezweken.

De gedachte aan het falen bij de test wekte een kramp op in zijn maag, en hij zette zijn bezem tegen de kar, opende de stevige plastic zak die aan de duwbeugel hing en nam de straat in zich op. De Regov Etsel was verlaten. Gesloten winkels, geparkeerde auto's. Hij nam een slok en de alcohol vrat zich via zijn keel en zijn slokdarm naar zijn maag, waar hij de kramp terstond temde.

Toen hij de fles van zijn brandende mond nam, zag Sokolov aan de overkant van de straat een man die snel en atletisch een geblindeerd eethuis binnenliep. De kwaliteit van de opvallende broek die hij droeg had Sokolov op dertig meter afstand kunnen herkennen. Hij was van glanzende zijde, zilvergrijs van kleur en messcherp geperst. Het hemd erboven was stralend wit en op de korte mouwen stonden verse persstrepen. Zijn gezicht was Sokolov ontgaan, maar de kleding vertelde dat de man geld had, voldoende in ieder geval voor de wasserij en de stomerij, die in dit land onbetaalbaar waren, zo had hij in Herzlia ontdekt. Zelf droeg Sokolov een broek van een van zijn Russische kostuums. In Kaliningrad had hij het beste kunnen kopen dat de Russische kledingindustrie produceerde aangezien hij toegang had tot de speciale winkels, maar zelfs dat was tienderangs vergeleken bij wat in de sjieke winkels op Dizengoff te zien was. Zijn kostuums waren verouderd van stijl. Geld voor een spijkerbroek en gymschoenen had hij niet en hij had besloten een pak bij zijn werk af te dragen. Hij schroefde de dop weer van de fles. Hij had ernstiger problemen dan kleding. Misschien kwam hij nooit meer in zijn eigen vak aan het werk. Misschien had hij de USSR nooit moeten verlaten.

De slok spoelde de pijnlijke gedachte weg. Sinaasappels, las hij, toen hij zich naast zijn kar neerliet op een achtergelaten krat. De eerste maanden van zijn verblijf in Israël had hij vol toewijding de *oelpan* gevolgd, de taalschool voor immigranten. Op de middelbare school, tijdens zijn studie en later als wetenschapper had hij tot de top behoord, en ook hier toonde hij wat hij waard was. Zijn getraind intellect had niet de geringste moeite met de taal. Hij las en verstond Ivriet, maar in actieve zin was hij trager. Regelmatige omgang met Israëli's zou hem binnen een jaar soepele beheersing van de taal schenken, alleen: hij had nagenoeg niemand om mee te praten. In tegenstelling tot de meeste andere immigranten had hij geen familie in Israël. En op de oelpan had hij geen vrienden gemaakt.

In Tomsk, het hart van Siberië, was hij alcoholist geworden. Hij had matig gedronken voordat hij uit Kaliningrad gedeporteerd werd (in gedachten gebruikte hij dat woord, ook al was er in technische en juridische zin geen sprake geweest van deportatie: hij was gewoon overgeplaatst naar een andere werkplaats van de constructiefabriek, drieduizend kilometer naar het oosten). Achteraf gezien had hij zich altijd een zekere beperking opgelegd bij het nuttigen van wijn en wodka, alsof hij instinctief wist dat hij in hart en nieren een drinker was. Het was een kwestie van wachten op de catastrofe die zijn ware aard zou vrijmaken.

In Tomsk leefde hij in een benauwd kamertje, wat, vergeleken met zijn appartement in Kaliningrad, een maatschappelijke degradatie van de eerste orde betekende. De kamer die hij nu bewoonde was zo mogelijk nog kleiner. Hij mat tweeëneenhalf bij drie, inclusief het hoekje waarin een koelkast met een kookplaatje stond. De douche op de gang zou hij vanaf morgen delen met twee nieuwe immigranten die rechtstreeks uit Moskou kwamen. Zowel El Al als Aeroflot vlogen tegenwoordig tussen Sjeremetjewo en Ben Gurion en het was sinds kort een nieuwe richtlijn om de oliem direct naar een eigen woonplek te brengen of bij familie te plaatsen. Naar zijn gevoel had Sokolov recht op het weidse appartement in Herzlia van negenhonderd dollar per maand met vier kamers en een badkamer van wit marmer, alsmede een terras met uitzicht op zee, een eigen plek in de parkeergarage in de kelder (dat was voor later wanneer hij in een snelle Japanner zou rijden), en een portier die hem met 'Alles goed, dr. Sokolov?' begroette. Maar binnen enkele weken had hij het dagelijkse wodka-gebruik in Tomsk geëvenaard, 's ochtends in gevecht met schele hoofdpijnen, die vanzelf verdwenen als hij een fles openschroefde, 's middags functionerend alsof hij een jonge god was, en 's avonds in een zweefvlucht naar de kosmos, waar hij, als hij zich halverwege de tweede fles gedronken had, vrij en zonder gewicht tussen de sterren vloog, met een bewustzijn dat net als het heelal uitdijde en de geheimen van de *Big Bang* in een goddelijk licht zag stralen. Hij had er zeven maanden gewoond.

Als kind al was hij bezeten geweest van het universum en in zijn dromen had hij hond Laika – het eerste levende wezen in de ruimte – gezelschap gehouden. Op 12 april 1961 had hij bij Gagarins ruimtereis gehuild van bewondering. Hij was toen bijna veertien en hij had zijn ouders bezworen dat hij ruimtevaarder zou worden. De hele avond berichtte de radio van de grootse Sovjet-voorsprong in de ruimte, en zijn vader had hem vol ouderlijk begrip toegestaan om tot middernacht op te blijven. Achttien jaar later werd hij in Kaliningrad, de afgeschermde en voor buitenlanders gesloten ruimtevaartstad bij Moskou, projectleider van een van de researchteams van het Sovjet-ruimteprogramma van NPO Energia, de bouwer van de aandrijfraketten van de Boeran Shuttle en Sojoezcapsules en van de Progress vrachtcapsules. Hij zou er zes jaar werken, tot de catastrofe met de *Oktjabr*. Toch werd hij na deze deconfiture door zijn nieuwe collega's in Tomsk met achting en respect bejegend. Hij was gevallen, maar ze waren hem niet vergeten. Tomsk markeerde het einde van een opvallende technische carrière die door het blinde lot was geknakt, maar ook in Tomsk was zijn aanspreektitel *doktor* of *professor*. Hier in Israël was hij een schim tussen de huizen.

Tegenwoordig verloor hij zich in dagdromen. Hij keerde graag terug naar vroegere jaren en dreef in de geborgenheid en onbegrensde verwachtingen die hij toen had beleefd. De pijn ontstond als hij weer aan de oppervlakte van zijn heden opdook om even adem te halen – een man van drieënveertig die de rijkdom van zijn leven had verspeeld. De afgelopen jaren had hij veel tijd besteed aan de ontkenning van de catastrofe: als hij gedronken had herriep hij het moment van de exploderende *Oktjabr* en schiep hij een nieuw verleden, als een toverend kind. Sinds hij hier in Israël was brachten zijn wodkareizen hem naar een wereld waarin de lineaire tijd in stukjes was gebroken die naast elkaar bestonden. Sokolov kende zijn klassieken. Hij wist dat de wetten van tijd en ruimte golden voor het geordende universum dat door Newton, Einstein en Planck in formules was beschreven, maar na een fles wodka bevond hij zich in het universum dat door zijn herinneringen en angsten en verlangens werd beheerst, en daarin golden andere wetten voor tijd en ruimte.

Sokolov richtte zich op en zag hoe aan de overkant van de straat de man in de dure broek het eethuis verliet. De man bleef voor de deur staan, tilde uit het borstzakje van zijn gestreken hemd een flonkerende zonnebril en zette deze aandachtig op zijn neus, een arm van de bril secuur tussen duim en wijsvinger vasthoudend, als een precieuze dame die een kopje thee drinkt. Met zijn bezem in de hand stond Sokolov in de schaduw onder een van de bomen van de Regov Etsel en hij keek naar de zonovergoten overkant van de straat, waar de rijkgeklede man de tijd nam voor het zorgvuldig plaatsen van de zonnebril. Hij was slank, donker, zijn glanzende haar was kortgeknipt en zijn wangen leken vers geschoren, alsof hij bij het dessert nog even de barbier had laten komen. Zijn houding straalde zelfvertrouwen uit, een geslaagd man die zijn plaats in de wereld had veroverd. Goedkeurend streek hij met vlakke hand over zijn haar, elk haartje zijn precieze bestemming gevend.

Dat strijken over het haar leek op een signaal, want het was het moment waarop achter zijn rug een tweede man verscheen. Sasja Sokolov had niet gezien waar deze vandaan kwam (misschien uit de winkel ernaast) en bleef toekijken omdat hij in de rechterhand van de tweede man een pistool ontdekte. Ondanks de warmte droeg hij een kostuum, zo te zien van fijne zijde, dat als een spiegel het zonlicht ving. Het eerste schot viel op het moment waarop Sokolov zijn mond opende om te gillen. Een waarschuwing? Een kreet van verbazing?

Het lichaam van de eerste man trilde en draaide een halve slag door de kracht van de kogel, die halverwege de rug het lichaam was binnengedrongen en dwars door de borstkas een tunneltje moest hebben geboord. Ter hoogte van het borstbeen gaapte een rood gat. Sokolov had aan het begin van zijn carrière aan de ontwikkeling van munitie gewerkt en hij wist dat niet de inslag maar de uitslag van een kogel een wond veroorzaakte. De schutter hief het wapen en vuurde nog een keer, deze keer frontaal, en nu pas drong het tot Sokolov door dat hij niets hoorde.

De zonnebril spatte uiteen en het achterhoofd van de man veranderde in een grote geplette tomaat. Hij zakte in elkaar en zijn lichaam raakte massief de grond. Het geluid dat door de hete lucht naar hem toe golfde, deed hem denken aan het pakket kranten dat van een rijdende vrachtwagen op de stoep werd gegooid, honderdvijftig met een touw bijeengebonden exemplaren van *Maäriv*, voor de winkel op de hoek van de miljonairsflat waar hij had gewoond. Als hij zat te drinken kon hij het vanaf zijn terras zien.

Sokolov tuurde roerloos en met open mond naar het slachtoffer dat hij tot voor enkele seconden had benijd. Nu lag daar een ding dat opgeruimd diende te worden. En de vraag flitste door zijn hoofd of hij straks degene was die het bloed van de stoep moest wassen. En de volgende gedachte, net zo snel geformuleerd als de onbeantwoorde vraag, leidde hem naar de vaststelling dat hij nu echt vanuit het perspectief van een leeghoofdige straatveger naar de wereld keek: hoe duur zijn zijn kleren, wie ruimt die hoop botten en spieren op? Zo denkt iemand die in de goot staat.

Sokolovs oogbeweging was minimaal maar veranderde zijn leven diepgaand: toen hij van de dode naar de schutter keek, merkte hij dat de man hem had ontdekt. Hun blikken vingen elkaar en meteen kwam de man in beweging.

Hij holde op Sokolov af.

Sokolov bleef staan en hield zich vast aan de steel van de bezem, alsof die hem veiligheid bood, en hij vroeg zich af of dit het laatste was wat hij van deze wereld zag, een moordaanslag, de ultieme verkrachting van de menselijke waardigheid.

De moordenaar naderde hem en hij werd steeds persoonlijker en unieker en steeds minder een abstracte schutter met een dodelijk wapen.

Aleksandr Sokolov tilde met beide handen de steel van de bezem op, niet om te slaan maar als een primitief gebaar dat om vergiffenis vroeg (het leek op het heffen van een rituele staf), en tegelijk met het doorstaan van alle angsten en het registreren van de nadering van het gevaar had hij het gevoel dat hij de dader eerder had gezien.

De man bleef nu vlak voor hem staan, aan de andere kant van de vuilniskar, en richtte het wapen op het kinderlijke hoofd van Sokolov. Ze keken in elkaars ogen en Sokolov zag de nerveuze vastberadenheid van de man en het zweet op zijn slapen en bovenlip, en hij zei: 'Ja nitsjewó nje widil.' *Ik heb niets gezien.*

Sokolov zei het in het Russisch. Hij wist niet hoe hij deze woorden in het Ivriet kon vertalen want Russisch was zijn eigen taal, de klanken waarin zijn dromen en verlangens en alle angsten en pijnen hun precieze gestalte vonden. Het gezicht van de man verloor nu zijn laatste abstractie en Sasja Sokolov vocht tegen de krankzinnige gedachte dat hij oog in oog stond met dr. Lev Sergejewitsj Lezjawa, zijn jeugdvriend Lev met wie hij gestudeerd had en die later bij Energia zijn chef was geweest. Vijf jaar geleden had hij hem voor het laatst gezien toen hun *Oktjabr*-raket bij de lancering explodeerde en de hele afdeling van Energia die door Lev Lezjawa was geleid, van haar taak werd ontheven. Lev verdween naar het Zuiden, Sasja naar het Oosten.

'Ljovka?' stotterde hij.

De man keek hem met grote ogen aan, verrast en geschrokken. Het wapen in zijn hand trilde en Sokolov zag hoe hij aarzelde en zich van zijn verwarring probeerde te verlossen. Toen liep hij langs Sokolov de Regov Roni in.

Sokolov bleef staan. Hij hoorde de voetstappen van de man maar hij durfde zich niet om te keren. Hij wist zo zeker dat hij Ljovka had gezien dat hij tot geen andere conclusie kon komen dan dat hij gek was geworden.

Want het was onmogelijk dat dit Ljovka was geweest. Het was onmogelijk dat hij een moord had gezien. Het was onmogelijk dat hij hier stond als straatveger in Tel Aviv.

TWEE

Een hond sloop met doorgezakte rug langs gloeiendhete auto's naar het lijk bij het stille eethuis, aangetrokken door het bloed dat op de stoep vloeide. Bloed is taboe voor joden. Geslachte dieren zijn pas rein als ze helemaal zijn uitgebloed. Vrouwen zijn pas rein een week na de menstruatie.

Sokolov had ouders die uit joden waren geboren, dus hij was volgens de halacha, de rabbinale wet, een jood, maar tot zijn tiende had hij dat niet geweten. Hij had varkensvlees en bloedworst gegeten. Toch veroorzaakte de aanblik van het bloed van de vermoorde man een weeë misselijkheid.

Het duurde een halve minuut voordat Sokolov zich verroerde. Toen drong het tot hem door dat hij nog steeds de bezem boven de grond hield, verstard als hij was door de schok van de confrontatie met de moordenaar, en hij liet de brede borstel van stro voor zijn plastic slippers zakken. De laatste keer dat hij Lev had gezien was aan het einde van de tweede week van de onderzoekingen die volgden op de ramp met de *Ok-*

tjabr, op 30 juni 1985. En de eerste keer dat hij Lev had ontmoet was in klas 8 van Middelbare School no. 79. Ze waren toen allebei vijftien jaar oud.

Sasja Sokolov had in de eerste zeven klassen elk jaar de hoogste cijfers gehaald, bijna altijd een vijf of vijf plus, in alle vakken. Hij was een serieus kind en toegewijd leerling. Omdat hij onmiskenbaar begaafd was in wis-, natuur- en scheikunde werd hij na het zevende jaar toegelaten tot school 79, waar de besten van Moskou hun opleiding kregen tot de allerbesten van de hele Unie. Daar werd hij na enkele maanden geconfronteerd met een gelijkwaardige, een nieuweling die met zijn ouders uit Wolgograd naar Moskou was verhuisd.

Het was een stoere jongen achter wiens puberale behoefte aan overdrijving en nonchalance Sasja aanvankelijk geen briljante geest kon ontdekken. Lev Lezjawa rookte als een ketter en in de wasruimte bij de wc's haalde hij na tien dagen zwijgende aanwezigheid (hij had nog geen vrienden gemaakt, keurde niemand een blik waardig) demonstratief een zakflesje wodka te voorschijn. De jongens van Middelbare School no. 79, precieze en ernstige kinderen, hadden zoiets niet eerder meegemaakt, en ze vermoedden dat het vreemde gedrag van Lev te maken had met zijn Georgische achtergrond, want Lezjawa was duidelijk een Georgische naam en Georgiërs waren nu eenmaal vreemd, sluw, en vaak gek. Ze hadden hem met angstige bewondering gadegeslagen. Lev hoestte niet, verslikte zich niet toen de brandende drank in zijn keel stroomde, nee, hij slikte alle wodka weg en veegde vervolgens, strak naar het lege flesje kijkend alsof de vorm ervan hem interesseerde, met de rug van zijn hand zijn mond af.

'Straks geschiedenis van de Sovjet-Unie,' zei hij

droog en broodnuchter, 'die wordt op deze manier een stuk leuker.'

Dit waren zijn eerste publiekelijk geuite woorden, en ze maakten een verpletterende indruk op de braafste en beste scholieren van Moskou. Niemand verraadde hem, niemand berichtte de schoolleiding dat hij een antisocialistische opmerking had gemaakt, en toch wisten alle leerlingen binnen een dag wat er in de wasruimte had plaatsgevonden. Een legende was geboren.

Na enkele weken was Lev de onbetwiste leider van het achtste jaar en eigenlijk ook van het jaar hoger. De leerlingen van de tiende en van de hoogste klas respecteerden hem als was hij een van hen, zeker toen bleek dat Lev, nauwelijks vijftien, zich al bijna dagelijks schoor, het directe gevolg van zijn zuidelijke afstamming.

Op zijn oude school had Sasja voor het soort jongens waartoe Lev ogenschijnlijk behoorde alleen gebogen bij gymnastiek (ook al was Sasja een uitstekend volleyballer), en na gebleken gebrek aan denk- of doorzettingsvermogen verdwenen ze naar een technische school om opgeleid te worden tot lasser of bankwerker, de ideale beroepen voor een Sovjet-burger. Deze jongen gedroeg zich als een luidruchtige dwarsligger, voorbestemd om voorman te worden in het rijk van de arbeiders, maar hij had een scherp brein dat Sasja's suprematie voor de eerste keer in zijn leven bedreigde. In de klas van de besten waren ze de allerbesten. Ze waren nagenoeg elkaars gelijken, ook al hadden ze beiden hun specialisatie: Sasja had een kleine voorsprong in scheikunde, Lev in wiskunde.

De eindlijst, de *tabel*, met de meeste punten was op het einde van hun eerste gemeenschappelijke jaar door Sasja gehaald. Hij had zich met nog meer inzet en vastbeslotenheid op zijn huiswerk gestort dan hij normaal al deed, en werd uiteindelijk winnaar met in totaal een half punt voorsprong op Lev.

Na de prijsuitreikingen en de toespraak van de directeur, die hun een leerzame zomervakantie in een pionierskamp toewenste die niet in ledigheid zou verlopen, zei Lev bij het verlaten van de zaal: 'Je hebt 't verdiend.' Sasja had hem verbaasd aangekeken en in Levs gezicht naar de signalen gezocht van de afgunst, die hij toch moest voelen. Maar Lev lachte hem onbezorgd toe. Zelf had Sasja nachten wakker gelegen van de gedachte dat hij dit jaar niet de beste van de klas zou zijn. Hij was eerzuchtig. Hij eiste van zichzelf dat hij alles zou begrijpen wat ook voor een ander begrijpelijk was, en zodra hij thuiskwam van school opende hij zijn boeken en studeerde hij tot de feiten en inzichten hun plaats in zijn geheugen hadden gevonden. Veel later hoorde hij van zijn moeder dat zijn grootvader een talmoedgeleerde was geweest in Roemenië. De liefde voor het boek had hij van hem geërfd.

'Dankjewel,' had Sasja geantwoord. Hij meed Lev, was bang voor zijn scherpte en zijn 'Amerikaanse' gedrag.

'Jij werkt ervoor,' voegde Lev aan zijn lof toe.

Sasja hoorde het venijn in deze opmerking, die Levs bovenmenselijke beheersing tot gewone proporties terugbracht, en hij kon het niet laten zelf met een uitdagende opmerking terug te slaan.

'En jou komt alles vanzelf aangevlogen?'

'Ja,' antwoordde Lev.

'Jij studeert niet?'

'Niet noemenswaard.'

Zo'n woord als *noemenswaard* was een staaltje van onvervalst, onthutsend, superieur Levkianisme, zoals zijn bewonderaars in de achtste klas het noemden. Lev slaagde erin op onverwachte momenten een archaïsch of deftig woord in zijn zinnen te schieten, waardoor je, als je met hem in discussie was, alleen al door je armzalige woordkeuze de verliezer was.

'Dus ik moet geloven dat jij thuis niet werkt?'

'Ik blader door de boeken,' zei Lev. 'Dat is sufficiënt.'

'Dat geloof ik niet.'

Er bleven klasgenoten staan tot wie het was doorgedrongen dat de twee kampioenen aan het bekvechten waren geslagen, en de felheid waarmee ze elkaar bestookten beloofde een definitieve confrontatie. Sasja, winnaar van de meest indrukwekkende tabel, was bang dat de klas desondanks Lev als de beste beschouwde, ook al had deze een half punt minder.

'Ik heb een fotografisch geheugen,' verklaarde Lev luid, daarmee nog meer klasgenoten verzamelend, en hij slaagde erin zijn uitdagende kreet zonder grootspraak uit zijn mond te krijgen.

'O, ja?'

'Wedden?' vroeg Lev.

'Ja.'

'Wat zet je in?'

Sasja tilde één been op en liet er zijn schooltas op rusten. Hij opende de klep en haalde ze uit zijn tas, bruin leren handschoenen gevoerd met beige bont, handschoenen die James Dean op zijn motor gedragen zou kunnen hebben. Er circuleerden foto's van James Dean op school, de Amerikaanse acteur die iedereen kende maar van wie niemand een film had gezien. Hij was het grote voorbeeld van Lev.

De warme Moskouse zomer was al aangebroken, maar Sasja had ze gisteren van zijn ouders gekregen als beloning voor zijn glorieuze tabel. Zodra de temperatuur beneden de tien graden Celsius daalde verdween bij Sasja het gevoel uit de vingers en kende hij de angstwekkende ervaring dat zijn handen verlamd waren. Al jaren leed hij aan bloedarmoede. Nadat ze talloze wollen paren had gebreid en hersteld, besloot zijn moeder tot de aanschaf van handschoenen die de eeuwen konden trotseren, en Sasja had begrepen dat ze na een wekenlange moederlijke zoektocht en voor de prijs van een vol maandsalaris en de belofte dat de zoon van de zwarthandelaar een jaar lang gratis bijles zou krijgen (ze was lerares Frans) de handschoenen kon meenemen naar de riante driekamerflat van de familie Sokolov. Zijn ouders waren trouwe partijleden en hadden 'contacten', maar dergelijke handschoenen konden zelfs niet in het circuit van zelfbewuste en, indien de juiste prijs werd geboden, kneedbare bureaucraten geregeld worden.

De handschoenen waren Sasja's kostbaarste bezit, en hij had ze vandaag ondanks het mooie weer mee naar school genomen. In de socialistische stad Moskou werd niet ingebroken, maar hij had ze in zijn nabijheid willen houden opdat hij ze kon aanraken zodra de gedachte bij hem bovenkwam dat hij ze slechts gedroomd had.

Lev keek bewonderend naar het soepele leer.

'Elegant,' zei hij.

Dat waren ze ook, ze oogden als de handschoenen van een Franse miljonair, en Levs aanduiding klonk voor iedereen net zo precies als een stemvork die werd aangetikt.

Zijn hart klopte in zijn keel, maar hij hield zich goed. In een opwelling had hij zijn tas geopend en het drong nu pas tot hem door dat hij de handschoenen kon verliezen.

'Zeg het maar,' zei hij.

'We gaan naar de bibliotheek,' zei Lev ontspannen, 'we pakken een boek...'

'Nee, een ander doet dat, een neutrale partij,' stelde Sasja voor.

'Ik vind alles best. En we lezen allebei dezelfde passage en een jury stelt ons vragen.'

Het was een eenvoudig voorstel. Sasja wilde Levs bluf afstraffen. Hij zei: 'Ik krijg daar een uur voor en jij, die zegt dat je er alleen maar doorheen bladert, jij krijgt de helft. Degene die het eerst een vraag mist heeft verloren.'

'Vijf minuten,' zei Lev.

'Hoe bedoel je?' vroeg Sasja verontrust.

'Ik heb geen halfuur nodig. Vijf minuten is genoeg.'

Bewondering voer door de omstanders. Sasja voelde dat hij bloosde. Zoveel Levkiaans zelfvertrouwen diende te worden verpletterd.

'Goed,' fluisterde Sasja.

'Wil je niet weten wat jij krijgt als jij wint?'

'Nou?'

Rustig haalde Lev een klein voorwerp uit zijn broekzak en hij hield enkele seconden zijn gesloten vuist voor Sasja. Het leek wel of Lev dit soort momenten instudeerde, het waren theatrale seconden die langer duurden dan de klok aangaf.

Toen hij zijn hand draaide en zijn vingers spreidde toonde Lev op zijn handpalm een originele Ronson-aansteker.

Een rilling kroop over Sasja's rug. De glanzende aansteker, aërodynamisch gevormd als een Amerikaanse auto, als een Studebaker of een Cadillac, was minstens zoveel waard als de handschoenen. Zijn klasgenoten keken met ingehouden adem toe.

'Over een uur,' zei Lev, 'in het Smolenski Plantsoen. Dat is mooi dramatisch tussen de gebouwen, vind je niet? De Rooie kiest, goed?'

De Rooie stond vooraan. Peenrood haar, lichtblauwe ogen en bruine sproeten op een bleke huid. Bij elke les stond zijn mond open, in verbazing over de vele mysteriën die de wereld te bieden had, en ook nu liet hij zijn grote tanden zien. Hij knikte en rende naar de bibliotheek.

Lev stak een sportieve hand uit.

'That the best may win,' sprak James Dean.

Sasja nam de hand aan. Hij probeerde te glimlachen.

Een uur later wachtte de klas bij de banken van het plantsoen tussen de woonkazernes. Ze hadden zich om Lev verzameld, die, zittend op de rugleuning, bedaagd en met kennis van zaken over zijn held vertelde, alsof hij hem persoonlijk had gekend.

'Hij heette voluit James Byron Dean, maar in het Amerikaans gebruiken ze geen patronymicum en toen viel het namaak-aristocratische Byron weg,' hoorde Sasja toen hij de kring naderde.

'Hoeveel films heeft hij gemaakt?' vroeg een van de meisjes. Net als alle andere meisjes in de klas aanbad ze Lev.

'Drie. *East of Eden*, *Rebel without a cause* en *Giant*. Maar hij heeft ze niet gemaakt, hij heeft erin gespeeld. Hij verliet dit ondermaanse toen hij vierentwintig was.'

'Waarom?' vroeg ze geschokt.

'Auto-ongeluk. Ze zeggen dat de CIA erachter zat. Hij werd te populair en de bourgoisie voelde zich bedreigd. Ha, daar heb je mijn opponent.'

Sasja ging schuchter de kring binnen. De Rooie kwam naar voren en uit een tas haalde hij twee boeken. Allebei ontvingen ze een exemplaar van *Overzicht van de eerste zes Vijfjarenplannen*, gedrukt in kleine letters, een vuist dik.

'Hè, had je niks leukers?' vroeg Lev met een gezicht alsof hij zure pap proefde.

'Het enige waarvan ze twee exemplaren hadden,' antwoordde de Rooie.

'Nou ja, goed dan.'

Sasja vroeg: 'Wijzen we een jury aan?'

Allebei kozen ze hun eigen jurylid, en in een opwelling koos Sasja niet voor zijn vriend Igor Jazov maar voor Nadja Zjadanova, een fel en smal meisje dat dichteres wilde worden. Met neergeslagen ogen knikte ze toen hij het haar vroeg. Hij was verliefd op haar, maar hij beet liever zijn tong af dan haar zijn liefde te bekennen aangezien hij ervan overtuigd was dat ze hem midden in zijn gezicht zou uitlachen. Wat hem zo aantrok in haar was de vastbeslotenheid waarmee ze het mysterie van de poëzie ging ontsluieren. 'Dat is mijn doel,' had ze bij een spreekbeurt voor de klas verklaard, 'met minder neem ik geen genoegen.' Sasja nam met niet minder genoegen dan de Kennis zelf, de Mysteriën van de Natuur Zelf. Tijdens die spreekbeurt, drie maanden geleden, werd hij prompt verliefd op haar. Hij hoopte dat Igor zijn keuze voor Nadja niet als een belediging van hun vriendschap opvatte.

Samen met de Rooie kozen Nadja en Levs jurylid uit het *Overzicht* een hoofdstuk, het laatste en lastigste want het vatte alle voorgaande samen.

'Luister,' zei Lev, 'jij krijgt je tijd en als er vijfenvijftig minuten verstreken zijn dan kijk ik, goed?'

Het afgelopen uur had Sasja erover nagedacht en hij was tot de slotsom gekomen dat hij het verschil niet had moeten opperen. Hij antwoordde: 'Ik heb ook maar vijf minuten nodig.'

Igor probeerde hem van gedachten te doen veranderen, maar Sasja hield voet bij stuk. 'Ik kan 't, echt.' Nadja haalde haar schouders op. 'Je moet doen wat je voelt,' zei ze.

'Zullen we dan maar beginnen?' zei Lev. Ze sloegen het boek open bij het hoofdstuk en de Rooie keek op zijn horloge. Hij telde af.

Sasja's ogen schoten over de vijftien pagina's, hij las de informatie en hoorde hoe zijn innerlijke stem de zinnen herhaalde. Hij kon zich volkomen concentreren, vergat de toeschouwers om hem heen en zijn geoefende geheugen nam met gemak de cijfers en getallen op. Toen de Rooie riep: 'Boek sluiten!', had hij het einde van het hoofdstuk bereikt. Ze gaven hun boeken aan de juryleden.

Sasja wierp een blik op zijn vijand in de hoop een teken van zwakte te ontdekken, maar Lev keek ontspannen naar de twee juryleden en aan niets was te merken dat hij rekening hield met een eventuele nederlaag. Ze stonden in een kring van klasgenoten midden op de vlakte tussen de flats rond het Smolenski Plantsoen en Sasja begreep dat dit het soort duel was dat ook in de vorige eeuw werd gestreden, waarbij onder anderen Poesjkin dodelijk was getroffen. En ook al zouden hij en Lev kogels van taal vuren, ze zouden net zo verwoestend zijn als die van lood.

Gespannen keken hun klasgenoten toe en dankbaar zag hij de bemoedigende hoofdknik van Igor. Sasja knikte naar hem als teken dat hij zeker was van zijn zaak, en Igor grijnsde breed terug, ervan overtuigd dat zijn vriend ging winnen. Diepe gevoelens van vriendschap golfden door Sasja's borst. Nadja ontweek zijn blikken.

'Zal ik de eerste nemen?' vroeg Lev.

'Ik neem de eerste,' zei Sasja trots.

'Zoals je wil.'

Het jurylid van Lev was ook een meisje, Olga, mollig met grote borsten. Zij vroeg: 'Mijn vraag is: wanneer begon het tweede Vijfjarenplan en welke twee ijzerfabrieken werden toen gebouwd?'

'Dat zijn twee vragen!' riep Igor verontwaardigd.

'1934,' antwoordde Sasja kalm, 'en de ijzerfabrieken, dat waren Magnitogorsk en Stalinsk.'

Igor joelde enthousiast en anderen vielen hem bij.

Toen de juichkreten over het plein waren uitgeklonken, vroeg Nadja aan Lev: 'Wat was de stijging van de index in 1950 ten opzichte van die in 1940?'

Sasja schrok van haar vraag, over het plein verspreid door de wind, want het antwoord kende hij niet en met grote ogen keek hij naar Lev, die koel zei: 'In 1940 werd de index op honderd gesteld, tien jaar later was die 173.'

Het bleef even stil. Net als alle andere klasgenoten voelde Sasja de kracht van Levs fenomenale geheugen en de angst sloeg door zijn kaken en hij beet op zijn tanden om niet te gaan klappertanden. Toen brulden de omstanders hun bewondering uit. Benauwd keek Igor naar Sasja, die nog een keer opgewekt lachte, met trillende lippen.

Olga vroeg: 'Op welke datum werd het zesde Vijfjarenplan herzien?'

Op een van de pagina's had Sasja het gezien, en in gedachten bladerde hij ernaar toe. Hij zag het allemaal staan, de opmaak van de pagina, de alinea's, maar net die ene plek leek te zijn uitgewist. Hij wist vrijwel zeker dat het daar rechtsonder op die pagina te lezen was, hij kon erop zweren, maar het oog in zijn hoofd kreeg de letters niet scherp. Het zesde, dat was het plan dat in 1955 in werking trad, na goedgekeurd te zijn op het Twintigste Partijcongres. Chroesjtsjov had daar een einde gemaakt aan het Stalinisme en hij had Gosplan, de commissie die de plannen maakte, opgedeeld in een commissie voor de korte en één voor de lange termijn.

Dit was pas de tweede vraag die hij kreeg en nu al viel hij door de mand. Zijn leven stond op het spel, hij dreigde in aanwezigheid van zijn klas smadelijk onderuit te gaan. Maar opeens vroeg hij zich af: was het zesde wel herzien? Was de vraag niet een instinker? Hij voelde hoe de verlossende zekerheid zijn maag liet ontspannen. 'Dat is niet herzien,' zei hij, alle twijfel voorbij, en vol vertrouwen wachtte hij op Olga, die opkeek uit het opengeslagen boek en hem gelijk zou geven. Maar ze zei niets en wendde vragend haar hoofd naar Lev.

'20 december 1956,' zei deze.

DRIE

Een politiesirene galmde over de daken van Shekunat Hatikva. Snel stak Sokolov de bezem in de zak en verliet de wonderlijke plek die hem het uitzicht op de moord en de confrontatie met de dader had geboden. Hij haastte zich in de richting van de Regov Ivri, de steeg die honderdvijftig meter verder de versleten huizenrij van de Regov Etsel onderbrak.

Hij mocht niet worden gezien in de nabijheid van het lijk. Hij wilde voorkomen dat hij ondervraagd werd. Ondervragingen waren de valstrikken in zijn leven. Als hij tegenover een autoriteit zat, werd Sokolov overmeesterd door de angst dat de ontmaskering nabij was. Hij wist dat het te maken had met een onbetekenend incident uit zijn jeugd, vlak nadat hij had ontdekt dat zijn ouders geheime joden waren, maar dat besef vermocht de angst niet te neutraliseren. De muts van een klasgenoot was gestolen en hij bloosde tot in zijn nek toen de onderwijzeres elk kind afzonderlijk met strenge blik bekeek. Tot twee dagen later de echte dader werd gegrepen, leed Sasja onder de gedachte dat hij weliswaar niet de dief was maar wel een potentiële dief aangezien hij bij het zien van de mooie kleurrijke muts in stilte de wens had geuit om hem te stelen; hij was een dief in het diepst van zijn gedachten, en de onderwijzeres had dat gezien, zoals zij vast ook had gezien dat zijn ouders in het geheim joden waren, en hijzelf dus ook.

Met zware ledematen duwde hij de kar langs de gesloten eethuisjes naar de steeg waar hij woonde. Het zweet droop langs zijn slapen. Nog steeds was de straat verlaten. Het volume van de sirene bleef constant, de politiewagen kwam dus niet zijn richting uit, maar hij wilde geen risico's nemen en versnelde zijn pas. Als hij werd ondervraagd, zou hij in een situatie belanden waarin zijn onvolledige, onbeholpen antwoorden konden worden uitgelegd als verdraaiingen en vervormingen. Na de ramp met de *Oktjabr* had de KGB hem ondervraagd, en enkele maanden geleden – op 27 mei 1990 – had hij hier in Israël kennis gemaakt met de leugendetector, de polygraaf, die werd gebruikt wanneer iemand solliciteerde naar een functie die toegang gaf tot militaire geheimen. Bij de polygraaf werden vragen gesteld waarop alleen met *ja* of *nee* geantwoord kon worden, en de machine reageerde op minieme veranderingen in de lichaamsactiviteit. Maar in het leven van Sokolov schemerde achter een *ja* soms ook een *misschien* of een *vermoedelijk* en een enkele keer stond er schaamteloos een *nee* naast.

Na drieëneenhalve maand in het appartement in Herzlia, elke dag bedwelmd door het magische panorama van zijn terras aan zee en grote hoeveelheden Stolitsjnaja, had Sokolov zijn eerste sollicitatiegesprek gearrangeerd. Hij had uitgezocht waar iemand met de specialistische kennis waarover hij beschikte emplooi kon vinden en vol zelfvertrouwen schreef hij brieven in vlekkeloos Ivriet. Hij kreeg afwijzende brieven terug, op één na, van de *Israel Aerospace Corporation*. Het hoofd van de researchafdeling berichtte dat er een plaats was vrijgekomen en nodigde Sokolov uit voor een gesprek. De brief was ondertekend door Ilan Ben Zwi, die er in het cyrillisch zijn Russische naam aan toegevoegd had: Jasja Tsjomjakov.

Joden die wilden studeren maar naaste familie hadden in het buitenland kregen in de Unie geen studieplaats. Jasja had alleen familie binnen de Unie en mocht studeren, ook al was hij onmiskenbaar joods, op het provocatieve af: hij droeg een orthodoxe baard met opvallend lange bakkebaarden, hield zich aan de feestdagen, bedekte zijn hoofd met een pet. Enkele weken na het einde van de Zesdaagse Oorlog vroeg hij een uitreisvisum aan voor Israël. Meteen daarna zakte hij voor zijn examens en verloor hij zijn *propiska*, de verblijfsvergunning voor Moskou. Op een dag was Jasja verdwenen en drieëntwintig jaar later antwoordde hij Sokolov op diens sollicitatiebrief.

Terwijl Sokolov met zijn kar de Regov Etsel overstak en aandachtig het geluid van de politiesirene mat, bedacht hij dat het verleden niet bestond, alles was één groot heden waarop hij ronddobberde, en het gevoel dat er een *nu* was werd alleen maar veroorzaakt door de golven die hem meenamen en even optilden. Tijd was niet eens relatief, tijd was non-existent als hij de hevigheid van wat hij in zijn geheugen meemaakte vergeleek met wat hij op straat in Tel Aviv beleefde. Waar leefde hij? In dit *nu* van de moord en zijn werk rond een vuilniskarretje, of in het *toen* binnen in zijn schedel?

Na het antwoord van Jasja had Sokolov verwachtingsvol de bus naar Haifa genomen, naar de hangars van de IAC. Hij had de avond ervoor gedronken, maar hij had zich matigheid opgelegd en toen hij zich bij de portier meldde was zijn hoofd helder.

De IAC was een modern bedrijf waar geavanceerde *ground to ground* en *ground to air* raketten werden ontwikkeld, luchtverdedigingswapens die weinig gemeen hadden met de zware transport- en onderzoeksraketten waaraan hij in Kaliningrad gewerkt had, maar zijn kennis van metallurgie en ervaring in de ontwerpteams van Energia konden ook voor kleinere systemen nuttig zijn.

Jasja alias Ilan was een zachtsprekende man met gevoelige ogen. Hij was klein en bewoog zich als een jongen in de groei, hoekig en voorzichtig. Zijn baard was doorschoten met grijze strengen, zijn keppeltje lag op een kale schedel, en hij droeg een overhemd met platte kraag, als een pionier. Hij leidde Sokolov met egards naar de directiekamer en stelde hem voor als een eminent geleerde die met *aliyah* was gegaan en een enorme aanwinst zou zijn voor IAC. De ochtend brachten ze samen door in de assemblagehallen en vooral bij de afdeling research, waar Sokolov apparatuur aantrof die in Kaliningrad op de wenslijst stond maar waarover de Amerikanen steevast hun veto uitspraken omdat er een exportverbod rustte op strategische goederen. Tijdens de lunch benadrukte Ben Zwi het geheime karakter van het werk bij IAC.

'Ik heb zes jaar in Kaliningrad gewerkt,' antwoordde Sokolov, 'ik weet wat geheimhouding betekent.'

Ze aten in een witte zaal, een kantine die openstond voor alle werknemers van IAC. In de Unie had elke laag in de hiërarchie zijn eigen kantine, uitgebreider en rijker naarmate de top werd genaderd.

'We weten dat je een moeilijke tijd achter de rug hebt,' zei Ben Zwi, 'het moet lastig geweest zijn na het ongeluk.'

'Het had erger gekund,' antwoordde Sasja. Hij had geleden onder het vertrek uit Kaliningrad en zijn carrière was er geknakt, maar hij was niet de enige. 'Anderen hebben gevangen gezeten.'

'Wat is er met Lezjawa gebeurd? Ik ben zijn naam nooit meer tegengekomen.'

'Ze hebben hem gearresteerd. Na een paar maanden hebben ze hem laten gaan. Ik heb gezocht, gedaan wat ik kon, maar sinds '85 heb ik niets meer gehoord of gezien.'

In zijn onbeschermde stem klonk levende spijt, het permanente gevoel dat hij te kort geschoten was. Hij had geschreven maar de brieven ongeopend retour gekregen. Hij had het zelf moeilijk toen, dronk zwaar en vocht tegen eenzaamheid na het vertrek van zijn vrouw. En hij streed met het schuldgevoel dat hij tegenover Lev kende, een hoeveelheid schuld die, uitgedrukt in volume, de Melkweg kon vullen. De rest van het heelal werd gevuld door treurigheid over het gemis van zijn dochter, die bij zijn ex-vrouw in Leningrad opgroeide.

Ben Zwi vroeg naar de oorzaken van het ongeluk met de *Oktjabr*, waarvan hij verrassend veel wist, en Sokolov vertelde over de nieuwe draagraket die de bemande opvolger had moeten worden van de onbemande Progress, na het echec met de *Oktjabr* gehandhaafd als draagraket voor de Saljoet-ruimtestations. Aan boord van de *Oktjabr* bevonden zich twee kosmonauten, die bij de ontsteking van de tweede trap levend waren verbrand. De raket was in volle vlucht geëxplodeerd, de brokstukken lagen verspreid over een gebied van bijna dertig vierkante kilometer.

'Het gerucht ging dat het sabotage was,' zei Ben Zwi.

'Dat is nooit bewezen.'

'Constructiefout?'

'Nee,' zei Sokolov beslist, 'alles kan, maar dat niet.'

'Ik moet je iets uitleggen,' zei Ben Zwi.

Sokolov boog zich aandachtig naar hem toe.

'We vragen aan iedereen die hier komt solliciteren of hij een test met de polygraaf wil doen.'

'Wat is dat?'

'Leugendetector.'

Sokolov lachte. 'Leugendetector? Je mééńt het! Zoals in Amerika?'

De glimlach van Ben Zwi was een verontschuldiging: 'Ja.'

'Geloven jullie daarin?'

'We hebben de polygraaf hier in Israël verfijnd. Hij is betrouwbaar, geloof me. Het is een routinekwestie, we stellen een paar vragen en dan weten we genoeg.'

Verbaasd schudde Sokolov zijn hoofd. 'Het ruikt naar een middeleeuwse heksentest. Je zet iemand op een heet rooster en als hij niet verbrandt dan is hij geen heks. Briljante test.'

'De polygraaf meet transpiratie, bloeddruk, hartslag, de huidweerstand. Géén onzin, geloof me.'

'Ik vind het onzin.'

'Ik kan alleen zeggen dat het fors helpt als je de test gedaan hebt.'

'Maar het is een verouderde gedachte!' zei Sokolov met nadruk. Hij was verward en bang voor het onbekende ding. Een leugendetector was iets waarbij hij onherroepelijk door de knieën zou gaan. De angst die hij voor het apparaat kende was irrationeel en magisch: alsof het zijn diepste angsten en twijfels, die hij zelf niet wilde kennen, zou blootleggen. Hij stemde toe omdat Ben Zwi hem erop gewezen had dat hij geen kans op de baan maakte als hij de test zou weigeren.

Het werd een fiasco.

Sokolov duwde zijn kar de Regov Ivri in. Hij keek even achterom en zag het blauwe zwaailicht van een politiewagen die de Regov Etsel in stoof. De Regov Ivri was het Midden-Oosten. Langs ongeplaveide straten stonden rijen armoedige huizen, onderbroken door kale stukken grond bedolven onder afval en autowrakken. In de stille lucht hing versleten wasgoed op ongeverfde veranda's. Later, na de rust van de siësta, zou hij kunnen horen hoe huisvrouwen met volle boodschappentassen hun rijke kroost (donkere kinderen met volwassen ogen en vuile handen) vergeefs tot de orde riepen, en als hij een boodschap ging doen zag hij achter de wijdopen ramen de glazige blikken van werkloze mannen met grote flessen bier die naar een schetterende televisie staarden. Achter hem gilde de politiesirene door de Regov Etsel.

Ben Zwi had hem een handgeschreven brief gestuurd en zich verontschuldigd voor de afwijzing, maar het was strikte bedrijfspolitiek om iemand die de leugendetector had doen schrikken niet aan te nemen. Hij stuurde hem een lijst met bedrijven die een metallurg konden gebruiken. Sokolov had brieven geschreven en slechts één uitnodiging voor een gesprek ontvangen. De rest bestond uit voorgedrukte bedankjes.

De uitnodiging ging uit van een bedrijf van vliegtuigonderdelen in Ashdod. Hij had de bus genomen, via Tel Aviv.

Het bedrijf heette *All Seasons Parts* en het was gevestigd in drie grote hangars bij de haven. De eigenaar was een kleine man met een dikke nek en een kogelrond hoofd, David Koeznadze. Hij droeg een overhemd met korte mouwen, een korte broek waarvan de strakke pijpen zijn vette bovenbenen afknepen, plastic sandalen. De wijzerplaat van zijn Rolex was met diamantjes afgezet.

Met respect werd Sokolov in het kantoor door Koeznadze ontvangen, maar dat kon de gedachte niet wegnemen dat hij bij een autosloper op bezoek was. Het was de eerste keer dat hij met een *tjag tjag* in aanraking kwam. Zwetend vertelde Sokolov over zijn ervaringen, zijn opleidingen, en hij toonde de man zijn diploma's.

'Erg goed, meneer Sokolov.' Hij schoof een doosje met tissues naar hem toe.

'Dank u. En wat doet uw bedrijf precies?'

'Vliegtuigen. Delen van vliegtuigen. We kopen oude toestellen op, demonteren ze tot vervoerbare brokken en brengen ze met een schip hierheen. Dan halen we ze verder uit elkaar, renoveren de onderdelen en dan verkopen we die weer verder. Een man als u, een ervaren technicus, dat is iemand die we in ons team kunnen gebruiken. Zullen we?'

Koeznadze maakte een uitnodigend gebaar naar de deur. Terwijl ze naar de eerste hal liepen, vertelde de man dat zijn bedrijf twintig mensen in dienst had, voornamelijk slopers, en dat hij samen met zijn vrouw de verkoop deed.

'Aan wie verkoopt u?' wilde Sokolov weten.

'Afrikanen, soms Aziaten, Zuidamerikanen ook. De maatschappijen in Europa en Noord-Amerika willen niet aan tweedehandsspullen. Of ze hebben hun eigen toestellen staan die ze uitkleden als ze snel onderdelen nodig hebben. Wij moeten het hebben van de kleintjes, zoals Ghana Blue, Congo National, Tropique Charter. Die vliegen met kisten die heel wat jaartjes ouder zijn dan onze spullen. Hier.'

In een oude vishal lagen delen van een DC-8, aangevreten door intensief gebruik, de grote temperatuurverschillen tussen landingsbaan en kruishoogte, en het weer. Ze waren grotendeels roestbruin, en vijf mannen waren de stukken nog verder aan het demonteren. Het pneumatische gebrom van elektrische schroevedraaiers echode door de hal. De slopers, zware mannen met tatoeages op hun massieve armen en met dikke vingers die nooit een bladzijde van een boek hadden omgeslagen, stonden met ontbloot bovenlijf aan brede werktafels of bogen zich over de grotere delen die op de vloer lagen. Zilte zeelucht hing tussen de muren.

Hij liep met Koeznadze naar een andere hal, waar de onderdelen, soms hele vleugelstukken, in magazijnstellingen werden bewaard.

'Dit hier wordt uw afdeling. Ik wil precies weten wat er met m'n spullen aan de hand is, begrijpt u? Kijk, het meeste kan zo weer de deur uit, zoals die vleugeltip daar, ziet u? Is van een Iljoesjin, zal u bekend zijn. Maar er zijn twijfelgevallen. Hier.'

Ze bleven bij een aangetaste hogedrukdeur staan.

'Die is van een 727. Wat kunnen we daarmee doen?'

'Repareren,' antwoordde Sokolov.

'Hoe?'

'Kijk, dit metaal is aangetast. Moet je helemaal vervangen.'

'Nee. Daarvoor hebben we juist iemand nodig, iemand die ons kan vertellen hoe we het anders kunnen doen. Een nieuwe plaat erin zetten, dat kan iedereen, maar dan wordt die deur zo duur dat de klant naar een ander stapt of een nieuwe gaat halen. Ik wil goedkopere oplossingen.'

'Ik ken eigenlijk geen andere oplossingen.'

'U bent een expert op het gebied van metaal en hogedruk, dat heeft u me geschreven. U moet ons kunnen zeggen hoe ik dit ding simpel goed krijg.'

'*Hoe* goed, meneer Koeznadze?'

'Goed genoeg.'

'Met of zonder risico voor het vliegtuig?'

'Zonder risico kan niet. Dan moeten ze nieuwe spullen halen. Maar ze hoeven niet als dooie vliegen uit de lucht te vallen, natuurlijk.'

'Volgens mij moet je, menselijkerwijs gesproken, elk risico vermijden.'

'Dat kan niet in mijn business. Iedereen weet waar ie aan toe is als hij bij mij bestelt. Oud, maar nog redelijk. U bent een metaalexpert, u kunt me zeggen wat ik moet doen om die spullen op te lappen en ook om het er weer aardig te laten uitzien.'

'*Aardig*?'

'Aardig, ja. M'n klanten in Afrika willen graag dat het er leuk uitziet. Schoon, glanzend, mooi opgepoetst. Dat is eigenlijk net zo belangrijk als de technische staat.'

'Hoe lang doet u dit al?'

'Zeventien jaar. Na '73 begonnen.'

'Ooit wat gebeurd?'

'Kijk, ze vliegen daar in Afrika en Latijns Amerika met kisten die de rest van de wereld niet meer wil, DC-3's, de eerste Friendships, Vicker Viscounts, en er valt er zo nu en dan eentje naar beneden, dat kan ik niet ontkennen. Soms ligt dat aan het toestel, soms aan de piloot, want de jongens die daar achter de knuppel kruipen dat zijn niet de rustigste. Maar m'n klanten blijven komen.'

Na de rondleiding bood Koeznadze hem een salaris van drieduizend sjekel per maand, exclusief overwerk, en Sokolov wilde bedenktijd. Toen hij thuiskwam schreef hij een brief en bedankte voor de eer. Hij was geen misdadiger, hij had scrupules. Ook nu nog riep de gedachte aan Koeznadze weerzin bij hem op. Hij wilde zijn miscalculaties en zwakheden niet op anderen afwentelen. Hij leegde de goten, maar maatschappelijk gezien lag hij erin, en hij miste de woede om anderen voor zijn ondergang te laten boeten. Vermoedelijk was het lafheid die hem tot zijn principiële houding bracht, hij sloot uit dat hij gedreven werd door een humane moraal.

Sokolov woonde in het opgesplitste huis halverwege Ivri boven twee gezinnen die de begane grond deelden. Hij had de kamer gevonden nadat hij had vastgesteld dat kamers in andere wijken van Tel Aviv niet te betalen waren voor iemand die handwerk verricht. Vanuit zijn flat in Herzlia, waaraan hij zijn begroetingsgeld had uitgegeven, had hij verscheidene zoektochten naar werk ondernomen, en alleen een baantje als straatveger was beschikbaar geweest. De gedachte dat hij, eens een gevierd academicus, dergelijk ongecultiveerd werk ging verrichten klonk hem aanvankelijk niet als een wanhopige nederlaag in de oren. Hij wilde voor zichzelf zorgen. Het was een primaire, levensreddende gedachte, en hij overtuigde zichzelf ervan dat hij beter de goot kon vegen dan zichzelf in een portiek dooddrinken. Hij huurde een kamer in de buurt waar hij zou gaan werken en op de eerste dag van zijn nieuwe leven kwam hij tot de ontdekking dat hij een vergissing had gemaakt. Weliswaar leverde hij een bijdrage, hoe minimaal ook, aan de toekomst van dit land, maar hij had er weinig voldoening van: dit was zijn vaderland niet. Hij was uit de Unie gevlucht omdat hij zichzelf in Tomsk aan het dooddrinken was, en hier dreigde dezelfde glorieuze ondergang. Vermoedelijk zou hij op een andere manier zijn werk doen als hij een overtuigd zionist was, want dan zou elk baantje bijdragen aan de kracht van de joodse staat, ook het vegen van de straten. Maar hij was geen zionist – hij was een nepjood.

Sokolov schoof de kar langs het huis naar het door een schutting afgeschermde achtererf en hij vroeg zich af of hij ontslagen zou worden als hij vandaag zijn werk niet deed. Zwarte Jossi zou de kar niet missen – sommigen namen hun kar mee naar huis – en van Sokolovs verzuim alleen kennis nemen als hij zelf op onderzoek uitging. Maar Sokolov had geen keuze. Hij wilde niet gezien worden in de Regov Etsel. Nog meer incidenten kon hij niet verdragen. Wat hij had gezien hoorde thuis in het paleis van absurditeiten en ongerijmdheden waarin hij sinds de ramp verdwaasd rondliep. Al vijf jaar was hij niet bij machte de uitgang te vinden en terug te keren naar de buitenwereld van ambities en discipline. Hij woonde in een van de vleugels van het paleis, op zijn drieënveertigste in het bezit van in totaal drie koffers met inhoud. Kleren, artikelen die hij in wetenschappelijke tijdschriften had gepubliceerd, diploma's, eerbewijzen, foto's van het gelukkige huwelijk met Irina dat tegelijk met de *Oktjabr* was opgeblazen, foto's van zijn overleden ouders, foto's die vertelden dat Lev had bestaan en dat hij zelf in Kaliningrad gewerkt had en dat hij alles had verloren, foto's van zijn kind Natasja. Zolang hij de koffers had, was het mogelijk dat zijn huidige situatie de woekering was van een ongewoon heftige droom waaruit hij op een bepaald moment zou wakker schrikken. Soms was het verleden zo sterk aanwezig dat het heden krachteloos werd. Soms was het heden zo onoverwinnelijk dat hij geen verleden had.

Het trappenhuis was schoongemaakt, maar de reusachtige, geplette kakkerlakken lagen nog steeds langs de plinten, een week oud waren de insektelijken. De vrouw die het trappenhuis bijhield woonde linksonder, zij durfde ze blijkbaar niet met stoffer en blik aan te raken. Hij liep over de stenen trap naar boven en betrad zijn kamer. De afgelopen dagen was hij er niet toe gekomen om op te ruimen, de koffers stonden geopend op de tegelvloer, hun verfrommelde inhoud lag verspreid door de kamer. Hij sliep op een matras op de grond, de keuken was ingericht met één bord, één beker, één mes, één vork, één lepel, één pan, en dit weinige stond te schimmelen in een plastic teiltje in de wasbak.

Zijn kostbare bezit was de fauteuil die bij het raam stond. Hij had hem voor vijftig sjekel op de vlooienmarkt in Jaffa gekocht en hij was voor dat bedrag ook nog bij hem afgeleverd. De fauteuil had beweegbare delen. Als je de brede armsteunen vastgreep en jezelf tegen de rugleuning drukte, draaide deze achterover en klapte er tegelijk een voetensteun uit de voorkant van de stoel, waardoor er een comfortabele combinatie van fauteuil en sofa ontstond die hem door de avond en nacht droeg.

Nadat hij zijn plastic werkhandschoenen had afgestroopt, schroefde Sokolov de dop van de Gold. Hij was doorweekt. De volle slok stroomde door zijn slokdarm en hij beet op zijn tanden om de bijtende alcohol te verdragen. Hij kleedde zich tot op zijn onderbroek uit, nam plaats in de fauteuil en keek neer op een deel van de grootse avenue die Regov Ivri heette. De fles hield hij vast bij de hals, de bodem stond op zijn rechterknie.

De man die Sokolov had gezien was het evenbeeld van Lev. Als hij de kansen zou berekenen over de mogelijke ontmoeting tussen hem en Lev op de hoek van Etsel en Roni, dan zou de uitkomst te vergelijken zijn met het gevaar dat een wandelaar liep om op de Dizengoff dodelijk te worden getroffen door een meteoriet.

Alles was mogelijk, maar als hij niet ten onder wilde gaan aan de aberraties van zijn door de wodka aangetaste hersenen dan moest hij weerstand bieden aan de bizarre gelijkenis van de moordenaar met Lev.

Vroeger beschouwden de meeste mensen Lev als een geniale, grillige, bevlogen charmeur, in de ban van briljante invallen en jongensachtige opwellingen van bravoure. Terwijl hij nog een slok Gold nam, bedacht Sokolov dat de momenten waarop Lev zich *stante pede* in een verhouding of wetenschappelijk onderzoek had gestort in feite de geplande inzetten waren geweest van mentale experimenten die Lev met zichzelf uitvoerde. Lev beschouwde het leven als een hoeveelheid mogelijkheden die hij alle wilde uitproberen en benoemen. En daarbij voorzag hij alle zetten van zijn mede- en tegenstanders en bewoog hij zich onstuitbaar naar de top van de wetenschappelijke *nomenklatoera*, zijn boezemvriend Sasja Sokolov in zijn *slipstream*, tot en met het einde.

Dat kwam op 30 juni 1985. Onvrede en onrust trokken door zijn buik nu Sokolov er weer aan dacht, en hij stond op uit de fauteuil en leunde tegen de raamlijst, de fles in de hand. De zandweg lag in de schaduw van de armzalige huizen, kinderen speelden met een zelfgemaakte kar. Hij probeerde zich te concentreren op de beelden die op zijn netvlies vielen (gespiegeld en ondersteboven, structuren van fotonen die zich met een snelheid van driehonderdduizend kilometer per seconde voortbewegen) maar wat in zijn hoofd zichtbaar werd, dwars door de mist van de alcohol heen, was coherenter van aard. Hij stond niet op de eerste verdieping van een huis in de Regov Ivri – hij zat op het gastenbalkon van het vluchtleidingscentrum in Kaliningrad.

VIER

De gigantische raket was het project van Lev. Het tilde hem naar de hoogste laag van de Sovjet-samenleving. Lev Lezjawa was een zelfde opportunistische communist als Sokolov en iedere bevoorrechte inwoner van Kaliningrad, dus was hij lid van de partij en wanneer dat nodig was gebruikte hij accuraat en soepel de retoriek van het marxisme-leninisme. Het plan had hij *Oktjabr* gedoopt.

Vanaf de gastentribune in het vluchtleidingscentrum in Kaliningrad volgde Sokolov de lancering, te midden van adspirant-leden van het Politbureau. Beelden van de raket werden via de lange lenzen van de grondcamera's, op de lanceerbasis Baikonoer in Kazachstan, rechtstreeks naar de theaterachtige zaal in Kaliningrad gezonden. Uit de luidsprekers klonk het aftellen naar het ogenblik van omschakeling van kerosine op waterstof. De gastentribune bevond zich op het balkon, drie rijen losse rode kuipstoelen, en van daaruit keken Sokolov en de politici neer op de zaal beneden, waar de computers, beeldschermen en bedieningspanelen van de vluchtleiding in rijen stonden opgesteld.

Het team waarvan Sokolov deel uitmaakte had vier jaar aan de *Oktjabr* gewerkt, een verbeterde versie van de *Energia II*, en de oplossingen die hij en zijn ploeg hadden gevonden bleken de honderden tests te overleven die het afgelopen jaar waren uitgevoerd. De raket werd voortgestuwd door *dual fuel* motoren. Het idee voor een dergelijke motor bestond al jaren, ook in het Westen, maar zij waren de eersten die het in uitvoering namen. Totdat de *Oktjabr* werd gebouwd hadden raketmotoren enkelvoudige systemen. In de regel vertrok een raket ofwel op waterstofmotoren ofwel op kerosinemotoren, en een enkele keer op motoren die geschikt waren voor stikstoftetraoxyde. Het ene type motor werkte op een mengsel van waterstof en zuurstof, wat de hoogste energie leverde, en het andere type op een mengsel van kerosine en zuurstof, met een hogere dichtheid, waardoor het in kleinere tanks kon worden vervoerd. De *dual fuel* verenigde beide systemen. De motoren werkten op zowel waterstof als kerosine, waardoor het lanceergewicht van de raket kon worden beperkt dank zij een optimale verhouding tussen de massa van de constructie en de massa van de benodigde brandstof. Het resultaat was de vergroting van de nuttige vervoerslast met minimaal twintig procent. Met behulp van de *Oktjabr*, de Jumbo van de ruimtevaart, kon de Unie de USA verslaan in de race om het eerste permanent bewoonde buitenaardse station.

Ongeveer vijftig mannen bedienden de elektronica die de lancering leidde, en vlak onder het enorme beeldscherm aan de overkant van de zaal luisterde een bewonderende delegatie kolonels en generaals van de KGB en de luchtmacht, overwegend mannen met boerenkoppen, naar de ster van de afdeling Ontwikkeling van NPO Energia, gekleed in het Italiaanse pak dat hij in Helsinki had gekocht, dr. Lev Lezjawa. Ze keken schuin omhoog naar de beelden van de revolutionaire motoren die de *Oktjabr* buiten de dampkring zouden brengen. Sokolov hoorde dat Lev de delegatie toesprak. 'De formule waarmee het vermogen van de motoren wordt vastgesteld luidt: $F = \dot{m}(U_e)_{eff}$. Ofwel: stuwkracht is gelijk aan massastroom maal effectieve uitstroomsnelheid. Het is een mooie eenvoudige formule, zoals alles dat tot zijn essentie is teruggebracht van simpele elegantie is.' Na deze zin voltrok de ramp zich. Sinds de *take off* was precies één minuut en zesendertig seconden verstreken, en het was het moment waarop de omschakeling van kerosine naar waterstof plaatsvond.

Het grote videoscherm aan de overkant van de zaal lichtte opeens op en Sokolovs eerste gedachte was dat de camera's werden gestoord. Op het scherm was even niets te zien, een blank veld, sneeuwwit met hier en daar een donkere vlek, als een winterse toendravlakte met een vossespoor, tot de lichtmeter van de camera de toegenomen lichthoeveelheid verwerkt had. Brandende brokstukken vielen naar de aarde.

De lancering van de *Oktjabr* werd niet rechtstreeks door de Russische televisie uitgezonden en het bericht van het ongeluk werd gecensureerd, maar in het Westen werd het breed uitgemeten en na een week gaf het ministerie van Middelbare Werktuigbouw toe dat er een ongeluk had plaatsgevonden 'door een technisch mankement'.

Schouder aan schouder zochten duizenden soldaten het terrein ten noorden van Baikonoer af en ze vonden resten van de lichamen van de kosmonauten. Forensische experts maakten daaruit op dat ze waren verbrand voordat ze op drie kilometer hoogte de atmosfeer waren in geslingerd. In de motor had een explosie plaatsgevonden waardoor de brandstoftank was gescheurd. Het onderzoek richtte zich op een eerste, kleine explosie die het gevolg had kunnen zijn van een storing in het elektrische circuit. Toen het wetenschappelijke onderzoek geen eenduidige resultaten opleverde, werden de technici die aan de *Oktjabr* gewerkt hadden door teams van de KGB ondervraagd, en al snel ging het gerucht dat de ramp veroorzaakt was door sabotage.

Ruim een halfjaar later zag Sokolov op de televisie iets dergelijks plaatsvinden met de *Challenger* van de Amerikanen. Op elk televisiestation in de wereld, tientallen keren per dag, explodeerde de *Challenger* als een megalomane vuurpijl; de beelden van de uiteenspattende *Oktjabr* werden nooit vrijgegeven. Toen de *Challenger* van de wereld verdween had Sokolov zijn baan in Kaliningrad al lang verloren. Ze hadden hem naar een onbeduidende researchplaats in Tomsk gestuurd. Irina was met hun dochter Natasja in Kaliningrad achtergebleven.

Na het ongeluk had hij Lev Lezjawa nog één keer gezien. In een ommuurde datsja ten zuiden van Moskou, bewaakt door boswachters met hoestende herdershonden, had de KGB de afdelingshoofden van Energia bijeengebracht. Een dag lang werden de mogelijke oorzaken besproken en trok iedereen zich terug in zijn eigen stellingen en legde elke deskundige uit dat de ramp niet te wijten was aan de bijdrage die zijn afdeling geleverd had want die was vlekkeloos en voldeed aan de hoogste veiligheidsnormen waarvan zelfs de NASA zou dromen. In de wc-ruimte, toen ze naast elkaar stonden te urineren, spraken ze even met elkaar.

'Sasjka...'

'Ljovka... waar zijn ze naar op zoek?'

'Naar iets dat ze kunnen begrijpen,' zei hij. 'In hun schedels komt het niet op om te denken dat iets zomaar fout kan gaan.'

'Denken ze serieus dat het sabotage is?'

'Ze zoeken een zondebok.'

'Wat denk jij?'

'Ik denk... ik denk dat dit een belevenis van de hoogste orde is. Een moordavontuur. Wat jij, Sasjka?'

'Ik had dit liever niet meegemaakt.'

'Ach, we sliepen in. We waren zo zeker van onze posities. Wie weet wat er nou weer gebeurt met onze carrières... Als we het maar samen doen, beloof me dat je me niet laat hangen!'

'Waarom zou ik je laten hangen?'

Er kwam iemand binnen en toen ze zwijgend hun handen wasten keken ze elkaar via de spiegel aan en Lev lachte hem toe met een blik van verstandhouding, alsof dit alles een raar incident op school was dat morgen al weer vergeten zou zijn. Voordat ze teruggingen, hield Lev hem opeens bij een mouw vast. Sokolov draaide zich om en Lev omarmde hem. Zijn armen drukten hem strak tegen zich aan.

Toen ze elkaar loslieten, keek Lev hem aan, glimlachend, alsof hem net een grap was ingefluisterd, maar zijn ogen stonden streng en angstig. Sokolov knikte. Lev had een hand op zijn schouder gelegd en hem even door elkaar geschud.

Sokolov nam de laatste slok en duwde zich uit de fauteuil. Op de overloop klonken voetstappen, het gesleep van koffers en het gerinkel van serviesgoed. De nieuwe immigranten betrokken de twee overgebleven kamers van zijn verdieping. Landgenoten van hem. Vroegere landgenoten. Een paar dagen geleden had een neef van hen de kamers hier gehuurd omdat hij zelf geen ruimte had voor de *oliem chadasjiem*, zo had hij Sokolov uitgelegd, want net als vroeger in Charkov woonde hij hier met negen personen in drie kleine kamertjes. Een hulpje van de huiseigenaar had Sokolovs steun gevraagd toen de neef geen Ivriet bleek te spreken, en Sokolov tolkte, sprak de taal van zijn hoofd en hart en nam zich voor om snel te verhuizen naar een buurt waar overwegend Russen woonden. Jemenieten waren een soort Arabieren, zo had hij inmiddels vastgesteld. De geuren op straat, de jengelende muziek die uit elk huis spatte, het gebrek aan hygiëne en de soekmentaliteit hadden net zo goed van een buurt in Amman of Kaïro kunnen zijn. Toen hij nog in het miljonairsappartement in Herzlia woonde, had hij zich in de illusie gewenteld dat hij naar een Europese enclave was geëmigreerd. Maar hij woonde echt in het Midden-Oosten, tussen zwakzinnige bedelaars en Jemenitische traditionelen, tussen waarzeggers en handlezers, tussen aanbidders van heilige rabbijnen en kleine dieven.

Ook Lev Lezjawa was een kleine dief geweest toen hij jong was. Hij deed dat niet omdat hij een kind was van arme ouders – zijn vader was een hoge partijfunctionaris – maar 'ik wil m'n vrijheid en als ze me geen geld géven dan néém ik het,' zo had hij aan Sasja bekend. Na hun eerste confrontatie waren ze onafscheidelijk geworden en wekelijks bogen ze zich bij Lev thuis over mathematische spelletjes. Geschokt had Sasja hem uitgelegd dat je niet van je ouders kunt stelen omdat zoiets de fundamenten van de moraal ondergraaft.

'Ze hebben het zelf ook gestolen, ik steel het weer van hen,' antwoordde Lev nuchter. En toen hij de grote ogen van Sasja zag: 'Luister, Sasja, je weet toch hoe dat gaat: iemand wil een vergunning voor het een of ander, maar de molens draaien langzaam en als je wat schuift, het liefst in dollars, dan gaat alles opeens wat sneller.'

'Maar dat is... dat is toch corruptie!' had Sasja verontwaardigd gestameld. Ook zijn ouders beschikten over 'contacten', maar dit was anders.

'Zo is het altijd gegaan en zo zal het altijd blijven gaan.'

'Wat een bourgeoismentaliteit.'

Lev begon te lachen. 'Ben jij een communist, Sasja?'

'Ja, natuurlijk. Jij niet dan?'

'Waarom ben jij dan nog geen lid van de Komsomol?'

'Ik ben geen activist. Ik wil wetenschapper worden. Geen politicus. Maar ik geloof in de grondslagen van het marxisme-leninisme.'

'Ik wil ook wetenschapper worden. Maar ik geloof alleen in natuurwetten,' had Lev geantwoord, 'en die wetten zien er heel anders uit dan wat ze ons op de mouw spelden. Kom. Ik zal je wat laten zien.'

Sasja volgde Lev naar de slaapkamer van diens ouders. Hij was daar niet eerder geweest. Het was een ruime kamer met zacht tapijt waarin zijn schoenen wegzakten, en een breed bed van onbewerkt hout waarop wel drie of vier mensen konden liggen.

'Enorm,' zei Sasja.

'Uit Zweden,' lichtte Lev toe terwijl hij zich op zijn hurken liet zakken en met een hand achter het nachtkastje hengelde. Hij had beet en haalde een sleutel te voorschijn die hij triomfantelijk aan Sasja toonde. Hij had geen idee wat Lev van plan was.

Lev opende het nachtkastje en wierp een ernstige blik op zijn vriend.

'Dit mag je nooit aan iemand vertellen!'

Sasja schudde zijn hoofd. 'Nooit,' herhaalde hij.

Lev trok een stapel tijdschriften uit het kastje en ging op het bed zitten. Hij gebaarde dat Sasja naast hem moest komen en Sasja liet zich op het zachte matras zakken.

Lev opende een tijdschrift en Sasja zag een vrouw. Ze lag met gespreide benen op een tafel en haar gezicht was nauwelijks te zien. Vanonderaf zag je de welvingen van haar borsten en daarachter haar kin en neus en met beide handen hield ze haar vochtige geslacht zo ver mogelijk open.

Lev bladerde verder en nu zag Sasja ook foto's van vrouwen en mannen die het in ingewikkelde houdingen met elkaar deden, grote stijve pikken die half in gladde kutten staken.

Sasja bloosde en hij kon niet voorkomen dat hij er opgewonden door raakte. Onrustig slikte hij en Lev overhandigde hem het tijdschrift.

'Goed, hè?'

'Hoe komen jullie hieraan?' vroeg Sasja met trillende stem, alsof de manier van verwerven het enige was dat hem bezighield.

'Op de zwarte markt kun je alles krijgen. En als je zover bent als mijn vader dan kun je alles ook via de gewone kanalen krijgen. In de top mag alles, moet je weten. Ik heb begrepen dat ze orgiën houden in de datsja's.'

Sasja, een modelleerling die ook in gedachten naïef en oppassend was, zou hem van antisocialistische sentimenten beschuldigd hebben als hij niet met eigen ogen de tijdschiften had gezien. Levs boodschap hield in: alles kon als je maar over de juiste contacten beschikte en hoog genoeg in de partijhiërarchie stond. Samen bladerden ze door de tijdschriften en Sasja verborg de hongerige opwinding die het zien van de foto's bij hem deed groeien. In navolging van Lev maakte hij stoere opmerkingen over de vrouwen ('Moet je die es zien! Die heeft een beurt nodig!') maar toen hij thuiskwam ging hij meteen naar zijn kamer en greep hij ziek van geilheid de kloppende erectie die hem onderweg bij het lopen naar huis had gehinderd. Met de foto's in gedachten duurde het een paar seconden, drie keer achter elkaar deed hij het en drie keer kwam hij bijna spontaan klaar. Daarna voelde hij zich smerig en toen hij rillend onder de ijskoude douche stond verbood hij zichzelf nog ooit één blik in de tijdschriften.

Enkele weken later was Sasja opnieuw bij Lev en ook deze keer was Levs moeder afwezig (een prachtige donkere vrouw met zwierige heupen en grote lachende ogen, volwassen en lijfelijk – Sasja was niet alleen verliefd op Nadja Zjadanova maar ook een beetje op haar). Ze waren in afwachting van de Rooie, die volgens Lev gewichtige zaken te bespreken had.

'Zullen we kuttenkijken?' vroeg Lev.

'Ach, nee,' antwoordde Sasja nonchalant.

'Ben je ziek?'

'Ach, het zijn maar foto's.'

'Ja, wat had je dan gewild? *Echte*? Was dat maar waar. Heb jij het wel eens gedaan eigenlijk?'

'Nee,' zei Sasja eerlijk. Het had geen zin om te liegen. Bij een eventuele discussie zou hij onherroepelijk door de mand vallen want Lev voelde zoiets perfect aan.

'Ik wel. Een paar keer,' zei Lev zakelijk.

'Met wie dan?'

'Dat zou jij wel willen weten, hè?'

'Niet echt.'

'Nou, dan niet. Wil je niet kijken?'

'Nee.'

'Ben jij een heilige soms? Zo iemand als jij ben ik nog nooit tegengekomen.'

'Sommige dingen doe ik gewoon niet,' zei Sasja, luider dan nodig was, alsof hij zichzelf wilde overtuigen van de juistheid van zijn begrensde behoefte aan sexuele fantasieën.

'Ben jij soms niet normaal of zo?' vroeg Lev uitdagend.

'Misschien niet. Maar, is dat een probleem?'

'Jij bent zo gruwelijk brááf.'

'Ik ben niet braaf. Jij bent alleen zo... zo nieuwsgierig.' Sasja had geen beter woord tot zijn beschikking, maar het dekte wel wat hij bedoelde.

'Nieuwsgierig,' herhaalde Lev nadenkend. 'Die kwalificatie bevalt me wel. Ja, ik ben nieuwsgierig. Ik wil alles weten en ik wil ook alles doen. Jij hoeft niets te doen, hè?'

'Jawel. Maar niet alles.' Sasja bleef ernstig ook al zag hij de spot in Levs ogen. Hij voelde zich niet beledigd of vernederd, zo was Lev nu eenmaal.

'Ik wel,' antwoordde Lev met een superieur lachje, 'ik wel.'

'Alles?'

'Absoluut.'

'Ook een moord?'

'In principe? Ja. Waarom niet?'

'Wil je dat echt weten?'

'Ja,' daagde Lev hem uit.

'Omdat je de bak in draait. Misschien de kogel krijgt.'

'Mijn moord is perfect. In gedachten althans. Als idee. Ik zou wel willen weten hoe dat voelt, ja.'

'En je geweten?'

'Als iemand jou van kant wil maken en je bent hem te slim af? Ik denk dat er dan met je geweten te leven valt.'

'Er zijn grenzen.'

'Net als de ruimte kent het menselijk gedrag geen grenzen,' oreerde Lev.

'Voor mij wel,' antwoordde Sasja koppig. 'Zonder grenzen weet ik niet wat ik moet doen. Ik heb behoefte aan principes...'

'Axioma's,' viel Lev in, 'maar axioma's zijn hulpmiddelen. Ik wil alles meemaken wat je kunt meemaken in deze wereld.'

'Ik niet.'

'Daarom ben jij braaf.'

'Dan ben ik maar braaf.'

De Rooie klopte op de deur. Hij liet zich op de bank vallen en zijn uitgerekte ledematen lagen als vreemde aanhangsels op de kussens. Hij was nog langer dan Sasja dank zij zijn buitenmaatse benen. Bewonderend nam hij de flat in zich op.

'Niet slecht, niet slecht,' mompelde hij goedkeurend.

'Sasja, we hebben je hulp nodig,' zei Lev ernstig. 'De Rooie heeft een probleem.'

'Ik heb gisteren het examen verknald,' zuchtte de Rooie.

'Dat is goed klote,' benadrukte Lev.

'Ja,' zei Sasja. Op zijn oude school was de Rooie met scheldpartijen opgegroeid, maar hier werd hij door bedaagde, ijverige scholieren omringd die hem zijn haarkleur niet nadroegen. Elk blijk van aandacht en sympathie beantwoordde hij met dankbaarheid en kleine cadeautjes, vermoedelijk uit de voorraadkelder van zijn vader. Verder viel hij op doordat hij de slechtste van de klas was. Iedereen wist dat hij door de contacten van zijn vader, generaal bij de KGB, een plaats op school no. 79 had gekregen.

'Kijk,' zei Lev, en hij boog zich vertrouwelijk naar Sasja, 'de Manke laat de papieren altijd op school achter, in de kast naast het natuurkundelokaal, begrijp je?'

'Altijd,' herhaalde de Rooie. 'De Manke werkt vaak 's avonds op school. Hij heeft z'n wijf met drie kinderen geschopt en thuis hebben ze maar één kamer, de gek. Ik heb gehoord dat ie haar slaat als ie bezopen is.'

'Hij is een halfjood,' verklaarde Lev misprijzend. Sasja was bang dat hij zou kleuren bij het horen van die woorden. Niemand wist dat zijn ouders joden waren, geheime joden (zelf had hij het bij toeval ontdekt), waardoor hij niet eens een halve maar een volle jood was, en hij wist dat dat kenmerk van de Manke, hun leraar natuurkunde, net zo weerzinwekkend werd gevonden als het houten been waarop deze hinkte (het verhaal ging dat het oorspronkelijke been in een Stalinkamp was afgevroren). 'Een halve jood maar een hele *zjid*,' zei de Rooie.

'Ik heb niks tegen joden,' zei Sasja met trillende stem. Zijn keel leek opeens bekleed met schuurpapier, maar hij had het gevoel dat hij zijn ouders niet kon afvallen, ook al hadden zijn vrienden hen niet moedwillig beledigd. 'Joden hebben een belangrijke rol gespeeld bij het ontstaan van de partij en bij de revolutie,' zei hij belerend.

Lev haalde zijn schouders op en maakte een snijdende beweging met zijn hand. 'Doet er niet toe. De Manke gaat er nu voor zorgen dat de Rooie van school verdwijnt.'

'Dat is verdomd kut,' zuchtte de Rooie, 'echt verdomd kut.'

'Ja...' was alles wat Sasja kon uitbrengen. De Rooie was een aardige jongen, maar hij kon niet veel en iedereen wist dat zijn vader de directeur had omgekocht.

'Ik ga er wat aan doen,' zei Lev. Hij ging ontspannen achterover zitten.

Sasja keek hem onderzoekend aan. 'Hoe dan?'

'Ik ga het papier van de Rooie vervangen,' legde Lev rustig uit.

Sasja kon hem niet geloven. Van het onbewogen gezicht van Lev keek hij naar het schuldbewuste van de Rooie, die serieus knikte en Levs vervelende oplossing als iets onvermijdelijks aanvaardde.

'Maar...' Sasja kon zich geen voorstelling maken van hun manier van denken.

'Maar wàt?' vroeg Lev.

'Maar de Rooie heeft toch geen recht op méér!'

'Wat is dat nou voor stoms!' riep Lev verbaasd. 'Recht? Wat is dat? De Manke heeft hem laatst bij het mondeling gewoon genaaid! Hij heeft zwaar de pest aan de Rooie.'

'Ik weet niet waarom dat zo is,' klaagde de Rooie, 'hij behandelt me alsof *ik* zijn poot eraf heb gezaagd.'

'Maar je kunt toch niet...'

'Jawel,' zei Lev.

'Hij bewaart alles in de kast,' herhaalde Lev alsof hij een onschuldige opmerking maakte. Hij zat achterover in de leren fauteuil van zijn vader, de armen achter zijn hoofd, en voerde het gesprek alsof hij de Sovjetsportprestaties besprak.

'Die is op slot,' zei Sasja resoluut, hiermee een einde aan het gesprek makend. Hij stond op en wilde thuis de berekeningen voortzetten van het probleem van de Bruggen van Koningsbergen. Het was een van de mathematische spelletjes uit een dik boek dat hij van zijn ouders had gekregen. Het probleem ging over de vraag of het mogelijk was om een wandeling over de zeven bruggen van Koningsbergen te maken, zó dat de wandelaar elke brug slechts één keer overging en op het punt van vertrek terugkeerde. Sasja probeerde de vraag nu geometrisch uit te zetten, maar de afspraak met Lev had hem uit zijn werk gehaald. Lev zei: 'Wacht nou even, Sasjka. Die deur is op slot. Dat klopt. Waarom is die deur op slot? Omdat de Manke zijn sleutel in het slot heeft gestoken en de pin in de deurlijst heeft gedraaid. Het opmerkelijke van dit fenomeen is dat je met die sleutel die pin ook weer *terug* kunt draaien.'

'Maar daarvoor heb je de sleutel nodig,' zei de Rooie.

'En die hebben we niet,' concludeerde Sasja.

'Dat is correct,' zei Lev, 'maar die gewenste situatie kan zich alsnog aandienen en ik denk dat jij, Sasjka, dat jij, als de beste in natuurkunde en de lieveling van de Manke, dat jij kan helpen.'

'Wat!'

Hij keek verbluft naar Lev. 'Ik kan toch niet zijn sleutelbos uit zijn tas stelen!'

'Dat hoeft niet, dat hoeft niet!' Lev schoof naar voren en maakte een ongeduldig gebaar. 'Je maakt een afdruk. In was. Rooie...'

De Rooie gaf hem een rond blikken doosje aan en Lev tilde het deksel eraf. Het was gele boenwas. 'Kijk, morgen blijf jij natuurlijk weer na in het natuurkundelokaal, want je bent een echte zonderling en de Manke gaat jou met van alles en nog wat helpen, en dan maak je een afdruk van de sleutel. Er zit een geel kaartje aan de sleutel van de kast. Eenvoudig, effectief, gevaarloos, en met gegarandeerd succes. Die boenwas komt uit Finland.'

'Dat doe ik niet.'

'Natuurlijk wel,' zei Lev, 'je doet het voor onze vriendschap.'

'Daarom doe ik het juist niet.'

'En voor wat anders doe je het ook,' beweerde Lev met een knipoog.

'O ja?'

'Zeker.'

'Wat dan?'

'Nadja Zjadanova.' Lev keek hem doordringend aan en Sasja bloosde.

'Wat is er met Nadja?'

'Ze is verliefd op jou.'

'Doe niet zo belachelijk.'

'Jawel. Ze heeft het mij bekend. Ze vroeg mijn hulp omdat jij haar negeert. Maar ik heb je naar haar zien kijken.'

'Je ouwehoert.'

Lev boog zich naar het tafeltje naast zijn fauteuil en pakte de hoorn van de telefoon. 'Bel haar.'

'Ze hebben geen telefoon,' zei Sasja. Toch wilde hij opeens juichen en gillen en een tinteling danste door zijn lijf.

'Als je meedoet dan kun je met Nadja hier een afspraak maken. Als er niemand is.'

'Ongelooflijk,' zuchtte de Rooie, alsof ook hij droomde van een ontmoeting met Nadja.

'Maar...?' Sasja begreep dat hij de prijs moest betalen.

'Maak die afdruk nou, zeikerd.' Afwachtend keek Lev hem trouw en vriendschappelijk aan. Sasja zou hem teleurstellen als hij de Rooie niet zou helpen.

'Ik weet het niet,' zei hij, vechtend tegen de fantasieën over Nadja.

Toen hij 's avonds in bed lag vervloekte hij Lev om zijn duivelse spel en nam hij zich voor om afstand te houden en de vriendschap te laten verdorren. Maar tegelijk bewonderde hij de grenzeloosheid die Lev propageerde en zelf in praktijk bracht, en dit laatste was een karaktertrek die hij niet eerder had meegemaakt bij zijn leeftijdgenoten. Bevlogen vertelden sommige van zijn vrienden over hun ideeën en plannen voor het meeslepende leven dat ze zouden leiden, maar Lev sprak erover alsof hij verslag deed van het kameraadschappelijke bezoek van een Koreaanse delegatie, beheerst en verstoken van emotie. Iedereen wist dat hij alles ondernam en alles uithaalde. Hij beweerde dat hij in Georgië hasjiesj en opium had gerookt, en de manier waarop hij dat bracht, niet als een heldendaad maar terloops als een klein bericht uit de rubriek gemengd nieuws, was overtuigender dan het opgejaagde theater van Oleg Zoedov, een klasgenoot die vorige week door de kleedkamer van het gymnastiekzaal brulde dat hij de middag ervoor de buurvrouw had genaaid.

Sasja aanbad Nadja, maar hij ontweek haar als hun wegen elkaar onverhoeds kruisten. Met zijn opgewonden geslacht onder handbereik stelde hij zich al maanden voor hoe hij haar kleine stevige borsten betastte. Hij wilde niets liever en tegelijk was hij er bang voor.

De volgende ochtend zei hij dat hij het niet zou doen, wat Lev gelaten leek te accepteren, maar in de zonovergoten middagpauze stond Nadja opeens op zijn schaduw, met trillende neusvleugels en zwaar ademende keel, en ze vroeg met schorre stem wanneer ze zouden afspreken. Lev had haar dus iets verteld dat Sasja 's nachts woelend en zwetend en masturberend had afgewezen.

'Volgende week?' stelde hij voor, naar zijn schoenen kijkend. Hij wist zeker dat hij nu roder werd dan de Rooie, en hij keek heel even naar haar onzekere lippen.

Hij zocht Lev op, en hij had zich voorgenomen om het alsnog te weigeren als Lev verkeerd zou reageren. Zwijgend stak Sasja zijn hand uit en Lev zei evenmin iets, lachte niet, zei niet *ik dacht 't wel*, lachte hem uit noch vernederde hem, nee, trok zakelijk het blikje uit zijn jaszak en legde dat als een wapen in de hand van zijn medestrijder. 'Compadre,' zei hij toen Sasja het blik in zijn zak liet glijden.

Hij was bloednerveus en de moed verliet hem toen hij met de Manke aan het werk was (volgens hem was Sasja op weg naar een Nobelprijs in de fysica, geen twijfel aan), maar zodra de Manke het lokaal had verlaten opende hij, ondanks zichzelf, de tas van zijn leraar en drukte de sleutel met het gele kaartje in de was. Het vreemde was dat hij niets voelde. Doelgericht deed hij wat hij moest doen. De deur zwaaide open toen het blik veilig in zijn broekzak zat.

Lev en de Rooie wachtten hem op en sloegen hem mannelijk op de schouder.

'Ik dien het te erkennen, jij bent een vreemde lefgozer,' zei Lev ernstig.

Sasja voelde zich licht en krachtig en buiten de grenzen van zijn normale *ik*. Hij walgde van zijn daad en tegelijk was hij dronken van trots. Hij had de lijn tussen wat hoort en wat niet hoort overschreden, en als je dat gedaan had, zo wist hij nu, dan leek het of je een fles wodka in één teug had geledigd.

'De laatste keer,' zei hij toen hij 's middags alleen naar huis ging en de sensatie van triomf was gesleten, 'ik doe dit nooit meer.' Toen hij thuiskwam had hij het gevoel dat hij moest overgeven, en twee dagen later, tijdens de les van de Manke, verwachtte hij elk moment de bulderende aanval van de Manke: 'Ik heb je wel gezien, ventje. Denk jij echt dat jij mij kunt belazeren? Klassevijand! Kosmopoliet! Leegloper!'

Een week later verscheen Nadja aan de deur van de flat van de familie Lezjawa. Lev hield woord en herinnerde zich opeens een dringende boodschap die hij voor zijn moeder moest doen. Sasja bleef alleen met

Nadja achter. Ze had een gedicht voor hem geschreven:

Halverwege de hemel
maar met zijn voeten op de grond
ruziet hij met Pythagoras
zet hij Socrates
op zijn nummer
kust hij de muze op mijn mond.

Die laatste regel was een uitnodiging. Maar hij durfde niet. Strak van de spanning zaten ze naast elkaar op de bank van de familie Lezjawa. Sasja vouwde het papier met het gedicht tot het papier zich niet meer liet buigen, een pakketje poëzie. Het drong tot hem door dat het er nu uitzag als iets dat hij wilde weggooien.

'Erg... bijzonder,' zei hij.

Hij voelde dat ze knikte, maar haar aankijken durfde hij niet. De klok tikte. Hij slikte en overdacht wanhopig hoe hij zich aan deze situatie kon ontworstelen. Hij was niet bij machte een woord te verzinnen dat interessant genoeg was voor haar oren. Zijn ogen hield hij voor haar verborgen, want ze zou de wankele puberdromen ontdekken die hij in bed voor zich zag. Minuten verstreken terwijl ze onbeweeglijk naast elkaar zaten. Opeens zei ze: 'Mooie bank.'

Hij knikte. 'Zweeds, geloof ik.'

Toen vond iets wonderbaarlijks plaats. Ze pakte zijn hand en schoof die onder haar bloes over de zachte welving van haar borst. Ze droeg geen beha, wat hij voelde was zachter dan fluweel en de bekroning van de heuvel was harder dan steen.

'Kleed me uit,' fluisterde de dichteres.

Hij knikte en deed wat hem was opgedragen. Hij opende haar bloes, schoof zijn vingers onder haar rok, en hij strekte zich languit op de bank nadat zij te kennen gaf belangstelling te hebben voor het openen van zijn gulp. Ze kuste hem met vochtige lippen, en hij liet zich meesleuren door duizelingwekkende emoties. Hij hield van haar. Ze leidde zijn hand naar een plek die haar wild deed bewegen, en hij kwam klaar in de palm van haar hand. Het was de eerste keer dat een vrouw hem haar liefde gaf.

VIJF

Sokolov had een hele fles achter de kiezen maar zijn lichaam gehoorzaamde zonder mankeren. Hij kleedde zich aan en nadat hij de deur op een kier had geopend en niemand op de overloop had aangetroffen glipte hij naar buiten en haastte zich de trap af.

Strak liep hij door de eerste avondschemer naar de Regov Etsel. Door de open ramen zag hij de starende donkere mensen die glommen in het licht dat uit de beeldbuis straalde. Bijna overal was dat het enige licht in huis. De mensen hier in de buurt lazen geen boeken en in de keuken voldeed een TL-buis. Op de erven slopen katten rond smerige vuilnisbakken zonder deksel. Fluisterend gaven kinderen elkaar een brandende sigaret door, ergens was een verliefd paar in een gesprek gewikkeld dat de wereld zou veranderen.

Bumper aan bumper kropen in de Regov Etsel walmende auto's met loeiende ventilatoren voorbij. De late file was ontstaan door dranghekken die vijftig meter verderop het wegdek afsloten. Een politieagent leidde het verkeer naar een van de zijstraatjes. Sokolov stak de straat over in de richting van de buurtwinkel waar hij 's avonds zijn flessen kocht.

De eigenaar, een kleine, tandeloze Jemeniet van onbestemde leeftijd, had een geschonden, gelooide huid en ogen met gele irissen. Hij leek blind, maar als hij een fles of conservenblik van een van de planken hoog achter tegen de muur moest pakken, dan bewoog hij doelgericht.

'Gold wodka,' bestelde Sokolov.

De winkel had een volledig assortiment en was elke avond, op vrijdag na, tot middernacht geopend. De Jemeniet pakte de slanke fles met het rode etiket. Sokolov telde achteneenhalve sjekel neer.

'Wat is er aan de hand?' vroeg hij.

'Iemand neergeschoten,' zei de man. Het klonk als 'imam neergescholden'.

'Iemand uit de buurt?'

'Van buiten. Onderwereldfiguur.'

'Gewond?'

'Dood.'

'Is dat normaal hier?'

'Nog nooit gebeurd,' zei de man verontwaardigd, alsof hij een onnozele toesprak. 'Dit is een nette buurt. Hier gebeurt nooit wat. De mensen letten op mekaar. Dit is iets van de Arabieren of de Asjkenazi, dàt zijn de gangsters.' Dat laatste klonk als 'wengwes', maar Sokolov begreep wat hij bedoelde.

'Sadam Hoessein heeft gedreigd dat ie ons aanvalt als Irak wat overkomt. Was net op de radio,' zei de man.

'Een gek,' beweerde Sokolov. Zijn belangstelling voor politiek, ontstaan in Israël, was door de storm in zijn hoofd weggeblazen, maar hij wist heel goed dat een paar weken geleden Koeweit door Sadam Hoessein was bezet. Het Westen wilde dat ongedaan maken.

'De moeder van alle veldslagen, zei Hoessein gisteren.'

Sokolov haalde zijn schouders op. Hij dacht: de moeder van alle drinkgelagen. De man zette de fles in een neutraal plastic tasje en Sokolov verliet de zaak.

Het was een warme avond en de hele buurt leek zich op de terrassen in de Regov Etsel te hebben verzameld. Families van meerdere generaties deden zich luidruchtig te goed aan humus, techina, kebab, falafel, auberginemoes, tomatensalades, lamskoteletten, gestoofd geitevlees, pita's, afgunstig in het oog gehouden door andere families die niet op tijd een tafel hadden gevonden. Bezweet en geïrriteerd hadden dezen steun gevonden tegen geparkeerde auto's, de eters met vijandige blikken bestokend. Op de trottoirs werd uitbundig gewandeld en geflaneerd, en Sokolov slenterde langs de terrassen tot hij de dranghekken had bereikt. In een menigte kinderen en oude mannen keek hij naar de politiewagens op de hoek met de Regov Roni. In het felle licht van werklampen zochten leden van de technische politie naar bewijsstukken. De plek waar het slachtoffer had gelegen, gemarkeerd door krijtstrepen, werd door gehurkte mannen met kleine borstels schoongeveegd. Een politiefotograaf legde de stoep meter na meter vast. Alles nep en in scène gezet, dacht Sokolov, net zo onwezenlijk als de films die hij hier op televisie had gezien.

Hij keerde de hoek de rug toe en slenterde terug naar zijn kamer. Hij had de juiste keuze gemaakt door de plek zo snel mogelijk te verlaten en thuis te wachten tot de politieorkaan zou zijn overgetrokken. Een onderwereldafrekening was niet iets waarbij zijn gevoel voor recht en onrecht in het gedrang kwam, als tuig elkaar wilde afmaken dan bleef hij onaangedaan op afstand. Wat had hij de politie kunnen vertellen? Luister, agent, de dader lijkt op de vroegere leider van het ontwikkelingsprogramma van NPO Energia in Kaliningrad. Zo.

Vroeger zou hij direct zijn medewerking aan de militie hebben toegezegd, maar mensen zoals hij, onder aan de maatschappelijke ladder, waren bang om hun broze bestaansevenwicht te verstoren en prooi te worden van krachten die niet te beteugelen waren. Hij hoorde noch bij de gangsters, noch bij de bovenlaag die door de politie werd vertegenwoordigd, en dat laatste was nieuw.

Verbaasd constateerde hij dat hij nog zo hevig aan het leven hechtte. In Tomsk had hij dagen beleefd dat hij verlangend naar het einde had uitgezien, dronken tot in zijn tenen, gedeprimeerd tot in de protonen van zijn lijf. Elk proton had een positieve elektrische lading en een massa van 938,3 Mega-elektronvolt, maar hij ervoer zijn lichaam alsof het spontaan desintegreerde. De spontane desintegratie van een proton werd voorspeld door de grote unificatietheorieën, maar zij was nooit in een laboratorium waargenomen. Hij nam het waar, ook al zou volgens die theoriën per jaar slechts één proton van de talloze miljarden waaruit hij bestond uiteenvallen. Bij hem viel alles uiteen. Het einde van zijn carrière en de consumptie van liters wodka maakten zichtbaar wat de zoekers naar de theoretische samenvloeiing van de sterke en elektrozwakke kracht hoopten te vinden: het vuur van het plasma voordat het ging uitzetten en een universum zou vormen, het intense niets van de oervlam dat het alles van nu kon verklaren. Maar er was niets meer te verklaren, ook niet de confrontatie met de dader of het geheim van de dood van het slachtoffer. Wat was er in feite gebeurd? De zonlichtfotonen die door de huid en kleding van de dader en het slachtoffer waren gereflecteerd, hadden de elektronen in de staafjes van zijn netvlies geraakt. Elektrische impulsen brachten het beeld naar zijn hersenen. Het licht, uit het binnenste van de zon, was een produkt van kernprocessen, en wat er in zijn hersenen gebeurde kon beschreven worden door elektromagnetisme. De dode was slechts relatief dood: door de Coulomb-kracht bleven in de atomen van zijn lichaam de elektronen om de kern zweven en door de sterke kernkracht bleven de protonen en neutronen van de atoomkernen aan elkaar gebonden. De biologie van de dode was gestoord, verder bleven de vier fundamentele krachten ongehinderd gelden, zoals ze vanaf hun ontstaan, ongeveer driehonderd seconden na de oerknal, over het universum hadden geheerst. Misschien lag het lijk nu in het mortuarium van de politie en hadden zijn familieleden het gevoel dat iets er niet meer was; volgens Sokolov was er nauwelijks iets gebeurd. De atoomkernen van de suiker- en fosfaatmoleculen van het DNA van de vermoorde man waren miljarden jaren geleden door het heelal geslingerd en toevallig in het lichaam van de man samengekomen. En de bouwstenen van de protonen en neutronen van de atoomkernen bestonden uit quarktrio's, geboren in de allereerste seconden na de geboorte van het universum. Dit alles was wetenschap, die alles verklaarde en niets verzachtte. De familie van de dode huilde om tachtig kilo quarktrio's van vijftien miljard jaar oud. Tranen om het universum.

Sokolov wist niet waar Lev was. Twee dagen na de bijeenkomst in de datsja hadden ze Lev gearresteerd, en Sokolov had de brieven geschreven naar het kamp waar hij werd vastgehouden. Levs moeder klaagde dat haar pakjes niet aankwamen en ook Sokolovs brieven werden ongeopend geretourneerd. Misschien hadden ze hem zwaar regiem gegeven, misschien hadden ze iets ontdekt, misschien wilden ze hem onder druk zetten. Begin september werd Sokolov naar Tomsk overgeplaatst en daar hoorde hij dat Lev was vrijgelaten. Maar Levs moeder wist niet waar hij was gebleven. Hij zat ondergedoken in Georgië en ze hield vol dat hij haar nog niet had laten weten hoe hij te bereiken was.

Lev had een 'oom' in Georgië en Sokolov schreef een brief en kreeg die terug. Georgië was een slangekuil. Een reiziger die zonder familiecontacten in de chaos van het treinstation van Tbilisi belandde, had twee mogelijkheden: of hij gaf zijn bezittingen meteen vrijwillig af aan de eerste de beste vertegenwoordiger van de lokale *tjag tjag*, of hij zou dat binnen vierentwintig uur onder dwang doen. De politie werd betaald door de mannen die niet alleen deze curieuze vorm van handel maar ook de valutahandel en elke andere vorm van zwarte handel beheersten, en als een familienaam niet eindigde op *ili*, *dze* of *a* dan was het aan te raden om elk politiebureau te mijden. Je liep er kans mishandeld te worden omdat je met je aangifte de eer van het Georgische volk beledigd had, en aangezien de politie daar een echte volksmilitie was kon de belediging die de Rus zich had veroorloofd een oprechte woede losmaken bij de rechtsdienaren. Lev liet niets van zich horen. Sokolov staakte het schrijven van brieven. Lev was uit zijn leven verdwenen.

Sokolov sjokte over de gladde tegels in het trappenhuis naar boven. Toen hij zijn deur opende hoorde hij zijn nieuwe buren. Hij had begrepen dat ze pas morgen zouden komen. Moeder en dochter. Opnieuw kleedde hij zich uit, trager nu, en nam bezweet plaats in zijn fauteuil. Hij legde een hand op de onbevlekte dop van de fles Gold, gaf een ruk en voelde hoe de dop losscheurde van de sluitring. Voorzichtig hield hij de fles schuin en dronk dorstig. Terwijl de alcohol zich een weg naar zijn maag baande, keek hij naar buiten.

De Regov Ivri werd slecht verlicht en nu hij erover nadacht besloot Sokolov dat de bewoners van zulke stegen ook geen beter lot verdienden. Wie hier onderdak had gevonden, betrad de steeg op eigen risico. Ook al ontkende de winkelier het, hij nam aan dat het hier net zo toeging als elders in de wereld. Als je in Moskou in een dergelijke steeg woonde dan was het er 's avonds levensgevaarlijk. Nergens ter wereld werd zoveel geroofd en gemoord als in Moskou. Een paar maanden geleden las hij in een krant dat Washington de gevaarlijkste stad in de wereld was, maar dat was een leugen. Moskou. Anders dan in Georgië probeerde de politie er de misdaad te bestrijden, maar de Moskouse bendes waren oppermachtig. Onafhankelijke kruimeldieven hadden er geen kans; zoals alles in de Sovjet-Unie was ook de misdaad georganiseerd volgens strakke, vaak etnische lijnen. Je had Armeense bendes, Georgische, Oezbeekse, en allemaal hadden ze hun eigen specialismen. Hij had nooit van joodse bendes gehoord, maar mogelijk bestonden die ook.

De onderwereldafrekening die hij had mogen gadeslaan, werd uitgevoerd door een jood. Het slachtoffer was ook een jood. Sokolov was nu lang genoeg in Israël om het fysieke onderscheid te zien tussen joden en Arabieren, en hij wist zeker dat zowel het slachtoffer als de dader een Asjkenazische jood was. Door zijn ervaringen in Shekunat Hatikva begon Sokolov nu ook de verschillen te zien tussen groepen Sefardische joden. Wat de joden bond was een traditie; het leven op verschillende plekken in de wereld had hun fysieke kenmerken van andere volken gegeven.

Zelf zag Sokolov eruit als een gewone, zij het lange Middeneuropeaan. Zijn gezicht had niets joods, tenminste, als met 'joods' donkere ogen en een grote neus werd bedoeld. Sokolovs neus was onopvallend en zijn blonde haar had een rossige, zeg maar Russische glans. Zijn ogen waren grijsblauw en als hij vroeger op school na de gymnastiekles onder de douche stond dan zag zijn plasser er precies zo rubberachtig uit als die van andere Russische jongens. Toch was Sasja Sokolov geen echte Rus, ofschoon dat wel in zijn identiteitsbewijs en dat van zijn ouders stond vermeld.

Zijn lichaamslengte had Sasja van zijn moeders vader, Jakov Benveniste, een graanhandelaar uit Jassy in Moldavië. Eind juni 1941 werd Benveniste in Jassy, samen met andere joodse mannen vanaf zestien jaar, in een goederentrein opgesloten en tot een doelloze tocht door Roemenië gedwongen. Na twee weken kwam er ten oosten van Boekarest een einde aan de treinrit, die naar alle hoeken van Roemenië had gevoerd. Tienduizend joodse mannen van Jassy hadden in de wagons de dood gevonden. Met andere vrouwen probeerde Sokolovs grootmoeder naar de Sovjet-Unie te vluchten, maar zij werd vermoord door de Einsatzgruppe D, die bij het terugdrijven van de Sovjet-legers met Roemeense fascisten in competitie waren over de aantallen gedode joden.

Sokolovs moeder, romantisch en dromerig, vertelde dat de mensen in de familie Benveniste een donkere huidkleur en Iberische trekken hadden. De familie kwam oorspronkelijk uit Spanje. Na 1492, het jaar waarin de joden Spanje moesten verlaten, belandden de Benvenistes in Turkije, vanwaaruit ze in alle richtingen trokken. De tak waartoe zijn grootvader van moederskant behoorde was vier generaties daarvoor in Jassy gearriveerd, een familie van eenvoudige, vrome handelaren die wortel schoot tussen de Grieks-orthodoxen van Moldavië.

De familie van zijn vader had een nog opmerkelijker historie: het was een Russisch geslacht van rabbijnen en talmoedgeleerden, onder wie Mordechai ben Av, de rabbijn van Baranovitsji, achttiende-eeuws schrijver van commentaren en fel bestrijder van bijgeloof en onwetendheid. Zijn grote tegenstander was de grondlegger van het chassidisme, Israël Baal Sjem Tov, die de Besjt werd genoemd, de beginletters van zijn eretitel Meester van de Goede Stem. De Besjt schonk de ongeletterde en hongerige joden van de Oekraïne de *hitlahawoet*, de mystieke extase waarmee de normale wetten van de natuur overwonnen konden worden. Mordechai ben Av was een leerling van de Gaon van Wilna, rabbijn en wetenschapper die over astronomie en algebra publiceerde. Ook de zoon van Mordechai ben Av, evenals diens zoon, was rabbijn. Al deze generaties geleerden culmineerden in de ontklede alcoholicus, wiens geheugen – voorbereid en verfijnd door vrome voorvaderen, die het mooiste van hun genen aan hem hadden doorgegeven – ook na bijna anderhalve fles wodka te sterk bleek voor de hunkering naar vergetelheid. Als hij de stormen van zijn geheugen probeerde te doven en zich op iets buiten zichzelf concentreerde (bij voorbeeld: was het mogelijk om de duisternis van de Regov Etsel door pure wilskracht in licht te veranderen?) dan voelde hij de machtige autonome zuigkracht van zijn geheugen en werd hij als een veertje naar het binnenste van zijn schedel gezogen. Sokolov had zich tussen de drinkgelagen in Herzlia door verdiept in het jodendom.

Als hij zich afvroeg wat het jodendom voor hem betekende, wist hij niets, voelde hij niets, herinnerde hij zich niets. Hij kende de tragische geschiedenissen van zijn ouders, maar in de Grote Vaderlandse Oorlog waren vermoedelijk vele honderdduizenden families, ook christelijke en atheïstische, volledig weggevaagd. Gezeten op zijn terras, kijkend over de boulevard die tafereelen van zorgeloze consumptie toonde, had hij over de *kabod* gelezen, het Goddelijk Vuur en Licht, dat het doel was van joodse mystici. Via *chasidoeth*, een leefwijze van vroomheid, nederigheid, bezinning en godvrezendheid, kon de mysticus, als hij zijn best deed, de *kabod* aanschouwen, Gods eigen vuur, Gods *Big Bang*. Beschreven de oude joodse mystici een vreemde herinnering aan de eerste knal? Was het mogelijk dat de quarktrio's een nagalm hadden in het denken over de oorsprong van het universum? Sokolov geloofde niet in zo'n God, maar de *kabod* verleidde hem en hij had zich verder in de *kabbala* gestort door het lezen van de *Zohar*, een samenvatting van de joodse mystiek die omstreeks het jaar 1300 werd samengesteld door Mozes de Leon uit Granada. God was oneindig en absoluut, en zijn existentie toonde hij in tien lichtstralen, die tien hoedanigheden en werkingen van God zouden zijn. Ze stonden met elkaar in verband via pijpen of kanalen, die Sokolov deden denken aan de *snaren*-theorie van de moderne quantummechanica. Ook andere termen, zoals die over het vacuüm waarin God zijn licht liet schijnen, echoden door in zijn geest wanneer hij dronk en Gods vacuüm in verband bracht met het quantumvacuüm in de eerste 10^{-30} seconde van de begintijd, toen het heelal razendsnel uitdijde zonder dat er elementaire deeltjes gevormd konden worden. Het kosmische vacuüm bleef leeg, en tegelijk was het de schatkamer waaruit alles zou ontstaan. De joodse mystici uit de Middeleeuwen en de fysici van de late twintigste eeuw waren in Sokolovs hoofd tegelijk aan het woord, als leden in een koor.

Wat was dat, jood? Hij werd er voor het eerst mee geconfronteerd toen hij tien was. Hij had een schilderijtje van de muur genomen omdat hij een geliefde foto van hond Laika in een echte omlijsting wilde ophangen, boven het buffet met de sierglazen en de kristallen schaal, en met de botte kant van een keukenmes peuterde hij uit de kartonnen rug de spijkertjes waarmee het schilderijtje in de lijst werd geklemd. Nadat hij de spijkertjes zorgvuldig op een rij had gelegd, hij mocht ze niet kwijtraken, nam hij de kartonnen rug weg zodat hij het doek, een afbeelding van een woeste rivier, kon verwijderen. Hij ontdekte mysterieuze papieren.

Sasja kon de tekens niet lezen, maar na ontcijfering zouden ze de weg wijzen naar een schat. Het waren drie papieren van dik vergeeld papier waarop letters stonden die cyrillisch noch latijns waren. Opgewonden en zich bewust van de waarde van dit grootse moment (Waar hadden zijn ouders het schilderijtje gekocht?) toonde hij zijn moeder wat hij had gevonden. Haar reactie was anders dan hij zich had voorgesteld. Bleek gebood ze hem de papieren aan haar te geven. Op haar vraag waarom hij het schilderijtje uit de lijst had gehaald toonde hij haar de foto van Laika. Ze liet zich stil op de keukenstoel zakken en staarde naar de pan met water op het fornuis. Het water begon te koken maar ze draaide het vuur niet laag. Sokolov, die zich drieëndertig jaar later even oprichtte en zijn rug rechtte, herinnerde zich dit detail alsof het een foto was die hij regelmatig bekeek. Zijn moeder zat onbewogen op de keukenstoel, de documenten lagen op haar schoot, en ze keek naar het kokende water en hij dacht: waarom doet ze het gas niet uit? Ze ziet toch dat het water kookt en ze verspilt nu zoveel gas, wat toch verspilling is voor de Sovjet-economie, waarom blijft ze nu zitten?

Ze vertelde hem wat de papieren waren. Hij had de *ketubah* gevonden, het joodse huwelijkscontract van haar ouders. Zij had ze verstopt. Sasja's vader en zij hadden zich uitgegeven voor Russen uit Kisjinjov maar in feite waren zijn ouders joden, dus was hij het ook. Hij stelde geen vragen, die kwamen later in overvloed, maar hij had over joden gehoord, ze waren mysterieus en angstaanjagend, en hij begreep dat zijn jood-zijn iets was dat verborgen moest worden. De papieren wezen niet de weg naar een schat waarmee hij de aanschaf van de mooiste foto's van Laika en misschien wel een auto voor vader en een nieuw gasfornuis kon bekostigen, nee, de papieren bevatten iets dat de buitenwereld niet mocht weten. Toen jaren later het moment daarvoor was aangebroken vertelde zijn moeder dat ze in de oorlog hun papieren hadden verbrand toen ze wegtrokken voor de Duitse opmars. Eerder al had Sasja's vader gebroken met de traditie van zijn familie en in zijn jeugd was hij een bevlogen communist geworden die geloofde in de gelijkheid van alle mensen. Hij wilde zich bevrijden van de onveranderlijke grenzen van het talmoedisme, en het verbranden van hun papieren diende een tweeledig doel: ze beschermden zich tegen de Duitsers en tegelijk braken ze met het verleden en creëerden een toekomst. In Roemenië was hij onderwijzer geweest en na de oorlog studeerde hij in Moskou aan het Instituut voor Zware Machinebouw, waarna hij werk kreeg bij het ministerie voor Zware Industrie. Hun flat was relatief ruim voor een gezin van drie personen (Sasja had het voorrecht van een eigen kamer), wat erop wees dat zijn vader over de juiste contacten beschikte. Sasja kon de beste school bezoeken en daar bevriend raken met kinderen uit de lagere nomenklatoera. Dank zij een Gouden Medaille voor een tabel die uitsluitend vijven bevatte werd hij zonder examen toegelaten tot de universiteit.

Sokolov duwde zich uit de fauteuil en hield zijn hoofd onder de kraan. Achter de muur klonk klassieke muziek, hij luisterde, Mozart. Zijn nieuwe buren waren muziekliefhebbers. Dat was hij zelf ook maar hij had zijn geluidsinstallatie in Tomsk achtergelaten. Wat hij hier in de winkels had gezien kostte minstens twee maandsalarissen, dus het was een wezenlijke vooruitgang dat hij nu gezelschap had gekregen van mensen die met opengedraaide versterkers naar muziek luisterden.

Hij boog zich naar zijn koffers en zocht naar een handdoek. Toen hij zijn koffers had gepakt, had hij een keuze gemaakt tussen wat hij in het Westen kon aanschaffen, vermoedelijk van betere kwaliteit en tegen een lagere prijs dan in de USSR, en wat de onvervangbare symbolen, zijn iconen, van zijn leven waren. Zijn eerste vulpen, de zilveren servetring die een vriend van zijn vader bij Sasja's eerste verjaardag had geschonken, de speelgoedbeer, tot op de draad versleten, die hij op zijn tweede verjaardag had gekregen, een schrift met schrijfoefeningen uit de eerste klas, de leren handschoenen die hij ooit aan Lev had verspeeld.

Hij droogde zijn gezicht en nam opnieuw plaats in de fauteuil. De warmte van de dag ademde uit de muren en het zweet bedekte zijn lichaam. Door de muur en via de open ramen zweefde de muziek naar hem toe, Mozart, pianoconcert in A majeur. Hij naderde de bodem van de tweede fles die hij deze dag had geopend. Van binnen was hij één en al Gold.

ZES

Sokolov droomde dat hij ondervraagd werd. Hij bevond zich in een grote witte ruimte en Lev Lezjawa liep voor hem heen en weer. Lev droeg het uniform van een kolonel van de KGB.

'Je bent zo doorzichtig als kristal,' zei Lev, 'waarom geef je het niet toe?'

'Wat moet ik toegeven? Herken je me niet? Ik ben 't, Sasja!'

Lev boog zich spottend naar hem toe. 'Sasja? Mijn vriend? Je hebt me verraden!' Hij liep breed gebarend door de zaal. Theatraal wees hij naar Sasja en zijn stem klonk vol en dreigend. 'Ja, jij, die ik altijd beschermd heb! Die ik meegenomen heb naar de Olympus, ja jij, Sasjka...'

'Waarom praat je zo?' vroeg Sokolov. 'Is dit een stuk van Ostrovski?'

Lev leek opeens sprekend op Sasja's vader. 'We willen je aan de polygraaf zetten,' zei hij. 'Wat is je antwoord?'

'Ik wil 't niet, Ljovka, echt niet.'

'Als je onschuldig bent, hoef je nergens bang voor te zijn.'

'Ik wil 't niet, echt niet...'

Hij werd wakker toen zijn buren hun geluidsinstallatie inschakelden. Opnieuw Mozart. Hij richtte zich op en tegelijk sneed een bliksemschicht door zijn hoofd. Hij zocht naar adem en kracht opdat hij de inspanning kon opbrengen voor het verlaten van de fauteuil, maar zijn longen vulden zich niet en de spieren in zijn benen waren te slap. Hij bleef zitten, roerloos tot het onweer was uitgewoed.

Zijn hoofd kende vele hoeken en terwijl het in de ene hoek donderde kon hij in een andere hoek blijven redeneren, moeizamer weliswaar dan onder minder luidruchtige omstandigheden, maar hij vond er zijn vertrouwde denkstem terug, een redenerende instantie waarmee hij samenviel, zijn *ik*. Deze wist dat het laat was en dat het raadzaam was om de fauteuil te verlaten en zo spoedig mogelijk zijn kar naar de Regov Etsel te duwen en de straat te zuiveren van het afval van de afgelopen nacht. Helaas had zijn lichaam zich nog niet hersteld van de wodkaconsumptie, en hij begreep dat hij moest wachten tot een heftige golf wilskracht hem de energie gaf de fauteuil te verlaten en het raamkozijn te grijpen voordat hij over zijn eigen benen op de vloer zou smakken.

Hij bleef zitten en zocht naar de dromen die hem de afgelopen uren hadden bezocht. Hij droomde nu weer over Lev. Ook droomde hij weer over zijn ouders, die hij allebei begraven had, en over de verloren liefde van Irina, en over Natasja, zijn dochter. Hij omschreef de beelden die hij tijdens de afwezigheid van zijn *ik* had gezien als dromen, ofschoon het meer om vervormde herinneringen ging: herinneringen omdat ze de neerslag waren van wat hij vroeger had gezien, en vervormd omdat de wodka de beschermende lagen ervan had afgepeld en de gevoelens kaal door zijn hart liet dansen. Meestal liet de kater dat niet toe, maar soms slaagde hij erin restanten van dromen bij de slip van hun jas te grijpen en dan ging hij op interpretatietocht – tot de redeneringen te veel in de buurt kwamen van zijn huidige desolate staat. Dan dwong de schaamte hem om naar de Gold te grijpen. Dank zij de drank had hij een soort evenwicht bereikt. Zonder Stolitsj had hij Tomsk niet overleefd.

Een hamerslag klonk op de deur van zijn kamer. De onverwachte klap deed hem schrikken en Sokolov draaide zijn hoofd. De losse delen die erin lagen schoten met geweld tegen de wanden van zijn schedel, waardoor hij zijn ogen moest dichtknijpen om de steken te weerstaan. Een tweede bons kwam neer op de deur.

'Ja!' bracht hij uit.

Met gesloten ogen vocht hij zich uit de fauteuil en bleef even gebogen staan. Steunend op de armleuningen wachtte hij een moment tot hij voldoende kracht had om de vier stappen naar de deur te zetten.

'Ik kom,' kermde hij.

Hij bezat de tegenwoordigheid van geest om te merken dat hij alleen een onderbroek droeg, en hij opende voorzichtig één oog en zocht naar een kledingstuk. Hij liet het plan om zich gedeeltelijk aan te kleden varen toen het tot hem doordrong dat hij, als hij de deur wilde bereiken, nu niet zijn schaarse energie aan iets anders moest besteden.

'Wie is daar?' bracht hij uit.

'Degene voor wie je nu hoort te werken,' hoorde hij.

Zwarte Jossi had de weg naar zijn huis gevonden. Sokolov kreunde en beet op zijn tanden om de ellende tussen zijn slapen te verdragen. Hij kon het zich niet veroorloven om zijn baan kwijt te raken en de laatste reserve die hij na Herzlia had overgehouden te moeten aanspreken. Hij bezat nog ruim vierhonderd sjekel in biljetten van twintig en hij was van plan om het loon van deze week te gebruiken voor de huur, want gedurende de drie weken dat hij hier woonde was hij erin geslaagd een volledige week achter te lopen. Hij richtte zich op, begon te wankelen, en wist de paar meter naar de deur te overbruggen dank zij een soort lange, vertraagde val. Hij viel tegen de deur aan en hield zich overeind.

'Ik ben ziek, Jossi,' zei hij.

'Dan had je moeten bellen. Laat je me binnen of wil je het zo horen?'

Sokolov hijgde en wachtte tot zijn duizelige geest tot rust was gekomen. Toen haalde hij adem alsof hij van de hoge plank moest springen. Hij rukte aan de klink en greep zich razendsnel vast aan de zijkant van de deur om te voorkomen dat hij zijn balans verloor. Gewoonlijk duurde het een kwartier alvorens hij vanuit de dichtheid van de gedroomde beelden een verticale positie kon innemen. Nu keek hij veel te vroeg in het vierkante gelaat van Zwarte Jossi, wiens blik verraadde dat hij heen en weer werd geslingerd tussen woede en weerzin.

Jossi droeg een zwart mouwloos hemdje, waardoor Sokolov een onbelemmerd zicht had op de zware bovenarmen en schouders van de ondernemer in hygiëne. De grote Davidster ademde mee op de massale borstkas, waarin het onvermoeibare hart klopte. Zijn huid was donkerbruin van kleur, glad en gezond, en zijn haar glom van de olie.

'Ik ben ziek,' fluisterde Sokolov, en de bliksem schoot van zijn voorhoofd naar zijn nek en deed hem rillen.

'Je bent een slecht acteur, *Roessi*.'

'Ik werd gisteren opeens duizelig, en toen ben ik naar huis gegaan.'

'Je moet je afmelden, man. Afmelden.'

'Ik redde het niet, Jossi, echt niet.'

Jossi schudde ongelovig zijn hoofd en wierp langs Sokolov een blik in diens woonruimte.

'Je woont hier als een varken, *Roessi*, en dat is een zeldzaam beest in deze contreien. Waar is m'n kar?'

'Ik had nog geen tijd om op te ruimen, Jossi. Straks.'

'Je hoeft 't voor mij niet te doen, maak je niet druk. Nou, waar staat ie?'

Het moment naderde dat Sokolovs maag de opstandigheid van zijn hoofd begon over te nemen. Als dit gesprek nog even duurde zou hij de armzalige inhoud van zijn maag – slijm, resten van een appel en een pita die hij gistermiddag gegeten had – niet meer binnenhouden, en hij probeerde zich even te concentreren op de bewegingen onder zijn middenrif in de hoop dat hij Jossi niet zou onderkotsen.

'Ik heb twee mensen naar hier achter moeten sturen om ze te laten doen wat jij niet gedaan hebt, en die kosten me geld, *Roessi*. Je hebt je geld van vorige week gehad en die twee kosten me het bedrag dat jij te goed hebt, twee dagen is 't niet? Dus dan staan we kiet. Nou de kar nog.'

Sokolov slikte en spande de spieren in zijn nek. Hij moest voorkomen dat hij ten onder ging omdat hij toevallig te veel had gezopen.

'Die staat achter,' kreunde hij. 'Maar luister, Jossi, je ziet toch dat ik me niet goed voel? Ik ben echt ziek, geloof me, ik kon gisteren niet meer.'

'Je bent bezopen, man.' Hij maakte een hoofdbeweging naar de kamer. 'D'r liggen daar wel twintig lege flessen en ik denk niet dat jij een feestje gehad hebt. 't Spijt me, even goeie vrienden, maar met iemand zoals jij is niet te werken.'

Hij maakte aanstalten om weg te gaan, en Sokolov werd gegrepen door een onbeheersbare angst.

'Jossi, luister, wacht even. Wacht even!'

De brede man zuchtte en draaide zich weer naar Sokolov. 'We hebben niks te bespreken, okee?'

'Nee, Jossi, luister, ik zal vandaag Etsel doen, goed? En dat kost je niks, goed? Dit was echt een incident, Jossi, ik beloof je dat 't niet meer zal gebeuren, echt niet.'

'D'r is niet te werken met jou, man. Het is afgelopen.'

Sokolov wist dat hij de man niet moest laten vertrekken. Zolang hij hier was kon hij op hem inpraten en hem van mening doen veranderen. Want hij moest dat werk behouden, hij had het geld nodig. Hij moest tussen vier wanden wonen. Hij moest drinken.

'Luister nou, Jossi, alsjeblieft...' Hij liet met een hand de deur los, greep de stevige arm van Jossi en bewoog die als een zwengel heen en weer. 'Ik beloof je dat ik straks ga werken en dan hoef je me de rest van de week ook niet te betalen, goed? Ik zal echt m'n best doen en ik zal me inzetten en op tijd zijn en ook al voel ik me ziek, ik zal toch doorgaan...' Jossi trok zich zacht maar onverbiddelijk los van Sokolovs schuddende hand.

'Ik wil je niet meer, man. Aan jou heb ik niks.'

Opnieuw draaide hij zijn machtige rug naar Sokolov en hij liep naar de trap.

Alle angsten die Sokolov de afgelopen jaren had verzameld werden in dit ene moment samengebald, opgeroepen door een onderontwikkelde kolos die op zijn dikke bovenbenen als een beer in de richting van de trap waggelde. Sokolov, naakt tot op zijn onderbroek, maakte zich panisch los van de deur en volgde Jossi.

'Alsjeblieft, Jossi, alsjeblieft, laat me bij je werken, alsjeblieft...'

Hij legde een hand op Jossi's schouder en de man keek naar hem om, vol afschuw zijn hoofd schuddend bij het zien van Sokolovs gezicht.

'Alsjeblieft, geef me een kans,' vroeg de ruimtevaartgeleerde. 'Eén kans maar, Jossi, en ik zal bewijzen dat ik echt kan vegen. Jossi, ik smeek je...'

Sokolov besefte dat hij over geen enkel zinnig argument beschikte dat zijn gebrek aan inzet en plichtsbetrachting bevredigend kon verklaren, en liet zich ten einde raad op zijn blote knieën zakken en ging met beide handen aan Jossi's rechterkolenschop, versierd met twee zware zegelringen, hangen. Sokolov keek smekend op naar de massieve kin. Hij vernederde zich, maar de situatie was zo onwerkelijk dat de schaamte nog geen vat op hem kreeg.

'Alsjeblieft, Jossi, één kans...'

Hoofdschuddend wierp Jossi een blik op Sokolovs hoofd en zuchtte diep.

'Sta op, man. Je gaat toch niet knielen, wat voor een jid ben jij?'

'Mag ik terugkomen, Jossi? Alsjeblieft?'

Demonstratief zuchtte Jossi nog een keer, en hij leek over zijn hart te strijken en maakte een gebaar alsof hij iets wegwierp.

'Okee. Vooruit.'

Hij trok zijn hand uit Sokolovs omhelzing.

Sokolov boog het hoofd en verborg zijn gezicht in zijn handen.

'Dankjewel,' fluisterde hij.

'Ik zie je over een uur.'

Sokolov knikte en probeerde zijn ademhaling te beheersen. Hij hoorde Jossi's zware stappen op de trap en hij kwam langzaam tot rust. Toen zag hij zichzelf, alsof hij een derde oog had dat vrij door het trappenhuis zweefde, en de walging over zijn zelfvernedering perste de magere inhoud van zijn maag naar zijn mond; rillend kotste hij zijn laatste zelfrespect met de vage etensresten op de tegels bij de trap.

Hij bleef zitten tot zijn lichaam gekalmeerd was. Vermoeid richtte hij zich op en tegen de muur steunend keerde hij terug naar zijn kamer. Hij hield zijn hoofd onder de kraan en het water spoelde de tranen van zijn wangen. Hij leegde het teiltje, liet het vollopen en ging terug naar het trappenhuis, zich als een bejaarde stapje voor stapje voortbewegend. Met een lap verwijderde hij zijn kots en hij sloeg zijn schichtige ogen op toen hij voelde dat iemand naar hem keek. Op de bovenste trede van de trap stond een vrouw. Ze had donker haar dat bijna tot haar heupen reikte. Hij zag dat ze slank was onder haar wijde bloemetjesjurk, net zo mager als hij zelf, en hij vermoedde dat ze lang was, al was dat moeilijk te meten vanuit zijn perspectief. Hij droeg alleen een onderbroek en hij bleef op zijn knieën zitten om haar het uitzicht te besparen op zijn geslacht (in een modern strak broekje met afbeeldingen van Mickey Mouse en Donald Duck, aangeschaft in Herzlia). Ze bekeek hem met intelligente ogen, ze moest gealarmeerd zijn door zijn aanblik. Ze had een smal gaaf gezicht en een grote mond met volle, bijna dikke lippen. Toen het tot hem doordrong dat hij de toegang tot de verdieping versperde, schoof hij opzij zodat er ruimte voor haar ontstond.

'Het spijt me,' zei hij, en ze glipte achter hem langs.

Hij hoorde dat ze de deur naast de zijne opende en hij wierp haar over zijn schouder een blik na. Toen ze zich half omdraaide om snel de deur achter zich te sluiten probeerde hij opnieuw haar gezicht te zien, maar haar haren vielen als een sluier langs haar wangen.

Was zij een van zijn twee nieuwe buren? Zijn lichaam deed pijn toen hij zich oprichtte. Hij schuifelde over het portaal en trok zich terug in zijn kamer. In zijn buik smeulde de vernedering, maar hij had geen keuze. Hij waste zich in de hoek bij de wasbak, schoor zich, trok schone kleren aan en twintig minuten later duwde hij de vuilniskar van het erf.

De lucht was bedekt, de warmte leek te zijn toegenomen. Hij rolde de kar naar de Regov Etsel. De herinnering aan de bespottelijke knieling en het vooruitzicht van alweer een zinloze dag in de goot van Arabische joden ontnamen hem de moed om verder te lopen. Met zijn laatste krachten bracht hij de kar tot voor de kruidenierswinkel. Hij kocht een fles Gold. In een smalle steeg naast de winkel, volgestort met bouwafval en kapotte meubels (hij diende alleen het gewone straatafval te verwijderen, het zware werk viel buiten zijn verantwoordelijkheid), draaide hij de verzegeling kapot en zette de fles aan zijn mond. De laatste keer, dacht hij, de laatste fles voordat hij zou stoppen, en hij liet de drank door zijn mond spoelen en registreerde de scherpe smaak die hij straks nooit meer zou proeven. Hij hing de fles in de plastic zak aan het handvat van de kar en rechtte zijn rug.

Sokolov liep over de stoep naar het begin van de Regov Etsel, langs de plek waar de moord had plaatsgevonden, en het schoot hem te binnen dat hij de plastic handschoenen vergeten was. Hij zou met zijn blote handen moeten werken of ergens bij een winkel een nieuw stel aanschaffen. Maar nog voor hij zijn beginpunt had bereikt en de bezem uit de kar had getild, versperde een man hem de weg.

Hij maakte een forse indruk ook al was hij niet bijzonder lang of breed, en de man straalde grote kracht uit, als een negentiende-eeuwse Russische landheer. Hij droeg een spijkerbroek en daarboven een blauw overhemd dat hij niet in zijn broek had gestopt. Hij had het soort baard dat groeit op het gezicht van mannen die hun gezicht te dik vinden of die de vijf minuten van het scheren steevast in hun ochtendhaast kwijtraken. Op ooghoogte hield de man een wit pasje met blauwe letters en hij bewoog dat naar hem toe toen Sokolov wilde lezen wat het was. Naast een kleine kleurenfoto stond te lezen *Naum Katsz inspecteur zware misdrijven.*

ZEVEN

'Gaat u zitten.'

Sokolov nam plaats op een stoel van grijze kunststof. Jaren geleden waren de muren wit, de tafels zonder krassen, de plinten zonder butsen geweest, zoals in de kantoren in de Unie.

Katsz ging tegenover hem zitten. Ogen vol ervaring en professionele argwaan. Sokolov probeerde onbewogen terug te kijken, maar hij verdroeg het licht uit de lamp boven de tafel niet en boog zijn hoofd. Hij had delicate handen, 'als van een dirigent', hoorde hij zijn moeder uit haar graf zeggen. Een halve minuut verstreek zonder dat de man een woord had gezegd. Sokolov slikte en had behoefte aan een slok. Hij hoorde geluiden op de gang, het geroezemoes van stemmen, voetstappen, een koffiemachine. Hij bleef naar zijn handen staren.

'U bent kroongetuige,' hoorde hij Katsz zeggen. Hij had een krachtig voorkomen maar zijn stem klonk zacht en beheerst. Hij had het in het Russisch gezegd.

Sokolov hief zijn hoofd. 'Waarom?'

De politieman zat onderuit gezakt op zijn stoel, zijn brede harige handen lagen ontspannen op de lege formica tafel, en zijn bruine ogen stonden naïef en verbaasd.

'Omdat u de moordenaar gezien hebt,' zei de politieman.

'Niet echt.'

'Nee?'

'Ik zag hem niet goed.'

'Heeft u iets aan uw ogen?'

'Ik? Nee.'

'Dan heeft u hem toch gezien?'

'Wat is zien?' mompelde Sokolov.

'U bent filosoof?'

'Stråatveger.'

'Legt u mij toch maar uit wat echt zien is, meneer Sokolov.'

'Zien is herkennen.'

'Ah! Ik geloof dat we mekaar beginnen te begrijpen.' Katsz glimlachte.

'Ik weet het niet,' mompelde Sokolov ernstig. Hij schoof zijn trillende handen van de tafel en legde ze onder zijn bovenbenen.

'Waarom was u gisteren zo laat op uw werk?'

'Verslapen.'

'Gebeurt dat vaker?'

'Ik heb lang geen werk gehad. Ik moet eraan wennen.' Hij luisterde naar zijn antwoord en hij besefte dat het de woorden waren van een zwerver.

'Dit is uw eerste baan in Israël?'

'Ja.'

'Was u in Rusland ook niet naar de politie gegaan?'

'Hoe bedoelt u?'

'U bent getuige van een moord en wat doet u? U gaat

rustig naar huis en geniet van een vrije middag.'

'Niet rustig. Ik was bang.'

'Waarvoor?'

'Ik weet niet. Daarom.'

Katsz knikte nadenkend in een poging Sokolovs weerstand te begrijpen. Hij glimlachte vriendelijk.

'Wat had u in Rusland gedaan?' drong hij aan.

'Hetzelfde. Denk ik.'

'Dit is Israël,' zei Katsz, 'hier kunt u gerust met de autoriteiten meewerken.'

Sokolov knikte. Hij hield zich onnozel. Wat moest hij doen?

'Kunt u beschrijven wat u zag?'

'Niet zoveel, eigenlijk. Niet zoveel.'

'Meneer Sokolov! Wat heeft u te verbergen? Hebben ze u bedreigd?'

'Mij? Nee.'

'Waarom doet u dan zo? U kunt toch wel vertellen wat u gezien heeft? Er is iemand vermóórd. Dringt dat wel tot u door?'

Sokolov bleef onbewogen. Het was tot hem doorgedrongen. Net als de absurde gedachte dat de moordenaar degene was met wie hij op de top van de Olympus had gestaan. En die hij had verraden.

'Ik was daar aan het werk. Vegen, opruimen. Toen... die man ging daar naar binnen en een minuut of tien later komt ie naar buiten. Ineens is er een ander en die heeft een wapen en schiet hem neer.'

Aandachtig luisterde Katsz naar zijn woorden, ter aanmoediging met zijn hoofd knikkend. De rechercheur gedroeg zich als een serieuze leerling.

'Hoe ging dat? Had u het gevoel dat ze elkaar kenden?'

'Ik weet niet. Het ging zo snel. Het duurde maar...

misschien een paar seconden, niet meer. Heeft u wel es zoiets gezien?'

Tot zijn verbazing knikte Katsz. 'Ik was in de oorlog van '73. In Libanon in '82.'

De man tegenover hem had in de hel gestaan, en Sokolov bespeurde het verlangen om hem de waarheid te vertellen, maar wat was de waarheid? Wat had hij gezien?

'Wat voor wapen?' vroeg Katsz.

'De man, de dader, hij had een revolver, geen pistool.'

'Geen geluid?'

'Nee.'

'Van dichtbij?'

'Twee meter. Misschien nog minder.'

'Een professionele afrekening?'

'Zoiets. Het ging snel, zakelijk.'

'U stond er niet zo ver vandaan. Had de man u niet van tevoren gezien?'

'Ik zat. Ik was niet te zien.'

'Hoe bedoelt u, zat?'

'Ik zat op een sinaasappelkistje.'

'En toen? Hij had geschoten, en toen?'

'Hij keek om zich heen. Zag mij. Hij kwam toen naar me toe. Ik was bang. Ik ben geen politieman of Israëli, ik ben dit soort dingen niet gewend.'

'U bent nou toch Israëli?'

'*Permanent resident*.'

'Denkt u echt dat dit hier aan de orde van de dag is?'

'Ik ben hier nog niet zo lang...'

'U was in Rusland metallurgisch ingenieur?'

'Ik was kandidaat, ja. Zoals doctor in het Westen.'

'Heeft u nog geen werk kunnen vinden?'

'Nog niet.'

'En toen kwam de man naar u toe?'

'Hij zag me staan. Hij kwam naar me toe en wilde mij ook doden, denk ik. Dat is een vreemde sensatie, zo uitgeleverd te zijn aan de genade van een ander mens. En, ik denk dat hij me heeft laten leven omdat ik iets in het Russisch zei.'

'Ja?'

'Hij begreep me.'

'Wat zei u dan?'

'Ik zei...' Sokolov aarzelde en zocht moed om de naakte zin te zeggen. 'Ik zei dat ik niks gezien had.'

'Dat zou ik ook doen,' zei Katsz. Hij legde zijn onderarmen breed op tafel en boog zich nu met verscherpte aandacht naar hem toe.

'U had het gevoel dat hij dat begreep?'

'Hij begreep me. Anders zat ik hier niet.'

'En?'

'Hij liep weg.'

'Hij stond vlak voor u.'

'Niet zo heel ver, geloof ik.'

'U had de kans om z'n gezicht goed te bekijken.'

'Er gaat wel wat anders door je hoofd op zo'n moment.'

'Maar toch...'

Sokolov haalde even zijn schouders op. Er was geen *toch*. Hij had de dader scherp gezien en hij kon hem beschrijven zoals hij Lev zou beschrijven. Maar hij kon Lev niet een tweede keer verraden.

'Hij was donker.'

'Lengte?'

'Iets korter dan ik. Eén tachtig?'

'Kenmerken? Iets dat...?'

'Geen litteken of zo, nee.'

'Zou u met onze tekenaar een compositietekening kunnen maken?'

'Ik weet 't niet. Misschien.'

Sokolov kon de man de aanwijzing geven dat de dader sprekend leek op zijn vriend Lev, maar hij zou hem dan ook moeten zeggen dat het Lev onmogelijk kon zijn omdat hij in Georgië verdwenen was – dat kon daar: geroofd, gestolen, geschaakt, ontvoerd – en dat het hem, waar hij ook was, niet lastig gemaakt moest worden omdat hij al een keer in zijn leven verraden was.

Katsz bleef hem onderzoekend aankijken en Sokolov kon zich niet van de gedachte ontdoen dat de man wist dat hij iets achterhield in de bedompte crypten van zijn schedel.

'U heeft mij alles verteld?' vroeg Katsz.

Sokolov knikte, zijn ogen afwendend naar zijn dirigentenvingers.

'De man heeft u geld geboden?'

'Wie?'

'De dader?'

'Nee!' Sokolov verhief zijn stem en zijn verontwaardiging was tijdloos. 'Ik ben niet te koop!' zei hij terwijl hij Katsz trots aankeek.

'Volgens een andere getuige heeft u met de dader gesproken.'

Te laat begreep Sokolov dat Katsz hem met de vraag naar zijn omkoopbaarheid provoceerde. De politieman was op zoek naar zijn zwakke plekken. Mijn God, hij had niks anders dan zwakke plekken. Hij vroeg, zacht en beschaamd: 'Wie zegt dat?'

'Dat kan ik niet zeggen. Iemand anders heeft het ook gezien. Maar niet zo eersterangs als u. Deze getuige beweert dat er een gesprek was.'

'Dat was er niet. Alleen *ik* heb wat gezegd.'

'In welke richting liep de man?'

'Hij ging de Regov Roni in.'

'Is hij daar in een auto gestapt?'

'Weet ik niet. Ik heb 't niet gezien.'

'Heeft u hem niet nagekeken?'

'Nee.'

Opnieuw keek Katsz hem stil aan.

'Waar woonde u in Rusland?'

Sokolov vroeg zich af welke stad hij zou noemen en hij was bang dat als hij Kaliningrad noemde Katsz op het spoor van Lev zou komen. Sokolov kende de macht en de vasthoudendheid van de politie. Vroeger had hij zijn loyaliteit ten opzichte van Lev aan de KGB weggegeven en hij wilde hem nu niet aan de Israëlische politie weggeven, zelfs niet als Lev een moordenaar was, besloot hij.

'Tomsk.'

'Koud.'

'Niet in de zomer.'

'Getrouwd?'

'Niet meer.'

'Familie hier?'

'Nee.'

'Wilt u met een van onze tekenaars een compositie maken?'

'Probeer ik.'

Bezorgd, bijna met medelijden, keek de man hem aan.

'Ik ben politieman, geen sociaal werker, maar voor de duidelijkheid: er is een opvang voor mensen met alcoholproblemen,' zei hij.

Tot nu toe had niemand het Sokolov rechtstreeks verweten dat hij dronk. Zwarte Jossi, ja, vanochtend. Het werd hem duidelijk hoe Katsz aan zijn informatie was gekomen.

'Gisteravond heb ik wat gedronken. Omdat ik bang was. Om tot rust te komen.'

Katsz stond op en nodigde Sokolov uit om met hem mee te gaan. In een tekenkamer legde een andere politieman uit op welke manier Sokolov met losse puzzelstukken het hoofd van een man kon construeren. Sokolov koos enkele onderdelen die vaag naar de trekken van Lev neigden, maar het resultaat was nietszeggend en verstoken van de allure van Levs persoonlijkheid.

Na een halfuur verliet hij het gebouw op Dizengoff, het bureau van de Centrale Eenheid die de moordzaken in Tel Aviv onderzocht. Hij passeerde winkels die hij niet durfde betreden. Op de terrasjes onder de platanen ruzieden oude mannen in het Jiddisch over de Palestijnen en Sadam Hoessein, prachtige meisjes in luchtige jurken zwierden zelfverzekerd langs krachtig gespierde jongens in legeruniform, op straathoeken luisterden gefascineerde kinderen naar ontroerde muzikanten.

Met dit alles had Sokolov niets te maken. Hij was een verdwaalde Rus.

ACHT

De brandende brokstukken van de *Oktjabr* zweefden door de heldere Aziatische lucht, hemels vuurwerk in rode en paarse kleuren en sneeuwwitte rookslierten die als Chinese vliegers spiralen trokken.

In het vluchtleidingscentrum werd het stil. De toeschouwers, de apparatuur, alles wat kon bewegen zweeg. Sokolov was er zich van bewust dat niets meer hetzelfde zou zijn. Dit moment scheurde het verleden los van het heden en maakte er een krampachtige herinnering van. Sokolov zag zichzelf zitten, op het balkon achter de politici, en wist dat hij verloren had. Hij verhief zich pas uit zijn stoel toen de politici met gesloten gezichten het balkon verlieten. De ziel had de elektronica verlaten. Dat was onmogelijk, ondenkbaar, onaanvaardbaar. De chaos in zijn hoofd duidde niet alleen op de ontkoppeling van heden en verleden maar ook op die van ambitie en werkelijkheid.

Na dertig jaar Sovjet-ruimtevaart was de lancering van een raket te vergelijken met het starten van een automotor. Het ontsteken van de motoren ging vergezeld van een dreigende rookwolk, alsof een woedende draak uit de grond kroop, maar de rookontwikkeling was niet meer dan de damp van de duizenden liters koelwater die in enkele seconden op het platform werden gespoten. Rook en vuur – ze riepen dreiging en dodelijk gevaar op, maar de processen werden beheerst dank zij drievoudige beveiligingsmechanismen. Op weg naar de Saljoet-7 had de bovenste capsule van de *Oktjabr* in een berekende baan om de aarde moeten draaien met aan boord een revolutionaire hoeveelheid reparatiemateriaal en testapparatuur. Op het projectiescherm volgde een telelens een van de grotere brokstukken, een dronken spreeuw die door de lucht boven Baikonoer buitelde.

Beneden, tussen de computers, riep een man de codenaam van de *Oktjabr* in een microfoon, alsof hij door het roepen van dat magische woord de brokstukken tot een eenheid kon terugtoveren, een tweede sprong op vanachter zijn beeldscherm en rende met een hysterische lach kriskras door de zaal, een derde stond te kotsen boven zijn computer, een vrouwenstem gilde *Njet! Njet! Njet!*

Lev stond met zijn rug naar de zaal, onbewogen omhoog kijkend naar de brede beeldlijnen van het videoscherm, een generaal die zich voor zijn verslagen troepen opstelde en over het tragische slagveld keek. Sokolov verliet de zaal.

Thuis was Irina al aan het drinken. Toen Sokolov binnenkwam ontweken ze elkaars blikken. Ze gaf hem een glas aan en hij schonk zichzelf drie keer achter elkaar bij. Ze bewoonden in het centrum van Kaliningrad een vijfkamerflat met uitzicht op het donkergrijze standbeeld van Koroljov, de constructeur onder wiens leiding de Spoetnik was gebouwd. Irina werkte in het rekencentrum van de vluchtleiding als baanmechanicus. Zij bediende de zware computers die de Sojoez- en Progresscapsules tot op enkele meters nauwkeurig in de nabijheid van de Saljoet brachten, en haar afdeling had ook de berekeningen van de vluchtbaan voor de *Oktjabr* geleverd. Zij was een blonde Russin met brede jukbeenderen en een sensuele mond, altijd felrood geverfd, net als haar teennagels. Haar witgouden haar reikte tot haar schouders, vaak bedekt door zelfgemaakte jurken, kopieën van modellen die ze in Westerse bladen zag en, na het huwelijk met Sasja, door originelen. Doordat ze sinds haar jeugd aan atletiek deed, was haar lichaam hard en gespierd, tot haar borsten toe. Ze was veel kleiner dan hij, als ze elkaar kusten moesten ze een ruimtereis ondernemen.

Irina had de *Oktjabr* altijd gewantrouwd. Ze begreep niet waarom het nodig was om de veilige routine van de Progress te verlaten en de mammoetcapaciteiten van de *Oktjabr* te ontwikkelen. Ze hadden er vaak over gesproken en de vergelijking met de Boeing 747 was regelmatig door Sokolov gemaakt, maar Irina meed van nature elk risico. De ontwikkeling van de *Oktjabr* ontsproot volgens haar aan Levs megalomanie.

Een half jaar vóór de lancering hadden ze er hun meest uitgesproken woordenwisseling over gehad.

'Hij wil naam maken,' had Irina gezegd. 'Hij wil net zo beroemd worden als Koroljov of Gagarin. Het is voor hem niet voldoende dat hij zijn jongensdromen werkelijkheid ziet worden, nee, hij wil een legende zijn!'

'Onzin. De Progress is niet functioneel genoeg. De verhouding tussen het gewicht van de Progress en de beschikbare kubieke meters inhoud is lachwekkend.

Lev heeft gelijk. De *Oktjabr* is een noodzakelijke fase in de ontwikkeling van een groot ruimtestation. Denk je echt dat ze Lev toestemming hadden gegeven als ze vermoedden dat hij alleen in zijn eigen eer geïnteresseerd was?'

'Je praat als een politicus. Zulke raketten zijn te groot. Te ingewikkeld. Er zijn grenzen aan onze technologie.'

'Dat zeiden ze ook tegen Koroljov toen hij begon.'

'Op een gegeven moment slaat kwantiteit om in negatieve kwaliteit.'

'Wie praat er als een politicus?'

'Sasja, je ziet het niet! Lev is gevaarlijk!'

'Ik wil niet dat je zo over hem praat! Lev is een genie. Wat is er? Waarom heb je opeens iets tegen hem?'

'Ach...'

'Wat is er?'

Ze schudde het hoofdkussen op, stompte het tot de gewenste dikte. Aandachtig volgde Sokolov haar bewegingen. Ze ging liggen en zei: 'Je weet niet hoe hij tegen mij doet als jij er niet bent.'

'Hij probeert je te versieren. Dat heeft hij vroeger bij elke vriendin geprobeerd. Hij is een man.'

'Macho, zeggen ze in Amerika.'

'Hij is mijn vriend.'

Ze zei: 'Het lijkt wel of je verliefd op hem bent.'

Sokolov lachte en boog zich over Irina heen. Haar haren lagen over het hoofdkussen gewaaierd.

'Je bent jaloers?' had hij gevraagd.

'Ik? Sasja, waarom zou *ik* jaloers zijn? Mannen kijken nog steeds naar me. *Alle* mannen, hoor je?'

'Dus ik moet degene zijn die jaloers is?'

'Als je verstandig bent dan hou je gewoon van me net als altijd.'

Ze kusten elkaar, maar de vragen die zij had opgeroepen bleven door zijn hoofd fladderen. Even later vroeg hij: 'Wat is er dan met Lev?'

'Ik weet niet. Wat moet hij van *jou*?'

'We zijn vrienden.'

'Wat is dat?'

'Kom nou...'

'Nee, leg me nou uit wat jullie vriendschap is.'

'Onze vriendschap is complementair. We hebben elkaar nodig omdat we zo verschillen. We hebben dezelfde interesses maar vanuit een andere optiek, geloof ik. We kennen elkaar al zo lang. Al meer dan twintig jaar. Ik denk dat ik de enige ben tegen wie hij alles kan zeggen.'

'Ik heb het gevoel dat hij nooit eerlijk is.'

'Hoe bedoel je?'

'Veel van het ontwerp is van jou. Maar *hij* krijgt de lof.'

'Dat gaat zo met de bijdragen van alle afdelingen. Lev is het hoofd, alles gaat naar hem.'

'Wat vind je zo aardig aan hem?'

'Ik bewonder hem. En hij respecteert mij. Samen zijn we een onverslaanbaar team.'

'Hij gebruikt je.'

'Ik gebruik hem ook.'

'Op een dag laat ie je vallen. Hij doet dat met iedereen die hij niet meer kan gebruiken.'

'Hoe kom je aan je wijsheid?'

'Er gaan verhalen over hem.'

'Irina?'

'Ja?'

'Ben *jij* verliefd op hem?'

'Nee.'

'Nooit geweest?'

'Nee. Een beetje.'

'Wanneer?'

'Toen ik hem de eerste keer zag.'

'Ja?'

'Niet serieus, maar... hij probeerde me te verleiden.'

'Toen al?'

'Ik weet niet of hij echt wilde. Anders had hij wel doorgezet. Of misschien uit consideratie met jou.'

'Doe ik er in jouw overwegingen niet toe?'

'Ach, liefje, natuurlijk wel. Maar hij is een knappe man. Aantrekkelijk op een gevaarlijke manier. Iets hevigs maar kortstondig, zoiets straalt hij uit. Hij brandt alles op. Misschien vind ik dat zo eng aan hem. Hij gaat zo ook met mensen om, alsof ze na gebruik vervangbaar zijn.'

'Dat is niet waar.'

'Wèl. Ik heb dingen gehoord. Hij heeft heel wat meisjes kapotgemaakt.'

'Dat hebben ze dan láten doen.'

'Hè, wat een adoratie.'

'Zonder hem was ik hier niet. Had ik jou niet ontmoet.'

'Zonder jou was hij niet wie hij was. Waarover praten jullie?'

'Als we het niet over de *Oktjabr* hebben dan praten we over vrouwen, over het huwelijk, zijn vrijgezellendom, over schoonheid, over de steden die in de geschiedenis verdwenen zijn...'

'Alles dus.'

'Ja.'

'Weet je...' Ze aarzelde.

'Ja?'

'Hij kent geen angst,' zei ze nadenkend.

'Hoe bedoel je?'

'Heb je hem wel eens meegemaakt wanneer hij bang is?'

'Hij heeft lef,' meende Sokolov.

'Hij kent geen angst,' herhaalde Irina.

'Doe niet zo gek.'

'Nee, ik zwéér je, Sasja, Lev Sergejewitsj kent geen angst.'

'Dat lijkt me heerlijk.'

'Nee. Denk na. Zonder angst wordt de wereld een spel. Niet meer dan dat. Een spel, zoals een cryptogram. En ben je elke keer op zoek naar intensiteit, naar iets dat waarachtig is. Maar met zo'n mentaliteit kun je de passie niet vinden, en wat hou je dan over? Een avontuur. Dat is alles. '

'Dit gaat veel te ver,' zei Sokolov, 'ik geloof je niet.'

'Dan niet.'

'Hoe laat is 't?'

'Kwart over twee.'

'Zo laat al?'

Lev bleef een beladen gespreksonderwerp tussen hen, en Sokolov verdedigde zijn vriend wanneer Irina hem belaagde. Lev bezocht hen vaak, regelmatig met vriendinnen (die ze zelden terugzagen), gevieren bezochten ze restaurants, gingen in Moskou naar concerten en het Bolsjoi. Irina bleef op haar hoede, ofschoon ze gewend raakte aan Levs uitbundigheid ('Hoe vaak doen jullie het nou?') en hem na enige oefening kon antwoorden ('Vaker dan jij, Ljovka.').

Vijf weken voor de lancering van de *Oktjabr* vertelde Irina dat ze een *gek verhaal* had gehoord, wat betekende dat ze een actuele roddel had opgevangen. Sokolov hoorde nooit een roddel, vermoedelijk omdat hij bij zijn medewerkers bekend stond als zakelijk en nuchter, iemand die hoogstens met een verplichte grijns op leedvermaak reageerde, maar Irina werkte op een afdeling met overwegend jonge vrouwen die hun werk aan de trage computers, vaak urenlange sessies achter beeldschermen met eindeloze reeksen getallen, afwisselden met vlijmscherpe roddelverhalen.

'Nou?' vroeg hij, zich dwingend interesse te tonen.

'Nee, eerst gaan zitten.'

Sokolov liet zich op de bank zakken, sloeg zijn benen over elkaar, liet het glas op zijn knie rusten. 'Ik zit.'

Irina zat op de rand van de Italiaanse fauteuil, gekocht in de speciale winkel, een eenvoudige strakke stoel van zacht grijs leer en zwart metaal.

'Luister je?'

'Als je iets zegt luister ik.'

'Goed. Ik was vanmiddag in restaurant Aragvi in de Kropotkinskajastraat.'

'Zijn we samen geweest. Lekker daar.'

Ze keek hem even verbaasd aan, maar de herinnering dook op en straalde door haar gezicht.

'Ja. Herinner ik me. Luister. Maltsev werd een maand geleden opeens vervangen door Wolnov. Waarom?'

'Maltsev had de zenuwen gekregen. Ze vertrouwden het niet dat hij daarboven kalm zou blijven. Wolnov was al een keer geweest. Duidelijke keuze.'

'Weet je wat de aanleiding was?'

Sokolov haalde zijn schouders op. Het was eerder voorgekomen dat een kosmonaut in het zicht van het definitieve moment door de knieën ging. De veiligheidsnormen waren strikt en er bestond geen onduidelijkheid over wat er dan moest gebeuren. Toch was Maltsev na zijn zenuwinzinking in genade teruggenomen, en dat was gebeurd op voorspraak van Lev, zo had Sokolov gehoord.

'Wil je het niet weten?' vroeg ze teleurgesteld.

'Natuurlijk wel. Wat dan?'

'Ze hebben Maltsev 's ochtends voor zijn huis gevonden. Hij was dronken, bont en blauw geslagen.'

'Dus hij heeft gevochten?'

'Ja.'

'Is dat alles?' vroeg hij.

'Vind je dat niks? Ik vind 't nogal wat voor een kosmonaut.'

'Kosmonauten worden eventjes belangrijk als ze daarboven tests doen. In het vluchtleidingscentrum wordt alles voor ze geregeld. Ze zijn niet meer dan de poppetjes. Dus het maakt niet zoveel uit dat hij op dronkenschap betrapt is.'

'Je doet ze onrecht.'

'Misschien. Een beetje.'

Ze bekeek hem verontwaardigd, tot ze opeens instemmend knikte. 'Ik begrijp het,' zei ze, 'je voelt je gewoon achtergesteld bij ze. Ook jij wil voor het voetlicht.'

'Nee,' lachte Sokolov, 'daar ben ik niet op gebouwd.'

'Onderschat jezelf niet,' zei ze met flonkerende ogen, 'je bent een leuke man.'

'Nee,' antwoordde hij, en hij leegde het glas. 'Van wie heb je de roddel gehoord?'

'Zoiets gaat rond. Iedereen wist het,' zei ze, 'behalve ik. En ik vermoedde dat jij het ook niet wist.'

'Je begon je verhaal met restaurant Aragvi.'

'Ja.'

'Waarom?'

'We waren daar vanmiddag met de afdeling,' vertelde Irina. 'Jonna gaat met pensioen. En de knokpartij van Maltsev gebeurde daar.'

'Bij Aragvi? Dat wist ik niet.'

'Ha! Toch iets dat jou interesseert.'

'Met wie had ie gevochten?' vroeg Sokolov, ongerust nu.

'Weet ik niet. Tegen z'n chefs heeft hij beweerd dat hij ze niet kende. Maar het gebeurde allemaal in de buurt van Aragvi.'

'Wanneer was dat precies, weet jij dat?'

'Een week of vier?'

'Datum?' Sokolov was ernstig, strak stelde hij haar de vragen.

'Op de derde was ik bij de tandarts, de volgende dag werd Maltsev vervangen. Dus op de tweede of de derde moet dat geweest zijn bij Aragvi.'

Sokolov wist het meteen. Maltsev loog. Maltsev wist wel degelijk met wie hij had gevochten. Met Lev.

Sokolov herinnerde zich de datum omdat Lev zich op die dag ziek gemeld had. Op de derde had Sokolov met andere afdelingshoofden een afspraak met Lev, en die werd 's ochtends afgezegd. Lev was nooit ziek, 's winters zwom hij in buitenbaden, hij tenniste een paar keer per week en net als een Amerikaan rende hij elke ochtend vijf kilometer. Maar de ochtend van de derde luidde het bericht dat Lev wegens ziekte was verhinderd.

Na afloop van zijn werk zocht Sokolov hem op. Lev woonde aan de Koroljov Prospekt in een vierkamerappartement met uitzicht op het Park van de Grote Overwinning. Sokolov belde aan, maar Lev deed niet open. Ofschoon de kans klein was dat Lev iets ernstigs mankeerde (vermoedelijk liet hij zich elders door een vrouwelijke kennis behandelen), reed Sokolov naar huis en telefoneerde. Lev nam op.

'Waarom deed je niet open?'

'Was jij dat?' fluisterde Lev.

'Lev, wat is er?'

'Bel drie keer, dan weet ik dat jij het bent.'

Sokolov reed terug en trof Lev aan met een gezwollen wang en een dicht oog.

'Lach niet. Anders ga ik meelachen. Dat doet pijn.'

Maar Sokolov wilde niet lachen. Hij werd kwaad.

'Ben je gek geworden? Weet je waar we mee bezig zijn? Herinner je je wat er in Baikonoer staat te wachten? En jij zegt een vergadering af omdat je een dikke kop hebt?'

'Het spijt me,' zei Lev moeilijk. Hij nam zijn glas van een tafel en ging op de sofa liggen. Hij dronk wodka door een rietje omdat hij zijn mond niet ver genoeg open kreeg.

'Dit kan niet,' zuchtte Sokolov, en ook hij nam wodka. Hij vroeg: 'Wat is er gebeurd?'

Lev haalde zijn schouders op. Zonder zijn kaken te bewegen zei hij: 'Een vrouw. Om een vrouw.'

'*Jij*? Sinds wanneer vecht jij om een vrouw?'

'Omdat... het deze keer anders is.' Hij slikte moeizaam en verzamelde kracht om verder te spreken. 'Ik... ik hou echt van haar. Ze heeft 't haar man verteld. We hadden afgesproken. Ging eerst goed. Maar hij werd kwaad. Woedend. We dronken veel. We wilden gaan eten. Bij Aragvi. Liep uit de hand.'

'Wie?'

'Doet er niet toe.'

'Je bent te oud voor deze flauwekul, Ljovka. Je moet es iemand vinden met wie je kunt trouwen.'

'Die iemand... heb ik nu ontmoet.'

'Alleen: ze is getrouwd, en haar man doet vervelend.'

Lev knikte. 'Ja. Vervelend.'

'Wil ze scheiden van hem?'

'Ja.'

'Laat haar dat snel doen dan.'

'Ja. Maar hij doet lastig.'

'O ja?'

'Hij... hij zal me vermoorden... als ik nog één keer in haar buurt kom.'

'Is het een Rus?'

Lev knikte, met gesloten ogen, en zette tastend het glas naast zich op de grond zonder zich van de bank te verheffen.

'En toch geloof je hem wanneer hij dat zegt?'

'Ik geloof alles. Hij is een vechter.'

'Kom bij zinnen, man, over twee maanden lanceren we een raket! Jij hebt 'm gebouwd! Jij!'

Getroffen richtte Lev zich op en in zijn ogen stroomde vuur. 'Ik ben niet gek!' riep hij, maar meteen verstrakte hij omdat hij zijn mond te ver had geopend en de pijn door zijn schedel trok. Hij vervolgde fluisterend: 'Sasja, ik weet wat ik doe. Morgen ben ik er weer. Dan is dit gezakt...'

'... nog niet...'

'... ik krijg straks... een paar injecties. Morgen is dit weg. Dan ben ik er weer.' Hij liet zich opnieuw op de bank zakken. 'Ik wil... dat je één ding weet: ik hou van haar. Voor het eerst in mijn leven... ben ik iemand tegengekomen. Ik wil haar volgen. Tot aan het bittere einde. Ze is een vrouw, Sasjka... een vrouw die je je voorstelt... uit de oertijd. Toen waren wij kerels nog het zwakke geslacht. Toch is ze fijntjes gebouwd. Handen als van een Vietnamese danseres. Het figuur van een ballerina. De eruditie van een Française. Maar ze heeft een Russische ziel.'

'Kortom, ze is internationaal georiënteerd,' zei Sokolov.

'Sasja, alsjeblieft... Ik ben serieus. Eén keer in mijn leven ben ik serieus... en jij lacht me uit.'

'Ik laat je met rust. Morgen ben je hopelijk beter.'

Lev steunde op een elleboog. 'Ik ben niet ziek! Sasja, ik ken m'n verantwoordelijkheden! Over eenenzestig dagen vliegt de *Oktjabr*. Deze ene dag moest ik hebben.

De volgende eenenzestig... slaap ik vier uur per nacht. Ik werk zeven dagen per week. Je kent me. Voor het eerst sinds een halfjaar... wilde ik één dag thuisblijven.'

'Om bij te komen van een vechtpartij.'

'Ja. Laat me maar. Morgen zien we elkaar weer.'

De volgende dag was er weinig te zien van de zwellingen. Ze kwamen er niet meer op terug en de affaire rond Maltsev speelde zich op grote afstand van Sokolov af. Hij had andere zaken aan zijn hoofd. Wat tot hem doordrong, was een verhaal van een collega in de kantine: er waren problemen ontstaan met Maltsev, en Lev had zich ingezet voor diens rehabilitatie. Het kwam niet in Sokolov op om te veronderstellen dat uitgerekend Lev de tegenstander was van een van de twee kosmonauten van de *Oktjabr*. Lev had de naam van de bedrogen echtgenoot verzwegen, maar toen Irina als een genoeglijke roddelaarster vertelde dat Maltsev in de buurt van Aragvi had geknokt, lag de gevolgtrekking voor de hand.

Na Irina's onthulling liet het zuigende vermoeden hem niet los dat Lev op de vuist was geweest met kosmonaut Maltsev. Het was niet het soort onrust dat zonder dralen om een kalmerend antwoord vroeg, maar hij wilde er zekerheid over omdat het, als het niet werd uitgesproken, zou gaan knagen aan de grondslagen van hun vriendschap. Hij sprak Lev erover aan in het militaire vliegtuig dat hen de volgende dag naar Baikonoer bracht.

Het was een verouderde viermotorige Toepolev Tu-114, die de tocht niet in één sprong kon volbrengen dus onderweg moest bijtanken. Het vliegtuig bracht hen naar de plek waar het modernste Sovjet-ruimteschip naar de lanceertoren gereden zou worden. Ze vlogen minstens één keer per week heen en weer tussen het zenuwcentrum in Kaliningrad en de feitelijke plek van de lancering in Baikonoer in Kazachstan, waar de delen van de *Oktjabr* in speciale transporttoestellen naar toe gevlogen werden. De luidruchtige motoren verhinderden dat iemand kon meeluisteren. Ze zaten naast elkaar.

'Die vechtpartij toen, was die met Maltsev?'

Verstoord keek Lev op uit zijn papieren, met grote ogen Sokolov aankijkend, op zoek naar een houding.

'Hoe bedoel je?' Hij wilde tijd winnen, achterhalen wat Sokolov wist.

'Op de derde, weet je nog? Je was ziek. Maar je had gevochten, een dag eerder. Maltsev ook. Dezelfde avond.'

Lev bekeek hem argwanend, zijn superieure ogen gleden over Sasja's kindergezicht, en hij haalde zijn schouders op.

'Toeval,' zei hij. Hij keek weer naar zijn papieren, en Sokolov liet de affaire rusten. Hij had geen reden om aan Levs antwoord te twijfelen. Als Lev het zo genoeg achtte, dan accepteerde Sokolov dat. En als 'toeval' een leugen was, dan had Lev dwingende redenen om de waarheid aan Sokolov voorbij te laten gaan. Sokolov had zijn plicht gedaan: het was uitgesproken en bekendgemaakt.

Minuten verstreken en opeens vroeg Lev: 'Waarom?' Hij had zijn blik niet van de papieren genomen.

'Zomaar.'

'Je bent de enige die het weet van mijn knokpartij.'

'Ja?' Sokolov begreep dat hij om geheimhouding verzocht.

'Ja,' zei Lev beslist. 'Begrijp je?'

Hij keek nu op naar Sokolov en zijn ogen zochten naar bevestiging. Sokolov knikte. Hij zou zijn mond houden. Hij vroeg zich af of hij moest vertellen dat hij de avond ervoor Irina van zijn vermoedens op de hoogte had gebracht. Hij had haar laten beloven dat ze erover zou zwijgen, en toen hij in het vliegtuig zat betreurde hij het dat hij Levs geheim niet voor zich had gehouden. Op het moment dat hij het aan Irina vertelde leek het een onschadelijke, hoogstens pikante bijzonderheid, en hij besloot dat Lev niet hoefde te weten dat hij er met zijn vrouw over had gesproken.

Terug in Kaliningrad haalde Sokolov het gesprek met Lev aan en hij drukte haar op het hart om er tegenover derden over te zwijgen.

'Toeval.' Irina herhaalde wat Lev had gezegd. 'Maar toch mag ik er niet over praten?'

'Nee.'

'Waar zie je me trouwens voor aan? Natuurlijk hou ik m'n mond.'

'Sorry. Ik wilde alleen maar duidelijk zijn.'

'Dat was je al, schat. Toeval. Geloof jij het?'

'Doet er niet toe.'

'En toch heeft hij zelf Maltsev teruggehaald?'

'Ja. Dat pleit vóór zijn antwoord.'

'Of er juist tegen. Hij had er spijt van. Hij wilde het goedmaken met Maltsev.'

'Je kent hem niet. Lev maakt het nooit goed met iemand.'

Toen Irina na de ramp met de *Oktjabr* op de bank zat te drinken, zo vertelde ze later, kronkelde dit gesprek als een slang door haar hoofd. In Sokolovs hoofd klonken op dat moment de herinneringen aan de duizenden gesprekken die hij als ploegleider met honderden ingenieurs had gevoerd. Hij zag de blauwdruk van de raket voor zich en hij luisterde. Honderdduizenden onderdelen, en elk onderdeel met eigen kenmerken, eigen testrapport, eigen levensduur. Sokolovs directe werk betrof voornamelijk de ontwikkeling van de *dual fuel-*

motoren en de sterkte van de huid van de *Oktjabr*, die net als bij schelpdier en insekt de functie van de ruggegraat had. Wat hij later in slow motion op tape terugzag ontstond uit een explosie in de motoren en zette zich voort in het scheuren van de huid. Aanvankelijk richtte het technische onderzoek zich op de sterkte van de huid, en wat Irina in stilte vermoedde, koesterde, oppoetste, werd hem enkele weken later verteld door een functionaris van de KGB.

De avond na de ramp dronken ze thuis de flessen wodka leeg die ze in het dressoir in de woonkamer bewaarden, beiden woordeloos, beiden verzonken in eigen fantasieën en obsessies, en vervolgens liet hij haar in hun flat achter en vertrok naar zijn laboratorium, waar hij alle rapporten uit de safe haalde en zich achtenveertig uur in een kantoor opsloot. Zo nu en dan een stuk brood, thee, een worstje, minuten van foerage tijdens de koorts van het lezen. Er werd een intern onderzoeksteam samengesteld, zonder de ontwerpers en bouwers van de *Oktjabr*, dat op zoek ging naar de antwoorden op twee simpele vragen: *hoe?* en *waarom?* Het antwoord op de eerste werd grotendeels gevonden; dat op de tweede bleef hypothetisch. Nadat de toezichtcommissie van het Centraal Comité het interne rapport had gelezen van de formele opdrachtgever, het ministerie van Middelbare Werktuigbouw, concludeerde zij dat het onderzoek zonder een definitieve verklaring was afgesloten (een lijst van *mogelijke* technische oorzaken besloot het rapport) en verscheen er vervolgens een technisch team van de KGB in de hallen en laboratoria van Kaliningrad, de enclave van bevoorrechten die tot dat moment haar geschillen in relatieve vrijheid en onderlinge tolerantie had opgelost.

Majoor Kirov was de ondervrager.

NEGEN

Op het einde van Dizengoff was Sokolov op de bus gestapt naar het Centraal Busstation, waar hij op zoek ging naar een bus die hem naar Shekunat Hatikva kon brengen. De politieman had hem van zijn werk gehouden. Jossi zou razend zijn.

Het was duidelijk dat het station oorspronkelijk op een plein met reguliere vertrek- en aankomststroken was gevestigd, maar het had langzamerhand beslag gelegd op een volledige wijk van smalle berookte straten, waarover de twee grote busondernemingen van Israël uit de losse hand halten hadden gestrooid. In een uitputtend tempo haastten mensen zich tussen de tientallen halten van grommende bussen, die er genoegen in schepten op de duizenden reizigers te jagen die onafgebroken over het centrale plein naar de vele zijstraten vluchtten.

Het Centraal Busstation was het overgangsgebied tussen stad en platteland, tussen Europa en het Midden-Oosten, tussen de dag van het wettelijk gezag en de nacht waar alles te koop was. Sokolov zocht naar de bus die hem naar Shekunat Hatikva kon brengen, maar de dorst werd zo groot dat hij bij een van de kramen een fles kocht. Het leek wel of de hitte waarin de stad was gewikkeld zich vanaf deze plek verspreidde.

Vrome joden in zwarte jassen, vrouwen die slechts een smal topje en strakke korte broek droegen, zwaargewapende soldaten, gesluierde Arabische vrouwen, donkere jongetjes met snelle vingers, bedelaars, schreeuwende venters, elke bevolkingsgroep had representanten naar het station gestuurd en de vraag was hoe lang het zou duren voordat de kolkende massa in razernij de buurt zou platbranden. Lang, dacht Sokolov terwijl hij een slok nam, op de een of andere manier was het georganiseerd. Voor hem, buitenstaander, leek de manier waarop hier het busbedrijf functioneerde volstrekt willekeurig. Zonder de hulp van minstens een dozijn helderzienden was het niet mogelijk om de gewenste halte te bereiken, maar op de een of andere manier bleven de bussen hun weg vinden naar magische plekken op het plein of in de wirwar van hoofd- en dwarsstraten, en de reizigers bleven ongedeerd aankomen en vertrekken. Het wonder van zelfregulatie, dacht Sokolov, zo'n wonder van spontane organisatie dat de Sovjet-maatschappij had proberen te vernietigen: ooit, decennia geleden, ontstaan uit een bescheiden busstation en uitgegroeid tot een levend organisme dat een hele wijk liet ademen. Zoals de oerknal geleid had tot een logisch universum dat zichzelf volgens te bevatten regels reguleerde.

De benedenverdiepingen van de huizen in de wijk waren verbouwd tot open kramen met noten en gevulde pita's, kramen met radio's en ghettoblasters, kramen met kleding, snuisterijen, aardewerk, leren jacks, snoepgoed, brood en banket. Hier was alles te koop, drugs, dollars (waaraan bij de bank een kunstmatig hoge sjekel gekoppeld was en die dus op de zwarte markt meer opbracht, net als vroeger in Rusland), vrouwen, jongens, wapens.

Sokolov sprak een man aan met de vraag waar de bus naar Shekunat Hatikva vertrok.

'Waarom?' vroeg de man. Hij had een gegroefd gezicht met intelligente ogen, getergd door Sokolovs domheid.

'Waarom?' herhaalde Sokolov. 'Omdat ik naar huis moet.'

'En u denkt dat ik weet waar u woont?'

Sokolov vroeg zich af of zijn beheersing van het Ivriet de oorzaak was van dit misverstand. Maar voordat hij kon antwoorden bleef er iemand bij hen staan, een man met een rond, kaal hoofd waarop een zwart gehaakt keppeltje. 'Ha, Moshe,' zei deze.

De retorisch begaafde draaide zich om. 'Jitschak...'

Vertrouwelijk schudden ze elkaar de hand. Moshe wees naar Sokolov. 'Hij houdt me aan omdat ie denkt dat ik weet waar hij woont.'

'Nee, nee, ik vroeg waar de bus vertrok, dat is alles.'

De vrome kale knikte vergevensgezind. 'U moet weten dat hier meer bussen vertrekken dan in de rest van het Midden-Oosten bij elkaar. Wie hier het dienstrooster uit het hoofd kent, is door God uitverkoren.'

'Ik dacht dat we dat ook zonder dienstrooster waren,' zei Moshe. 'Gisteren vertelt m'n dochter me dat ze de toekomst kan lezen. Weet je hoe? In soep! Ik dacht dat dat koffiedrab moest zijn, maar néé, een helderziende van dit volk leest de toekomst in soep!'

Sokolov lachte met de mannen mee.

'Laat haar mij het recept van die soep geven,' zei Jitschak.

Nu mengde een vrouw zich in het gesprek, een kleine dikke vrouw met grijs haar en grote meisjesachtige ogen. Ze droeg een volle boodschappentas. 'Kan ik ergens mee van dienst zijn, heren?'

'Weet u in welke soep je de toekomst kunt lezen?' vroeg Jitschak met een grijns.

De vrouw lachte, moeiteloos de toon van het gesprek opvattend. 'Natuurlijk weet ik dat. Tomatensoep.'

'Tomatensoep?' zei Jitschak verrast.

'Het gaat om de pitjes,' zei de vrouw met ironische ogen. 'De hoeveelheid en de verspreiding.'

'Zoals het joodse volk,' knikte Jitschak.

'Als Gods bedoelingen niet kenbaar zouden zijn, wat voor zin zouden ze dan hebben?' vroeg de vrouw aan het gespreksgroepje.

'Nu gaat u ervan uit dat wij met ons verstand God kunnen begrijpen!' wierp Moshe tegen.

Ze knikte heftig. 'Natuurlijk! Anders zou dit hele leven flauwekul zijn!'

'Mevrouw, misschien is God dol op flauwekul! Misschien is Hij een wezen dat zich ziek lacht bij het zien van onze sores! Waarom zou je in hemelsnaam zoiets als *de mens* bedenken? Voor de eer? Voor de schoonheid? Mevrouw, kijkt u eens goed naar mij, dit creëer je echt alleen wanneer je gevoel voor humor net zo groot is als dat van Sjamir.'

'Rabin is zeker wel een groot komiek!' antwoordde Jitschak ter verdediging van Sjamir.

Iemand riep: 'Rabin is wel een groot komiek! Heeft ie ooit iets gezegd waarom je *niet* heb moeten lachen?'

Sokolov besefte dat in dit land iedere openbare filosofische discussie begon met de vraag naar de plaats van een bushalte.

Na de hulp van drie politiemannen vond Sokolov zijn bus. De airconditioning functioneerde en hij liet zijn verhitte hoofd in zijn nek zakken zodat de koude wind uit het luchtgat onder het bagagerek zijn hals koelde.

Hij herkende haar aan de bloemetjesjurk. Ze stapte in vlak voordat de deuren sloten, rekende met gepast geld af en hield zich aan een stang vast toen de bus optrok. Vanaf zijn plek achterin kon hij ongehinderd haar gezicht bekijken. In de rijdende bus slalomde ze van stang naar stang zonder hem op te merken, op weg naar een vrije stoel twee rijen voor hem. Ze straalde iets voornaams uit, een smal gezicht met meisjesachtige ogen, grote lippen en geprononceerde jukbeenderen die niet op Aziatisch of Slavisch bloed wezen maar eerder een Spaanse achtergrond deden vermoeden. Toen ze ging zitten, naast een vrouw die ze vriendelijk toeknikte, wendde ze zich even naar links en opnieuw viel hem haar prachtige profiel op. Hoog breed voorhoofd, kleine neus en scherpe kin. Ze was lang en haar achterhoofd stak boven de andere passagiers uit.

Sinds Irina had hij van niemand gehouden. In Tomsk onderhield hij een ongewone neukrelatie met een boekhoudster van zijn fabriek. Onregelmatig kwam Valja bij hem op bezoek, ze dronken zwijgend de wodka die Valja had meegenomen, en na een half uur kleedde zij zich uit en bedreven ze sex. Valja had weke dijen en zware borsten, en bij het vrijen staarde ze hem aan zonder dat ze hem zag. Ze kwam klaar met een kramp in het middenrif, alsof ze de hik kreeg. Ze gingen nooit samen naar een restaurant, niet naar het theater, ondernamen niets dat deed denken aan een romance. Ze sliepen met elkaar en 's ochtends vertrokken ze naar de fabriek. In Herzlia, na zijn aankomst in het land van melk en honing, had geen vrouw zijn bed met een bezoek vereerd.

Als hij daar over het strand langs de Middellandse Zee wandelde trof hij uitsluitend meisjes aan die zijn dochter konden zijn, vlekkeloos gebruinde lijven met strakke billen en buiken in elastische badpakken, die verlangen en weemoed aan zijn ogen ontlokten. En als ze al niet te jong waren dan verkeerden ze wel in gezelschap van filmsterren of gebeeldhouwde wereldkampioenen karate en taikwando. De liefde van een vrouw zou een herinnering worden wanneer hij straatveger zou blijven en onder aan de maatschappelijke ladder bleef bungelen.

De plattegrond van Tel Aviv was nog steeds een raadsel voor hem, maar toen de bus de Regov Etsel in draaide herkende hij de verwaarloosde gevels en ervoer hij de onverwachte sensatie dat hij thuiskwam.

Ze stapte voor hem uit en hij volgde haar toen ze de straat overstak. Ze liep met rechte rug, zelfverzekerd en stoer, en haar bruine haar kreeg in de zon een dieprode glans. Onder haar rok bewogen slanke kuiten en smalle enkels. De achterkant van haar knieën, de overgang van kuit naar bovenbeen, toonde een zachte huid doorsneden met rimpels en de lijntjes van kwetsbare adertjes. Die aanblik had iets intiems, en het verlangen naar haar armen trok als kramp door zijn lichaam en hij bleef staan. Hij moest zichzelf beschermen, het was beter wanneer hij zonder haar schaduw en zonder illusies door de Regov Ivri liep. Was zij de moeder of de dochter? Of hoorde zij bij de familie die de *oliem chadasjiem* te hulp schoot?

In Kaliningrad had hij niet alleen zijn verleden en zijn vrouw en dochter achtergelaten, maar ook zijn vrienden. Toen hij in Tomsk bivakkeerde, stelde hij vast dat hij zijn vrienden verloren had. Zijn collega's, in wie hij vrienden had gezien, schreven hem niet omdat ze ondanks de perestroika nog steeds bang waren dat de post onderschept zou worden. Anderen werden in soortgelijke omstandigheden door familieleden geholpen, maar toen hij in september 1985 gedeporteerd werd leefde alleen zijn moeder nog, en familie was er verder niet. In Tomsk luisterden zijn dagen naar een simpel ritme. Overdag testte hij in een gebrekkig laboratorium de kwaliteit van de Siberische metaalindustrie, en 's avonds zat hij in de regel alleen in zijn kamer en testte hij de kwaliteit van de Russische wodka. De brieven die hij wekelijks ontving waren van zijn moeder en van Natasja, zijn kind. En dat zijn geestvermogens niet volledig waren afgestorven dankte hij aan cryptogrammen en spelletjes.

In hun eerste gezamenlijke zomer, na hun gevecht om de handschoenen, had Lev hem enthousiast gemaakt voor wiskundige spelletjes. Dat gebeurde op de dag dat Sasja aan Lev bekend maakte dat hij zijn handschoenen nooit zou dragen.

De avond na de smadelijke nederlaag in het Smolenski Plantsoen, te midden van zijn klasgenoten, had Sasja zijn moeder verteld dat hij de handschoenen verloren had, ergens onderweg moesten ze uit zijn tas gegleden zijn. Aanvankelijk hoorde ze het bericht onbewogen aan alsof het haar niet interesseerde. Maar na het eten, alleen met hem in de keuken, zei ze: 'Sasja, je weet hoeveel moeite het gekost heeft om ze te krijgen. Ik had wat meer aandacht van je verwacht.'

Ze sprak met gedempte stem omdat ze zijn vader nog niet had ingelicht.

'Het spijt me, mama. Echt waar.'

'Hoe kun je ze nou kwijtraken?'

'Ik weet 't niet. Ik vind het heel erg.'

Ze trok hem naar zich toe en drukte hem tegen zich

aan. Hij was al langer dan zij en sinds enige tijd verzette hij zich tegen deze moederlijke aanrakingen, maar die dag voelde hij zich hulpeloos en liet hij haar begaan.

'Ik vind 't naar voor je,' zei ze, 'zeg jij maar niks, ik vertel 't papa wel.'

De volgende ochtend, de eerste dag van de vakantie, stond Lev grijnzend voor de deur, alsof de gang naar de flat van de Sokolovs tot zijn dagelijkse routine behoorde. Hij vroeg of Sasja een stuk met hem wilde lopen, het blok om. Sasja, verrast door Levs aanwezigheid, staarde hem verward aan, maar hij knikte en volgde Lev de straat op. Lev had een tas bij zich.

'Alles goed?' vroeg Lev. Hij bedoelde natuurlijk: Heb je gezeik gekregen toen je thuiskwam zonder handschoenen?

'Ja.' Sasja kon niets beters antwoorden.

'Ik had geluk,' onthulde Lev.

'Je was beter.'

'Misschien is dat hetzelfde.'

'Ja?' Sasja had over zoiets nog niet eerder nagedacht.

'Geluk en winnen zijn met elkaar verbonden,' zei Lev ernstig, 'geluk is niet zoiets als goddelijke genade, maar het is iets dat je kunt afdwingen. Door je kansen te verhogen.'

Hij bleef staan en opende de tas.

'Hier...'

Sasja wierp een blik in de tas en zag zijn handschoenen terug, de mooiste ooit vervaardigd, van het soepelste leer, zachtste bont, sterkste stiksel.

'Nee,' zei Sasja.

'Ze zijn van jou,' drong Lev aan.

'Niet meer.' Sasja's keel was droog en zijn verlangen naar de handschoenen groot, maar hij kon zichzelf niet verloochenen.

'Neem ze terug.'

'Onmogelijk,' antwoordde Sasja.

'Kom nou,' zei Lev, 'je hebt ze voor je tabel gekregen...'

'Hoe weet je dat?'

'Dat heb ik gehoord.'

'Van wie? Van Igor?'

'Doet er niet toe. Toe...'

'Nee. Jij hebt ze gewonnen. Jij was beter. Ik wou dat het anders was maar het is zo. Ik kan ze niet terugnemen.'

'Wees nou niet zo rechtlijnig.'

'De dingen zijn zoals ze zijn,' zei Sasja, 'ik heb ze verloren. Jammer...'

'Je kunt toch wel... beschouw het dan zo dat je nu geluk hebt.'

'Nee.'

'Je naam staat erin.'

'Nee.'

'Hier.'

Lev nam de handschoenen uit de tas en wilde ze hem aanreiken, maar Sasja stapte achteruit en hield zijn handen op zijn rug.

'Nee!'

Met tranen in de ogen holde hij weg.

De volgende ochtend maakte zijn moeder hem vroeg wakker.

'Sasja... Sasja!'

Stralend zat ze op de rand van zijn bed. Op haar schoot lagen op een opengevouwen Pravda de handschoenen. 'Sasja, vind je dat niet wonderbaarlijk? Iemand heeft ze teruggebracht! Ze lagen voor de deur!'

's Middags belde hij aan bij Lev. Ze woonden in een andere wijk, bij het Wosstania Plein, in een gebouw dat het hogere echelon van de partij voor zichzelf gereserveerd had. Sergej Lezjawa, Levs vader, had in de Grote Vaderlandse Oorlog gevochten ter verdediging van Stalingrad. Hij was Georgiër en politiek commissaris in het Rode Leger. Stalin persoonlijk had hem naar Stalingrad verordonneerd. In die tijd werden veel Georgiërs in de leiding van het land benoemd, ook al liet Stalins paranoia hen niet ongemoeid, maar hij had hen nodig nadat hij in de jaren dertig de top van de partij en het leger had laten uitroeien. Lev was weinig verrast toen hij Sasja zag staan.

'Treed binnen,' zei hij. 'Je kunt me helpen. Ik speur naar het eenendertigste volmaakte getal.'

Net als Sasja had Lev een eigen kamer. Er lagen tientallen vellen met berekeningen.

'Hier is 6,' zei Lev, 'het eerste volmaakte getal. Kun je delen door 1,2 en 3, en het is de som van die getallen. Volmaakt getal dus. Hier is 28. Deelbaar door 1,2,4,7 en 14. En het is de som daarvan. Begrijp je? Er zijn er dertig bekend, dit is het grootste.' Hij wees op een getal dat over verscheidene vellen papier liep, door Lev aan elkaar gelijmd. 'Heeft meer dan honderddertigduizend cijfers, het grootste volmaakte getal dat we kennen.'

'Als er dertig van zijn, dan is er nog wel een eenendertigste,' zei Sasja.

'Jij bent een man naar mijn hart,' antwoordde Lev.

Ze verloren zich in de praktijk van de volmaakte getallen, zochten koortsig naar regelmatigheden die niet door Euclides en Mersenne waren ontdekt, verbeten speurend naar de formule die het eenendertigste zou onthullen waarmee ze zich eeuwige faam zouden verwerven, en aan het einde van de middag herinnerde Sasja zich wat het doel van zijn bezoek was geweest.

'Mijn moeder heeft ze gevonden,' zei hij.

Lev knikte droog.

'Ze liggen thuis,' vervolgde Sasja, 'maar ik kan ze niet dragen.'

'Je bent gek,' zei Lev. 'Ik ken geen sterveling die zo belachelijk principieel is.'

Sasja haalde zijn schouders op. 'Ik zou wel willen,' zei hij met spijt, 'maar als ik eraan denk dan word ik misselijk. Ik heb ze eerlijk verloren dus ze zijn niet meer van mij.'

'Goed. Dan zijn ze van mij. Ik verklaar bij dezen dat jij ze mag lenen en mag dragen tot ik ze weer opeis.'

Sasja had deze variant niet voorzien en haalde zijn schouders op. 'Ik weet niet...'

'Zullen we dit onderwerp morgen afhandelen?'

'Goed.'

Het was het begin van hun vriendschap. Lev was bezeten van mathematische spelletjes en hij stak Sasja aan. Toen het kouder werd dat jaar trok Sasja de handschoenen aan als hij het ouderlijke huis verliet, maar zodra hij beneden was en de straat op liep legde hij ze in zijn tas.

'Je bent knots,' meende Lev. 'Je hebt prachtige handschoenen maar je draagt ze niet.'

'Neem ze terug,' zei Sasja.

'Nee.'

'Dan bewaar ik ze voor je,' waarschuwde Sasja.

'Je hele leven.'

'Goed,' antwoordde Sasja gelaten.

'Je bent knetter,' zei Lev. 'In de Middeleeuwen was je een martelaar geweest die zich door de Mongolen had laten vastspijkeren enkel en alleen omdat je weigerde het ware geloof op te geven. Ik bewonder je wel, hoor!'

'Nooit zou ik dat opgeven,' antwoordde Sasja, die zich in gedachten afvroeg of joden ook martelaren hadden, net als de orthodoxen.

'Jij bent zo totaal anders dan ik,' peinsde Lev hardop, 'daarom zijn wij vrienden.'

Vlak na de viering van de Oktoberrevolutie in dat jaar, toen ze in de negende klas zaten en door de vakken raasden alsof hun hongerige lichamen alleen gevoed konden worden met kennis, merkte Sasja dat Lev iets mankeerde. De hele ochtend zat Lev er in zichzelf gekeerd bij, de gang van zaken in de klas verwaarlozend, wat zeer ongebruikelijk was.

In de middagpauze fluisterde Lev hem toe: 'Na school. Wacht op me.'

Om half vier liepen ze samen naar het park rond het Bassejn Moskva. Het was al koud en de wind uit het oosten rukte aan hun jassen. Met het hoofd in de kraag liepen ze naar het kale park en passeerden de muur van het overdekte zwembad. Lev had niets gezegd. Hij zag eruit alsof hij niet geslapen had, zijn ogen staarden donker en somber naar de levenloze gazons en hij had zijn schouders opgetrokken en zijn rug gebogen, alsof hij zich klein wilde maken, verdwijnen leek het wel.

'Ik moet je wat vertellen,' zei hij ernstig, 'iets vreselijks.' Hij keek Sasja aan en in zijn stem sloop dreiging. 'Je moet me beloven dat je het tegen niemand zal zeggen. Niemand. Beloof het.'

'Ik beloof het,' zei Sasja met volle stem, toegewijd en bezorgd.

'Goed,' zei Lev.

Hij sloeg zijn ogen neer en trapte tegen een steen. Ze stonden in de beschutting van het paviljoen waarin 's zomers het Veteranenorkest optrad of het koor van Machinefabriek De Zorg.

'Mijn moeder is joods,' zei Lev.

Na deze bekentenis keek hij met een verloren blik naar Sasja op, ineenkrimpend alsof hij een nekschot verwachtte. Maar Sasja, verrast, voelde hoe een gevoel van bevrijding de druk van zijn borst nam.

'Joods?' stamelde Sasja.

'Ja. Ik. Tante Jana logeert bij ons. Zuster van mijn moeder. Ik hoorde ze erover praten. Wat zeg ik? Ze *fluisterden* erover in de keuken. Jana wil een uitreisvisum voor Israël aanvragen en ze wilde van mijn moeder weten wat ze daarvan vond. Mijn moeder zei natuurlijk dat het een ramp zou zijn. Voor ons allemaal. Niemand weet het. Ik dacht dat ze Russische was. Maar ze is joods!'

Hij haalde zijn handen uit zijn zakken en maakte een wanhopig gebaar.

'Joods! En dat betekent dat ik ook joods ben! Ik ben een halve jood, Sasjka, ik hoor opeens bij dat volk dat... dat niets met Rusland te maken heeft! Het zijn vreemdelingen en ik ben het opeens ook! Begrijp je? Ik ben een vreemdeling!'

Sasja drukte zijn handen op elkaar en blies erin, naar de grond kijkend en van de gedachte genietend dat hij eindelijk zijn geheim met iemand kon delen.

'Je zwijgt,' hoorde hij Lev zeggen, 'zeker omdat je me nu verachtelijk vindt. Wil je nog met me omgaan? Sasjka? Je wil zeker mijn vriend niet meer zijn?'

'Mijn moeder is ook joods,' fluisterde Sasja.

Toen hij opkeek zag hij Levs verwonderde blik.

'Jij? Jij ziet eruit als een Rus uit Toela. Russischer dan Chroesjtsjov. Je liegt.'

'Mijn moeder is joods,' herhaalde Sasja, 'en nog wat: mijn vader is het ook. Ik ben dus helemaal joods. Jij maar half.'

'Waarom...?' Lev leek te wankelen. 'Waarom heb je dat nooit verteld?'

'Ik durfde niet. Niemand weet het. Officieel zijn we Russisch.'

'Maar...?'

Hoofdschuddend draaide Lev zijn rug naar hem toe. Maar hij draaide zich na een paar seconden weer naar Sasja om en wees dreigend met een zwaaiende wijsvinger naar hem: 'Je liegt!'

'Ik lieg niet!' riep Sasja terug. 'Ik ben een jood! Ik ben een vreselijke jood omdat mijn ouders dat ook zijn! Waarom zou ik liegen? Ik lieg niet! Nooit!'

Lev keek hem aan met open mond, onderzoekend, argwanend. Maar toen trok er een grijns over zijn gezicht en achter uit zijn keel klonk gegrinnik.

'Dus jij bent een jood, Sasjka, een *zjid*?'

'En jij ook. En niet zomaar een halve, Lev, je moeder is jodin, dan ben jij dat ook, volgens de joodse wet.'

'Volgens de Russische een halve, maar dat maakt niet uit in dit geval. *Zjiddok*!' schold hij, joodje.

'*Pargati*!'

'*Zjidjonok*!'

Verbaasd grijnzend bekeken ze elkaar, anders nu, alsof er behalve de vriendschap die al bestond een diepere verwantschap was ontstaan, een bloedband die op bezegeling had gewacht.

'Wat is de vijfde paragraaf van jouw ouders?' vroeg Lev.

'Russische nationaliteit,' antwoordde Sasja met een veelbetekenende glimlach.

'Hoe kan dat?'

'Ze hebben gezegd dat ze dat waren. In de oorlog hebben ze hun oude papieren verbrand.'

Lev keek hem bewonderend aan. 'Echt?'

'En jouw moeder dan?'

'Russisch. Is ook gelogen. Ongelooflijk!' riep Lev.

Hij draaide met gespreide armen een pirouet op de betonnen vloer van het paviljoen. Steentjes onder zijn schoenzool knerpten. 'We lijken wel samenzweerders! Geheime joden!'

Hij greep Sasja vast en keek hem opeens vol ernst aan. 'Beloof me dat we altijd vrienden zullen blijven! Sasja, we moeten dat beloven!'

'Ja,' slikte Sasja, ontroerd door de plechtige toon die Lev aansloeg. 'Ik beloof het.'

'Ik beloof het ook,' zei Lev.

Lev sloeg zijn armen om hem heen en Sasja deed hetzelfde bij Lev. Als volwassen mannen kusten ze elkaar op de mond en bezegelden hun verbond.

TIEN

'Je mag niet meer terugkomen. Je moet de afvalkar terugbrengen. Jehuda Cohen.'
Gelaten verfrommelde Sokolov het papiertje dat hij op de drempel had gevonden. Nu het zover was aanvaardde hij het bericht als iets onvermijdelijks. Hij ging in zijn luxueuze fauteuil zitten en dronk. De warmte hing nog zwaar in zijn kamer, de straat beneden lag al half in de schaduw van de ondergaande zon. Er was geen ingebouwde airconditioning en de aanschaf van een ventilator kon hij zich niet veroorloven. In Herzlia was elke kamer van het appartement aangesloten op een geruisloze airco. En er was vloerverwarming voor kille dagen, ook al wisten Israëli's niet wat kilte betekende.

Israëlische kou leek op een zachte Russische herfstdag. In zijn kamer in Tomsk was de winter scherper dan vroeger thuis bij zijn ouders in Moskou, waar het vuur in de ketels van de communale verwarming altijd hoog had gebrand, en kouder dan in Kaliningrad, waar hij over zijn eigen comfortabele gasverwarming had beschikt, een Finse ketel die een zachte warmte door de flat had verspreid. Dank zij zijn contacten had Lev beslag gelegd op een dozijn van die geïmporteerde wonderen en ze aan vrienden doorverkocht. De werkelijkheid van de Sovjet-Unie was op dat moment nauwelijks tot Sokolov doorgedrongen. Hij was beschermd opgegroeid in de middelste lagen van de bureaucratische elite. Zijn moeder had toegang tot speciale winkels die altijd diverse groenten, fruit, mager vlees en melk en kaas te koop aanboden, en in Kaliningrad maakte hij met Irina uitstapjes naar de speciaalste speciale winkels. Schappen vol Westerse spullen. Sloffen Benson & Hedges-sigaretten, parfum van Dior, kleding van Armani. Maar hij liet Marlboro en Boss voor wat zij waren. In tegenstelling tot Irina gaf hij niet om persoonlijke luxe, tot hij in Tomsk belandde. Tomsk was verdovende koude en zurige armoede. Tegen betaling nam zijn gepensioneerde buurvrouw bij haar inkooptochten ook voor hem het broodnodige mee. Hij leefde er op wodka en aardappels, kool, een enkele keer een komkommer, vette harde worstjes, ingeblikte vis. Zijn leven lang was hij lid geweest van de groep partijfunctionarissen en wetenschappers die de beschikbare rijkdom van het land geannexeerd had. Gorbatsjov had de ramen naar het Westen geopend, maar de gewone winkels bleven leeg. De schaamte die Sokolov kende, was tweeledig van aard: hij schaamde zich omdat hij persoonlijk gefaald had en zijn positie en welvaart was kwijtgeraakt, waardoor hij niet meer tot de twee miljoen leden van de nomenklatoera behoorde, en daarnaast schaamde hij zich omdat hij gedachteloos had geprofiteerd van diezelfde geprivilegieerde wereld. Zoveel schaamte viel alleen met wodka te verdragen.

Hij woonde in Tomsk van september '85 tot januari

'90. De scheiding van Irina werd officieel in maart '86, maar feitelijk hadden ze na het KGB-onderzoek hun huwelijk beëindigd. Hij moest zich elke week bij het wijkbureau van de militie melden. Als hij buiten een straal van veertig kilometer rond Tomsk wilde reizen diende hij daarvoor een maand eerder toestemming te vragen (maar hij had niks te zoeken buiten Tomsk). Op vleugels van alcohol zweefde hij door de Siberische nachten. Met bevroren wenkbrauwen wankelde hij door de sneeuw, zijn vingertoppen koud als ijspegels.

Zijn vrouw had hem verraden zoals hij zelf zijn vriend had verraden. Niemand kon hij vertrouwen en niemand kon hem vertrouwen. Niemand die een arm om zijn schouders sloeg. Zijn vader had hij in 1980 begraven, drie weken na het huwelijk met Irina, en de enige verwant die hij had was zijn moeder. Elke week schreef ze hem en hij antwoordde trouw. Het ging goed met hem. Het klimaat viel mee omdat hij een flat had in een geïsoleerd gebouw. Ja, hij had een lieve vriendin. Hij had een auto. Hij at genoeg fruit en groente. Hij werkte aan interessante projecten die hem in de toekomst terug naar Moskou zouden brengen. De doorzichtige leugens van een mislukt kind voor een tedere ouder.

Tijdens de jaren van zijn verbanning had hij haar één keer mogen bezoeken. Ze werd toen zeventig, een sterke vrouw met felle donkere ogen en een zelfverzekerde mond. Hij kreeg toestemming naar Moskou te reizen.

Hij bemachtigde een vliegticket (een collega had een neef die bevriend was met iemand van reserveringen van Aeroflot; kosten: een fles wodka per persoon), maar hij had haar opzettelijk verzwegen dat hij zou komen. Ze begon te huilen toen ze hem in de deuropening zag staan. Ze hief haar oude handen en reikte naar hem als een klein kind. 'Ik schiet te kort,' had Sokolov gedacht, 'als mensen oud worden moet hun nageslacht voor hen zorgen zoals het vroeger zelf is verzorgd.'

Zijn laatste roebels had hij op de zwarte markt uitgegeven aan een fles Bulgaarse wijn, zachte worst, verse kaas, twee potten kaviaar, eieren. Hij was eenenveertig jaar oud en in de loop van de dag hoorde hij voor het eerst van begin tot eind de geschiedenis van de families van zijn ouders. Zijn moeder had hem eerder kleine delen verteld, in minimale porties, alsof zij ze giftig oordeelde voor jonge mensen.

Zijn vaders familie, die toen nog Berenstein heette, was in oktober 1917 vanuit Odessa naar Roemenië gevlucht. Het waren streng gelovige joden die bang waren voor traditionele Russische pogroms en het atheïstische communisme. Toch werd de jongste zoon Isaäk, in 1918 vlak na hun aankomst in Roemenië geboren, door de nieuwe ideologie aangestoken toen hij in 1938 naar de jeshiva in Constanta was gestuurd en in aanraking kwam met joodse communisten.

Het antisemitisme in Roemenië was virulent. De IJzeren Wachters, nationalisten die christelijk-orthodoxe mystiek mengden met een flinke scheut fascisme, werden steeds gewelddadiger, en in september 1940 pleegde de paranoïde Generaal Antonescu, bijgenaamd de Rode Hond, een fascistische staatsgreep.

Isaäk had een verklaring voor de verwarring waaraan het Roemeense volk ten prooi was gevallen: gebrek aan historische kennis, verkeerd begrepen klassenstrijd. Hij brak zijn opleiding tot rabbijn af en koos ervoor om onderwijzer te worden. Hij werd lid van de communistische partij en drong snel tot het bestuur door, het jongste lid, de gedoodverfde leider. Op het lerareninstituut ontmoette hij er in 1939 zijn vrouw, Anna Benveniste, een meisje uit een traditioneel joods gezin dat welvarend genoeg was om de kinderen een studie te bieden.

Op 22 juni 1941 viel Generaal Antonescu met de Duitsers de Sovjet-Unie aan en binnen vier maanden bereikten de Roemeense legers Odessa. Antonescu bevorderde zichzelf tot Maarschalk. Nog vóór de aanval waren Isaäk en Anna de grens over gevlucht. Isaäk beschikte over een aantal blanco lidmaatschapskaarten van de communistische partij en ze namen een nieuwe identiteit aan.

Isaäk Berenstein werd Iwan Sokolov. Hij meldde zich bij het Rode Leger. Van november 1941 tot augustus 1946 zagen Iwan en Anna elkaar één keer, nadat Iwan gedecoreerd was met de Rode Ster. Hij kreeg een week verlof en mocht zijn vrouw bezoeken, die in Nowosibirsk in een wapenfabriek werkte. Hij werd bevorderd tot luitenant bij de artillerie en na de demobilisatie studeerde hij aan het Instituut voor Zware Machinebouw en werd *apparattsjik*.

Bij zijn laatste bezoek zat Sokolov met zijn moeder aan de kleine tafel in de keuken. Buiten schemerde het. De avond viel vroeg. Ze hadden geen lamp aangestoken maar het gloeiende gezicht van zijn moeder leek op te lichten in de vage duisternis van het huis.

Zij wilde dat hij naar Israël zou gaan wanneer zij 'er niet meer was'.

'Je wordt honderd, mama, en dan ben ik een oude man.'

'Beloof me dat je weggaat. Beloof me dat je dan naar Israël zult gaan. Je bent een jood, Sasja, net als ik.'

'Ik weet niet wat het is, mama. Jij kent het, ik niet.'

'Ik ken het van vroeger.'

'Wat betekent het dan nog voor je?'

Ze haalde haar schouders op. 'Gek is dat. Ik ben al zo lang niet naar de synagoge geweest, ik doe niets aan de rituelen, en toch voel ik me joods.'

'Wat is dat, hoe voelt het?'

'Het is zoiets als... respect voor het kleine, respect voor de mensen door wie je bent opgevoed, respect voor de mensen die vóór jou hebben geleefd en geleden hebben... zoiets.'

Hij knikte.

'Je moet weg uit de Unie,' zei ze. 'Wat laat je in feite hier achter?'

'Een kind.'

'Natasja is bij Irina. Je mag haar niet zien. Ga weg uit dit land. De Benvenistes hebben altijd gezworven. Wij zijn een soort zigeuners, uit Spanje. Wij zijn overal naar toe getrokken, en jij gaat terug naar de oorsprong.'

'Misschien is er nog wel familie van ons daar.'

Ze schudde haar hoofd. 'Je vader heeft navraag gedaan. Ik weet niet hoe. Toen ik zwanger van jou was heeft hij gezocht. Iedereen was weg.'

Ze staarde naar haar handen, bruine ouderdomsvlekken tekenden de dunne huid. Sokolov had ze niet eerder opgemerkt.

'Ik weet nog dat hij zijn ouders wilde meenemen, maar ze wilden niet! Ze zagen hem als een afvallige. Hij was toen al twee jaar niet bij hen geweest. Ik hoor zijn vader nog zeggen: ach, die Duitsers zijn zo erg nog niet, niet zo erg als de bolsjewieken. Dat vonden ze het ergste, dat hun eigen zoon bolsjewiek was. Ze hadden van familie in Galicië gehoord dat de Duitsers in de eerste grote oorlog niet slecht voor de joden waren geweest, dus waarom zouden de Duitsers nu anders zijn?'

'En jouw vader en moeder?'

Ze knipperde met haar ogen en vocht tegen de tranen. Ontroerd omhelsde Sokolov haar en ze kwam tot zichzelf op zijn mannenschouder. Ze trok een zakdoek uit de mouw van haar jurk en depte glimlachend haar vochtige ogen.

'Ze wilden hun zaak niet achterlaten. Stom, hè? Mijn vader had een schoenfabriekje. Niet groot, niet klein. Ze hadden gespaard en vader dacht dat hij zich met geld kon redden. 'Ik geef hier en daar wat,' zei hij, 'net als bij de fascisten. Iedereen is antisemiet tot er wat te verdienen valt bij een jood. Zo zijn de christenen in Roemenië nu eenmaal.' Dat soort dingen zei hij.'

'En je broers?'

'Die waren getrouwd. Hadden kinderen. Wisten niet wat ze moesten doen. Ik was de jongste. O, Sasja.' Ze kneep in zijn hand. 'Ik heb dit al zo lang willen vertellen allemaal. Wat een ellendige wereld is het toch waarin je zoiets niet kunt vertellen. Ik heb m'n hele leven gelogen over waar ik vandaan kwam! En je vader is gestorven zonder dat z'n beste vrienden wisten dat hij een jood was! Hij kon niet liegen, hij was die hij was, behalve hierover, in het midden van z'n leven stond een leugen. Hij loog over z'n jeugd, over z'n vader en moeder, daarover heeft ie gelogen. Glasnost. Ik moest er zeventig voor worden, en jij veertig...'

'Eenenveertig, mama. Dit jaar tweeënveertig.'

'Wat ga je doen, Sasjenka, ga je weer trouwen?'

'Ik weet niet, mama.'

'Is ze goed voor je?'

'Ja.' Hij zag Valja. Hij zweeg over de omstandigheden.

'En je werk is leuk?'

'Ja.'

'Heb je toekomstperspectieven? Eerlijk zeggen, Sasja.'

'Ik ben eerlijk, mama. Het gaat goed met me. Echt waar.' Hij loog. Hij had nooit gelogen in zijn leven, maar tegenwoordig, alsof het een bijprodukt was van het verwerken van alcohol, loog hij zoals hij ademhaalde. Hij vroeg: 'Heb je nog wat te drinken?'

'Is die fles al leeg? Drink je zoveel?'

'Nee. Alleen vandaag. Een feestdag.'

'Kijk in de buffetkast. Daar moet nog wodka staan.'

Hij deed het licht in de woonkamer aan en zag boven de kast het landschap hangen dat hij vroeger uit de lijst had losgemaakt. Hij had het één enkele keer gedaan, en daarna elke neiging om het te herhalen weerstaan. Natuurlijk kende hij het scheldwoord *zjid*. *Zjidden* waren kapitalisten, antisocialisten, profiteurs, parasieten, hij associeerde dat woord met sluwe mensen zonder vaderlandsliefde, valse Russen. Hij was er zelf één maar hij had besloten dat hij er zijn leven lang over zou zwijgen. Zijn moeder had hem opgedragen de documenten terug te leggen en het schilderij op zijn plaats te hangen. Nooit meer had hij het onder ogen willen komen, en vreemd genoeg was het uit zijn bewustzijn geglipt en in een stoffige hoek van zijn geheugen beland.

Op de buffetkast stond een foto van zijn vader. Hij zat lachend aan de feesttafel in restaurant Praga aan het begin van de Arbat, drie weken voor de fatale hartaanval. Op het witte kleed stonden champagne, wodka, wijn. Achter zijn rug waren olijftakken en een vrouwenbeen zichtbaar van de barokke wandschildering van het paleis waarin het restaurant was gevestigd. Ze vierden er het huwelijk van Sasja en Irina. Sasja leek meer op hem dan op zijn moeder. In Kaliningrad was hij net zo rechtlijnig, compromisloos en verbeten in het najagen van een doel geweest. Hij pakte de wodka uit de kast en nam het schilderijtje van de muur.

Zijn moeder had in de keuken het licht aangedaan en water opgezet voor de eieren. Ze stond met haar oudevrouwenrug naar hem toe, klein en breed.

'Mama...'

Ze draaide zich om, zag het schilderij in zijn hand en ging met een afkeurende blik bij het fornuis staan, half afgewend van hem naar het water in de pan kijkend.

'Waarom wil je dat zien?' vroeg ze. Haar stem klonk onwillig, maar de vraag alleen al betekende dat ze toegaf.

'Ik wil weten wat er staat.'

'Waarom?'

'Het is dertig jaar geleden dat ik het zag, mama, andere tijden. We hebben nu perestroika, glasnost, je hebt het zelf gezegd!'

'Ze zullen de joden altijd blijven haten.'

'Maar ze zullen ons niet meer vervolgen.'

Bijna onmerkbaar haalde ze haar schouders op, schudde licht het hoofd.

'Je zei *ons*,' zei ze.

'Ja?'

Tot de catastrofe had hij geen tijd gehad om zich zorgen te maken over zijn wortels en achtergrond. De *Oktjabr* was ruim drie maanden na Gorbatsjovs benoeming tot secretaris-generaal geëxplodeerd, en Sokolovs toenemende onderdompeling in de wodka van Tomsk had gelijke tred gehouden met de groeiende persvrijheid. Over Israël en het Midden-Oosten las hij opeens artikelen die niet verduisterd werden door verwrongen feiten. Hij las over de joden in de USSR, over emigranten, antisemitisme, over de nationalisten van Pamjat die het jodendom en het zionisme verantwoordelijk stelden voor de rampen die Rusland hadden getroffen. Maar was hij een jood? Wat was dat, zich joods voelen?

Of voelde hij zich altijd al joods en hadden die gevoelens nog geen naam gekregen?

'Beloof me dat je ze daarna meteen weer terugdoet. Ik vind het eng als ze daar niet in zitten.'

Hij pakte een keukenmesje en herhaalde wat hij dertig jaar eerder had gedaan.

'Wanneer heb je die papieren voor het laatst gezien?'

'Toen,' zei ze. Zacht legde ze de vier kostbare eieren die hij had meegenomen in het kokende water. 'Eieren. Heb je veel moeten betalen?'

'Niet zo veel.'

'De boeren persen ons uit. Als je ze even de kans geeft dan chanteren de boeren je. Stalin had niet helemaal ongelijk, hoor.'

'Hij was een moordenaar, mama. Net zo erg als Hitler.'

'Hoe durf je dat te zeggen!'

'Omdat hij dat was. Een massamoordenaar.'

'Ik begrijp de tijd niet meer. Het ene moment is het zus, dan weer zo.'

'Het was altijd *zo*, maar de partij deed alsof het *zus* was.'

'Alles waarvoor je vader en ik gestreden hebben is nu opeens gelogen. Ik geloofde Stalin, ook al was ik bang voor hem. Ik dacht dat het allemaal wel ergens goed voor zou zijn. Maar nu zeggen ze dat het allemaal bedrog was. Ik begrijp er niets meer van.'

'Kijk.'

Hij haalde de papieren te voorschijn.

'Het huwelijkscontract van mijn vader en moeder. *Ketubah*. Hebreeuws. En die andere papieren zijn hun geboortebewijzen. Ik had ze meegenomen zonder dat ze het wisten. Het was niet goed dat ze zulke papieren hadden. Joodse.'

'Je verbrandde je eigen papieren maar die van je ouders bewaarde je?'

'Toen je vader onze identiteitsbewijzen in het vuur gooide, toen voelde ik me... alsof ik zelf brandde, alsof ik m'n vader en moeder verraadde. Ik wilde iets bewaren, een bewijs. En tegelijkertijd was die *ketubah* bij hun thuis een gevaar. Zonder dat je vader het wist heb ik het meegesmokkeld naar de Oekraïne.'

'Wist hij ook later niet dat je het had?'

'Hij ontdekte het, ja.'

'Kun je het lezen?'

Ze kwam naar hem toe en hij hoorde haar klanken zeggen die hij nooit eerder had gehoord. Verwonderd keek hij naar haar mond, naar haar ogen, en hij greep haar oude hand en kuste die.

Ze glimlachte verlegen, alsof ze een jong meisje was.

'Wat betekent het?' vroeg hij, zijn ontroering verbergend.

'Het betekent dat mijn vader Jakov Benveniste belooft om te gaan trouwen met mijn moeder Sara Apfelbaum op 21 april 1903.'

Zeven maanden later kreeg Sokolov het bericht dat ze gestorven was. Trouw had ze hem elke week geschreven, brieven als logboeknotities, beschrijvingen van de stille dagen die aan haar voorbijtrokken, klachten over de slechter wordende omstandigheden in Moskou, waar niets meer te krijgen was. Haar brieven van de laatste tijd had hij respectloos behandeld en ze weken ongeopend laten liggen, bang voor de verwachtingen die ze nog steeds van hem had, de droom van roem en grootse daden van de beste leerling van school No. 79. Hij had ze allemaal weggegooid, op de laatste twee voor haar dood na – die had hij nog niet gelezen toen ze stierf.

Hij las de brieven en ontdekte dat ze ziek was geworden, een nierziekte die opname in het ziekenhuis noodzakelijk maakte, maar er was geen bed beschikbaar en de apotheken hadden geen medicijnen in voorraad. Ze schreef opgewekte en vertrouwenwekkende woorden. Ze zou het wel redden tot ze zou worden opgenomen. Een brief later had ze goede medicijnen gekregen van iemand die aan de synagoge verbonden was. Het was de eerste keer dat ze dat schreef, de *synagoge*. Tussen de regels las hij over de pijn die ze gehad moest hebben. Ze stierf alleen, op een middag in november, en ze werd gevonden door een buurvrouw.

Hij vloog naar Moskou en de huisbewaarder, bewoner van een flat op de begane grond, liet hem binnen. Een windgevoelige man. Vermoedelijk had hij de bewoners van het gebouw in het oog gehouden en de KGB ingelicht over hun doen en laten, nu echter hing in zijn woonkamer naast de ingang een foto van Gorbatsjov en prees hij de nieuwe vrijheid en de mogelijkheden voor ondernemende mensen.

'Mijn zoon is een coöperatief restaurant begonnen,' vertelde hij trots, 'op Nachimovski Prospekt. Hier. U moet toch eten, en als u zelf wilt koken dan zult u merken dat de winkels niet meer zo vol liggen als vroeger.' Hij duwde Sokolov een kaartje in de hand. 'Wacht.' Hij schreef achterop: 'Joeri, geef dr. Sokolov een bijzondere bediening.' Glimlachend gaf hij het kaartje opnieuw aan Sokolov.

'Heeft u er bezwaar tegen als ik in de flat van mijn moeder blijf overnachten?'

De man trok een gekweld gezicht. 'U weet dat dat niet is toegestaan. Dat is lastig wat u nu vraagt.'

'Misschien staat er iets dat u kunt gebruiken,' zei Sokolov.

'Dat is vriendelijk van u. Nou, weet u, ik zal niet doorgeven dat u zolang in de flat bent. Hoe lang?'

'Een dag of twee,' zei Sokolov.

Een paar uur later viel hij naast een lege wodkafles met zijn hoofd op de keukentafel in slaap. Toen hij wakker werd was het buiten al donker. De KGB-informant had verteld dat ze gecremeerd was, de dag dat het bericht naar Tomsk nog door Siberië werd vervoerd, en samen met bewoners van het gebouw, buren, kennissen, en iemand van de 'joodse kerk' (bij elkaar bijna vijftig mensen, schatte de man bewonderend), had hij haar de laatste groet gebracht. In de lege voorraadkast in de keuken vond Sokolov het overgebleven potje kaviaar (het andere hadden ze op haar verjaardag uitgelepeld) en hij at terwijl de tranen over zijn wangen stroomden. Hij dronk tot de duisternis ook in zijn hoofd was doorgedrongen.

's Ochtends bracht hij een bezoek aan de buren. Hij herkende de grijs geworden en gekrompen mensen naast wie hij was opgegroeid. Hartelijk en rouwend ontvingen ze hem. Zodra ze hem thee geserveerd hadden – spoedig gevolgd door appelbrandewijn –, overlaadden ze hem met verhalen over de heiligheid van zijn moeder. Zij was voor de hele portiek Tante Anna geweest. Zij paste op de kinderen, bracht soep bij de zieken, sprak met de kreupelen, las voor aan de blinden. Een engel. Zij had een vol sociaal leven, wat ze in haar brieven aan hem verzwegen had alsof ze bang was dat ze haar kind zou kwetsen wanneer ze ervan blijk gaf ook aan anderen te hechten. De avond na de crematie hadden de bewoners van de portiek met elkaar gegeten. Ze hadden voor haar gezongen en de een na de ander maakte melding van haar onbaatzuchtige hulpvaardigheid. 'Je moeder was een goede Russin,' zei de buurvrouw, 'ze stond klaar voor een ander. Gewoon om te helpen. We missen haar. En dat ze een jodin was, dat wisten we niet. Maar dat maakt niet uit. Ze was een goed mens, jood of niet.'

De behoefte aan een markering, het moment van afscheid, dreef hem een dag later naar de synagoge aan de Oelitsa Archipova. Het was een impulsieve daad die half in zijn slaap was ontstaan, en hij was verrast door de hoeveelheid mensen die zich in de gelambrizeerde hal verzameld had, ook al was het geen zaterdag, de sjabbat. Het waren joden uit alle streken van het land die soms tien dagen of twee weken hadden gereisd in de hoop in het verre Moskou informatie te vinden over emigratie naar Israël. Sokolov zag vermoeide, ernstige gezichten. Hij kon zich niet herinneren dat zijn ouders joodse vrienden hadden, en als dat wel zo was dan waren het ook geheime joden geweest. Later, in Kaliningrad, ontmoette hij geen gelovige joden omdat dezen zelden toestemming kregen om te werken in een 'gesloten' laboratorium of fabriek. In de synagoge zag hij voor het eerst een groep joden die hun geloof beleden. Ze leken net gewone mensen.

Hij was naar de synagoge gegaan omdat hij de herinnering aan zijn moeder en vader op een joodse manier wilde eren, en hij sprak er een baardige man over aan in wie hij een priester vermoedde. 'Ik ben geen rabbijn,' corrigeerde de man hem met een milde glimlach. Maar hij nam Sokolov mee naar de grote gebedsruimte en gaf hem een kaart waarop het *kaddisj* stond, fonetisch in het cyrillisch geschreven. Stotterend zei Sokolov de onbekende klanken, en hij brak, toen het tot hem doordrong dat hij nu deed wat zijn moeder van hem had gewild. Hij zei het *kaddisj* zoals zijn grootvaders het hadden gedaan, en hun vaders, en alle vaders voordien, in de loop van duizenden jaren. Hij schoof op een bank en verborg zijn huilende gezicht achter zijn handen.

Geholpen door liters wodka broedde Sokolov een paar dagen op de gedachte en hij kwam tot het besluit dat hij niets te verliezen had. Hij wist dat hij een alcoholist was geworden, de verslaving had sinds de allereerste slok (was hij elf, twaalf?) op de loer gelegen, en zijn wetenschappelijke carrière was vier jaar geleden geëindigd op het moment dat zijn alcoholistische begon. Als hij in Tomsk bleef, zou hij net als zijn moeder na zijn laatste adem door een loodgieter of huisbewaarder worden gevonden. Of hij zou net als zijn vader op zijn zestigste aan een hartverlamming creperen. Het enige dat hem in de Unie hield was zijn dochtertje, ook al was Irina hertrouwd zodat Natasja weer een vader had. Ze woonden nu in Leningrad, de geboortestad van Irina. Ze gaf wiskunde aan een van de universiteiten daar, net als haar nieuwe man, en ze wist niet dat Sokolovs moeder was gestorven tot hij het haar vertelde.

In haar brieven had zijn moeder verslag gedaan van haar pogingen om haar kleinkind te zien en van Irina's botte weigeringen, en ze had zelfs een klacht bij de militia ingediend waarop ze, ook na herhaaldelijk verzoek tot gerechtelijke actie tegen haar vroegere schoondochter, niets had vernomen. Irina had zich van haar greep verlost door naar Leningrad te verhuizen. Irina had gezworen dat ze hun dochter de kans zou geven om haar nieuwe man als haar vader te zien, en hij had hierin schoorvoetend toegestemd nadat hij zichzelf had wijsgemaakt dat hij de verantwoordelijkheid voor het kind niet kon dragen. Dus het leek Irina raadzaam dat Natasja zo weinig mogelijk contact had met de oude papa. Hij had zich niet gerealiseerd dat daarmee het contact tussen zijn moeder en Natasja zou worden bemoeilijkt.

Hij stuurde Irina woedende brieven, en net als die aan Lev werden ze ongeopend geretourneerd.

Sokolov bezocht opnieuw de synagoge, een negentiende-eeuwse tempel met een imposante gevel van Corinthische zuilen. Onder de bezoekers in de hal bevonden zich leden van Israëlische immigratieorganisaties. Een jonge Israëlische vrouw noteerde zijn naam op een schrijfblok van geel papier. Het gesprek verliep vlot, alsof hij zich aanmeldde voor een excursie. Omdat hij geen familie in Israël had en een Sovjet-uitreisvisum alleen verstrekt werd als hij over een uitnodiging van een Israëlisch familielid beschikte, zouden ze hem vanuit Israël een uitnodiging van een gefingeerd familielid sturen.

'Dit is een routinekwestie,' zei ze, 'dit regelen we wel.' Maar zijn naam klonk niet joods, kon hij aantonen dat hij van joodse afkomst was? 'Alleen joden kunnen een beroep doen op de Wet van de Terugkeer,' legde ze uit, 'niet-joden kunnen overal heen, joden hebben maar één land waar ze zich veilig voelen.'

Tot de ramp had Sokolov zich ook in de Sovjet-Unie veilig gevoeld, en vermoedelijk zou dat nog steeds zo zijn als de *Oktjabr* niet geëxplodeerd was.

In de flat van zijn moeder haalde hij voor de derde keer in zijn leven het schilderijtje uit de lijst. Toen hij in de synagoge de papieren toonde, knikte de vrouw goedkeurend en ze beloofde dat hij in Tomsk een brief zou krijgen van een verre neef uit Israël. Voor zijn vertrek uit Moskou belde hij Irina en vertelde dat zijn moeder was gestorven.

Geschokt zei ze: 'Waarom heb je me niet eerder gebeld? Ik had bij de crematie willen zijn.'

'Wat wil je nou?' schreeuwde hij met dikke tong. 'Je hebt Natasja de laatste drie jaar bij haar weggehouden, en nu klagen dat je er niet was toen ze gecremeerd werd? *Jij* wilde niet! *Jij* wilde niet dat Natasja haar bloedeigen grootmoeder bleef zien! Jij was er niet omdat je er niet bij *mocht* zijn!'

Hij gooide de hoorn op de haak en draaide meteen opnieuw.

'Ik ga weg,' zei hij, zachter nu.

'Waarheen?' Hij hoorde dat ze geëmotioneerd was, maar ze beheerste zich en in haar stem klonk de wens naar verzoening.

'Israël,' zei hij.

Eind december ontving hij de brief, geschreven door iemand die ook Sokolov heette (later ontdekte hij dat elke Israëlische stad een Regov Sokolov had, naar Nachum Sokolov, een journalist die Herzl was opgevolgd als leider van de zionistische beweging). Daarmee kon hij bij het Consulaire Departement van het ministerie van Buitenlandse Zaken een uitreisvisum aanvragen en vervolgens zou het Israëlisch consulaat in Moskou een inreisvisum verstrekken.

De laatste weken van zijn verblijf in Tomsk gierden ijzige winterstormen door de straten. Hij had het koud, droeg drie truien over elkaar, wollen handschoenen, dronk zich warm. De koffers stonden klaar, en elke avond staarde hij er uren naar terwijl de herinneringen door zijn hoofd stoven.

Hij schreef Irina dat hij emigreerde en van Natasja afscheid wilde nemen. De dag voor zijn vertrek uit de Unie zag hij Irina en Natasja in de hal van het Leningradstation. Irina reikte hem de hand en hield zich op afstand. Geen omhelzing, geen zoen. Met argwaan liet Irina haar dochter met hem alleen. Natasja, bijna tien en lang voor haar leeftijd, had rode wangen van de opwinding, ze had niet geslapen in de trein, en voor het eerst sinds jaren waren ze samen. Ze had dik donker haar, kroezend bijna, dat rijk uit haar capuchon krulde. Sokolov zelf was rossig, Irina blond, maar Natasja was net zo donker als zijn moeder. Het kind was op weg een meisje te worden.

Hij nam haar mee naar McDonald's op het Poesjkin Plein. Op het Israëlische consulaat hadden ze hem dollars gegeven en hij nam de harde-valuta-ingang om de honderden meters lange roebelrij te vermijden. Met geheven hoofd liep zijn dochter naast hem langs de wachtende Moskovieten. Big Mac, coke, patat frites, ze genoot. Ze at zorgvuldig en liet elk detail tot zich doordringen. Als hij sprak keek ze hem met grote ogen aan, alsof ze besefte dat dit de uren waren waarmee ze het voor de rest van haar leven moest doen, de laatste beelden van haar papa. Hij kocht een McDonald's T-shirt voor haar en ziek van vertedering hield hij haar hand vast terwijl ze onder een blauwe lucht door de krakende sneeuw naar Detski Mir wandelden, het kinderwarenhuis aan de Prospekt Marksa. Onderweg, in een portiek, wisselde hij een paar dollar bij een zwarthandelaar (twee jaar geleden gebeurde dat uitsluitend in de grote toeristenhotels, nu openlijk op straat), en alsof ze een dochter was van een nieuwe rijke mocht Natasja kiezen wat ze wilde. Jurken, schoenen, speelgoed, een schaakspel. Over een paar jaar zou ze gaan menstrueren en vriendjes krijgen, ze zou een volwassen vrouw worden en van dat alles zou hij niets kunnen meemaken.

Voor hij haar terugbracht naar het Leningradstation dronken ze cola bij het buffet van Hotel Moskwa, toegankelijk voor Russen. Eigener beweging bleef Natasja zijn hand vasthouden terwijl ze naast elkaar door een rietje van hun cola dronken, gezeten op witte kunststof stoelen.

'Ik wil je wat vertellen. Een geheim. Van jou en mij.'

Ze knikte.

'Ik ga naar Israël. Weet je wat dat is?'

'Een ander land. Bij Syrië en Jordanië.'

'Waarom ga ik daar naar toe?'

'Omdat je weg wil.'

'Ja. Ik wil weg. Ik ga weg om een ander leven te beginnen. Later, als je groot bent, kun je me daar opzoeken. Beloof je dat?'

Ze knikte en hij zag iets verdrietigs door haar ogen schieten.

'Er is nog een reden dat ik naar Israël ga.'

'Ik weet 't,' zei ze.

'Wat dan?'

'Mama zei dat ik er niet over mag praten.'

'Tegen mij mag je dat wel.'

Natasja slikte en kneep in zijn hand.

'En ook van oma mocht 't niet.'

'Oma? Je bedoelt oma Anna?'

Ze knikte.

'Oma Anna is dood. Ik denk niet dat ze het erg zou vinden als je het me vertelt.'

Ze dacht even na. Toen boog ze zich naar hem toe en fluisterde in zijn oor, met haar handen beschermend om haar mond: 'Wij zijn joden.'

'Dat heeft oma... je verteld?'

'Ja.'

'Wanneer heeft ze dat dan gedaan?'

'Toen we naar Leningrad gingen. Toen jij naar Tomsk ging.'

'Mama weet het nou toch ook?'

Ze knikte. 'Ze heeft het gezegd. Gisteren.' Ze boog zich opnieuw naar hem. 'Maar ik heb niet gezegd dat ik 't al wist.'

Hij nam haar gezicht tussen zijn handen en kuste haar. Natasja sloeg aanhankelijk haar armen om zijn nek.

'Dit blijft ons geheim,' zei hij met gesmoorde stem in haar oor. 'Je wist het al van oma. Dit blijft ons geheim.'

Acht maanden later, nog steeds vol wodka en gepijnigd door een op hol geslagen geheugen, stond hij op uit zijn fauteuil en greep het rottende hout van het kozijn. Op het kleine balkon dat bij de kamer van de buren hoorde, stond de vrouw die hij in de bus had gezien. Ze hield de ijzeren balustrade vast en keek ontspannen naar de steeg en de huizen en het wasgoed dat onder de ramen te drogen hing. Ze zag hem in een ooghoek en ze draaide zich sneller om dan hij na het drinken van een fles wodka kon terugstappen. Hij probeerde te glimlachen. Hij schatte dat ze tien jaar jonger was dan hij, begin dertig misschien, maar ze straalde iets ongerepts uit, alsof ze een jong meisje was wier dromen nog niet waren verscheurd.

Gelukkig had hij zich vanochtend geschoren, en snel wierp hij een blik op zijn kleren. Niet mooi, niet duur, maar oogschoon.

De vrouw gaf hem een lach terug. Zomaar een mooie vrouw die naar hem lachte? Hoe kon hij haar danken?

'Wij zijn de nieuwe buren.' Ze sprak een prachtig Russisch.

'Welkom,' zei hij schor. 'Wanneer zijn jullie aangekomen?'

'Gistermiddag,' zei ze.

Toen Sokolov naar een moordaanslag keek, landde het vliegtuig waarin zij zat.

'Tanja Hirschfeld,' zei ze. Ze kwam naar hem toe en ter begroeting stak ze over de balustrade een hand naar hem uit. Hij boog zich naar buiten en kon haar hand net grijpen.

'Aleksandr Sokolov. Sasja,' zei hij uitnodigend.

'Woon je hier al lang, Sasja?'

'Hier? Drie weken. Het is geen luxe wijk. Noord-Tel Aviv, daar wonen de rijken. Nog even geduld,' zei hij charmant.

'Ik ben vanochtend op Dizengoff geweest. Verder heb ik nog niets gezien...' Op haar tenen deed ze twee stappen achterwaarts en ze keek over haar schouder door de open deur. Ze wierp hem een blik van verstandhouding toe en fluisterde: 'Er ligt iemand te slapen.'

'Zullen we wat drinken, om de hoek?' fluisterde hij met een gemak alsof hij het dagelijks deed.

Ze tastte zijn gezicht af, zag het eeuwige kind dat erin verscholen zat, en weifelend knikte ze.

Sokolov vertelde waar ze moest zijn en nam afscheid. Hij bekeek zichzelf in de spiegel. Hij had dikke wallen onder zijn ogen, en zijn wangen, ooit glad en zacht, vertoonden groeven en rimpels. Twee kloven liepen van zijn neusvleugels naar zijn mondhoeken en uit zijn oren groeiden dikke haren. Maar onder dit masker – dat van een drinkende veertiger die alles heeft opgegeven, zelfs de schijn – schemerde het ongeschonden en onschuldige gezicht van het beste jongetje van de klas.

Hij wilde helder zijn als hij haar straks ontmoette en hij kleedde zich uit. Als hij lichaamsoefeningen deed zou de bloedcirculatie worden opgestuwd. Hij wilde met zijn vingertoppen zijn tenen raken, maar ze bleven onder zijn knieën hangen. Hij had de afgelopen twee weken met zijn lichaam gewerkt, maar zijn conditie bleef slecht. Sinds Kaliningrad had hij niet meer gesport. Hij had er getennist, twee keer per maand holde hij met

Lev mee op zijn dagelijkse vijf kilometer, hij zwom regelmatig in het Zwembad van de Revolutie, op zondag wandelde hij met Irina en Natasja.

Hij verjoeg de herinneringen en concentreerde zich op de oefening. Hij tilde zijn armen op en rekte zich uit, vervolgens boog hij zich zo ver mogelijk voorover zonder door zijn knieën te zakken. Zijn lichaam gilde, maar hij hield vol en na dertig pogingen begonnen zijn vingers de eenzame tenen van zijn lange voeten te naderen.

ELF

Op het terras van een van de Jemenitische restaurants van de Etsel wees een serveerster hem een plek tussen toeristen en Israëli's. Het terras bestond uit rustieke houten banken en tafels, net het zware terrasmeubilair van een Russische datsja, mooi naast elkaar in een strakke rij op de stoep geplaatst. Het bood uitzicht op het drukste deel van de straat: honderd meter verder was de hoek met de Regov Roni, dat buiten de uren van de siësta zo ongeveer het centrum van de buurt was. Vóór hem stond een blikje cola, ijskoud en nat door condenswater, en in het glas ernaast lag op de bodem een schijfje citroen, teken van aandacht en luxe, en dus ondenkbaar in zijn vroegere vaderland. Zijn rossige haardos, dunner wordend maar nog steeds dekking gevend, glansde en hij voelde zich ongewoon sterk en opgewekt. Het was wonderlijk dat hij de afgelopen vierentwintig uur had overleefd, en nu, ter bekroning van het bereiken van de werkloze staat, had hij een afspraak met een vrouw. Hij had een moord gezien, op klaarlichte dag, en hij had een fantoom in de ogen gekeken dat de gedaante van zijn vriend Lev had aangenomen, zijn op hol geslagen geheugen had hem meegesleurd door zijn leven, en hij was voor de derde keer in zijn volwassen bestaan ondervraagd en, goddank, voor het eerst zonder noodlottige gevolgen. Goed, hij had geen werk meer, die paar honderd sjekel was het enige dat hij bezat, maar daar stond tegenover dat hij nog in leven was en een afspraak met een vrouw had, wat niet minder dan een wonder was. Verder dan de staat waarin hij zich nu bevond kon hij niet afdalen en dat was, gek genoeg, een bevrijdende gedachte.

'Dag, Sasja.'

Tanja stond glimlachend naast hem. Nu droeg ze een jurk van blauwe zijde. Ze was slank, ze had een vlakke borst, smalle schouders, een lange hals, een opvallend blanke huid. En ze was een hertogin, dacht Sokolov, straks vertelt ze dat haar familie teruggaat tot de oorspronkelijke *bojaren*. Hij stond op en wees uitnodigend naar de bank aan de andere kant van de tafel. Toen pas zag hij het kind naast haar, een meisje van een jaar of zes, met hetzelfde smalle gezicht als Tanja, maar blond en met blauwe ogen en een rode strik in het haar.

'En dit is Emma.'

Het meisje keek afwachtend naar hem op. Hij glimlachte geforceerd, niet voorbereid.

'Dag Emma,' zei hij. 'Ik ben Sasja. Ga zitten.'

Tanja wachtte tot haar dochter op de bank zat en schoof toen naast haar.

'Ik hoop dat je het niet erg vindt dat ik haar heb meegenomen.'

'Nee, natuurlijk niet,' antwoordde hij, zo oprecht mogelijk.

'Wat is het hier leuk. Is 't altijd zo?' Ze sprak haar taal alsof ze van oude Russische adel was. Ze zette haar tas naast zich op de grond, een lompe Russische tas die groot genoeg was om toevallige koopjes onderweg in op te slaan. Hij wilde niet denken aan vroeger, aan de parallellen met een verloren tijd. Hij had wodka nodig.

'Wat wil je drinken?' vroeg hij aan Emma.

Het meisje keek naar zijn blikje: 'Coca Cola?'

'*The real thing*,' zei hij ervaren.

'Dat is Engels,' legde Tanja uit. '*Het echte ding*.'

'En jij?'

'Ook cola, graag.'

Hij wenkte een Jemenitische ober en in haperend Ivriet bestelde hij nog twee blikjes en een glas wodka. Tanja vroeg of hij de oelpan gedaan had.

'Zodra je de structuur ervan begrijpt, lukt het vrij snel. Wat deed je in het moederland?'

'Ik ben lerares Duits. Jij?'

'Ik werkte in Kaliningrad. Ruimtevaart. Ik ben fysicus.'

'Kaliningrad? Koningsbergen? Ik wist niet dat daar...'

'Kaliningrad bij Moskou. Gesloten stad.'

'Zo...' Ze keek hem onderzoekend aan en hij wist dat ze hem nu zijn plaats gaf in de gelaagde wereld van Rusland.

'Waar komen jullie vandaan?' vroeg hij.

'Kiëv. Maar geboren in Moskou. Jij?'

'Moskou. Je ouders zijn daar nog?'

'Ze zijn gescheiden toen ik drie was. Mijn moeder wil niet weg uit Kiëv. Jij bent alleen gekomen?'

'Ja. Mijn ouders leven niet meer. Ik ben gescheiden.'

De ober bracht glazen, ijskoude blikjes en zijn glas geheugendoder.

'Toda,' zei Emma koket.

'Bevakasja,' antwoordde de ober met een hoofdknik.

'Wat knap van jou,' zei Sokolov.

Het meisje knikte. Tanja herschikte de strik in haar haar. 'Je moet es horen wat ze al kan.'

Het meisje begon te tellen in perfect Ivriet.

Hij zei: 'Ik denk dat jij over een paar weken beter Ivriet spreekt dan ik.'

Tanja trok het lipje uit het blik en schonk voor haar dochter in, die aandachtig toekeek hoe de suizende cola het glas vulde.

'Lechaim,' zei Sokolov.

'Lechaim,' herhaalde Emma.

'Op het leven,' zei Tanja vol ernst.

Alleen een Russin kan het zo bewogen zeggen, dacht Sokolov, en ze klonken en hij leegde de helft van zijn glas. Als een medicijn.

'Waarom ben je weggegaan?' vroeg ze. 'Je hoorde bij de partij als je in die stad gewerkt hebt. Jij kon alles krijgen.'

'Het is afgelopen daar,' antwoordde hij, en hij bedoelde eigenlijk: het was daar met mij afgelopen.

'Rusland zal altijd blijven,' zei ze vol vuur. 'Op een andere manier misschien, maar het zal altijd blijven. Wat wilde je hier doen?'

'Ik wilde weg. Is dat niet voldoende? Ik wilde een ander leven beginnen, andere mensen zien, nieuwe uitdagingen voelen.'

'Je had dus ook net zo goed naar Amerika kunnen gaan?'

'Daar komen we niet meer binnen.'

'Maar als het had gekund?'

'Ja. Waarom niet?'

'Dit is Israël!' zei ze geëmotioneerd, en ze wierp hem een verontruste blik toe. 'Dit is een joods land! Je bent toch wel joods?'

'Ja, natuurlijk,' zei hij zo vriendelijk mogelijk, overrompeld door de hevigheid waarmee ze op zijn woorden reageerde. Hij keek even naar Emma. Ze zat hem met open mond te bekijken.

'Moet je je eens voorstellen, om ons heen zitten allemaal joden! Joden! En ze kunnen het hardop zeggen ook! Wij zijn joods! kunnen ze roepen, en niemand zal ze aanvallen. Dit zijn joodse muren, we zitten hier op een joods terras...'

'Joodse cola,' merkte Emma op.

Hij glimlachte, maar Tanja bleef ernstig. 'Dit is Amerikaanse, schat, maar ik weet zeker dat ze hier ook echte joodse cola hebben.'

'Kijk, Emma' zei Sokolov, en hij wees naar een vogel die aan de overkant van de straat door de dakgoot wandelde, 'een grote joodse kraai.'

Hij won er het meisje mee, dat luid lachte. Tanja vertrok geen spier, maar ze nam zijn methode over. 'Ja, en dat zijn joodse auto's en daar komt een joodse bus langs.'

Het was een blauwe bus van DAN, een van de twee Israëlische busondernemingen, en Sokolov las het merk.

'Een Duitse bus,' corrigeerde hij.

'Een joodse,' hield ze vol.

'M-A-N, Duitse machinefabriek,' legde hij uit.

'Je begrijpt me niet,' zei Tanja ongeduldig. 'Het gaat om *het idee*.'

Hij knikte, ofschoon haar uitleg hem geen duidelijkheid gaf.

'Alles wat hier binnenkomt, alles wat hier leeft, draagt bij aan de zionistische gedachte! Ook een Duitse bus! Ook een vogel die uit Syrië komt gevlogen! Alles wat dit land sterker en vruchtbaarder maakt wordt vanzelf joods en zionistisch!'

Ze boog zich over de tafel en gebaarde.

'In de Oekraïne waren we tweederangsburgers. Alleen de joden die het spel extra hard meespeelden werden getolereerd. Maar je kon geen jood zijn tussen de Oekraïners.'

Hij zei oprecht: 'Ik heb nooit ergens last van gehad.'

'Wat doe je dan hier?'

'Ik wilde weg.'

'Een negatieve keuze,' zei ze afkeurend.

'Waarom?'

'Je kiest niet vóór Israël maar tégen de Unie.'

'Maakt dat wat uit?'

'Dit is een joods land. Dit is niet Amerika.'

'Dat voel ik niet.'

'Sasja! Het lijkt wel of je antizionist bent!'

'Nee,' antwoordde hij verward, 'nee. Maar moet je dan zionist zijn om hier te leven?'

'Moet je longen hebben om te ademen? Ogen om te kijken? Natuurlijk, Sasja.'

Ze ontspande nu ze begreep dat Sokolovs antwoorden door gebrek aan kennis werden ingegeven, niet door verzet tegen de zionistische gedachte. Ze zei: 'Je lijkt op die ober in dat restaurant die door de vaste gast in de hoek wordt geroepen. Meneer, wat kan ik voor u doen? vraagt de ober. De vaste gast zegt: zou u mijn soep eens willen proeven? Uw soep? vraagt de ober verbaasd, er is toch niks mis met de soep? Proeft u nou, vraagt de klant. Maar meneer, zegt de ober, die soep smaakt al twintig jaar precies hetzelfde. Toch moet u 'm even proeven, houdt de man aan. De ober haalt z'n schouders op en wil de lepel pakken, maar ziet dan dat die er niet ligt. Dat bedoel ik nou, zegt de klant.'

Ze lachte luid, genietend van haar mopje, en Sokolov grijnsde mee, verrast doorhaar manier van verhelderen. Ook Emma lachte.

'Mam, ik wil nog wat,' zei ze.

Terwijl ze bijschonk, sprak Tanja verder: 'Heb je ooit Moses Hess gelezen, Leo Pinsker, Mosje Lilienblum, Max Nordau? Nee?'

Hij schudde zijn hoofd, haar superioriteit daarmee erkennend.

'Wie zijn dat?'

'Ik kon boeken aanvragen die op de verboden lijst staan. Mijn moeder werkt in Kiëv bij de centrale bibliotheek, *zij* behandelde mijn aanvragen! Ze hadden originele uitgaven van bij voorbeeld Nordau's *Zionistische Schriften*. Ik mocht ze inkijken in een aparte kamer op de bibliotheek.'

'Oma is niet meegekomen. Maar later gaan we haar opzoeken,' zei Emma.

'Eerst sparen voor de reis,' zei Tanja, en hij zag een moment de zorg in haar ogen.

Hij vroeg: 'Wanneer heb je je in het zionisme verdiept?'

'De laatste drie jaar. Daarvoor... Door Tsjernobyl werd het sterker. En we hebben familie die hier al eerder was, maar ik had er vroeger nooit aan gedacht om zelf te gaan. Maar het lezen van die boeken... Mijn moeder spreekt Jiddisch en ik heb dat opgepikt, dus het enige wat ik moest leren dat waren de Hebreeuwse letters om sommige boeken te lezen, want het Jiddisch wordt in Hebreeuwse letters geschreven. En toen heb ik mezelf ook maar meteen Hebreeuws geleerd. Ik kan het lezen, begrijp je, nu moet ik het nog leren spreken. Ik wilde namelijk ook Asher Ginsberg lezen, maar dan in het oorspronkelijke Hebreeuws, niet in het Duits of Jiddisch. Jakov Klatzkins *Tegumim*, ook Hebreeuws.'

Hij knikte en besefte dat hij niets wist van de theorie van het zionisme. Hij vroeg zich af of hij dat gat in zijn kennis moest dichten, ofschoon hij zich intuïtief verzette tegen de gedachte dat hij zich in een nieuwe ideologie moest verdiepen. Het enige dat hij van het zionisme wist was de kern: joden hebben recht op een eigen staat.

'Wil je nog iets?' vroeg hij. 'Iets eten?'

'Nee, dank je.'

'Neem iets. Wacht.'

Hij bestelde een paar salades met pitabroodjes. En wodka.

'Mag ik vragen waar je man is?'

'Ik ben weduwe,' zei ze.

'Papa is gesneuveld,' vulde Emma aan.

'Gesneuveld. Afghanistan?'

Tanja knikte. 'Bij Kaboel. Vier jaar geleden.'

'Was hij joods?'

'Nee.' Ze schudde stil haar hoofd. Opeens ging ze rechtop zitten en forceerde een opgewekte blik: 'En jij? Gescheiden, zei je toch?'

'Vijf jaar geleden. En we zijn vijf jaar getrouwd geweest. Ik heb ook een dochtertje, Natasja, ze is nu negen, hoe oud ben jij?'

'Zes,' zei Emma.

'En al die tijd heb je in Kaliningrad gewoond?'

Hij ademde diep. 'Na de scheiding heb ik in Tomsk gewerkt.'

'Dat is ver.'

'Ik had er mijn werk.'

'Daar staan ook fabrieken voor ruimtevaart?'

'Iets dergelijks, ja.'

'Was het niet spannend om aan raketten te werken?'

'Ik wilde het al vanaf dat ik zo oud was als Emma.' Hij maakte een hoofdbeweging naar het kind. 'En het lukte. Dat was een prachtige tijd, ja.'

'Het moet moeilijk geweest zijn om daarvan afstand te doen.'

Haar stem klonk zacht en uit haar ogen sprak medeleven. Zij wist wat het was om afscheid te nemen, dacht Sokolov.

'Ja. Dat was niet eenvoudig.'

'Wanneer ben je eigenlijk hier gekomen?'

'Afgelopen februari.'

'Heb je werk gevonden?'

'Nog niet. Ik heb een paar aanbiedingen gehad, maar ze waren nog niet wat ik zocht. Ik ben metallurgisch ingenieur, gespecialiseerd in legeringen voor raketten en dergelijke, dus in het gedrag van metaal onder extreme omstandigheden.'

'Hoor je dat Emma? Sasja maakt raketten.'

'Mag ik ook een keer mee?'

'Zodra dat mogelijk is, mag jij mee,' zei hij glimlachend.

'Ze zullen blij zijn dat jij hier bent.'

'Ik zal wel een goede aanbieding krijgen binnenkort. En jij?'

'Ik kan tolken. Ik kan vertalen. Ik kan les geven. Of anders ga ik in een kibboets op het land werken. Ik wil alles doen wat goed is voor het land.'

'Het is goed voor het land dat jij er bent.'

Haar glimlach was nu oprecht. Van vreugde miste zijn hart een slag. Had hij dat gezegd? Had hij woorden gesproken die een vrouw het hof maakten?

De borden kwamen op tafel en verrast keken Tanja en Emma op.

'Humus,' wees Sokolov aan, 'techina. En dat is een lekker pittige salade. Sjelicha!' Hij riep de ober terug. 'Wijn, cola, wodka?'

'Wijn?' herhaalde ze onzeker.

Sokolov bestelde de beste fles en ze schudde overrompeld haar hoofd.

'Wat worden we verwend, hè schat?'

Het meisje knikte.

'Ik ben alleen maar ingehuurd om je welkom te heten.'

Ze aten en dronken en toen een uur later de avond viel had Tanja gedichten geciteerd van Heine (*Jedoch das Allerschlimmste, Das haben sie nicht gewusst; Das Schlimmste und das Dümmste, das trug ich geheim in der Brust*) en Jevtoesjenko (*Was ik maar geboren in alle landen, had ik maar een paspoort voor allemaal, alle visumloketten werden panisch, ik was elke vis en elke oceaan en elke hond onderweg*), en had Emma verteld waarom ze Emma heette ('Mama houdt van Heine en hij heeft mooie gedichten geschreven over Emma.') Sokolov had uitgelegd waarom bij raketbouw titaniumlegeringen werden gebruikt. Tanja wilde vóór de duisternis thuis zijn, en Sokolov begeleidde haar met een licht gemoed – dat kwam door de wodka en de wijn en de onbeholpen illusie die door zijn hoofd danste. Onderweg in de Regov Ivri vertelde Tanja over het vertrek en de reis en de onwerkelijke uren die zij hier nu meemaakte, en Sokolov liet zich meesleuren door haar geestdrift. Hij had er zich al bij neergelegd dat hij nooit meer zou meemaken wat hij het afgelopen uur met Tanja had beleefd. Maar ze liep nu naast hem, lang, slank, lachend, vertellend, en Emma stapte tusen hen voort, hen beiden bij de hand houdend. Hij hield zich overeind en keek naar Tanja's levende mond en intense ogen, en hij voelde de vingertjes van het kind in de palm van zijn hand. Nadat Tanja gevraagd had of hij komende zaterdag ook ging vasten (het was dan Jom Kippoer, hij had er niet bij stilgestaan) en hij afscheid van hen had genomen voor de deur van hun woning, twee kamertjes naast dat ene van hem waar duizend herinneringen vol schuld en schaamte op hem wachtten, nam hij de tijd om de illusie over een romance met een moeder van een dochter uit zijn hoofd te zuipen.

TWAALF

Nog weken na de ramp klonk de echo van de explosie in hun huwelijk door. Irina verweet hem dat hij nooit naar haar had geluisterd als zij waarschuwde voor zijn loyaliteit ten opzichte van Lev. Ze was boos en verongelijkt, maar ze uitte zich nauwelijks. Ze had zich teruggetrokken in een geluiddichte cocon van onvrede. Deemoedig aanvaardde Sokolov Irina's ontgoocheling. Hij hoopte dat zij na een paar weken bij zinnen zou komen en zou inzien dat zijn rol, net als die van Lev, door blind noodlot aan het ongeluk met de *Oktjabr* was gekoppeld.

Het officiële wetenschappelijke onderzoek had niets opgeleverd en het vervolgonderzoek dat door de KGB werd ingesteld richtte zich op de veiligheidsnormen, maar ook daarmee was consciëntieus gehandeld. De vernietiging van de *Oktjabr* leek wel een straf van de goden. Lev en zijn medewerkers hadden gefaald omdat ze in hun menselijke hoogmoed te dicht de toppen van de Olympus hadden genaderd.

Irina was verhoord. De KGB had haar op het rekencentrum in een aparte kamer vragen gesteld, het had drie uur geduurd, en toen ze thuiskwam wilde ze geen gedoe aan haar hoofd. Sokolov had haar een glas gegeven en haar met rust gelaten. Ze had een bleek gespannen gezicht, ontweek zijn blik en sloot zich na een halfuur turbulent zwijgen in haar kamer op.

Drie dagen na Irina was Sokolov aan de beurt. Het brede Slavische gezicht van Majoor Kirov, een kleine vierkante man met een boers voorkomen, suggereerde een overmaat aan spierkracht en een gebrek aan denkvermogen, maar dat bleek bedrog te zijn. Hij had sterke handen, perfect gemanicuurd, kleine oplettende ogen en kortgeschoren grijs haar. Hij droeg een op maat gemaakt uniform van de KGB. Het gesprek zou de evaluatie vormen van wat tijdens de zogenaamde conferentie van de groepsleiders in de datsja besproken was. Punt voor punt namen ze de notulen door, en daarna kwam Kirov ter zake.

'U kent Lev Lezjawa sinds uw jeugd?'

'Ja. We hebben samen op school gezeten. Samen gestudeerd.'

'Heeft hij altijd interesse gehad voor de ruimtevaart?'

'Ja. Minder dan ik, maar hij werd er ook door gefascineerd, ja.'

'Wat trok u erin aan?'

'Wat veel jongens erin aantrekt, denk ik. De technische prestatie, de triomf van de Sovjet-technologie, de droom om in de ruimte te zijn.'

'U was geen lid van de Komsomol.'

'We hadden daar geen tijd voor. We hadden allebei wel waardering voor de Komsomol, maar we studeerden hard, we wilden op een andere manier bijdragen aan de Sovjet-Unie. Daarmee zeg ik niets kritisch over de Komsomol. Dat is een nuttige organisatie.'

Sokolov hoorde zichzelf draaien en kronkelen. De jeugdorganisatie Komsomol was in hun ogen een vereniging kleine partijbaasjes geweest, een club van communistische padvinders die zich oefenden in leninistische retoriek. Lev en Sasja bogen zich in hun vrije tijd over volmaakte getallen, over niet te breken geheime codes, over omgekeerde logaritmen, over de topologie van beweegbare oppervlakken, en de partij kwam pas aan de orde toen ze na hun studies het lidmaatschap aangeboden kregen. Ze hadden niet geweigerd omdat het partijlidmaatschap een onverbiddelijke voorwaarde was voor een carrière. Ze kwamen allebei uit een bevlogen ideologisch gezin, en allebei hadden ze het geloof van hun ouders afstandelijk gadegeslagen. Zij geloofden in iets anders. Zij geloofden in de volmaaktheid van de natuur, die met de wetenschappen te begrijpen viel.

'Kunt u een beschrijving geven van dr. Lezjawa?'

'Hij is mijn beste vriend.'

'Wat is hij voor iemand?'

'Hij is briljant. Hij doorziet problemen eerder dan wie ook. Hij heeft een benadering van problemen zoals een kunstenaar dat doet. Intuïtief. Gevoelsmatig.'

'Hoe is hij persoonlijk?'

'Hij is warm.'

'Er wordt verschillend over hem gedacht.'

'Over wie niet? Wie is volmaakt?'

'Hij is hard voor zijn medewerkers.'

'Vermoedelijk terecht. Dat moet je zijn. Dat ben ik ook.'

'Hard in de zin van: hij maakt misbruik van ze.'

'Alles is mogelijk,' antwoordde Sokolov diplomatiek, zich bewust van het uniform dat Kirov droeg. 'Maar ik ken hem op die manier niet. Ik ken hem als iemand die vriendelijk is, hartelijk.'

'Hij maakt misbruik van het vrouwelijk personeel.'

'Als ik zo vrij mag zijn: ik denk dat dat eerder andersom is. Hij is voor vrouwen een aantrekkelijke partij. Ik denk dat zij nogal makkelijk hun gunsten aanbieden.'

'Wat mankeert er aan het ontwerp, denkt u?'

'De afdelingshoofden zijn toegewijde mensen, harde werkers, details hebben hun aandacht omdat de details beslissend zijn. Niemand kan het ongeluk verklaren. Elke mogelijke oorzaak is uitvoerig onderzocht, en het resultaat is negatief, ook al is cavitatie de meest plausibele verklaring. De onvermijdelijke conclusie, hoe moeilijk die ook menselijkerwijs te accepteren is, moet luiden: een onduidelijke samenloop van omstandigheden. We moeten nog langer zoeken, we hebben meer weken nodig, maanden, misschien zelfs jaren. De vreselijke waarheid is: we weten niet waarom de *Oktjabr* op deze manier aan haar einde is gekomen.'

'Uw specialiteit is de samenstelling van het dragende metaal.'

'De huid van de raket, ja, de huid van de capsule zelf, en de inwendige consistentie. Maar ook de motor.'

'Kan de capsule door drukverschillen ontploft zijn?'

'In elkaar gedrukt, ja, *als* er ontwerpfouten gemaakt zouden zijn of *als* er bij de fabricage van de legeringen onzuiverheden ontstaan waren. Maar dat is niet zo. En daarbij: we zouden dan eerst een implosie gezien hebben, en dat is niet het geval, dat tonen de televisiebeelden van de capsule aan.'

'En die nieuwe motor? Bent u niet te snel geweest bij het in produktie nemen van het ontwerp?'

'U heeft het technische rapport gelezen. De enige verklaring luidt: cavitatie in de brandstofpompen. Pompen met gelijke specificaties kunnen toch een fractie van elkaar verschillen. De oppervlakteruwheid van de pompbladen, zelfs als ze met dezelfde apparatuur gepolijst zijn, kan afwijken. We hebben het dan over moleculaire afwijkingen. Cavitatie in een pomp kan de brandstoftoevoer ontregelen en dat kan bij ontsteking rampzalige gevolgen hebben. Maar het kan ook dat door de cavitatie de druk in de toevoerleidingen te hoog opliep. Ze scheuren en de brandstof vat vlam. Dit soort problemen heeft niets te maken met het *dual fuel*-systeem.'

'Het kan altijd gebeuren?'

'Geen enkele constructie van verbrandingsmotoren is honderd procent veilig.'

'Het is moeilijk om zonder definitieve conclusie te leven,' zei Kirov met een zachte glimlach. Dit leek het einde van het gesprek aan te kondigen.

Sokolov knikte opgelucht, en hij maakte een afsluitende opmerking.

'Ik vind het ook uiterst frustrerend. Ik hoop dat we de kans krijgen het onderzoek voort te zetten.'

'Ik hoop het ook,' zei Kirov.

Sokolov verwachtte nu de handdruk van de majoor. Maar de man bleef hem aankijken en vroeg: 'Waarom heeft dr. Lezjawa met Maltsev gevochten, denkt u?'

Sokolov staarde verrast naar de vriendelijke ogen van Kirov.

'Wat... Hoe bedoelt u?' stotterde hij.

'U herinnert zich toch de schorsing van Maltsev? Hij was door onbekenden in elkaar geslagen, beweerde hij. Maar dat was een leugentje van hem. Die onbekende was dr. Lezjawa. Dat is u toch bekend?'

'Nee.'

'Nee? Meneer Sokolov toch! Dr. Lezjawa heeft het zelf tegen u gezegd!'

Kirov klonk verbaasd en teleurgesteld. Sokolovs

spontane geheugenverlies was een vergrijp tegen hun prille vriendschap.

'U weet het niet? Hoe kan dat nou? Zoiets vergeet je toch niet?'

'Ik wel.'

'Als u zoiets vergeet dan vergeet u misschien andere dingen ook wel. Misschien heeft u cruciale fouten in het ontwerp over het hoofd gezien.'

'Nee. Het ontwerp is feilloos.'

'Maar zoiets belangrijks als een vechtpartij tussen een kosmonaut en de leider van het ontwerpteam, dat kunt u wel vergeten?'

'Ja...'

Sokolov ademde zwaar. Hij wist niet wat Kirov wist. Maar wat moest hij toegeven? Hij kon hoogstens prijsgeven dat hij een vermoeden had. Het verband tussen Lev en Maltsev bestond uitsluitend in Sokolovs brein: Lev had hem alleen toevertrouwd dat hij gevochten had. Maar hij had geen naam genoemd.

'Ik weet niet met wie Lev gevochten heeft. Hij heeft gevochten, ja, maar ik weet niet met wie.'

Dat was de waarheid die verteld kon worden. Iets dergelijks was voorgevallen en het betekende niets, althans geen gevaar voor Lev.

'Maar u vermoedde toch dat dr. Lezjawa uitgerekend met Maltsev had gevochten?' Hiermee maakte Kirov bekend dat hij zijn informatie van Irina had. Alleen aan haar had Sokolov verteld wat hij vermoedde. Lev zelf had blijkbaar niets losgelaten over de vechtpartij. Het was Irina. Zij had uit de school geklapt.

'Het was een hersenschim,' antwoordde hij. 'Zomaar een gedachte over iets... iets onbelangrijks.'

'Noemt u dat onbelangrijk? Die vechtpartij, waar ging die over?'

'Ik weet niet of Lev met Maltsev gevochten heeft. Daar heeft hij niets over gezegd. Niets, echt niet.'

'Misschien niet, maar laten we even aannemen dat het wel tussen dr. Lezjawa en ir. Maltsev ging. Waarover zou het dan gegaan zijn, denkt u?'

'Ik weet het niet. Hoe kan ik dat weten?'

'Het schijnt dat dr. Lezjawa een verhouding heeft met de vrouw van ir. Maltsev. Weet u daar iets van?'

'Nee.'

'Daarover zouden ze gevochten hebben.'

'Ik weet het echt niet.'

'Denkt u dat dr. Lezjawa in ir. Maltsev een ernstig obstakel zag?'

Sokolov zocht in Kirovs gezicht naar iets dat die vraag zou relativeren, maar de man bleef hem vriendelijk aankijken en leek zich niet bewust van het absurde karakter van zijn vraag.

'Weet u wel wat u zegt?' vroeg Sokolov.

'Zeker. Ik zal het in andere woorden zeggen: heeft dr. Lezjawa de *Oktjabr* gesaboteerd?'

Sokolov begon te lachen. 'U weet echt niet wat u zegt.'

'Waarom niet? Dr. Lezjawa is een interessante, om niet te zeggen kleurrijke man. Met een wilde fantasie. Waarom niet?'

'Het is zijn eigen ontwerp!' schreeuwde Sokolov, kwaad opeens. Hij stond op en liep naar de deur. 'Wat denken jullie wel! Zijn jullie gek geworden! Hij is een wetenschapper! Geen fanaat! Geen pathologische moordenaar! Een wetenschapper! Een hele goeie!'

De tranen stonden in zijn ogen.

'Gaat u zitten, dr. Sokolov,' sprak de strakke stem van Kirov.

Sokolov had geen keuze. Hij liet de klink los en kwam

met gebogen hoofd terug. Hij hijgde, alsof hij gerend had.

'U heeft toch verteld, aan anderen, dat Lezjawa gevochten heeft?'

Sokolov zweeg en vroeg zich af wat de man dacht, hoe hij dit werk kon doen, waarom hij majoor bij de KGB was geworden. Waren dat mensen met een bijzondere mentale structuur, gevoelsarm, gewetenloos?

'Uw vrouw liegt toch niet tegen ons? Waarom zou ze dat doen, dr. Sokolov? Dit is een belangrijk onderzoek. Miljoenen roebels zijn vernietigd, twee gerespecteerde kosmonauten zijn om het leven gekomen, en uw vrouw zou liegen? Dat zou onverstandig van haar zijn. Alles wat hier gezegd wordt kan in een rechtszaak worden gebruikt.'

'Luister...' Sokolov zwaaide met een vinger, wees in Kirovs richting. 'Ik heb tegen mijn vrouw gezegd dat ik iets *vermoedde*! Lev heeft me hierover niets verteld! Hij had gevochten, ja, dat heeft ie me verteld, maar ik weet niet met wie! Dàt is de waarheid!'

Kirov keek hem misprijzend aan. 'Dus u weet wel dat hij gevochten heeft, dat heeft hij u verteld, en vervolgens wilt u ons doen geloven dat u niet gevraagd heeft met wie uw beste vriend op de vuist is gegaan?'

'Ja.'

'Weet u trouwens dat u de enige bent die dat weet, van die vechtpartij? We hebben het natuurlijk ook aan dr. Lezjawa zelf gevraagd, en hij ontkent in alle toonaarden. U bent de enige bron, weet u dat?'

Sokolov liet zijn voorhoofd tegen zijn vuisten rusten en sloot zijn ogen. Hij was op zoek naar een verlossende formule, een zin die een einde aan deze waanzin kon maken, een handvol woorden die Kirovs mond kon dichtbranden.

'Maltsev is dood,' zei Kirov. 'Hem kunnen we niets vragen. Als de *Oktjabr* door sabotage is verongelukt, dan is hij *vermoord*, dr. Sokolov. U heeft tegen uw vrouw gezegd dat op precies dezelfde dag waarop Maltsev gevochten heeft – en vergeet niet dat Maltsev verklaard heeft dat hij zijn overvallers niet heeft gezien, hij werd zomaar op straat aangevallen, wat toch uiterst curieus is – *u* heeft tegen uw vrouw gezegd dat uw vriend dr. Lev Lezjawa op dezelfde dag, op dezelfde avond, ook in een vechtpartij verwikkeld is geweest. Niet alleen heeft u dit aan uw vrouw verteld, u heeft haar ook toegefluisterd dat u dacht dat dr. Lezjawa uitgerekend met ir. Maltsev had gevochten. En ik moet zeggen: dat klinkt heel plausibel.'

'Goed!' riep Sokolov, en hij liet zijn handen zakken, gebaarde ermee. 'Stel dat hij met Maltsev heeft gevochten! Laten we daarvan uitgaan ook al weten we het niet! Waarom zou hij de *Oktjabr* saboteren? Hij heeft een verhouding met de vrouw van Maltsev, als u dat zegt dan geloof ik u, maar dat verklaart toch niet wat er met de *Oktjabr* is gebeurd? Denkt u echt dat Lev Lezjawa in staat is om de *Oktjabr* te saboteren? Enkel en alleen omdat hij slaapt met de vrouw van de kosmonaut? De *Oktjabr* is zijn levenswerk! We hebben er jaren van gedroomd! We hebben jaren gewerkt om het plan gerealiseerd te krijgen en dan zou Lezjawa opeens een bom aan boord plaatsen en alles in één klap vernietigen! Dat gelooft u toch niet! Het is toch te absurd!'

Hij ging weer zitten en wachtte op het effect van zijn woorden. Kirov had hem zwijgend bekeken en leek nu het gesprek te analyseren, alsof Sokolov hem bijna had overtuigd van de potsierlijkheid van zijn beschuldigingen.

'Lezjawa ontkent dat hij met Maltsev heeft gevochten,' gaf Kirov hoofdknikkend toe.

Sokolov had het gevoel dat Kirov op het punt stond zijn aanklacht in te trekken.

'Dan heeft hij *niet* met Maltsev gevochten,' zei hij. 'Als Lev dat zegt dan geloof ik hem. Het was een stom vermoeden van mij.'

'Maar, weet u, dr. Lezjawa ontkent categorisch dat hij gevochten heeft! Dat is toch uw woord tegenover het zijne.'

Kirov speelde slimmer dan Sokolov. Hij moest zich nu uit een andere val redden. 'Dan heb ik hem verkeerd verstaan,' zei hij onbeholpen.

'Kom nou...'

'Ik heb hem verkeerd verstaan! Ik heb hem toen niet goed begrepen!'

'Waar komt u nu mee aan? U heeft dat toch al lang toegegeven? Dr. Lezjawa heeft tegen u gezegd dat hij gevochten heeft. Dat heeft u net verklaard!'

'Dat neem ik terug. Ik heb hem niet goed verstaan.'

Hiermee haalde Sokolov zich grote moeilijkheden op de hals, maar hij moest wel, aangezien hij geen raad wist met de situatie. Hij moest Lev uit de handen van deze mensen redden. Hij was bereid elke consequentie te aanvaarden.

'We nemen dit gesprek op de band op, doctor. Natuurlijk kunt u ontkrachten wat u eerder heeft verklaard, maar u maakt het zichzelf wel erg lastig. Wat denkt u: is dr. Lezjawa in staat tot zo'n daad?'

Sokolov begon weer te lachen.

'Wat denkt u, majoor? Had hij niet kunnen wachten tot *na* de vlucht? Een bom aan boord van de *Oktjabr* plaatsen is geen kattepis, majoor. Er is namelijk geen plaats voor zoiets. Geen lege kastjes, geen lege dozen. Had dr. Lezjawa niet beter kunnen wachten tot de *Oktjabr* haar missie had volbracht? En had hij dan niet beter een bom kunnen verstoppen in de *auto* van ir. Maltsev? Dat is een stuk makkelijker, majoor. En wat is nou eigenlijk het motief? Die eventuele verhouding? Met hoeveel vrouwen heeft dr. Lezjawa een verhouding? Ik weet het, daarmee geeft hij niet een prachtig socialistisch voorbeeld, maar de praktijk is wat gekleurder dan de theorie.'

'Misschien heeft Maltsev gedreigd om hem te doden. Vergeet niet dat ze gevochten hebben. Maltsev was flink toegetakeld.'

'Ik vergeet niets. En ik weet niets! Ik heb het al gezegd: Lezjawa heeft nooit verteld met wie hij gevochten heeft! *Als* hij al heeft gevochten!'

'Maltsev waarschuwt dat hij hem zal vermoorden als hij nog één vinger naar zijn vrouw zal uitsteken. Lezjawa gelooft hem. Maltsev had een sterk karakter, dr. Sokolov, en dat niet alleen: hij was een geoefend worstelaar en hij was een serieus mens. Wat hij zei dat meende hij. En misschien hield de waarschuwing méér in: hij belooft Lezjawa dat hij eraan gaat als hij weer op aarde staat en hij zegt dat hij bij terugkeer Lezjawa's ogen zal uitrukken en hem in mootjes zal hakken.'

'Majoor Kirov! Wie heeft een wilde fantasie? Lezjawa of u? Kom nou toch, waarom zouden mensen als Maltsev en Lezjawa hun carrière op het spel zetten? En nog wel voor een *vrouw*? Waarom?'

'Omdat mensen zo zijn, dr. Sokolov. Mensen doden uit liefde, mensen liegen uit liefde, mensen haten uit liefde.'

'Lezjawa niet.'

'Nee?'

'Lev niet, nee. Onmogelijk.'

'Hij ontkent het bestaan van die hele vechtpartij. Waarom zou hij liegen over zoiets futiels?' vroeg Kirov.

'Hij voelt zich schuldig!' verklaarde Sokolov. 'Dáárom! Stel: Maltsev ontdekt dat zijn vrouw een verhouding heeft met Lezjawa. Hij confronteert Lezjawa daarmee en Lezjawa voelt zich schuldig! En nog iets!' Sokolov vond een ander sterk argument, een overtuigend detail. 'Lezjawa heeft meegeholpen aan het herroepen van de schorsing! Hij was vóór Maltsevs terugkeer! Waarom zou hij dat gedaan hebben als hij en Maltsev elkaar haatten?'

Kirov keek hem aan met een blik vol vergiffenis, alsof Sokolov niet echt verantwoordelijk was voor zijn eigen onnozelheid.

'Omdat hij Maltsev aan boord wilde hebben, dr. Sokolov. Hij wilde hem daarboven uit elkaar doen spatten.'

'Nee!'

Sokolov schreeuwde en voelde de onmacht naar zijn ogen stromen. Hij sloeg op tafel.

'Nee! Dat heeft geen zin! Het is niet redelijk! Niet logisch! Het is zinloos!'

'Als Maltsev niet mee naar boven zou zijn gegaan, zou hij Lezjawa vermoorden. En hij zou dat ook doen wanneer hij na de ruimtereis was teruggekeerd. Stelt u zich eens voor dat Lezjawa Maltsevs overwegingen op die manier ervaart. Of het waar of niet waar is doet even niet ter zake. Lezjawa heeft maar één keuze. Maltsev met zijn raket opblazen.'

'Waanzin.'

'Denkt u dat Lezjawa tot zoiets in staat is?'

'Nee.'

'Waarom wil Lezjawa niet zeggen met wie hij heeft gevochten?'

'Weet ik niet. Volgens mij heeft u net gezegd dat hij het helemaal ontkent dat hij heeft gevochten.'

'Uw vrouw heeft officieel verklaard wat u, dr. Sokolov, allemaal gezien, gehoord en vermoed heeft.'

'Ze heeft me niet goed begrepen.'

Sokolov legde zijn handen op elkaar en kneep tot zijn vingers wit werden.

'Misschien kunt u uw positie redden.'

'Ik weet niets, majoor. Niets. Ik heb mijn vrouw maar wat gezegd. Stommiteiten. Niets.'

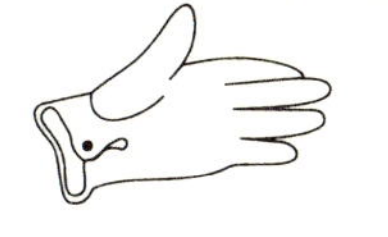

DEEL TWEE

EEN

Sokolov keerde terug uit een verre hoek van het universum.

De tijd bestond daar niet uit één lange draad maar uit een kluwen zonder begin of einde, als geperst stro. Tijd was er veranderd in gelijktijdigheid. Sokolov zweefde te midden van alles wat hij ooit eerder had gezien, en hij keek naar wie hij was geweest als baby, als schooljongen, als echtgenoot, en ook kon hij naar zijn ouders kijken en naar zijn schoolboeken en zijn handschoenen en de vrouwen die hij had liefgehad.

De ruimtereis begon te vervagen toen in zijn bewustzijn de onbevattelijke gedachte werd geboren dat hij in een kamer in Tel Aviv lag en dagenlang dronken was geweest. Toch lag hij ook als kind thuis in Moskou met waterpokken in bed en tegelijkertijd bedreef hij met Irina de liefde in hun huis in Kaliningrad en vreemd genoeg had hij het vermoeden dat de beelden van toekomstige herinneringen achter deze beelden gereedlagen – ze zaten in een doos en hij kon ze niet zien. Hij moest denken aan de doos uit de paradox van Schrödingers Kat, een experiment dat helder uit een andere hoek van zijn kosmische geheugen naar zijn geestesoog sprong. Het experiment stelde de rol van de waarnemer ter discussie. Een kat zit in een doos, samen met een radioactieve bron, een detector, en een glazen buisje gevuld met gif. Als een atoom in het radioactieve materiaal vervalt, wordt dat door de detector geregistreerd; de detector, die in verbinding staat met het buisje, reageert op het verval van het atoom en slaat het glas stuk. Het gif komt vrij en de kat sterft. Maar: het radioactieve verval vindt plaats op een onvoorspelbaar moment, bij toeval, en dat betekent dat het voor een waarnemer onmogelijk is om zonder het openen van de doos vast te stellen of de kat dood of levend is. In de doos zat Sokolovs toekomst. Hij beschikte over de keuze de doos open te scheuren of ongeschonden te laten. In feite ging het hier om zijn vrije wil. De toekomst is onzeker, leek Schrödinger te zeggen, het verleden wordt door keuzes gemaakt, maar de toekomst is afhankelijk van de individuele vrije wil. De paradox had betrekking op experimenten op het niveau van elementaire deeltjes, de bouwstenen van alles wat in Sokolovs universum het geval was. In de doos lag het raadsel van de toekomst. Er bestond geen wereld voorbij het heden. Sokolov begreep opeens wat er in de doos zat: het was God, die met dobbelstenen gooide. Deze gedachte wekte een gevoel van moedeloosheid op. Hij zweefde door een universum dat getekend was door vergeefsheid en verdriet, het wrede spelletje van de dobbelende God. Wat had hem gedreven bij de bouw van de *Oktjabr*? Misschien was hij toch een *jeshivabucher*, die droomde over een raket naar de Hemelse Gokverslaafde.

Wat hij waarnam was een denkbeeldig heelal. Dit heelal was gedoemd om samen met hem te sterven. Zijn onstoffelijke verbeelding vormde een eenheid met zijn stoffelijke hersenen, een gecompliceerd elektrisch circuit dat volgens dezelfde principes werkte als het heelal. Sterren, planeten, hele kosmische configuraties, de cellen van zijn hersenen, herinneringen, alles hing met alles samen en bestond bij de gratie van zijn waarneming. Hij nam nu zijn lichaam waar, een pijnlijk lijf dat lag weg te rotten na een drinkgelag van meerdere dagen. Hij was de tel kwijt. Drie, vier dagen, misschien een hele week. En de naam Tanja klonk opeens in zijn dreunende kop.

Vandaag. Het drong tot hem door dat hij zich steeds meer ging beperken tot een bepaalde plek in de ongrijpbare ruimte van zijn verbeelding. Het kluwen tijdlijn ontkrulde zich zonder dat hij er moeite voor deed. Hoe meer hij dacht, hoe meer hersenneuronen bewegende ionen afvuurden, hoe preciezer hij zijn positie kon bepalen. Hij wist niet of hij er zich prettiger bij voelde, maar het was een proces dat hij niet kon sturen.

Hij had met Tanja en Emma gegeten. Nadat ze afscheid hadden genomen was hij nog even terug naar de winkel op Etsel gegaan en had een half dozijn flessen Gold ingeslagen. Hij was bang voor wat hij voelde. Ze maakte een gillend verlangen bij hem wakker, maar hij kon zich niet de luxe veroorloven om hopeloos verliefd te worden. Wat hij voelde moest gedoofd worden in een oceaan van wodka. Gold Vodka. Daarom was zijn schedel nu gevuld met afgewerkte motorolie. Als hij zijn hoofd bewoog voelde hij de olie in beweging komen en tegen zijn slapen en voorhoofd klotsen. Dat was niet alles. In zijn maag en slokdarm brandde een vuur van teerafval en zijn keel en verhemelte waren bekleed met een laag glassplinters. Hij was een levende vuilverbrander.

De afgelopen dagen was Sokolov verder dan ooit geweest, aan de periferie van zijn bestaan, waar zijn geheugen zich had bevrijd van de heerschappij van de tijd. Maar hij bevond zich nu in een proces van reconstructie. De herinneringen gleden onwillig terug naar de plekken waar ze thuishoorden, en Sokolov vroeg zich af of hij niets meer was dan de optelsom van zijn herinneringen, een zuipende archiefkast waarvan het handvat voor het gemak *ik* werd genoemd.

Hij had geen idee hoeveel dagen hij hier had doorgebracht, maar hij miste de kracht om de transistorradio aan te zetten en naar het nieuws te luisteren. De radio had hij in Herzlia gekocht. Herzlia, Tomsk, Kaliningrad – net zo ver als de Poolster, net zo onaanraakbaar als Tanja. Voorzichtig hief hij een hand en betastte zijn kin en wangen. Zelfs het buigen van een arm veroorzaakte een stekende pijn. Stoppels van een paar dagen. Hij had zich bezopen omdat hij ervan overtuigd was dat hij geen toekomst had. Tanja's troost zou hem nooit omarmen, en hij had zich laten vollopen omdat hij de ontgoocheling van haar onbereikbaarheid niet wilde beleven. Als hij zou volharden in zijn drinkgedrag, en hij kon geen reden bedenken die hem daarvan af zou houden, dan zou hij over een paar jaar niet meer terugkeren van de reis door het universum die hij nu had volbracht.

Nog steeds hield hij zijn ogen gesloten en nog steeds verroerde hij zich niet. Als hij in de Unie was geweest, had hij zich aangesloten bij de zuiplappen die in de buurt van de Moskouse treinstations hun verre reizen maakten. Met wodka of spiritus als brandstof vertrokken ze uit hun lijf en maakten een zelfde reis als hij zojuist had beleefd. Ze vormden een eigen volk, de dronkelappen van het Jaroslavstation en het Kazanstation, reizigers die de diepten van het universum hadden gezien en nooit meer konden wennen aan de tred van nieuwe schoenen. Op voeten die met lappen omwikkeld waren wankelden de alcoholisten van de Arbeidersstaat van wijnwinkel naar bierlokaal. De tenen die ze na felle vrieskou hadden behouden, waren opgezwollen tot dikke penen. Ze leefden in winterjassen, dik en stijf van het vuil, in de kelders en zolders van woonkazernes en fabrieksgebouwen, en als ze ruzie kregen trokken ze een roestend mes en probeerden een gat te slaan in het wezen dat hun halfblinde ogen in de mist waarnamen – Sokolov hoorde bij dit volk van schimmelende kosmonauten op weg door het universum van de ziel.

Het was niet te bevatten dat hij nog ademde. Blijkbaar konden zijn maag, darmen en lever de drank nog steeds zonder catastrofale gevolgen verwerken. Op den duur zouden zijn hersenen en tanden worden aangevreten, maar tegen die tijd was hij voorgoed op reis, ver voorbij de laatste zonnen wier licht gemeten kon worden.

Hij bewoog een arm en tastte naar de flessen naast het matras. Zes lege flessen rolden weg onder zijn zoekende vingers. Hij herinnerde zich het ledigen van de eerste twee flessen, daarna was er een blauwzwarte ruimte zonder meetbare tijd, gevuld met demonen en intense herinneringen.

Sokolov was zijn geliefden onderweg kwijtgeraakt, maar als hij aan hen dacht dan waren ze vol leven en keken met afschuw op hem neer. Wat hij hun had beloofd was hem ontglipt, een huis, aanzien, een fatsoenlijk bestaan met een zinvol beroep. Hij wist dat hij maar op één manier een einde kon maken aan de stuiptrekkingen van zijn lijf. Hij wachtte tot hij genoeg kracht had om naar de kruidenier op Etsel te lopen.

Tanja woonde naast hem. Misschien bevond ze zich nu achter de gehorige muren van dit huis. Hij vroeg zich af of hij gedurende zijn delirium smerigheden de kamer in geslingerd had. Haar kind had hem gehoord. Hij kon haar niet onder ogen komen. Ze zou de stank uit zijn mond niet verdragen.

Sokolov herinnerde zich wat hem had beziggehouden toen hij zich had weggedronken.

Opnieuw werd hij door Kirov ondervraagd en opnieuw had hij zich verloren gevoeld tussen Lev and Irina. Ze had haar mond voorbijgepraat en Kirov had hem gedwongen om zijn vermoeden dat Lev met Maltsev had gevochten te bevestigen.

Toen hij terugkwam van het verhoor had hij hun huwelijk kunnen redden, maar in plaats van begrip te tonen had hij haar verweten dat zij niet had gezwegen.

'Ik was bang,' had Irina gezegd. 'Hij wist toch al alles.'

'Kirov wist niets. Hij is een geslepen ondervrager. Als er iets gebeurt is dat jouw schuld.'

'*Jij* had je mond moeten houden!' gilde ze. 'Ik heb alleen maar verteld wat ik wist om *jouw* huid te redden!'

'Je hoeft mijn huid niet te redden! Dat doe ik zelf wel! Dringt het tot je door wat dit kan betekenen voor Lev? Wat jij ze verteld hebt kan 'm zijn kop kosten!'

'Overdrijf niet. Beria is begraven.'

'Levs carrière is kapot. En jouw woorden zorgen ervoor dat ie nergens meer verder kan werken. Ik had het je in vertrouwen gezegd! Vertrouwen, Irina, weet je wat dat betekent?'

'Zak.'

Irina zat op de bank van hun flat en drukte Natasja tegen zich aan. Verkrampt was hun dochter in haar armen gekropen, onrustig geworden door de felheid van de onbegrijpelijke woorden. Het ontging Sokolov niet, maar zijn frustraties lieten niet toe dat hij nu rekening hield met Natasja. Driftig liep hij heen en weer.

'Ze gaan ons pakken, allemaal gaan we d'r aan.'

'Doe niet zo dramatisch!'

'Doordat jij je bek niet gehouden hebt gaan ze net zo lang door tot iemand iets krankzinnigs bekent.'

'Ze waren er toch wel achter gekomen!'

'Hoe dan? Lev heeft geknokt en Maltsev heeft geknokt en ik ben degene die het verband heeft gelegd en jij bent de snavel die alles aan Kirov heeft doorgekakeld!'

'En de dokter dan die hem een injectie zou geven?'

'Die zwijgt natuurlijk. Die zal wel verstandig zijn. Die zet het leven van een goede vriend niet op het spel.'

'Hij is mijn vriend niet.'

'Maar wel de mijne.'

'Hij is gevaarlijk, Sasja, hij is niet goed.'

'*Jij* bent gevaarlijk! Alles is verloren! Alles waarvoor ik gewerkt heb wordt nu weggevaagd!'

'Ze zullen je wel weer aan het werk zetten.'

'O nee. Uitgesloten. Dit is het einde.'

Hij schonk een glas in. Sinds de ramp dronk hij elke dag een fles. Hij begreep Irina's angst voor Lev niet. Het leek wel of ze door diepe haat werd gedreven, alsof Lev haar iets had aangedaan dat om wraak schreeuwde. Misschien had ze zijn naam opzettelijk bij Kirov laten vallen.

Irina wiegde Natasja in haar armen. Met onzekere ogen volgde zijn dochter hem terwijl ze op haar duim zoog.

'Papa is boos,' zei ze.

Hij probeerde naar haar te glimlachen. 'Niet op jou, schat,' antwoordde hij schuchter.

'Wat wil je doen?' vroeg Irina.

Hij ging zitten, benen over elkaar, en liet het glas op zijn knie rusten.

'We kunnen niks doen. Afwachten.'

'Over een paar weken is het allemaal gezakt en dan mag je weer aan het werk.'

'Ik wou dat het zo was.'

'Misschien moet je es een week in de datsja gaan zitten.'

'In m'n eentje?'

'Waarom niet? Maak wandelingen, lees, ontspan jezelf.'

'Ik mag de stad niet uit.'

'Van Kirov niet?'

Hij knikte. Hij stond op en schonk opnieuw in. Met zijn rug naar haar toe stelde hij de vraag die al lang lag te branden en nu urgent was geworden: 'Wat heb je met hem gehad?'

Hij ging zitten zonder haar aan te kijken, beschaamd dat hij zijn onrust geopenbaard had.

'Niets,' hoorde hij haar zeggen. Maar het klonk zwak, bijna als een uitnodiging om door te vragen.

'Je hebt iets met hem gehad,' stelde hij, starend naar de wodka in zijn glas.

'Nee.'

'Wanneer. Voor of na ons huwelijk?'

'Moet dat nu?' vroeg ze verontwaardigd.

Hij zette het glas neer en liep naar haar toe, stak een hand uit naar zijn dochter.

'Kom, Natasja, papa en mama moeten even met elkaar praten.'

'Ik wil niet weg,' fleemde ze.

'Eventjes, een paar minuten maar.'

Hij wilde haar vastpakken, maar Natasja klemde zich aan haar moeder vast.

'Kom,' zei hij dwingend, en met beide handen greep hij haar meisjesschouders en ze begon te gillen. 'Je moet even naar je kamer.'

'Nee! Nee! Nee! Nee!'

'Laat haar!' riep Irina, en ze probeerde hun kind te beschermen tegen zijn geërgerde handen.

'Je moet even naar je kamer!' herhaalde hij, dreigender nu, en hij trok aan haar alsof ze een volwassene was. Het meisje gilde.

'Je doet haar pijn! Laat haar los!' schreeuwde Irina terwijl ze met een hand naar hem sloeg.

Maar hij gaf niet op en sjorde aan Natasja en zittend trapte Irina met de scherpe punt van haar naaldhak in zijn richting. Ze trof doel en raakte vol zijn scheenbeen. De woede brak uit zijn schuilplek. Verblind haalde hij uit en sloeg Irina met een vuist in het gezicht. Door de kracht van de klap zakte ze opzij.

Met gesloten ogen probeerde Irina zich te herstellen. Hij zag de wang die hij geraakt had rood worden.

Terwijl de tranen langs haar neus stroomden, bleef ze mechanisch het angstige meisje wiegen. 'Rustig maar, rustig maar, rustig maar,' zei ze tegen Natasja en zichzelf.

Verslagen over zijn vermogen om de mensen van wie hij hield te straffen voor de problemen waarmee hij vocht, keek Sokolov op haar neer. Irina schoof naar de rand van de bank en stond met Natasja op, zijn blik ontwijkend. Ze droeg Natasja de kamer uit en liet hem met de wodka achter.

Een halfuur later, nadat hij een kwart van de fles had gedronken, kwam Irina terug. Het was duidelijk dat ze langdurig gehuild had. Hij zat op haar vertrouwde plek op de bank, en zij ging in de Italiaanse fauteuil zitten die meestal door hem werd gebruikt. Ze had zich gewassen en opgemaakt, alsof ze iets ongedaan wilde maken.

'Eén keer,' zei ze.

Ze keek hem strak aan, bereid om alles te bekennen en op het spel te zetten. Ze was niet gekomen om het goed te maken.

'Wanneer?'

Hij vroeg het koel, alsof hij informeerde naar een afspraak met een vriendin.

'Twee jaar geleden.' Ook zij beheerste haar stem.

'Preciezer.'

'April.'

'Waar?'

'Bij hem.'

'Waar was ik toen?'

'Je was weg. Veertien dagen.'

Hij herinnerde het zich. Hij maakte een inspectieronde langs de toeleveringsbedrijven. Twee weken dwars door de Unie.

'Waarom?'

Ze sloeg haar ogen neer en staarde naar haar vingers. Haar haar viel langs haar wangen.

'Ik weet niet.'

'Was je verliefd op hem?'

'Nee.'

'Waarom?'

'Het gebeurde.'

'Hij verleidde je?'

'We aten samen. Dronken wat bij hem.'

'Was je de hele nacht bij hem?'

'Nee. Ja. Wel.'

'En Natasja?'

'Bij Karina.'

'Je had er dus al rekening mee gehouden?'

'Nee.'

'Waarom dan bij Karina? Dat doe je alleen wanneer je 's nachts niet thuiskomt.'

'Ik weet het niet.'

'De spanning van wat niet hoort? Of was je wel verliefd op hem?'

'Hij is... hij maakte me het hof. Hij wilde met me naar bed. Dat voelde ik. Al lang.'

'Wond dat je op?'

'Weet ik niet.'

'Wond je dat op?' herhaalde hij dringend.

'Een beetje.'

'Een beetje veel, blijkbaar.'

'Ik zit hier niet om iets te bekennen,' zei ze. 'Ik deel je iets mee. Dat heeft een andere gevoelswaarde.'

'Wat dan?'

'Dat ik me niet verontschuldig.'

'Ik dacht dat je bang voor hem was.'

'Dat ben ik ook.'

'En toch...?'

'Ja.'

'Waarom? WAAROM?'

'De gelegenheid! Zoiets! Het *kon* toen! Jij was weg. Hij was aardig, charmant. Niemand zou het te weten komen!'

Hij had het gevoeld, meer dan eens, wanneer Lev en Irina elkaar aankeken, maar hij had er geen acht op geslagen, het opzij geschoven als een onbelangrijk detail.

'Hoe vaak?'

'Alleen die ene keer.'

'Geloof ik niet.'

'Die ene keer, zeg ik.'

'Ik ben vaker weg geweest.'

'Ik ben niet meer gegaan.'

'Hij heeft het wel geprobeerd?'

'Ja.'

'Waarom wilde hij het?'

'Weet ik niet. Hetzelfde als ik, denk ik.'

'Wat dan? Ik begrijp het niet!'

'Het mocht niet, begrijp je dat niet? Het mocht niet, en daarom was het zo uitdagend!'

'Je bent gek!'

'Je begrijpt het niet. Misschien is het daarom wel gebeurd.'

'O. Het lag dus aan mij?'

'Ik had blijkbaar behoefte aan dat avontuur.'

'Was het zo'n avontuur? Was ie goed?'

'Daar ga ik niet op in.'

'Je was bang voor hem.'

'Dat ben ik nog steeds.'

'Bang en toch met hem naar bed. Is hij zo fascinerend?'

'Ik weet niet. Hij geeft je het gevoel dat je buiten jezelf kunt stappen. Hij verleidt je om dingen te doen die je niet wil doen. Het lijkt wel of hij altijd over de grens wil kijken. Het is angstaanjagend.'

'Angstaanjagend verleidelijk?'

'Ja.'

'Angstaanjagend belazerd.'

Ze zweeg en vond het blijkbaar tijd om hem aan te kijken.

'En jij? Al je reizen?'

'Nooit.' Hij kon het zeggen zonder met zijn ogen te knipperen.

'Echt?'

'Nooit.'

'En nooit aan gedacht, overwogen?'

'Ik ben geen heilige. Dat wel. Maar nooit gedaan.'

'Je bent een heilige.'

'Is dat een compliment?'

'Het is moeilijk om met een heilige samen te leven.'

'Vreemde problemen hou jij er op na.'

'Misschien.'

'Ik vind 't gruwelijk,' zei hij.

'Het zij zo.'

'Dus het ligt aan mij?'

'Aan *ons*. Jij bent *streng*. Ik weet nog dat verhaal over de handschoenen die Lev wilde teruggeven. Hoe rechtlijnig je was. Hard als een bijbelse profeet.'

'Wat weet jij van de bijbel?'

'Mijn moeder heeft er één.'

'Ik ben niet anders dan ik ben. Ik kan niet van m'n regels afwijken. Al zou ik willen.'

'Ik kan me niet voorstellen dat jij dat zou willen.'

'Het komt niet bij me op, nee.'

'Dat weet ik.'

Hij besefte opeens dat dit de afwikkeling was van hun huwelijk. Deze zinnen verbraken de verbonden die ze hadden gesloten, die van echtgenoten, vader en moeder, vertrouwelingen. Hij stond op en vluchtte uit haar ogen.

'Je wilt dus een spannender leven?' vroeg hij terwijl hij inschonk.

'Dat heb ik niet gezegd. Jij bent bezeten van je werk. Bezeten van een bepaalde manier van denken. Iets onverbiddelijks straal je uit. Jij kent geen compromissen. Hard als het metaal dat je maakt.'

'En mijn vriend?'

'Lev doet aan zwarte kunst. Ik heb nooit begrepen wat jullie in elkaar zagen.'

'Het contrast...' Hij sloeg de inhoud van het glas in één keer achterover.

Hij bleef drinken, jaren achtereen, en maakte reizen naar verre sterren waar alle herinneringen uit zijn hoofd dansten en zijn *ik* oploste in het niets van zijn opengereten geheugen.

Sokolov keerde terug naar zijn kamer in Tel Aviv. Hij herinnerde zich dat hij geld genoeg had om een week of twee het aantal flessen te kopen waarmee hij op reis kon gaan. Hij wist niet hoe hij daarna zijn drank moest bekostigen, maar die zorg was nu van minder belang dan de vraag hoe hij zijn ogen moest openen. Was hij verlamd, net als de door God gestrafte Stephen Hawking, die het pure denken was geworden? Sokolov had in de Unie de beschikking gehad over Westerse bladen en hij had Hawking gevolgd, de man van de 'singulariteit', een toestand in het vroege heelal van oneindig gekromde ruimte waarin de wetten van de relativiteitstheorie niet langer golden. De Big Bang vond plaats op een moment waarop tijd en ruimte nog niet bestonden, aldus Hawking, en de kosmische evolutie was hoogstens vanuit een theoretisch nulpunt begonnen, niet vanuit een werkelijk nulpunt. Hawking beweerde dat het heelal uit zichzelf was geschapen, zonder beginpunt en uiterste grens, en elke uitspraak over het ontstaan van de mens in dit universum was een tautologie. Het universum was zoals het was omdat de mens het op zijn manier kon waarnemen. Met dit theorema moest de mensheid het doen. Sokolov was er niet tevreden mee. Het kon niet verklaren waarom de *Oktjabr* was ontploft en waarom alles pijn deed wanneer hij zijn voet bewoog. Zelfs de luchtmoleculen waren in gewicht toegenomen en drukten loodzwaar op zijn hoofd. Alles was mogelijk, leerden Heisenberg en Max Planck, alles wat waargenomen werd en tot kennis kon komen was afhankelijk van de subjectiviteit van de waarnemer. In Sokolovs minikosmos had lucht het soortelijk gewicht van lood gekregen. Maar hij moest opstaan.

Zijn oogleden schuurden over zijn droge oogballen en lieten licht tot zijn pupillen toe. Langer dan een seconde hield hij dit niet uit en zijn oogleden sloten zich als kluisdeuren.

Het was avond of nacht. Hij had de omtrekken van zijn fauteuil gezien en het rode puntje van een sigaret die werd aangezogen. Dat laatste was niet mogelijk. Wat hij had waargenomen kon niet anders dan de overgevoelige prikkeling zijn van het netvlies in een van zijn ogen. Maar de geur die hij opsnoof, zuur en brak, afkomstig van zijn vuile kleren en de urine die hij had laten lopen, werd door een andere, scherpere walm overmeesterd. Opeens drong het tot hem door wat het was: hij rook een brandende sigaar.

Er zat iemand in de stoel naast hem, in de uitklapfauteuil die uitzicht bood op het armoedige leven in de steeg. Hij wilde nog een keer kijken en de pijn die zijn raspende oogleden veroorzaakten draaide dwars door zijn schedel naar zijn nek. Het lukte hem een fractie van een seconde naar de fauteuil te kijken en het silhouet van een man te herkennen. Een arm die over de leuning hing. Een hand met een sigaarvormig ding. Rookslierten die tegen het open raam zichtbaar werden. Een heldere nacht. De enige sigarenroker die hij kende was zijn huisbaas, de oude Finkelsjtain, gevonden door een tip van Zwarte Jossi.

Finkelsjtain was een kromgegroeide kleine man met dik grijs haar en ogen vol verbazing. Hij rookte dikke Hollandse sigaren. Sokolov herinnerde zich dat Finkelsjtain het type sigaar *bolknak* had genoemd. In zijn appartement in Jaffa had Finkelsjtain zijn levensverhaal verteld, een ronde biografie met een woestijn aan ellende en een paar druppeltjes verlossing. Hij had zijn gezin in de gaskamers verloren, daarna was hij aan het blinde noodlot van kanker zijn tweede vrouw kwijtgeraakt en vervolgens had hij de zoon die zij hem had nagelaten in de oorlog van '67 begraven.

Sokolov was verdoofd geraakt door de overmaat aan catastrofen. Hij had het gevoel dat hij zich moest verontschuldigen voor zijn eigen lamlendigheid, voor zijn onvermogen om de tegenslagen in zijn leven te verdragen. Finkelsjtain, die al bijna tachtig was, bezat meer kracht dan Sokolov.

'Ik ben negenenzeventig,' had de man gezegd, 'ik zwem en ik wandel zo goed en zo kwaad als dat mogelijk is, ik rook m'n sigaren en ik eet nog steeds met smaak. Vindt u dat niet wonderlijk, dr. Sokolov?'

Sokolov had geknikt en geglimlacht.

'Je blijft toch, ondanks alles, aan het leven hechten. Is dat niet curieus? En met dat gevoel om te willen leven bedoel ik niet iets animaals, begrijpt u me goed. Het gaat niet om het voortbestaan van dit lijf van me, dat is toch niet veel soeps, eerlijk gezegd, nee, het gaat om, zeg maar, nieuwsgierigheid, om het geloof dat op een dag de geheimen geopenbaard zullen worden. Bent u gelovig, doctor?'

'Nee.'

'Ik ook niet, tenminste, als we het hebben over het belang van de oude handelingen in sjoel. Daar kan ik de waarde niet meer van inzien. Maar ik besef dat mijn, zeg maar gerust, mijn *hunkering* naar de openbaring van de geheimen mij de kracht geeft om verder te leven. Ik wil nog steeds wéten, begrijpt u, doctor? Ik wil *alles* weten. Of er een plan aan alles ten grondslag ligt, of dat alles chaos is. Spreekt dat u aan, als wetenschapper?'

Sokolov had gestameld en gemompeld, en nu zat Finkelsjtain bij hem in de kamer en wachtte op de terugkeer van zijn huurder uit een kosmische trip. Ook een man als Finkelsjtain, die elke soort ellende doorstaan had, moest zijn huur innen. Hoeveel was Sokolov hem schuldig? Hij was de hoogte van het bedrag vergeten. Hij wilde Finkelsjtain tevredenstellen. Als hij Gold zou spreken, de maker van wodka, dan zou deze hem zonder twijfel ook een verhaal vol doodslag en verlies vertellen. Dit hele land gonsde van zulke verhalen. Iedereen had vermoorde geliefden, verdwenen kostbaarheden, verloren paradijzen.

Sokolov opende zijn lippen en het leek wel of zijn speeksel uit dikke lijm bestond. Met zijn gezwollen tong probeerde hij iets te zeggen, maar er klonk alleen gekreun uit zijn keel. Met de grootste moeite hief hij zijn hoofd, een bol van massief ijzer, en keek tussen zijn wimpers naar het silhouet in de fauteuil.

'Morgen...' zei Sokolov met zware, trillende stem, '... morgen betaal ik.'

Uitgeput liet hij zich zakken. Hopelijk zou Finkelsjtain nu vertrekken. Blijkbaar had hij de deur niet op slot gedaan. Zodra hij de pijn kon verdragen zou hij zijn bezittingen controleren en Finkelsjtain betalen. Daarna zou hij zich gereedmaken voor een nieuwe lancering. In zijn universum vloog de *Oktjabr* nog steeds en liet hij de aarde voor wat zij was. Een lichtblauw spatje moleculen in een eindeloze oceaan van kosmisch zwart.

Hij hoorde een stem.

'Sasja? Hoor je me? Sasja? Ben je ziek?'

Sokolovs zieke lijf zweeg en hij luisterde naar die vreemde, vertrouwde stem.

'Heb je je zo bezopen? Hee, *zjiddok*, hoor je wat ik zeg? Je woont hier als een ouwe Mongool, jongen, het wordt tijd dat je es nuchter wordt. *Zjidjonok*, zullen we de boel es opruimen?'

Sokolov begon te huilen. Hij was verbaasd over de hoeveelheid tranen die hij in zijn hoofd had. Hij snikte zonder geluid te maken, zijn borstkas schokte en hij kneep in zijn bovenbenen om het besef te bewaren dat hij wakker was en niet op reis naar een zwart gat.

'Sasja? Hee, Sasja, ik weet dat je me hoort. Je bent een slecht acteur, jongen, ik heb je dat vroeger beter zien doen.'

Maar Sokolov kon niet antwoorden. Toen hij zijn stem gevonden had, brulde hij als een kind. Hij voelde een mannenhand die zijn voorhoofd streelde, en Sokolov was in staat die hand te pakken en tegen zijn natte wang te drukken.

'Sasjka, ik ben er,' hoorde hij Lev zeggen.

TWEE

Lev liet zich op zijn knieën zakken en hielp toen Sokolov zich oprichtte.

Hij lachte door zijn tranen heen.

'Het spijt me, dat gejank,' zei hij. 'Dit is toch een wonder? Lev, dit is toch een wonder?'

Licht van een straatlantaarn viel op Levs gladde wangen. Een donkere man als Lev schoor zich twee keer per dag. Hij had kortgeknipt haar en droeg een zijden hemd, zijn broek was van duur linnen, en hij rook naar sigaren en after-shave. Zijn handen hielden Sokolov bij de schouders vast. Zonder hem zou Sokolov niet rechtop kunnen zitten.

'Misschien is het een wonder. Misschien is het onvermijdelijk,' zei Lev grijnzend.

Sokolov wreef de tranen uit zijn ogen en ademde diep. Er klonk trillend gepiep uit zijn keel, alsof zijn longen nog huilden, maar hij glimlachte en legde een hand om Levs nek.

'Lev! Lev! Hoe kan het nou! Jij bent het toch, hè, zeg dat je het bent, dat je het *echt* bent!' Hij schudde Lev heen en weer.

‘Wie zou ik anders moeten zijn? Dit is het lot, Sasja, dat wij hier samen zijn. Voor een nieuwe akte.’

‘Lev,’ zei Sokolov, en opnieuw begonnen de tranen over zijn wangen te stromen. Maar hij kneep zijn ogen dicht en slikte alles weg.

‘Godverdomme, Lev. Ik heb jarenlang aan je gedacht. Elke dag van de week. Nu ben je zomaar hier!’

‘We hebben elkaar weer gevonden,’ zei Lev. Hij kneep hem even in zijn schouders.

Opnieuw zuchtte Sokolov diep. Hij sloot zijn ogen. Hij was moe opeens. Hij fluisterde: ‘Hoe heb je me gevonden, Lev?’

‘Ik vind iedereen. Als het moet vind ik de duivel, of vind ik God.’

Sokolov keek in Levs ogen en zag dat ook hij ontroerd was.

‘Ik heb gedronken,’ zei Sokolov met zijn pijnlijke mond, langzaam formulerend, ‘ik heb behoorlijk veel gedronken. Maar dat gaat veranderen. Het is een periode. Ik kan er even niet buiten. Maar dat gaat over.’

‘Natuurlijk gaat dat over. We gaan dingen doen samen, wij tweeën.’

‘Ja, Lev? Gaan we samen aan het werk? Er zijn zoveel mogelijkheden. Maar je moet de mensen kennen.’

‘Overal moet je de mensen kennen,’ zei Lev.

Opnieuw sloot Sokolov zijn ogen. Hij was uitgeput, alsof hij de crisis van een ernstige ziekte had doorstaan en nu het begin van het herstel had bereikt. Hij voelde de sterke handen van zijn vriend. Hij was blij dat hij hier was. Hij was blij dat hij dit moment kon beleven.

‘Het is niet makkelijk geweest,’ zei hij.

‘Nee. Ik begrijp dat, Sasjka.’

‘Er is een hoop gebeurd, de afgelopen jaren.’

Hij keek in het bezorgde gezicht van Lev. ‘Lev, dat jij

nou hier zit.' Hij hief zijn armen en omhelsde Lev. Lev drukte hem tegen zich aan. De after-shave rook zoet. Ze lieten elkaar los en Lev keek hem beslist aan, hij ging iets zeggen waarbij geen tegenspraak geoorloofd was.

'Je gaat mee met mij. Ik heb een logeerkamer. Je eet, je gaat slapen, je herstelt en wordt weer de oude, begrijp je? Geen gezuip maar een normale slaap.'

'Ik wil niet meer zuipen.'

Lev stak de sigaar tussen zijn lippen en hielp Sokolov overeind.

Zijn benen trilden en hij voelde dat zijn spieren nog niet waren ontwaakt uit de verdoving door de wodka, maar met de hulp van Lev slaagde hij erin om te staan. Hij voelde dat het bloed uit zijn hoofd trok en duizelig greep hij Lev vast.

'Ik lijk wel een ouwe vent,' zei Sokolov met gesloten ogen, wankelend. 'Gek dat je dat zo snel verleert. Staan. Dat moet je dus bijhouden.'

'Net als neuken,' zei Lev.

'Ja...'

'Wil je iets meenemen?'

Sokolov betastte zijn achterzak en hij voelde de bobbel van zijn portemonnee. 'Nee,' zei hij.

Sokolov schuifelde naar de deur, Lev hield hem bij een arm vast.

'Hoe heb je me gevonden, Lev?'

'Ik heb vrienden hier en daar.' De sigaar bewoog als hij sprak.

'Waar *hier* en waar *daar*?'

'Vertel ik je nog.'

Lev opende de deur en de lamp van de overloop brandde in Sokolovs ogen. Hij kneep ze dicht.

'Woon je hier in Israël?' vroeg hij.

'Ja.'

'Lang?'

'Twee jaar.'

'En daarvoor?'

'New York.'

'New York? En je bent weggegaan daar?'

'Ja.'

'Weg uit New York? Ongelooflijk. Is het er mooi?'

'Prachtig.'

Ze betraden de overloop waarop hij voor Zwarte Jossi door de knieën was gegaan. Verleden tijd. De schaamte zou vervagen.

Lev zei: 'Ik wilde uiteindelijk toch liever hier zijn.'

'Jij? Maar jij bent een nepjood, net als ik.'

'Ik ben nu een echte, Sasja.'

'Ja? Ik kan hier niet echt wennen.'

'Ik wel. Ik ben misschien toch joodser dan ik zelf dacht. Toen ik hier aankwam had ik het gevoel dat ik thuiskwam. Het beloofde land hoort toch meer bij me dan dat van de onbegrensde mogelijkheden.'

Trede voor trede, zich aan de armleuning vasthoudend, stapte Sokolov naar beneden. Lev liep halfgedraaid voor hem uit, de sigaar nu tussen twee vingers, oplettend als een volwassen zoon die zijn hulpbehoevende vader naar de straat brengt.

'In Amerika had ik wel werk gevonden,' zei Sokolov.

'Je krijgt nu werk. Ik heb een soort bureau. We kunnen daar veel samen doen, Sasja, geloof me.'

Lev droeg dure kleren. Hij was geslaagd.

'Jij hebt altijd meer lef gehad,' zei Sokolov. 'Ik ben bang, eigenlijk. Bang om te verliezen. Daarom doe ik zo m'n best.'

'Jij denkt te veel na, jij,' zei Lev. 'Ik denk nooit na over mezelf.'

'Nooit?'

'Niet over mijn psyche. Mijn psyche is van ondergeschikt belang.'

Hij hield de deur voor hem open. Het was een zachte avond. Er speelden kinderen op straat. Opeens bewonderde hij de Jemenieten in deze vervallen steeg. Ze hadden de kracht om hun huizen schoon te houden en hun kinderen te voeden.

Naast het huis stond een witte Amerikaanse auto. Het straatlicht spatte op de chromen bumpers. Een lange vent met zware schouders en de vierkante nek van een geoefende bodybuilder stapte uit en opende de autoportieren. Hij was gekleed in een grijs trainingspak.

'Is dat jouw auto?' vroeg Sokolov.

'Helemaal.'

'En die man is jouw chauffeur?'

'Hij is een assistent van me.'

'Ben je rijk, Lev?'

'Ja.'

Lev maakte een gebaar naar de man en deze haastte zich naar Sokolov en nam hem van Lev over. Ook hij rook naar after-shave. Hij trok het achterportier open en hielp Sokolov op een zachte bank, bekleed met donkerblauw fluweel. De geur van de after-shave hing ook in de auto, aangenaam en kalmerend.

Het interieur leek op dat van de ZIL, de Sovjetlimousine van de allerhoogste top. Hij strekte zijn benen en er bleef nog ruimte voor hem over. Zijn hoofd leunde tegen een aparte steun. Lev wierp de sigaar weg, het rode puntje vloog als een vuurvlieg door de lucht, en hij ging naast de bestuurder op een fauteuil met een dikke rugleuning zitten. Terwijl de auto optrok, draaide hij zich naar Sokolov om en glimlachte.

'Alles goed, Sasja?'

'Ik droom.'
'Misschien. Misschien ook niet. Ik hoop dat je hieruit niet wakker wordt.'
Sokolov knikte zonder te weten of Lev gelijk had.
Lev opende de brede middenconsole en pakte er een telefoon uit. De toetsen lichtten groen op. Elk cijfer had een eigen toon en Levs vingers speelden een deuntje. Lev gaf opdracht om een maaltijd te maken en de logeerkamer in orde te brengen. Hij sprak vloeiend Ivriet. Nadat hij de hoorn had neergelegd draaide Lev zich opnieuw naar Sokolov.
'Jij krijgt de koninklijke suite.'
'Heb je een hotel?'
'Nee.'
'En deze auto, wat voor merk is het?'
'Chevrolet. Caprice.'
'Caprice,' herhaalde Sokolov als een bewonderende schooljongen.
Ze reden door een straat die Sokolov niet herkende. Op de terrassen werd uitbundig gegeten en gedronken, een leven dat hij had afgezworen. Het was druk op straat, alsof er iets te vieren was. Hij zei: 'Er zijn veel mensen op straat.'
'Het einde van het vasten,' verklaardde Lev.
Het was dus zaterdag. Vandaag was het Grote Verzoendag geweest. Hij had vijf dagen door de kosmos gevlogen. Waarmee had Sokolov zich verzoend? Met Lev.
'Het is een wonder,' zei Sokolov, 'dat wij elkaar weer tegenkomen, op Jom Kippoer.'
'Op een dag zouden we elkaar weer tegenkomen. Ik heb dat altijd heilig geloofd.'
'Ja? Ik niet.'
'In New York hadden we een vriendin. Ze bezocht

haar moeder in Colorado. Ik moest in Los Angeles zijn. Ik loop over de Sunset Strip naar een restaurant om te lunchen, er komt een auto langs en daar zit Liza in. Ik begin te gillen en te zwaaien. En ze stopt. Ze wilde voordat ze terugging naar New York nog even winkelen in Beverly Hills. We waren allebei door het dolle heen. Die dingen gebeuren. Maak jij dat nooit mee?'

'Nee. Nooit.'

'Ik geloof in lotsbestemmingen. Ik weet zeker dat er in onze genen niet alleen fysieke kenmerken liggen opgeslagen maar ook karaktertrekken, en dat laatste creëert een bepaald soort biografie, geloof je niet? Alles wat gebeurt is noodzakelijk, Sasja. Het is het lot.' Lev bleef voor zich uit kijken, naar de donkere gebouwen van de vreemde stad.

'Een goddelijk lot?'

'Ik geloof niet in zo'n soort lot. Ik geloof in de som van waarschijnlijkheden.'

'Ik denk zo niet,' zei Sokolov, ernstig en, ondanks zijn vermoeidheid, volledig geconcentreerd op dit gesprek, 'ik geloof in chaos. In de regels om de chaos te beheersen.'

'Ik weet 't,' antwoordde Lev, en hij keek hem lachend aan over zijn schouder. 'Je bent altijd zo streng geweest omdat je de chaos wilde reguleren. Je geloofde niet in een natuurlijke orde.'

'Ik geloof in de wetten. In natuurkunde. Wiskunde. Chemie.' Het spreken matte hem af, voor elk woord moest gevochten worden. 'En toch kunnen we het wezen van de kosmos niet begrijpen. We begrijpen alleen maar wat ons menselijk bevattingsvermogen *kan* begrijpen.'

'Ik ben meer mystiek misschien dan jij.'

'Mystiek?' vroeg Sokolov.

'Ik geloof in een metafysische orde, ja. Door de dingen die we doen. Door de uitvoering van de gedachte.'

Lev draaide zich om en glimlachte. 'Jij bent de enige met wie ik zo kan praten, weet je dat? We zijn tien minuten bij elkaar en het gaat al over zin en zinloosheid.'

'Ik heb je gemist,' zei Sokolov.

'Ik jou ook. Ben je moe?'

'Ja.'

'Honger?'

'Ik heb dorst.'

'Je moet even geen alcohol drinken, Sasja.'

'Drank heeft me de afgelopen tijd gered.'

'Gelul. Ik kan zonder, dus jij ook.'

'Jij bent sterker.'

'Ik? Laat me niet lachen,' zei Lev.

Sokolov was dagenlang bewusteloos geweest, verdwaald in zijn eigen hoofd. Hij trof er veel rommel aan, als in een huis dat lang niet was schoongemaakt, maar de verschijning van Lev wees hem de weg naar wat nog ongeschonden was, vrij van de wormen van spijt en schaamte. Lev leefde. Dat was het belangrijkste.

'Het ging niet goed met me, Lev.'

'Nee.'

'Het zal anders gaan. Ik beloof het.'

'Ik geloof je, Sasja.'

'Dit is niet m'n land. Ik geloof niet dat alle joden hier moeten wonen.'

'Waarom ben je gekomen?'

'Waarom, denk je?' vroeg Sokolov.

'In jouw plaats zou ik ook zijn weggegaan. De Unie is een monsterlijke uitvinding en alleen monsters kunnen haar intact houden.'

'M'n moeder stierf.'

'Wanneer?' Lev draaide zich om, met ogen die herinneringen zagen.

'November vorig jaar.'

'Het spijt me,' zei hij.

'En jouw moeder?'

'Ze leeft nog.'

'Wil ze niet hierheen komen?'

'Nee. Ze wil in Moskou blijven. Iemand die zo oud is moet je niet verplaatsen.'

Ze zwegen. De auto zweefde over de wegen. Sokolov waande zich veilig en beschermd. Hij kon nu slapen omdat hij moe was, niet omdat hij wilde vluchten, en zijn beurse lichaam ontspande en zijn gedachten losten op in een vredig vacuüm.

Sokolov schrok op toen de auto met een klein schokje tot stilstand kwam. Hij was even ingedommeld. Hij zag zijn vriend. Het was veilig hier.

'We zijn er,' zei Lev.

De man in het trainingspak opende het portier en hielp hem. Hij moest herstellen. Hij had tijd nodig en alles zou goedkomen. Lev had het gezegd, en hij zei het nu tegen zichzelf.

Lev hield hem ook vast. 'Ik help hem wel,' zei hij in het Ivriet tegen de man.

Het trainingspak haastte zich vooruit en opende een glazen deur. Het was een rechthoekig appartementengebouw, een van de vele kale blokken in Tel Aviv, maar hoger en bekleed met glanzend marmer. De hal bestond uit zwarte tegels, in een hoek klaterde een fonteintje en naast de lift zat een conciërge achter een tafel. Hij ging staan toen hij Lev zag.

'Goedenavond, meneer Lezjawa.'

De conciërge drukte op de knop van de lift. Ook deze man droeg over zijn gespierde lijf een trainingspak. Identiek aan dat van de chauffeur.

Ze stapten in de lift. Spiegels rondom. Waar Sokolov

ook keek, hij zag zichzelf naast Lev. Hij oogde als een uitgemergelde man die onmogelijk op eigen benen kon staan. Levs gebronsde uiterlijk liet geen misverstand bestaan over wie hij was: vermogend, zelfverzekerd. Ze lachten naar elkaar in de spiegel. Lev drukte op de 8.

'Ik zie er slecht uit,' zei Sokolov.

'Een paar nachten goed slapen. Eten, lichaamsbeweging. Over een week zie je eruit als vroeger.'

'Denk je?'

'Heb je spullen die je daar weg wil hebben?'

'Waarom?'

'Je gaat daar niet terug. We zoeken iets anders voor je.'

'Ik kan niks anders betalen, Lev.'

'Maak je geen zorgen.'

'Dat doe ik wel.'

'Beloof me dat je niet over die handschoenen begint! Geen woord over die verdomde handschoenen!'

Het lachen deed pijn, Sokolov voelde krampen in zijn maag en ingewanden. Lev streek vriendschappelijk over zijn arm.

'Ik wil ervoor werken,' zei Sokolov.

'Je bent aangenomen. Nu.'

'Als wat?'

'Adviseur.'

'Van wie?'

'Van mij.'

De liftdeuren gleden open en een hal werd zichtbaar. Op een glanzende parketvloer lag een groot perzisch tapijt. Deuren stonden open.

'We zijn er.'

'Welk appartement?'

'Alles hier. De hele etage.'

Een oudere vrouw kwam naar hem toe, een kleine Sefardische jodin.

'Het eten staat klaar, meneer Lezjawa. Ik heb voor twee gedekt.'

'Meneer is onze gast, maar ik moet nu helaas weg. Hij blijft een paar dagen.'

'Wilt u zich eerst opfrissen, meneer?'

'Graag, ja.'

'Je moet me verontschuldigen, Sasja.'

'Blijf je lang weg?'

'Nee. Maar ga gerust slapen als ik er nog niet ben.'

Sasja omhelsde hem.

'Vrienden voor de eeuwigheid,' zei Lev. Hij stapte terug de lift in.

'Steunt u maar op mij, meneer,' zei de vrouw.

Sokolov schuifelde met haar een gang in. Hij vroeg: 'Heeft u misschien wat water?'

'In uw kamer, meneer.'

Zijn voeten zakten weg in dik wit tapijt en hij liep langs enkele gesloten deuren. Aan de muren van de gang hingen abstracte doeken in strakke lijsten, verlicht door ingebouwde spots. Aan het einde van de gang betrad hij een kamer met een bed waarop zes mensen konden liggen. Het rook er naar bloemen en zeep. Op een zwarte sprei wachtten roodsatijnen kussens. Hoge schemerlampen op gelakte nachtkastjes. Maar de luxe van de kamer werd overtroffen door het uitzicht dat een raam ter grootte van een hele wand bood. Aan zijn voeten lag Tel Aviv, duizenden lichten schitterden onder de zwarte hemel.

'Dit is uw kamer,' zei ze, 'daar is uw badkamer.'

Uit een ingebouwde koelkast nam ze een plastic fles Evian en ze schonk een glas vol. Het water droop uit zijn mondhoeken en over zijn kin. Hij hield het lege glas voor haar op. 'Nog wat, graag?' Meteen dronk hij een tweede glas leeg.

'Ik ben in de keuken,' zei de vrouw toen ze de deur dichttrok.

'Dank u wel.'

Toen hij ging zitten zakte hij in een dekbed van veren. Hij was uitgeput. De moeheid die hij voelde was al bij zijn geboorte ontkiemd en had drieënveertig jaar doorgewoekerd. Hij moest even gaan liggen, een minuutje maar, voordat hij een bad nam. Hij sloot zijn ogen.

DRIE

Toen hij wakker werd lag hij in dezelfde houding, achterover op bed, zijn voeten op de grond, met de smaak van modder in zijn mond.

Blijkbaar had iemand de lampen gedoofd want de kamer was donker. Hij draaide zijn hoofd en zag de platte daken van de helder verlichte stad. Geen dakpannen, geen erkers, geen zolders, maar een vlakte met watercontainers en zonnepanelen, verweerde dakterrassen, een woud van antennes. Een wekker met digitale cijfers stond op een brede ladenkast tegenover het bed. 2:30 a.m. De elegante contouren van twee schemerlampen op de kasthoeken, in het midden een schaal, aan de muur erboven twee lijsten waarvan de afbeeldingen in het donker niet te onderscheiden waren, boven zich, in het plafond, een dozijn ingebouwde spotjes.

Toen Sokolov in Tomsk zijn hersenen verdoofde en het bed deelde met een vrouw van wie hij niet hield, had Lev op de een of andere manier het land verlaten en in New York fortuin gevonden. Sokolovs principes hadden stand gehouden en hij was ten onder gegaan aan de absurde krachten van het noodlot. Lev had meer vitaliteit. Alles wat hij meemaakte veranderde in brandstof. Sokolov daarentegen had zelfmoord op termijn willen plegen. Alles moest anders worden. Hij kwam kreunend overeind, hield zich vast aan de ladenkast en wankelde naar de deur die toegang gaf tot de badkamer.

Hij tastte over gladde tegels naar de lichtknop en vond een grote vlakke toets die met een lichte druk de lampen liet branden. Een explosie van licht. Hij kneep zijn ogen dicht en hield zich aan de deurlijst vast. Een witbetegelde zaal, manshoge spiegels, een vloer van zwarte tegels en zwarte badmatten. Het ronde bad lag in de hoek achter een verhoging, drie treden liepen erheen. Twee wastafels waren verzonken in een kast van zwart marmer, glimmende kranen, witte handdoeken in alle maten hingen over chromen buizen. Hij hield zich vast aan de wastafels, aan de buizen, en kwam bij het bad terecht. Geen kranen maar een soort hendel. Het duurde even voordat hij, voorover liggend, begreep hoe de kraan werkte. Terwijl in het bad een volle straal liep, kleedde hij zich uit.

In de spiegels keek hij naar zichzelf. De afgelopen dagen hadden hun sporen nagelaten. Hij had de rode ogen, vuile tanden en de grauwe gelaatskleur van een zwervende alcoholicus. Hij was broodmager. Het vreemde was dat hij desondanks de uitstraling van een verbaasd kind had behouden. Bewonderend keek hij naar het ronde bad, nieuwsgierig naar de functie van de vijf gaten in de wand.

Onzeker schoof hij over de tegels, telkens een houvast vindend, en hij liet zich in de ronde kuip zakken. Genezend trok de warmte door zijn lichaam. Hij zat met zijn rug tegen de wand, het water reikte tot zijn kin, en zijn benen lagen gestrekt in het water.

In dit water zou hij het verleden achterlaten, dacht hij, hij kon opnieuw beginnen. Het was een gedachte die hij jarenlang gemeden had, bang voor zelfbedrog, bang voor ontgoocheling. Maar dit alles was echt: hij vertoefde in de badkamer van Lev, morgen zouden ze plannen maken, en als hij geld had en een kostuum kon bekostigen zou hij Tanja vragen mee uit te gaan.

Een metalige stem klonk: 'Meneer Sokolov? Wilt u zo meteen wat eten?'

Tegen de muur achter de kraan vond hij een metalen rooster dat vermoedelijk een eenvoudig speakertje beschermde. Eronder twee toetsen, *volume* en *talk*. Hij drukte de laatste in.

'Ja, graag. Ik heb u toch niet wakker gemaakt?' vroeg hij.

'Nee, nee, ik heb op u gewacht. Er ligt een badjas voor u klaar, en in de bovenste la van de lage kast in de slaapkamer ligt ondergoed.'

'Dank u wel. U bent erg vriendelijk, mevrouw...'

'Zegt u maar Channah.'

'Dank u wel, Channah. Is meneer Lezjawa thuis?'

'Dat duurt nog wel even, denk ik.'

'Dank u wel.'

Hij had alles verloren en op hetzelfde moment lag de toekomst voor hem open. Terwijl hij met zijn handen water schepte en over zijn hoofd goot, zei hij verrast tegen zichzelf: 'Ik kan opnieuw beginnen. Ik kan nog steeds opnieuw beginnen.'

Hij keek naar de klok. Half negen. Op een laken dat rook naar gewassen katoen lag hij naakt onder een dekbed zo zacht als een laag watten.

Hij had hoofdpijn, maar de dreun was anders van karakter dan hij gewend was. Het was de hoofdpijn die optrad na diepe dromen. In de loop van de ochtend zou de pijn verdwijnen in de aandacht voor wat hem bezighield. De eerste dag van de rest van zijn leven.

Hij keek naar buiten. De duizenden lichten van de dakterrassen en de lampen achter de ruiten van de appartementgebouwen flonkerden tegen de inktzwarte hemel. Het was nog donker, drong tot hem door, ofschoon het al half negen was. Opeens begreep hij dat het avond was. Hij had niet van drie uur 's nachts tot half negen 's ochtends geslapen, maar tot de volgende avond, ruim zeventien uur.

Hij sloeg het dekbed terug en stond traag op, de opkomende duizeligheid bedwingend. Opnieuw nam hij een bad, schoor zich met zeep en een wegwerpscheermes en gebruikte daarna het gloednieuwe ondergoed dat hij in de ladenkast aantrof (een T-shirt en een boxershort van het merk Schiesser). Vervolgens trok hij de dikke geruite badjas aan. Hij voelde zich krachtiger en had geen ondersteuning nodig, ook al bleef hij moeite houden met staan en lopen. Naast de deur stond een paar sloffen en hij schoof zijn voeten in het soepele leer.

Er was niemand in de gang maar hij hoorde ergens muziek. De gang kwam uit in de centrale hal bij de lift. Uit een open deur klonk symfonische muziek, Bach, suite no. 3 in D-dur, het tweede deel zette in.

Hij ging de muziek tegemoet en kwam in een kamer die de afmeting had van een theaterzaal. Net als in Sokolovs kamer bestond een hele wand uit glas, uitzicht biedend op de stad, maar vanuit een andere hoek: achter de verlichte blokken van de grote hotels die aan het strand stonden lag in de verte de blauwzwarte vlakte van de zee. Perzische tapijten bedekten het visgraatparket. Hij telde drie zithoeken met fauteuils en banken, kastjes, schilderijen, en bij de achterwand stond een antieke secretaire van gepolitoerd lichtbruin hout en gekrulde poten.

'Meneer Sokolov?'

Hij draaide zich om. De huishoudster stond in de deuropening.

'Wilt u wat eten?'

'Graag, ja.'

'U heeft lang geslapen.'

'Een eeuwigheid, Channah. Is meneer Lezjawa thuis?'

'Hij moest op reis. Europa. Hij belt u vanavond.'

Sokolov at in zijn kamer en keek over de gedekte tafel naar de stad, de demonen uit zijn geheugen bedwingend. Zodra hij op bed lag viel hij in slaap.

De volgende ochtend wandelde hij om acht uur 's ochtends langs de zee, stap na stap sterker wordend. Op het strand zaten honderden bejaarden onder de milde ochtendzon. In de verte zag hij de haven van Jaffa, boven zijn hoofd scheerden patrouillerende legerhelikopters, tussen zijn tenen schuurden koele zandkorrels.

Toen hij 's middags op bed de kranteberichten las over de toenemende spanning rond Koeweit, bracht Channah hem een draadloze telefoon.

'Sasja!' hoorde hij. 'Lag je te slapen?'

'Ik lag wat te dommelen. Te denken.'

'Hoe gaat 't?'

'Beter. Veel beter.'

'Geen drank meer, Sasjka.'

'Ik weet 't.'

'Moeilijk?'

'Gruwelijk,' bekende Sokolov. 'Wanneer ben je terug?'

'Een paar dagen. Dan gaan we samen uit eten en doe ik je een voorstel.'

'Ik slaap me suf.'

'Niets is zo goed als slaap.'

'Waar ben je?'

'Zürich. Rust uit, Sasja. Zet een streep onder het verleden. Vanaf nu is het leven weer de moeite waard.'

Drie dagen later aten ze in het restaurant van het Carlton Hotel. Bij een gérant door wie Lev met 'dr. Lezjawa' werd aangesproken, bestelden ze whisky en sinaasappelsap. Damast, porselein, zilver. Lev droeg een zwart poloshirt, een wijde zachtgroene broek, zwarte instapschoenen, een gouden horloge rond de ene pols, een schakelarmband rond de andere. Zwarte Jossi droeg ook veel goud, maar Levs sieraden waren kleiner en smaakvoller. Hij had grijzend haar, de ontkleuring rukte vanuit zijn slapen op, zo zag Sokolov nu, maar het onderstreepte de rijpheid die hij uitstraalde. Sokolov droeg een overhemd en een spijkerbroek die hij in een aparte kamer met rekken vol kostuums en planken met dozijnen hemden had gevonden. Hij bestelde gerechten die hij nooit had gegeten en vertelde over zijn appartement in Herzlia, over de sollicitatie bij Tsjomjakov, over Zwarte Jossi. Toen Lev wilde weten hoe het met Natasja ging, besefte Sokolov dat hij sinds zijn vertrek uit Kaliningrad die vraag niet meer gehoord had. Ergens in de wereld bestond een kind dat hij had verwekt, een prachtig meisje met kastanjebruin haar en intelligente ogen dat al op haar vierde uit de *Literatoernaja gazeta* kon lezen, maar hij had haar verlaten en het was minder kwellend wanneer hij elke gedachte aan haar meed.

'Goed, goed,' antwoordde hij.

'Je weet 't niet, hè? Je hebt al heel lang niks meer van je laten horen.'

'Nee.'

'Sinds je hier bent.'

'Nee. Ik kon het niet.' Sokolov goot het glas leeg. Sap. Vers geperste sinaasappels met vruchtvlees. Hij voelde een pitje tegen zijn tanden tikken en spuugde het in de palm van zijn hand.

'Vind je het goed als ik rook?' vroeg Lev.

'Natuurlijk. Waarom vraag je dat?'

'Er zijn mensen in het Westen die dat niet toestaan.' Hij wenkte de gérant.

'Ik dacht dat alles hier mocht.'

'Roken niet.'

Lev vroeg de man om de sigarendoos. Hij haastte zich.

'Wat is er misgegaan met Irina?'

'Ze kon niet meer leven met een mislukkeling.' Sokolov voelde zich nog steeds gegriefd. Door Irina en door Lev. Op een dag zou Sokolov hem duidelijk maken dat hij het wist, van Irina en hem, en dat haar bekentenis de erosie van zijn huwelijk versneld had. Maar het moment daarvoor was nog niet aangebroken. Later.

'Dat geloof ik niet. Ze hield van je.'

'We hadden elkaar een tijdje nodig, ja.'

'Ze wilde niet mee naar Tomsk?'

'Nee. Ik móest, ik kon nergens anders heen, en zij besloot om naar haar ouders te gaan. Leningrad.'

De gérant opende een kist waarin verschillende soorten sigaren lagen en hield die schuin voor Lev, zodat hij erin kon kijken. Hij koos een grote havanna. De man boog en blies de aftocht.

'Cubaanse?' vroeg Sokolov.

'Ik ben meer op Hollandse.'

Lev streek een lucifer af en nam de tijd voor het doen ontbranden van de sigaar. Hij zoog diep, er danste even een vlam op. Toen de sigaar naar zijn genoegen brandde, vroeg hij: 'Wanneer heb je haar voor het laatst gesproken?'

'Voordat ik wegging. Ze is hertrouwd.'

'Niet meer,' zei Lev.

'Niet meer?'

'Ze is gescheiden.'

Sokolov staarde naar Levs donkere ogen, die alleen belangstelling hadden voor de sigaar die hij tussen duim en middelvinger hield en leek te wegen.

'Je hebt haar gesproken?'

'Ik heb haar gebeld, ja. Ik wilde weten waar je was.'

'Hoe heb je haar gevonden?'

'Via via.'

'Kun je niet wat preciezer zijn?'

'Dat is toch niet van importantie?' Opeens sprak Lev als vroeger op school.

'Nee, natuurlijk niet. Dus je hebt haar gesproken?'

'Het was de snelste manier om te weten te komen waar je was.'

'Er zijn mensen in Kaliningrad die weten dat ik naar Tomsk ben gestuurd. Trouwens, je eigen moeder weet het!'

'Mijn moeder weet niets.'

'Ik heb haar gesproken, toen, vlak erna. Ik heb je gezocht. Het lukte niet.'

'Ik sprak een vriendin van Irina in Kaliningrad. Ik had nog het telefoonnummer van toen. Ze was een van de meiden die ik naaide. Ze vertelde dat Irina in Leningrad woonde. Ze had nog contact met haar en gaf me het nummer.'

'En toen?' Sokolov keek hem gespannen aan. Lev zat

kalm in zijn stoel, bijna verstoken van emotie.

'Ik belde.' Hij maakte een gebaar met de sigaar. 'Irina nam op, ik zei wie ik was, en toen was het lang stil.'

'Ja...?'

'Ze vertelde dat het moeilijk was daar. De winkels zijn leeg, de markten duur, en ze wilde weg.'

'Waarheen?'

'Amerika.'

'Ze krijgt geen visum.'

'Dat heb ik haar ook gezegd. Ze vroeg of ik jou had gesproken en ik zei dat dat juist de reden was waarom ik belde: waar is Sasja? In Israël dus, net als ik, de joden keren terug naar het land hunner voorvaderen.'

'Hoe klonk ze, Lev? En Natasja?'

'Ze zei dat het goed ging. Ze is negen, de beste van de klas, en ze blinkt uit in rekenen.'

'Ik wil iets drinken, Lev.'

'Sap. Alleen sap.'

'Wodka.'

'Absoluut niet.'

'Ik heb nu even wat nodig, man!' Hij verhief zijn stem en voelde dat mensen zich naar hem omdraaiden. Hij boog zich naar Lev toe.

'Eén glas, Lev, één glas maar.'

'Ga je gang. Maar zonder mij.'

Lev schoof zijn stoel achteruit en stond op. Sokolov greep zijn arm en trok hem terug.

'Ik zal niet drinken. Ik blijf eraf. Je hebt gelijk.'

Lev schoof terug aan tafel. Hij toonde geen emotie.

De gérant dook uit het niets op. 'Meneer wenst iets?'

'Nog een glas sinaasappelsap,' zei Lev, naar Sokolov wijzend. 'En voor mij een glas wodka. IJskoud. Geen ijs.'

Zonder hem een blik te gunnen nam Lev onaangedaan het restaurant in zich op.

'Om mij te testen?' vroeg Sokolov.

'Ja.'

'Ik blijf eraf, als dat jou een plezier doet.'

'Alleszins.'

'Is dit jouw manier om onze vriendschap voort te zetten?' Het was een onzinnige, verongelijkte vraag.

'Bij voorkeur doe ik dat op een andere manier,' antwoordde Lev koel.

'Ik drink niet. Punt.'

'Goed.' Lev keek hem weer aan. 'Je vrouw en dochter, daar hadden we het over.'

Sokolov knikte beschaamd.

'Het is moeilijk geweest, maar dat is nu achter de rug,' hoorde hij Lev zeggen.

'Het zal nog wel even duren voordat ik me weer voel zoals vroeger.' Hij zei het zonder valse toon. Hij mocht zich niet laten meeslepen door de roes van het moment, de bevrijding door Lev.

'Neem je tijd. Als je steun nodig hebt, van anderen, dan regel ik dat.'

'Je bedoelt een psychiater?'

'Bij voorbeeld.'

'Ik geloof het niet. Misschien een gewone dokter. Ik wil me wel laten onderzoeken.'

'Ik stuur je naar mijn huisarts.'

'Fijn.'

'Irina en Natasja,' herhaalde Lev.

'Ze is dus gescheiden. Wat zei ze nog meer?'

'Het gaat niet goed met hen.'

'Hebben ze honger?'

'Nee. Maar het zou beter zijn als ze daar weggingen.'

'Waarheen?'

'Hierheen.'

'Hierheen? Wat moet Irina hier doen? De straten vegen? Er lopen hier duizenden rond die kunnen wat zij kan! En daarbij is ze niet joods!'

'Stuur haar geld. Met een dollar kun je daar ver komen bij de boeren op de markt.'

'Ik heb geen geld.'

'Nu wel.'

'Vertel me dan hóe.'

'Je bent bij mij in dienst.'

'Wat voor zaak heb je?'

'Ex- en import. Handelsmaatschappij. Onroerend goed. Ondernemer, noem ik mezelf.'

'Hoe ben je daarmee begonnen?'

'In New York.'

'Krankzinnig.'

Bewonderend keek Sokolov hem aan. Lev kon alles wat hij zich voornam.

'Hoe ben je weggekomen?'

'Ze lieten me gaan.'

'Hoe lang hebben ze je vastgehouden?'

'Tien weken.'

Hij deelde het mee alsof het hem niet raakte.

'Hebben ze je het... lastig gemaakt?'

'Ze hebben me niet aangeraakt. Ik zat vast in een kamer op een landgoed, heel comfortabel, het detentiecentrum voor hoge pieten die buiten hun boekje zijn gegaan. Dagenlang ondervraagd door Kirov. Op basis van wat ze vermoedden hadden ze me ook naar een kamp kunnen sturen, ze kunnen natuurlijk àlles, maar uiteindelijk lieten ze me gaan.'

'Mocht je naar het Westen?'

'Nee.'

Hun voorgerecht werd geserveerd, een salade met paddestoelen, noten en druiven. Lev nam nog een trek van de sigaar. Sokolov wachtte tot hij het bestek zou oppakken.

Lev zei: 'Ik dacht dat je me verraden had.'

Sokolov nam het nieuwe glas sap en dronk, kijkend naar de wodka bij Levs bord. Verse sinaasappels. Hij was veroordeeld tot het drinken van vruchtesappen. Hij zou zo gezond worden als die Israëlische jongens die door Tel Aviv flaneerden, jonge soldaten met vetvrije lichamen en stralende tanden.

'Het spijt me.'

'Kirov wist dingen die hij niet *kon* weten, Sasja.'

'Het had niet mogen gebeuren,' fluisterde Sokolov.

'Die dag in de datsja van de KGB, toen hadden we toch iets afgesproken?'

'Ja.'

'Wat is er gebeurd daarna?'

Al jaren was Sokolov van haar gescheiden, maar hij kon Irina niet afvallen. Evenmin wilde hij Lev ontlopen en hem de waarheid verzwijgen, maar als hij daardoor Irina moest beschuldigen dan was het beter om zijn mond te houden. Of zelf de schuld op zich te nemen.

Hij nam het gebaar van Lev over. De gérant haastte zich naar hem toe.

'Nog één.' Hij gaf hem het lege glas aan.

'Alles naar wens, meneer Lezjawa?' Bezorgd keek de man naar de onaangeraakte borden met dure slasoorten en zeldzame paddestoelen.

'Alles goed,' zei Lev.

De man besefte dat zijn aanwezigheid ongewenst was en ging er vandoor.

'Hij had me klem. Kirov,' fluisterde Sokolov.

'Hoe kan dat?'

'Hij wist dat Maltsev geknokt had. En jij had je die ene dag ziek gemeld. Hij heeft toen het verband gelegd. Of misschien heeft hij het van die dokter gehoord die toen zou komen.'

Lev schudde zijn hoofd en legde de sigaar in de asbak. 'Dat kan niet.'

'Kirov confronteerde me met wat hij wist. Misschien was het een blinde voorzet. Hij was zo zeker van zijn zaak. Ik wist niet hoe goed die kerels waren. Slim, snel, doortrapt. Hij wekte de indruk dat hij alles wist. Ik had het gevoel dat ik geen kant uit kon. Waarom was het die dokter niet?'

'Omdat zij het was om wie het ging.'

'Je hebt toen gezegd dat het om een vrouw ging.'

'Maltsevs vrouw.'

'Zij is de dokter?'

'Zij kwam me die injecties geven. Kirov heeft een andere bron gehad. Haar niet.'

'Ik heb je al gezegd: Kirov confronteerde me ermee. Ik heb het niet bevestigd of ontkend. Ik probeerde het uit zijn kop te praten dat jij de oorzaak was van de... de problemen.'

'Maar als jij het niet was, Sasja...' Lev boog zich naar Sokolov toe, '... wie dan wel?' Zijn ogen bekeken hem met achterdocht.

'Kijk goed naar me, Ljovka. Heb ik er iets mee gewonnen? Ben ik er beter van geworden? Denk je dat ik je verraden heb om m'n huid te redden? Ik had met je willen ruilen, Ljovka. Maar ik heb niet tien weken gezeten, ik heb *vijf jaar* gezeten!'

Lev speurde in Sokolovs gezicht naar onwaarachtigheid, maar Sokolov veinsde niet. Tot enkele dagen geleden had hij in ballingschap geleefd.

Lev knikte en de blik in zijn ogen werd zachter. 'Het ligt achter ons, Sasja. We halen herinneringen op. Ik was erg alleen toen. Dat is voorbij, geloof me, zoals je nu tegenover me zit, dit is anders, dit is weer zoals vroeger, vóór de ellende.' Hij maakte een gebaar naar de tafel. 'Laten we eten, goed?'

Ze aten enkele minuten in stilte. Sokolov nam zich voor om hem ooit ook de waarheid over Kirovs bron te vertellen. Maar niet nu, niet op het moment dat hij Levs aanval alleen kon pareren met de verontschuldiging dat Kirov niet door hem maar door Irina was ingelicht. Hij kon het pas vertellen wanneer het er niet meer toe deed, wanneer het tussen hen van ondergeschikt belang was en het alleen zou dienen om de notulen volledig en waarheidsgetrouw te maken. Hij had Lev toen misschien niet in technische zin verraden, maar wel in emotionele zin. Sokolov had Irina in vertrouwen genomen en vervolgens had Kirov greep op hem gekregen. En zij had haar eigen redenen om Lev verdacht te maken. Lev was een aantrekkelijke man, blakend van kracht en intellect, een charmeur die elke vrouw die hij in het vizier kreeg het bed in verleidde. Zonder afgunst had hij Levs eigenschappen geaccepteerd. De veroveringsdrang die Lev bezat, was Sokolov vreemd. Hij had voor langere tijd een vriendin, Lev verzamelde trofeeën.

'Je weet toch, die piloten in de *Jaks* in de oorlog? Als ze een vijand hadden neergeschoten, dan tekenden ze dat aan op hun toestel. Op mijn lul is geen plekje meer over,' had Lev een keer gepocht.

Het was geen grootspraak. En toen Irina bekende dat ze met Lev geslapen had, een dreiging die hij vanaf het begin van hun huwelijk in stilte had bespeurd, kon hij het Lev niet verwijten. Hij was nu eenmaal zo. En ook Irina wist dat Lev gebruik zou maken van een moment van zwakte. Het ging niet om haar, het ging om het ritueel. Sokolov accepteerde Levs onbeteugelde neuklust, maar hij kon geen vrede vinden met Irina's beschikbaarheid, ook al was het slechts één keer gebeurd en had ze niet de indruk gewekt dat ze er nog over droomde, integendeel. Ze had het blijkbaar gewild teneinde uit hun huwelijk te breken, uit de regels van hun samenleven. Waarom? Omdat het appelleerde aan geile fantasieën, aan geheime dagdromen, aan de behoefte om een keer dwars door het verbodene te stappen. Sokolov was streng in die dagen. Elke dag opnieuw moest de orde geïnstalleerd worden. Ernstig bevocht hij de chaos. Hij at sneller dan Lev, alsof hij thuis in Tomsk eenzaam over zijn bord gebogen zat, maar zijn maag gaf aan dat hij zich moest beperken. Hij legde zijn bestek neer.

'Die vrouw,' vroeg hij, 'was het dat waard?'

'Wat waard?'

'De vechtpartij?'

'Ja.'

Zekerheid. Overtuiging. Lev had alles wat Sokolov miste.

'Vertel.'

Lev nam het servet van zijn schoot en depte zijn mond.

'Ik heb het nog nooit verteld.'

'Misschien is het daar nu tijd voor,' drong Sokolov aan.

Lev haalde zijn schouders op. Hij nam de sigaar uit de asbak en duwde met een wijsvinger het lucifersdoosje open. *Säkerhets-Tändstickor*, las Sokolov.

'Ik ontmoette haar bij Maltsev thuis. Hij had me geïnviteerd.'

De sigaar danste op zijn woorden. Hij streek de lucifer af, die sissend tot ontbranding kwam, en staarde naar de vlam terwijl hij verder sprak.

'Ik had over Olga gehoord. Ze scheen een opvallende schoonheid te zijn, een geniaal schaker, een uitstekend neuroloog. Ik wilde haar wel eens van dichtbij bekijken. Ik wilde weten... nou ja, duidelijk.'

De lucifer was al halverwege verbrand. Hij streek een nieuwe af en stak de sigaar aan. Hij inhaleerde diep.

'Haar moeder kwam uit Kazachstan, haar vader uit Litouwen. Ze was dus half Aziatisch en vooral aan haar ogen zag je dat goed, aan de kleur van haar huid, maar ze was lang en sterk.'

De rook ontsnapte tussen zijn woorden uit zijn keel.

'Ik werd verliefd. Verliefd! Ik! Ik was nog nooit verliefd geweest! Ik wilde naaien en grijpen en ik wilde dat alle vrouwen van me hielden. Olga was anders. Ik probeerde niets. Kòn het ook niet, want ik wist niet hoe je een vrouw benaderde op wie je verliefd was. Ik wilde wel met haar naar bed natuurlijk, maar het voelde anders. Het was onvermijdelijk. Ik geloof daarin. Maltsev stelde me aan haar voor en ik wist dat dit moment...'

Hij tikte as van de sigaar en staarde naar de asbak, alsof daar iets verborgen lag dat hij wilde terugvinden.

'Dat moment zou mijn leven bepalen. Voor haar ook. Ik zag het. Ik wist het. Maltsev stond erbij toen we elkaar aankeken en het universum opnieuw geboren werd...'

Met een glimlach relativeerde hij het gewicht van zijn woorden. '... Maar hij zag het niet, hij had wat anders aan zijn hoofd, een reis naar de ruimte, en vanaf dat moment meed ik haar. Ze bracht me totaal in verwarring. Ik had het gevoel dat ze me in haar macht had. Olga kwam naar *mij* toe! Ze heeft *mij* verleid! Drie maanden lang kwam ze om de paar dagen bij me. Dat was moeilijk. Ik was veel weg, had het druk. Zij ook. Maltsev ontdekte het. Ook dat was onvermijdelijk. Hij wachtte me op en we sloegen als wilden op elkaar in.'

'Waar is ze nu?'

'We hadden een flat in New York. Upper East Side. Ze is van het dak gesprongen. Veertig etages. Dat duurt bijna vijf seconden.' Een ober verscheen en Lev knikte op de vraag of hij klaar was. De tafel werd afgeruimd, op het glas wodka na dat eenzaam achter bleef.

Sokolov legde zijn ellebogen op het damast en boog zich naar Lev toe. Maar Lev was hem voor. Hij zei: 'Nu wil je natuurlijk weten: waarom?'

Sokolov knikte. Hij herhaalde de vraag: 'Waarom?'

Lev antwoordde niet maar vroeg het nog een keer: 'Waarom?'

Sokolov zweeg. Aandachtig bekeek Lev zijn sigaar.

'Ik heb hard gewerkt daar. Veel geld verdiend. Heel veel. Ben toen hierheen gegaan. Doe nog steeds goeie zaken. En toen kwam jij.'

'Hoe heb je me gevonden?' vroeg Sokolov.

'M'n moeder begon over je.'

'Je moeder? Dus toch. Over mij?'

'Ze wordt seniel. Ik belde haar. Ze geloofde niet dat ik in Israël was. Ze vroeg naar jou, wie de beste cijfers haalde.'

Ze lachten met huilende ogen. Sokolov dacht terug aan de eed bij het Bassejn Moskva en de verbondenheid van die tijd leek terug te keren.

'Hoe ben je weggekomen?'

'Een oom van me in Tbilisi. Broer van mijn vader. Uitgebreide familie. Invloedrijke familie. Niet alles wat ze doen is legaal, maar dat geldt ook voor de partij, de KGB, de militie. Voor geld is immers alles te koop in de Unie, ook een nieuwe identiteit. Ik scheen een verre neef te hebben die mij joods kon verklaren, ik had een andere verre neef die paspoorten kon regelen en weer een andere verre neef verstrekte visa voor Israël, en zo kon ik januari '86 naar Wenen vertrekken. Met Olga.

Ook zij was opeens joods, al ziet iedereen dat ze rechtstreeks van Dzjengiz-chan afstamt. We hadden visa voor Israël, maar ik had ook nog familie in New York. Die beloofden plechtig dat zij ons zouden onderhouden en toen zijn we de oceaan overgestoken.'

'Hoe heb je je geld verdiend?'

'Denk je dat je mijn manier van leven op een legale manier bij elkaar kunt verdienen?'

Sokolov had het verkeerd verstaan. Hij staarde hem aan, zoekend naar woorden die er niet waren.

Lev glimlachte: 'Je hoort het goed.'

Hij sprak zachter nu en keek even onderzoekend door het restaurant.

'Hoe bedoel je?'

'Mijn familie,' zei Lev met ironische ogen, zich bewust van het effect van zijn mededeling, 'mijn Georgische familie is een soort mafia-clan.'

'Ik geloof je niet.'

'Het is verstandig om dat wel te doen. Jij werkt nu ook voor ze.'

'Ik?!'

'Je werkt voor mij. Dan werk je ook voor hen.'

'Maar niet zoiets,' antwoordde Sokolov verward.

'Alles is legaal.'

'Dan is het geen mafia.'

'Wie beweert dat alles wat de mafia doet illegaal is? Ik doe voornamelijk legale zaken.'

'Voornamelijk?'

'Negentig procent.'

Hij geloofde nog steeds niet wat Lev hem vertelde. 'Nog een keer: hoe kom je aan je geld?'

'Mafia,' antwoordde Lev.

Sokolov schudde zijn hoofd. 'Nee.'

'Een voorbeeld. Mijn aardige familie in Tbilisi beheerst het vliegveld. Zij zijn de echte douane. Er gaat geen muis het land uit zonder hun voorkennis, zonder hun toestemming. Ze beheersen de smokkellijnen van Georgië naar Amerika.'

'Drugs?' Sokolov speelde het spel even mee.

'Dat weet ik niet.'

'Wat wil je nou eigenlijk dat ik denk, Lev?'

'Ik vertel je hoe de vork in de steel zit. Dat wilde je toch? Ik heb ze leren kennen toen ik in Tbilisi was. Ze konden me helpen, ze *wilden* me helpen, zonder tegenprestatie, maar ze stelden me iets voor *dat ik niet kon weigeren*. In New York kon ik voor ze werken. Ze hadden iemand nodig zonder strafblad. Die uit de Sovjet-Unie was gevlucht. Iemand die als *jood* geleden heeft en gevlucht is voor het communisme. Begin '86. Gorby moest zich nog bewijzen.'

'Wat moest je doen?'

'Onroerend goed kopen. Bedrijven kopen. En daarna weer verkopen. *Geld witten*. Van elke transactie kreeg ik een percentage. Als je een pand van tien miljoen dollar verkoopt en je krijgt daar één procent commissie van, dat is honderdduizend dollar, Sasjka. Elke maand had ik een paar van zulke deals. Legale deals. Kosjere advocaten erbij, *Goldstein*, *Roth*, *Pollock*, belastingen afgedragen, niks misdadigs of onbehoorlijks. Ik was niks meer dan een soort makelaar.'

'Lieve hemel,' mompelde Sokolov.

De hoofdgerechten werden geserveerd. Lev liet de wodka weghalen en bestelde een glas wijn.

'Jij nog iets?'

'Sap,' antwoordde Sokolov afwezig. De reddingsboei die naar hem geworpen werd was afkomstig van moord en diefstal. De Georgische mafiabenden waren berucht in de Unie.

'Wat moet je hier doen?'

Op zijn bord lag gegrillde zalm, groenten, gegratineerde aardappels.

'Investeren.'

'Wat is dat?'

'Hetzelfde. Onroerend goed kopen. Bedrijven. Maar ook meer zelf initiëren. Israël kan Silicon Valley van het Midden-Oosten worden. Georgisch geld, Russische know-how, Israëlische arrogantie, Amerikaanse goodwill, een perfecte *blend* van eigenschappen. We gaan hier groot worden, Sasjka.'

'Ik doe niet mee.'

'Denk erover.'

'Hoef ik niet.'

'Ik hoor niet wat je zegt.' Lev doofde de sigaar. 'Ik betaal je een topsalaris. Als directielid. Ik wil een fabriek opzetten op de *West Bank*. Dat wordt gesubsidieerd, maar ik neem vijftien miljoen dollar mee. Over dat soort geld kan ik beschikken, Sasjka, dringt dat tot je door? *Vijftien miljoen dollar*. Ik investeer, ik krijg subsidies, ik lever een bijdrage aan de economie hier.'

'Maar waar komt je geld vandaan?'

'Weet je hoeveel wapenhandelaren hier zijn? Hoeveel ex-militairen allerlei onduidelijke dealtjes hebben lopen? Ik pak *mijn* deel, en dat is een bescheiden hap, geloof me.'

'Ik kan niet, Lev.'

'Denk erover.'

'Dat heb ik al gedaan.'

'Denk langer.'

'Nee.'

'Dat woord versta ik niet.'

'Nee. Nee. Nee. Nee.' Sokolov keek hem vastbesloten aan, ondanks de verwarring en twijfels.

'Je eten wordt koud.'

Met een vismes sneed Lev een stukje van de moot zalm, schoof dat precies op zijn vork en hapte het er met smaak af. Hij wekte niet de indruk dat zijn ontboezemingen hem moeilijk afgingen, noch dat wat hij deed beschamend was of slechts in totale duisternis kon worden besproken. Ze zaten in een duur restaurant, rondom hun tafel deden Amerikaanse families zich te goed aan kosjere diners, aan de manier waarop de gérant zich gedroeg viel af te lezen dat Lev hier een regelmatige gast was, en open en bloot had Lev over zijn mafiaconnecties verteld.

'Ik wil wat drinken,' zei Sokolov.

'Er staat daar een vol glas jus d'orange.'

'Ik moet wat hebben om dit te verwerken.'

'Je bent een echte alcoholist, Sasja.'

'Eén glas, Lev.'

'Je bent onmogelijk, weet je dat? *Jij* bent de rechtlijnige van ons tweeën, niet ik, maar je hebt er zelf om gevraagd! Je krijgt je glas.'

Hij bestelde bij een passerende ober.

Sokolov liet zijn eten staan en bekeek de manier waarop Lev kleine hapjes at, zorgvuldig mes en vork gebruikend, alsof hij in een laboratorium met pincetten werkte.

'Waarom ben je 't gaan doen?'

'Omdat het volkomen rijmt met hoe de wereld in elkaar steekt. Je moet vechten om je doelen te bereiken. Je probeert zoveel mogelijk de regels te volgen die een samenleving reguleren, maar niet ten koste van alles. Die regels zijn niet heilig. Nooit. De KGB runt de Unie, de CIA runt de Verenigde Staten. De families runnen Georgië, andere families runnen Sicilië, en dat zelfde gaat ook op voor landen in Europa. Machtsgroepen zitten overal. Luister, Sasja... kijk niet zo gekweld! Ik ben geen verdediger van mafiastructuren! Alles wat ik doe gebeurt honderd procent volgens de letter van de wet.'

'Negentig procent was het net nog.'

'Er is een schemergebied, dat geef ik toe. Maar officiële Westerse bedrijven opereren ook in dat schemergebied. Denk je dat alles wat de grote oliemaatschappijen ondernemen kosjer is? Of McDonald's? Of United Fruit? We *weten* toch dat je bereid moet zijn om *ver* te gaan?'

'Hoe ver? Vertel me, Lev, *hoe ver*?'

'Dat wordt door de omstandigheden bepaald.'

'Moord?'

'Natuurlijk niet. Je moet niet zoveel gangsterfilms zien.'

'Ik zie geen gangsterfilms. Ik luister naar je woorden.'

'Ik ben ondernemer. Ik vraag niet naar de herkomst van het geld waarmee ik werk. Dat doe ik ook niet als ik met een zogenaamde gewone handelsbank praat.'

Sokolov moest zich inhouden. Hij siste: 'In hemelsnaam, Lev, je bent *wetenschapper*!'

De ober zette de wodka neer. Sokolov keek ernaar. Hij voelde Levs scepsis.

'Ik ben nooit een wetenschapper geweest zoals jij er één was, Sasja.'

'Ik word gek,' zuchtte Sokolov. Hij bleef nog steeds van het glas af. 'Wat was je dan?'

'Onderzoeker. Ik probeerde vast te stellen waar het denkbare haalbaar werd. De laatste droom verwerkelijken, zoiets.'

'Had jij de illusie dat de wetenschap ergens ophield?'

'Ja. Ik wilde weten wat daar achter begon.'

'Het niets, dr. Lezjawa.'

'Nee. De magie. Mystiek.'

'Je moet naar de Klaagmuur. Word chassied.'
'Ik geef donaties aan ze.'
'Je bent niet goed snik!'
Lev grinnikte. 'Je bent geen stuiver veranderd, Sasja. Ik zag dat je de handschoenen nog hebt, hè? Nog steeds weiger je te doen wat het meest voor de hand ligt. Waarom? Omdat het niet binnen je systeem past! Het past niet binnen je systeem om een winkel te beginnen of een zaak op te zetten of op een andere manier geld te verdienen! Ja, ik weet het, *straatveger*, maar dat was een heroïsche daad, Sasjka, een theatraal gebaar! Je was op zoek naar een tragisch, vernederend, zielig moment aan de hand waarvan je je systeem kon bewijzen! Jij ziet alleen wat je wilt zien, wat jouw systeem bekrachtigt, Sasja. Mijn systemen vlieden, veranderen, groeien, zakken in elkaar, van alles gebeurt er met ze, *maar ik beperk er mijn werkelijkheid niet mee*! Ik zie wat er te zien valt, ik beleef wat er te beleven valt, ik ruik en proef en wil alles grijpen waarop ik de hand kan leggen, *en ik verrijk er mijn werkelijkheid mee*! En wat heb jij gedaan, sinds *toen*? Versteend ben je, verstard in wat je al was. Machteloos heb je je vastgehouden aan een verleden dat verdwenen was, *geëxplodeerd*! Je hebt zitten rouwen zonder dat je van je rouwen geleerd hebt, dr. Sokolov, en dat is iets wat je jezelf ernstig mag aanrekenen.'
'Ik reken mezelf al genoeg aan.' Hij klonk bitter. Hij was geschokt door Levs aanval.
'Maar de verkeerde dingen. De *Oktjabr* is verleden tijd, en als ik er onverhoeds aan denk, weet je wat ik dan tegen mezelf zeg?'
Sokolov keek hem afwachtend aan.
'Ik denk dan: wat een schitterend vuurwerk was dat!'
'Je bent niet goed bij je hoofd,' zei Sokolov.
'Misschien. Maar ik heb de kracht om verder te ko-

men. Weet je waarom ik dat zeg, over de *Oktjabr*? Er is niks om over te rouwen, Sasja. Om Maltsev heb ik niet gehuild, en die andere jongen, Talosi, jammer, was een aardige vent. En ons werk? Ik kan er niet om treuren omdat ik m'n verwachtingen van toen begraven heb! Het is een oud systeem! Nu heb ik andere systemen, en vanuit mijn nieuwe perspectief is de klap van dertig juni 1985 niks meer dan een gigantische explosie met ongelooflijk veel rook en vuur!'

'Het is een manier van redeneren waarmee je alles kunt goedlullen. Je verandert, en je morele en ethische systemen veranderen ook.'

'Tot op zekere hoogte, ja.'

'Ik kan zo niet bestaan.'

'Kun je wel bestaan op de manier die je net in praktijk hebt gebracht?'

'Dat is een kloterige opmerking.'

'Een reële vraag. Draai er niet omheen. Wat is die leefwijze van jou dan waard? Je bent in de goot terechtgekomen omdat je nog steeds niet begrijpt wat je belangen zijn!'

'Wat zijn die dan?'

Sokolov klonk timide, verslagen. Lev sprak vastbesloten, geestdriftig zelfs, alsof hij Sokolov wilde winnen voor een geheim genootschap.

'*Overleven*. Je krachten sparen en dan toeslaan, je eigen plek verwerven en die ten koste van – ik wil niet zeggen alles – ten koste van véél verdedigen.'

'Ik leef in een andere wereld, Lev.'

'Ja. Ik rij langs de goot waarin jij ligt. Dezelfde straat, maar een ander perspectief.'

'Ik kan niet denken zoals jij doet.'

'Neem de tijd. Hè, nu is alles koud geworden. Wil je het laten opwarmen?'

'Nee, nee.'

'Je hebt er niks van genomen!'

'Ik heb genoeg aan het voorgerecht.'

'Je moet eten, Sasja. Je ziet grauw. Je ogen liggen diep. Je moet op krachten komen.'

Sokolov keek naar het glas en probeerde zich voor te stellen hoe het zou zijn als zijn *ik* even op non-actief werd gesteld, even kon worden uitgezet zoals je de radio uitdraait. Het was niet te bevatten wat het gesprek met Lev loswrikte. Hij had verwacht dat er iets zou terugkeren van wat hem dierbaar was geweest, de jacht naar Het Doel, Het Plan, De Ruimte. Lev reduceerde alles tot naakt overleven.

'Olga,' zei Sokolov, zich bewust van de doortraptheid van zijn vraag, 'rouw je om háár?'

Lev ging verzitten. Hij streek zijn vingers door zijn haar, als een grove kam, en schudde zijn hoofd.

'Wat wil je horen? Dat ik zeg: Néé, ik ben niet meer de man van toen? Man, ik wil je de werkelijkheid van *deze* wereld onder de neus wrijven!' Hij boog zich over de tafel naar Sokolov en gebaarde driftig. 'We blijven wie we zijn, maar we passen onze methoden aan, onze systemen! Wil je weten of ik haar mis? Ja, ik mis haar. Jank ik wel es om haar? Ja, ik jank om haar. Doe ik het met andere wijven? Ja. Denk ik dan wel es aan Olga? Ja, ja, JA. Goed, Sasja? Is dat genoeg?'

'Wat wil je van me?'

'Ik ben je gaan zoeken uit nostalgie. Toen, wij samen, alles wat daarbij hoorde. En ik zag dat het niet echt goed met je ging. Dus ik dacht, dat uur dat ik aan je sterfbed zat: hij komt bij mij. Hij kan weer opnieuw beginnen. Niet op de manier misschien die hij zich had voorgesteld, maar vermoedelijk had hij zich helemaal niks meer voorgesteld. Zo ongeveer dacht ik over je.

En vervolgens zit je hier en doe je alsof ik een zware crimineel ben en jij zo ongeveer eigenhandig de Tien Geboden hebt bedacht. Ik wil je eraan herinneren, Sasja, dat heeft Mozes gedaan. Mozes beweerde dat God die geboden verzonnen had, maar neem van mij aan: Mozes zelf heeft die stenen tafelen gebeiteld.'

'Wat voor werk dan?'

'Hee, wat een concrete vraag is dat! Ik wil een elektronisch bedrijf beginnen. Op de Westbank. Chips, geavanceerde meetapparatuur, dat soort dingen. Sasja...'

Lev stak een hand uit over de borden en greep zijn pols. Vriendschappelijk en geruststellend kneep hij erin, als een oom.

'Er zijn allerlei dingen mogelijk, we zien wel.'

'Het gaat een beetje hard, Lev.'

'Dat begrijp ik wel.'

'Zoals je me vond, zo was ik niet eerder, zo erg...'

'Dat weet ik.'

'Je zegt dingen waarover ik moet nadenken. Misschien moet ik wat tijd hebben, een paar dagen, kan dat?'

'Weet je wat we doen? Ik heb een appartement voor je. Hoek Ben Yehuda-Ben Gurion, ken je dat? Hier vlakbij. Een hoekflat op de vijfde verdieping staat leeg. Volgens mij kun je vandaaruit mijn eigen huis zien. Dakterras, slaapkamer, werkkamer, airconditioned, kun je zo in. Moet nog ingericht worden, maar daar zorgen we morgen voor. Kost je niks. Je krijgt duizend sjekel per week, je komt wat tot rust en dan neem je een maand de tijd om over m'n voorstel na te denken, goed?'

'Een paar dagen is genoeg.'

'Nee. Over een week ben je net een beetje over je eerste vermoeidheid heen. Over twee weken is je lichaamskracht terug. Over drie begin je om je heen te kijken. Over vier weet je wat je wilt. Maar dit alles onder één voorwaarde: geen drank. En weet je wat? Het is ongelooflijk dat je die wodka hebt laten staan. Kop op, Sasjka, de wereld staat voor je open.'

VIER

Levs assistent bracht hem naar zijn kamer in Shekunat Hatikva. De bodybuilder was eigenlijk nog heel jong, een jochie met donzige wangen en een ongebroken stem. Ze reden in een Ford Escort, de grote Caprice was blijkbaar Levs exclusieve rijtuig.

'Ben je hier geboren?' wilde Sokolov weten.

'The Big Apple,' zei de jongen met zijn kinderstem. Hij zag Sokolovs blik en voegde er aan toe: 'New York.'

'Je bent geen Israëli?'

'Nee.'

'Mag ik weten hoe je heet?'

'Roy Lezjawa.'

'Lezjawa?'

'*Right*.'

'Lev is een oom van je?'

'Zoiets, ja.'

'Hoe bedoel je?'

'In mijn familie heb je verschillende soorten ooms.'

'Lezjawa is niet een joodse naam. Christelijk Georgisch.'

'Klopt.'

'Maar...?'

'*What is a jew?*'

'Dat is iemand die een joodse moeder heeft.'

'Als we maar lang genoeg teruggaan heeft iedereen een joodse moeder,' zei Roy.

'Of dat is iemand die de joodse wetten volgt.'

'Het gaat erom hoe je je *voelt*.'

'Maar officieel ben je wel joods?'

'Wat is *officieel*?' vroeg de jongen. 'Ik heb een verblijfsvergunning. Daar heeft m'n oom voor gezorgd.'

'Wat trekt je aan hier in Israël?'

'De mogelijkheden.'

'Er is veel werkloosheid onder nieuwe immigranten. En onder de Sefardische joden.'

'Ach, het hangt ervan af in welke branche je zit.'

'Wat is jouw branche?'

'Ik help m'n oom.'

'Waarmee?'

'Met wat nodig is.'

'Wat is nodig?'

'Wat hij me zegt, dàt is nodig.'

'Wat zegt hij je?'

'Dat ik u vandaag moest helpen.'

Sokolov had niets meer te vragen. Zwijgend reden ze naar de Jemenitische wijk. Roy stuurde de wagen door de Regov Etsel en ze passeerden de plek waar de moord had plaatsgevonden. Lev deed op uitzonderlijke wijze zaken, maar het was niet logisch dat Lev zoiets eigenhandig zou doen. Wanneer Sokolov – puur als hypothese – aannam dat Lev aan het hoofd stond van een criminele organisatie (alleen al de gedachte was misselijk makend) dan was het uitgesloten dat hij zelf de vinger aan de trekker zou houden. Daar zou hij zijn mensen voor hebben, zoals de jongeman die hem nu naar zijn kamer reed, of hij zou een beroepsmoordenaar uit 'the Big Apple' laten overvliegen. Op die manier zouden mafiabazen dat doen. In zijn positie, met zijn verworvenheden en belangen, moest Lev buiten schot blijven. Hij zorgde dat de experts op het juiste moment op de juiste plek verschenen, en hij zou zijn handen in onschuld wassen. Hij kon niet ontkennen dat het moment van Levs verschijnen, zo kort na het voorval in de Etsel, het toeval een dubieus randje gaf, maar het was onzinnig om Lev van moord te betichten. Wat Sokolov had gezien, was een aberratie van zijn eigen geest, tot beeld geworden schuldbesef.

'Ik loop het laatste stukje wel,' zei hij.

Aan het begin van de steeg bracht Roy de Escort tot stilstand. Sokolov opende het portier.

'Moet ik wachten?'

'Ik heb één koffer. Ik neem de bus wel.'

'Okee.'

Sokolov wilde uitstappen.

'Een moment,' zei de jongen. Hij drukte zich tegen de rugleuning en strekte zijn benen zodat hij een hand in een broekzak kon laten glijden. Hij trok er een rol bankbiljetten uit. Telde tien vellen van honderd sjekel.

'Duizend jongens,' zei hij.

Sokolov nam het geld aan en frommelde het, alsof de biljetten in zijn vingers sneden, direct in zijn zak.

'O ja,' zei de jongen. Hij boog zich voor Sokolov langs en opende het handschoenenkastje. Hij nam er een visitekaartje uit. 'Naam en adres van de zaak.' En hij noemde een telefoonnummer. 'Telefoonnummer van m'n oom. Geheim nummer, weest u er zuinig op.'

Sokolov herhaalde het. Hij zag de naam op het kaartje: *October Enterprises Inc.*

'Is er nog iets wat ik kan doen?'

Sokolov schudde zijn hoofd. Hij wilde naar de Regov Etsel hollen en liters Gold inslaan.

'Alles verder okee, meneer Sokolov?'

'Niets aan de hand.' Hij glimlachte naar de jongen. 'Je bent heel aardig voor me geweest, Roy. Dank je wel.'

'Als u me nodig heeft, voor wat dan ook, ik sta voor u klaar, ik ben uw secretaris.'

'En je oom?'

'M'n oom heeft gezegd dat ik de komende weken voor u werk.'

'Ik heb geen werk voor je.'

'Misschien komt dat nog. Moet ik echt niet op u wachten?'

'Echt niet.'

Roy stak een duim op en schakelde in.

Sokolov was weer terug in zijn straat, in kleren van Lev, op schoenen van Lev, met diens geld in zijn zak, en hij liep naar het huis dat hij als zijn eindstation had gezien, het laatste hol waarin hij zich kon verschuilen. Hij had even de tijd om een alternatief te vinden voor Levs onverdraaglijke voorstellen. Hij was geen ondernemer en hij weigerde om de leefwijze van Lev over te nemen. In feite hechtte hij geen belang aan de vorm van luxe die Lev koesterde, hij wilde het werk doen waarvoor hij gestudeerd had en waarin hij had uitgeblonken. Hij was een onderzoeker, een laboratoriumbewoner, een jager op testresultaten en oplossingen voor concrete problemen. Hij was een *werker*, niet de kunstenaar die Lev in zijn hoogtijjaren was. Lev speelde met ideeën als een acrobaat van de geest, hij was een wetenschappelijke tovenaar die geen grenzen in acht nam. Hij reageerde eens op het rapport van Sokolov over de mislukte tests van een metaalverbinding met: 'Okee. Dat lukt dus niet. Vind dus iets dat wel lukt.'

Sokolov antwoordde: 'We hebben alle verbindingen onderzocht. Niet één levert de combinatie van kwaliteiten op die we nodig hebben.'

'Niet één?'

'Nee.'

'Alle verbindingen?'

'Ja.'

'Alle *jou* bekende verbindingen,' preciseerde Lev.

'Ik ken *alle* verbindingen, Lev.'

'Maar die ene die we zoeken, die nog niet.'

'Die bestaat niet.'

'Ik beweer alleen maar dat jij nu op zoek gaat naar die ene onbekende!'

Sokolov betrad het huis. Het trapportaal was schoner dan hij het zich herinnerde, en hij liep naar boven. Achter de deur van de buren klonk muziek.

Zijn kamer oogde alsof er was gevochten. Blijkbaar had hij in zijn hysterie flessen kapotgeslagen, de scherven knerpten onder zijn Italiaanse schoenen, op meerdere plekken lag rottend braaksel. Het stonk er naar pis en drank. Er was weinig dat hij wilde meenemen. Zijn kleren voldeden niet aan de sociale codes van het Westen. De stijl van zijn Russische kleren had hij herkend in de kleding van de Arabische mannen die op het einde van de dag aan de rand van de stad op de bus wachtten die hen terug naar de West Bank reden. Bouwvakkers, automonteurs, ongeschoren, vaak met een theedoek om het hoofd, dunne sigaretten rokend tussen gebarsten lippen, vingers met zwarte nagels, toegeknepen ogen die altijd tegen de zon in tuurden, versleten vierkante kostuums. Hij pakte zijn koffer en legde erin wat hij wilde meenemen, papieren, handschoenen, een paar overhemden, restanten van zijn leven in Tomsk.

Zonder twijfel had hij in zijn delirium geschreeuwd.

Natuurlijk had Tanja op zijn muur gebonsd, de deur geopend en hem in zijn eigen vuil gevonden. Hij herinnerde er zich niets van, maar het lag voor de hand dat zoiets gebeurd was. Het was onmogelijk om zich bij haar te gaan verontschuldigen voor zoveel zwakte en zelfbeklag.

De koffer bleef voor de helft leeg. Morgen zou hij de oude Finkelsjtain bellen en hem de achterstallige huur brengen. Het was een Sovjet-koffer, erfenis van zijn moeder, en hij hurkte om de riemen te sluiten.

Toen hij zich oprichtte, zag hij Tanja in de deuropening, op de drempel, de hengsels van een volle boodschappentas met beide handen vasthoudend. Ze probeerde de verwaarloosde kamer, de gesloten koffer en zijn gepolijste uiterlijk in één gedachte te vangen. Hij verwachtte dat ze zich vol weerzin zou afwenden.

'Waarheen?' vroeg ze concluderend.

'Ik blijf in de stad,' zei hij, verrast door haar neutrale vraag. Hij keek naar de rotzooi.

'Je ziet er beter uit,' zei ze bemoedigend. Bedoelde ze dat ze hem toen gezien had? Het leek haar niet te deren dat hij tussen de brokstukken van zijn leven stond.

'Ja? Dank je wel. En jij ziet er nog even stralend uit.'

Glimlachend sloeg ze haar ogen neer. Ze staarde naar haar tas en leek over iets na te denken. Ze oogde teer en kwetsbaar, ook al was ze groot van gestalte. Ze had zachte ogen, treurend om een verdriet waarvoor geen troost bestond, en fijne handen, als van een jong meisje. Het gevoel dat hem zo bang had gemaakt keerde onweerstaanbaar terug. Misschien kon het nog.

'Het spijt me,' zei hij.

Zonder hem aan te kijken knikte ze. 'Je was incommunicabel.'

Hij glimlachte. 'Wat een woord,' zei hij.

Ze keek hem een moment gewond aan, maar lachte toen ook, alsof ze een volgend obstakel opruimde. Het kon nog.

'Het spijt me,' zei hij opnieuw.

'Ik had met je te doen.'

Ze zei het zonder medelijden of verstolen afkeuring, meer als een verklaring van solidariteit. Ze had hem nog niet afgeschreven.

'Het is voorbij,' legde hij uit. 'Het moest, begrijp je?'

'Ja.'

'Ik hoop dat ik jullie leven niet te veel tot hel heb gemaakt.'

Ze haalde haar schouders op. 'Viel wel mee.'

'Je bent aardig,' zei hij.

'Daar gaat het niet om,' antwoordde ze.

'Jammer dat je m'n buurvrouw niet meer bent.'

'Je kunt altijd langskomen.'

'Graag. Hoe is 't met Emma?'

'Goed. Ze is naar de oelpan.' Ze glimlachte om hem te bedanken voor zijn vraag. 'Finkelsjtain was gisteren hier.'

'O.'

'Hij kwam niet boven, dat kan hij niet, maar hij zocht je.'

'Ik weet het. Ik zal hem bellen.'

'Nou, veel geluk, waar je ook zult wonen.'

'Dank je wel.'

Ze glimlachte en maakte aanstalten om naar haar kamer te gaan, maar ze aarzelde, alsof ze hem duidelijk wilde maken dat hij het kon vragen.

Hij deed het: 'Heb je zin om met me te gaan eten?'

Ze bleef staan en hij zag aan haar houding dat ze een moment nadacht. Toen ze opkeek, had ze een besluit genomen.

'Als ik een oppas kan krijgen.'

VIJF

Zijn nieuwe flat lag op de hoogste verdieping van een vierkant blok dat de laatste jaren weinig onderhoud had gekregen maar op stand gelegen was, tussen Dizengoff en de strandboulevard met het Hilton en het Carlton. Om dieven en vandalen buiten te sluiten had de liftdeur een eigen slot, een met notehout gelambrizeerde liftkooi bracht hem naar de bovenste verdieping. Elke laag had vier appartementen en Sokolovs flat lag op de noordwesthoek.

Hij liep door de centrale hal van zijn woning, opende de schuifdeuren en stapte in een woonkamer van ongeveer dertig vierkante meter. Er lagen nog spullen van de vroegere bewoners, een doosje potloden, oude kranten, een lamp, een verlaten telefoon in een hoek, maar niets droeg een persoonlijk signatuur. Een breed balkon gaf uitzicht op de Regov Ben Jehuda, de grote hotels en de zee. Hij herkende de toren van het Carlton en de rechthoek van het Hilton. Naast de woonkamer bevonden zich twee kleinere kamers, en aan de noordkant van de flat lagen een volledig ingerichte keuken en een badkamer. Via de keuken betrad hij het enorme dakterras van zeker vijftig vierkante meter, met een panoramisch uitzicht over de brede Regov Ben Gurion en het hele centrum rond Dizengoff. Er bestond woningnood in Israël en de flats waren over het algemeen niet veel groter dan die in de Unie, maar dit appartement was gigantisch.

Op het terras wachtte Roy Lezjawa, leunend op de balustrade, met toegeknepen ogen het drukke verkeer in de Regov Ben Jehuda bekijkend, en Sokolov deelde het uitzicht met hem.

'Goed?' vroeg Roy.

'Goed,' bevestigde Sokolov.

'Wat voor meubels wilt u?'

Levs geld werd blijkbaar makkelijk verdiend en net zo makkelijk uitgegeven.

'Maakt niet uit. Als ik maar kan slapen en zitten.'

'We kunnen wat uitzoeken nu, hier vlakbij zijn een paar meubelzaken.'

Hij overhandigde Sokolov de sleutels.

In de dichtstbijzijnde meubelzaak ontdekte hij dat de prijzen van een bed of bankstel een Sovjet-jaarinkomen bedroegen, maar de jongen wilde niet dat hij daarop lette. 'Neem wat u goed vindt.' Sokolov koos de eenvoudigste meubels, een moderne zithoek, rechthoekige eettafel, stoelen, slaapkamerinrichting.

De verkoper, een slanke man in hemdsmouwen, stond hen stralend bij.

'Hoe wilt u betalen?'

'Cash,' antwoordde Roy.

'Dan krijgt u tien procent korting.'

De verkoper wees op een bordje dat op zijn bureau stond. Ze hadden plaatsgenomen in een hoek van de zaak terwijl de verkoper de bestellijst in orde bracht.

'Wanneer kan het in huis zijn?' vroeg de gewichtheffer.

'Alles heeft z'n eigen levertijd, maar ik denk dat u binnen twee maanden alles in huis heeft.'

'Onmogelijk. Vanavond uiterlijk,' zei Roy.

De verkoper legde zijn pen neer en zocht steun bij Sokolov. 'Maar dit moet allemaal besteld worden, heren, dat begrijpt u toch wel?'

'We hebben een leeg huis en dat willen we vanavond ingericht hebben,' legde Roy uit.

'Ik verkoop u graag wat u wilt, maar dat gaat niet,' treurde de verkoper. Machteloos hief hij zijn handen.

'Maar wat hier staat dan?' Roy draaide zich naar de winkel.

'Modellen. Showmeubelen.'

'Dat is toch ook goed?' Roy richtte zich tot Sokolov. Hij knikte.

'Laat die korting maar zitten,' zei Levs assistent. 'Ik doe er nog tien procent op. Die meubels willen we vanavond hebben.'

De verkoper keek hem gekweld aan.

'Wat doet u me aan,' zei hij.

'Een goeie deal,' antwoordde Roy.

'Ik moet dit even met de bedrijfsleider overleggen.'

Hij stond op en verdween achter een deur.

'Nu komt hij terug met z'n chef,' legde Roy op gedempte toon uit, 'en die vertelt ons dat hij wil helpen als we bereid zijn om er nog eens vijftien procent op te gooien. Exclusief de voorrijkosten en de tip voor de transporteurs.'

De verkoper keerde terug in het gezelschap van een orthodoxe jood, een kleine dikke man met een grijze baard en een zwart keppeltje op het rode hoofd. Hij droeg een wit overhemd en een zwart mouwloos vest met een zijden rug, het derde deel van een kostuum.

'Heren, heren,' zei hij zorgelijk. Hij gaf hun beiden een hand.

'Gelernter.'

'Sokolov.'

'Gelernter.'

'Lezjawa.'

'U maakt het me moeilijk, heren,' zei Gelernter.

'Moeilijk? We komen hier bij u kopen, voor vijfentwintigduizend sjekel, zesentwintig, geloof ik, en dat noemt u moeilijk, meneer Gelernter?'

'Ja, ook al klinkt dat wat vreemd.' Zuchtend ging hij op de stoel van de verkoper zitten. Deze bleef naast hem staan met ogen vol verdriet.

'U maakt me blij omdat ik wat kan verdienen, maar dan zegt u dat u het vanavond moet hebben.'

'Meneer Sokolov hier heeft een huis gekocht, vlakbij, op de hoek met Ben Gurion, maar er staan geen meubels. Moet hij vannacht op de grond slapen?'

'Ik moet er niet aan denken,' zei Gelernter met een gepijnigd gelaat, alsof hij nu zelf de harde vloer voelde.

'We kunnen de rekening contant voldoen,' zei Roy, 'maar dan wil meneer Sokolov z'n meubels vanavond al in huis hebben.'

'Meneer Sokolov...' Gelernter richtte zich tot hem. 'Waarom bent u niet eerder gekomen?'

'Omdat ik niet eerder wist dat ik daar ging wonen.'

'Heeft u dat niet kunnen voorzien?' De man maakte een gebaar naar zijn hoofd, alsof hij door een vreselijke migraine werd overvallen.

'Wat in het leven is te voorzien, meneer Gelernter?' vroeg Sokolov, de toon van het rituele gesprek overnemend.

'U heeft gelijk, ik wou dat het anders was, maar heren... straks zit ik in mijn zaak met open plekken, er komen mensen binnen en die willen een bankstel, die willen een eettafel, stoelen, en wat moet ik tegen die mensen zeggen? Gaat u maar naar de concurrentie? Geeft u uw geld maar aan m'n overbuurman? Ik heb een gezin, heren, en de tijden zijn moeilijk, en als ik nu die meubels aan u verkoop dan moet ik straks néé verkopen. Wat denkt u dat de bakker voor mijn néé geeft?'

'Wat stelt u voor, meneer Gelernter?' vroeg de jonge Lezjawa, met een blik op Sokolov.

'Ik wil meneer Sokolov graag helpen, gelooft u me, maar ik verlies klanten als ik dat zomaar zou doen. Laat me nadenken...'

Gelernter ging achteruit zitten. Hij streek met een hand over zijn baard en kneep zijn ogen dicht. De verkoper stond met rechte rug naast hem, handen gevouwen, de blikken van zijn klanten vermijdend.

'Goed,' zei Gelernter, en hij opende zijn ogen en legde zijn ellebogen op het bureau. 'Ik wil niet flauw zijn. Ik wil meneer Sokolov helpen. Stel dat ik de komende twee maanden dezelfde meubels nog een keer verkoop. M'n winstmarge is – ik speel open kaart met u – twintig procent, en dat is niet veel in verhouding tot de vaste lasten die ik hier heb. Dus heren: de volle verkoopprijs plus twintig procent, en dan zullen we alles in het werk stellen om meneer Sokolov vanavond zacht te laten slapen en morgen aan zijn tafel te laten ontbijten.'

'In orde,' zei Roy Lezjawa.

'Vanzelfsprekend exclusief de voorrijkosten en het loon van de bezorgers,' merkte Gelernter achteloos op.

Levs verre neef betaalde met nieuwe biljetten van honderd sjekel. Nadat ze de zaak verlaten hadden, legde hij uit: 'Nu weet u het. De Indianen roken eerst een pijp, de Chinezen drinken eerst een kop thee, de Israëli's gaan eerst klagen en steunen. Je went eraan. Het hoort bij het land. De Klaagmuur heet niet zonder reden klaagmuur.'

Bij een winkel enkele tientallen meters verder kochten ze bestek en servies, linnengoed, handdoeken, keukenspullen. Binnen twee uur beschikte Sokolov over meer rijkdommen dan hij gedurende zijn hele leven in de Unie bij elkaar had gespaard.

ZES

Tanja droeg een zwarte jurk met witte noppen, een wit vest van zachte wol, en omdat ze lang was liep ze op platte schoenen van zwart lakleer, met een klein strikje op de wreef.

Ze wachtte beneden bij de lift. Verlegen gaven ze elkaar een hand.

'Ben ik niet te vroeg?'

'Ik zat kant en klaar boven te wachten.'

Ze lachte zenuwachtig. Haar haar zat in een streng gedraaid en hij zag haar lange hals en witte huid. Ze had nog weinig zon gevoeld.

'Wc gaan naar Alexander's.'

'Jij bent de deskundige,' zci zc.

Hij hield een taxi aan en ze lieten zich naar het restaurant rijden.

'Je ziet er heel goed uit,' zei ze onomwonden.

'Dat komt omdat ik naast jou mag zitten.'

Het kostuum dat hij droeg en het geld in zijn binnenzak gaven hem zelfvertrouwen. Een uur geleden had hij het pak gekocht, bij een winkel op Dizengoff. Het was een grijs pak van scheerwol en hij droeg er een wit overhemd onder, een zwarte zijden stropdas en glanzende schoenen. Hij zag eruit als iemand die in het Westen thuishoorde.

De taxi was een kleine Subaru en ze raakten elkaar aan op de smalle achterbank, maar Tanja wekte niet de indruk dat ze afstand wilde nemen. Schouder tegen schouder, arm tegen arm, been tegen been.

Ze vertelde over Emma's razendsnelle vorderingen op de oelpan, over wat ze de afgelopen dagen gedaan had.

'De stad in gegaan en alle winkels bekeken. Allemaal! Het is toch altijd weer anders wanneer je er bent, ook al heb je er over gelezen. Ik zal het nooit vergeten, m'n eerste supermarkt, de eerste winkel met cosmetica, de boekwinkel. En het is nog steeds zo waanzinnig dat iedereen joods is. Ik kan hier zeggen wat ik wil, doen wat ik wil!'

Ze had alerte en intelligente ogen, en ze had parfum opgedaan, iets zoets en lichamelijks. Op haar schoot lag een klein laktasje, en daarop rustten haar handen. Maar bij het praten, de volle lippen bestreken met glanzende lipstick, fladderde haar rechterhand telkens op, trok een lijn, plaatste een punt, wees naar een accentuering, en als ze zweeg vloog de hand terug en bleef stil op de andere liggen. Hij zag de kleine vingers, als van een meisje.

Alexander's was een moderne zaak in het noordwesten van de stad, aangeraden door Roy. Hij had iets dergelijks al eerder in Herzlia gezien, maar Tanja betrad voor het eerst een *hi-tech* café. Hij had besproken, en een mollig meisje in een korte stretchjurk leidde hen door de drukke zaak.

'Dit is niet echt,' fluisterde Tanja toen ze langs de ijzeren tafels liepen. 'Wie zijn dit? Acteurs en reclamemensen en zo? Ik ken dit alleen van foto's uit Amerikaanse bladen.'

'Kun je die krijgen in Kiëv?'

'Het is daar anders dan vijf jaar geleden.'

Hij bestelde sap, zij een glas wijn. Ze vroeg naar zijn werk en hij vertelde over Levs aanbod. Tanja had geen twijfels.

'Je hebt bedenktijd? Waarom?'

'Omdat er haken en ogen aan zitten.'

'Neem het aan! Zoveel banen zijn er niet, en als je kunt doen wat je wil, dan accepteer je het toch?'

'Ik zal dat vermoedelijk ook wel doen.'

'Weggaan kan altijd.'

'Dat niet,' zei hij resoluut. 'Ik loop niet weg.'

'En je huwelijk?'

'Dat was Irina.'

'Anders was je nu nog...?'

'Dat weet ik niet. Als je man nog geleefd had, was je dan naar Israël gegaan? Onze biografieën nemen een bepaalde loop, en er zijn geen alternatieven.'

'Maar jij denkt toch ook wel eens terug, je verzint toch ook tegenverhalen, mogelijkheden die nooit gerealiseerd zijn?'

'Eigenlijk niet. Ik moet alles aanvaarden.'

'Ik niet,' zei ze. Ze trok met een vinger een onzichtbare lijn op het stalen rooster dat als tafelblad fungeerde. 'Ik denk vaak aan hem. Maar het belast me niet.' Ze keek weer op, met flonkerende ogen. 'Ik kan me voor iets inzetten, ik kan dromen en hoop hebben, en dan vind ik het soms wel jammer dat hij er niet bij is, ja, maar toch vermindert dat m'n enthousiasme niet.'

'Hij was niet joods, hè? Maakte dat wat uit?'

'Toen niet. Nu wel. Vreemd, hè?'

'Wat is er vreemd?'

'Op een bepaalde manier zit hij in mijn geheugen. En in dat verleden speelt het jood-zijn geen rol. Nu wel. Maar het zit elkaar niet in de weg. Was jouw vrouw joods?'

'Nee.'

'Was dat een probleem?'

'Nee.'

'En nu?'

'Ik weet niet wat het verschil is. Eigenlijk ben jij de eerste joodse vrouw die ik ken, op m'n moeder na dan.'

'O jee... dus zij is je enige vergelijkingspunt?'

'Ja.'

Ze lachte en zei: 'Ik moet opeens denken aan dat verhaal over die joodse moeder.'

'Vertel.'

Ze glimlachte mysterieus en haalde adem. 'Misja en Grisja willen een heel mooi verjaarscadeau geven aan hun moeder. Ze lopen door heel Kiëv, o nee, Tel Aviv, op zoek naar iets waarmee ze dolblij moet zijn. En dan opeens vinden ze het: in een dierenwinkel horen ze een papagaai die jiddisch spreekt! Duizend sjekel kost de papagaai, maar ze hebben het er graag voor over. Ze verheugen zich op al die heerlijke uren die hun jiddische mama met de begaafde papagaai zal doorbrengen. En al haar vriendinnen zullen haar benijden! Ze kopen er onderweg nog een mooie kooi bij en laten de papagaai bij haar bezorgen. Een paar uur later bellen ze op. En, mama? vragen ze, hoe was het cadeau? Ik heb ervan genoten, jongens, antwoordt mama, tot het laatste botje heb ik 'm afgekloven!'

Tanja drukte haar hand tegen haar mond en proestte het uit, en Sokolov, geroerd door haar vrolijkheid, lachte luid mee.

'Je kende 'm niet, toch?
'Nee, echt niet.'
'Gelukkig.'
Glimlachend haalde ze haar schouders op, ter verontschuldiging van haar grap, en hij zag haar vingers om het glas. Ze toostten.
'Op *nu*,' zei ze.
'*Nu*,' herhaalde hij, verrast door haar voortdurende lach, verlicht door de gedachte dat hij blind verliefd op haar kon worden.
Ze bestelden *hi-tech* gerechten en ze vertelde de ongerepte sprookjes van een net gearriveerde immigrant. Over een paar weken zou het bij haar dagen hoe moeilijk het leven in een kapitalistische democratie was, hoe zwaar er gevochten moest worden, hoe de webben van contacten en relaties ook hier een rol speelden en hoe snel, makkelijker dan in de Unie, de tocht naar de goot kon worden afgelegd. Maar hij wilde niets afdoen aan de opgewektheid van haar verhalen, hij zweeg en knikte en was het roerend met haar eens. Zij dronk drie glazen wijn, hij bleef bij sap en mineraalwater. Hij kon zich geen misstap veroorloven.
'Je drinkt niet meer,' zei ze goedkeurend.
'Er zijn ergere dingen dan niet drinken.'
'Er komen nog moeilijke weken, Sasja. Weken om gek te worden.'
'Wat weet jij daarvan?'
Ze keek even weg. Met een ruk van haar hoofd zei ze: 'Toen Dmitri dood was ben ik maandenlang weg geweest. M'n moeder heeft me erdoorheen geholpen. Ik wist het toen ik je zag. Je ogen. We lijden aan dezelfde Russische ziekte.'
Na Levs wonderbaarlijke terugkeer was Tanja het tweede mirakel dat hij binnen enkele dagen beleefde.

Maar anders dan met Irina zou hij met haar geen gesprek kunnen voeren over wat hem professioneel bezighield. Deed dat er wat toe? Haar ongecompliceerdheid en gretige houding ten opzichte van het nieuwe en onbekende zouden zijn emotionele herstel versnellen. En nog wat: nu zijn lichaam op krachten kwam begon hij naar een vrouw te verlangen. Tanja was mooi. Het was voor hem geen raadsel wat hem in haar aantrok. Maar zij?

'Op een dag wil ik er net zo uitzien als die mensen hier,' zei ze. 'Misschien is dat een simpele wens, nou, het zij zo. Ik wil de dingen van de welvaart. Ik wil dezelfde roes kennen als die sjieke dames op Dizengoff. Ik vind van mezelf dat ik er recht op heb. Na dat leven in Kiëv, na de ellende van Tsjernobyl, wil ik gewoon meedraaien in de kermis van de Westerse consumptie. Mijn dochter moet een kapitaliste worden. Vind je dat gek?'

'Nee. Als je dat zo ervaart...' Hij klonk onbeholpen omdat hij in feite geen mening had over haar bekentenis.

'Eindelijk ben ik toe aan de dingen waarvan ik in Kiëv heb gedroomd. Ik wil reizen, de wereld zien, de Mona Lisa, de toren van Pisa, ik wil boven op het Empire State Building staan. Het zal me lukken, ook al heb ik een kind, geloof je niet?'

Hij knikte en vroeg zich af of Irina ooit ook op deze pathetische manier tegen een man had gesproken. Maar het was een nare gedachte die hij meteen wegjoeg. Hij probeerde zonder bijgeluiden naar haar te luisteren.

'Op mijn leeftijd hebben de meeste vrouwen hier al vier kinderen. Maar ik doe aan sport, ik ben gezond, ik heb nog steeds een hoofd voor studie en concentratie, en ik wil *leven* voordat het te laat is.'

'Ik ook,' zei hij, bij gebrek aan beter. Hij besefte dat het nooit wat zou worden met haar. Hij was bang voor het kind.

'Ik ben op zoek naar een degelijke man. Betrouwbaar. Eerlijk. Die mijn kuren kan verdragen. Die niet vlucht als ik een aanval van angina heb, of die wanneer ik in m'n periode ben meteen naar de hoeren gaat. Een vader voor Emma. Een *echtgenoot*.'

Later rekende hij af, tachtig sjekel, en ze verlieten het restaurant. Zwijgend liepen ze langs de straat tot een taxi op zijn opgestoken hand reageerde. Op de achterbank ging ze vlak naast hem zitten en hij begreep dat dat een uitnodiging was. Hij sloeg een arm om haar schouders. Behaaglijk schurkte ze zich tegen hem aan. Zijn actie, haar reactie, alles symbolisch.

De donkere stad gleed voorbij, rechte straten met strakke, kale blokkendozen, een nieuwe stad, een stad van immigranten en kolonisten.

De chauffeur, een Rus, vroeg: 'Heeft u bezwaar tegen muziek?'

'Ga je gang,' antwoordde Sokolov. 'Jij toch ook niet?' vroeg hij in haar oor. Met gesloten ogen schudde ze haar hoofd. Ze was opeens weer kwetsbaar, zonder grote woorden over een spannend bestaan met de Mona Lisa, en ontroerd had hij zo jaren met haar door de wereld willen rijden, wakend over haar rust, starend naar donkere straten en witte gebouwen met slapende joden, luisterend naar een pianosonate van Mozart en de uitleg van de chauffeur. 'Ik heb dertien platen gemaakt in Odessa. Maar hier... weet u, als je op Ben Gurion Airport een Rus ziet arriveren zonder vioolkist dan is hij pianist.'

Met een handdruk namen ze afscheid voor het huis in de Regov Ivri.

Sokolov lag al een uur stil in bed, maar hij voelde zich alsof hij net over de trap naar boven was gerend. Suizende tintelingen trokken door zijn armen en benen. Ook in zijn hoofd zat iets onrustigs dat hij niet kon beheersen. Hij stond op, deed een overhemd aan en liep het terras op. Het was één uur 's nachts. Soms passeerde er een auto waaruit luide muziek klonk, ritmische Amerikaanse of oriëntaalse Israëlische klanken. Boven de stad strekte zich de magische mediterrane nacht uit. Het zag er naar uit dat de magere jaren ten einde waren en toch voelde hij zich rusteloos en melancholiek.

Het was een raadsel wat Lev van hem verwachtte. Zocht Lev de goedkeuring van zijn oude vriend, de steile moralist die liever zijn vingers liet bevriezen dan handschoenen te dragen waarop hij naar zijn mening geen recht had? Lev had zich nooit gestoord aan de regels van betamelijkheid. Niet gehinderd door scrupules ging hij op zijn doel af en liet zich uitsluitend leiden door zijn eigen flexibele logica, een stelsel van hulplijnen die enkel van nut waren zolang ze zijn gedrag dienden. Lev had verklaard dat hij een hang had naar mystiek. Was zoiets te combineren met radicaal pragmatisme?

De onrust die hij zo nu en dan bij Levs daden had ervaren, was altijd meteen opgelost in loyaliteit en vertrouwelijkheid. Lev speelde voor, en Sokolov voorzag hem van commentaar. Een functionerend duo, niet zonder reden waren ze vrienden geworden. Irina was bang voor Lev, maar dat verhinderde niet dat ze op een dag in zijn bed belandde. En er waren anderen geweest, honderden, die op dezelfde manier afstand hadden gehouden van de wilde chef-ontwerper van de *Oktjabr* nadat ze één keer waren gevallen. Hij had Lev nodig opdat hij zijn principes tentoon kon spreiden. Lev had hem nodig opdat hij de suprematie van de brutale geest kon demonstreren.

Ze studeerden toen aan het Bauman Instituut. Opnieuw waren ze elkaars concurrenten, maar ze bleven onafscheidelijk en verbonden door een stille eed, die van geheime joden.

In die dagen ging Sokolov om met een blond engelachtig meisje uit Letland. Anna was cheffin van een kledinghoek bij de GOEM, het grote warenhuis aan het Rode Plein. In de metro werd hij in de spitsdrukte tegen haar aan geduwd nadat hij haar al op het perron had zien staan, halte Lenin-bibliotheek. Hij verontschuldigde zich en zij vroeg naar de boeken die hij bij zich had. Toen ze overstapte bij Park Koeltoery voor de metro in de richting van Oktjabrskaja ging hij met haar mee, ook al moest hij ergens anders heen. Anna woonde bij haar ouders in het monument van Sovjetarchitectuur op de Leninski Prospekt, bij het park, de twee met beelden behangen gebouwen aan weerszijden van de boulevard, neo-klassiek, neo-Romeins, neomegalomaan. Ze had grote blauwe ogen met donkere kringen, alsof ze nooit sliep of tuberculeus was, en op haar dijen vormden de blauwe lijnen van haar aderen de landkaart van een magische streek. Ze vreeën in de kelder, achter de stookruimte.

Na twee maanden manuele erotiek achter de ketels, tussen de suizende en pruttelende buizen en leidingen, vroeg ze of hij Wiktor Borovski kende. Hij herinnerde zich Wiktor, bijgenaamd de Rooie, van school 79. Wiktor had als leerling niet aan de verwachtingen van de speciale school voldaan en werkte nu bij de GOEM als hoofdadministrateur. Sokolov ontmoette hem op een fatale middag in 1969, enkele dagen nadat de Wenera 5 een landing had gemaakt op de planeet, een nieuwe triomf van de Sovjet-ruimtevaart.

Sokolov haalde Anna op bij de GOEM, maar hij was te vroeg en dwaalde een kwartier door de galerijen. Hij liep tegen de Rooie op. Deze was nauwelijks ouder geworden, een slungel met te lange ledematen en grote tanden en een blik die bij voorbaat om verontschuldiging vroeg. Hij droeg een bruin kostuum met grijze krijtstrepen, als een volleerde bureaucraat.

'Sasja! Ken je me nog?'

'Rooie! Natuurlijk!'

'We hebben gemeenschappelijke vrienden, weet je dat?'

'Ik heb van Anna gehoord dat je hier werkt, ja. Alles goed?'

'Ik ben getrouwd! Mijn vrouw is in verwachting, alles in orde.'

'Heb je een huis dan?'

'We wonen bij haar grootmoeder, die had een kamer over, en dat gaat heel goed. En jij? Word je een beroemd chemicus?'

'Natuurlijk.'

'En Lezjawa? Zie je die nog?'

'Ja.'

'Ik ben dat nooit vergeten, die handschoenen,' zei de Rooie, 'maar dat kwam ook in orde.'

'Ik heb ze nog steeds.'

'Ja? Hij had dat hoofdstuk goed uit z'n hoofd geleerd, hè? Hij had me beloofd dat ie de handschoenen weer zou teruggeven, anders had ik het echt niet gedaan, echt niet. Maar alles is in orde gekomen.'

Sokolov staarde hem aan en probeerde de wartaal te ontleden. De Rooie werd onrustig.

'Wat bedoel je?' vroeg Sokolov.

Het drong tot de Rooie door dat hij iets ongemakkelijks geopenbaard had. De bleke huid onder zijn sproeten kleurde net zo rood als zijn haar.

'Ik dacht dat je het wel wist,' stamelde hij.

'Dus het was allemaal...?'

Sokolov kwam niet uit zijn woorden. Het was zeven jaar geleden gebeurd en de helft van de hoeveelheid jaren die ze toen hadden geleefd was er inmiddels bij gekomen, maar de streek was zo meedogenloos laag en doortrapt dat hij alsnog de vriendschap wilde verbreken.

'Wat een gore grap,' zei hij.

De Rooie, verlegen met zijn ondoordachte onthulling, draaide zenuwachtig op de ballen van zijn voeten en trok met zijn schouders.

'Je hebt ze toch teruggekregen?' zei hij. 'Het was toch weer in orde?'

'Dat was het niet! Ik kon ze niet dragen, man! Ik kon ze toch niet meer aan!'

'Waarom niet? Hij had ze toch niet met lijm ingesmeerd?'

'Het *kon* niet! Vertel, hoe ging het?'

'Ja, gewoon...'

'Kom op. Niks gewoon...'

''t Is zo lang geleden. Alles is nou toch in orde?'

'Sta niet te zeiken, Rooie. Hoe is het gegaan?'

'Nou, hij wilde je een hak zetten, dat is alles. Hij wist gewoon dat jij akkoord zou gaan met mij. De boeken lagen al klaar...'

'Overzicht van de eerste zes vijfjarenplannen...'

De Rooie knikte. '... en toen heeft ie jou te grazen genomen.'

'Waarom?'

'Gewoon. Jij had de beste tabel. Dan moet je gepakt

worden. Je liep toch al een beetje naast je schoenen. Dat begrijp je toch wel?'

'Ik naast mijn schoenen?'

'Nou ja, ik bedoel, dat vond ie. Gewoon een grap! Waar maak je je druk om, het is al jaren geleden! Alles is toch weer in orde?'

Sokolov holde naar Anna's afdeling op de eerste verdieping aan de kant van het Rode Plein en riep haar toe dat hij dringend ergens heen moest.

Lev had een kaart voor de *spetschran*, de gesloten afdeling van de instituutsbibliotheek. Als ze elkaar zagen vertelde hij opgewonden verhalen over de Westerse boeken en artikelen die hij had ingezien, en dat had bij Sokolov zeldzame aanvallen van jaloezie opgewekt. Sokolov moest wachten op de goedkeuring van zijn aanvraag, maar die van Lev was meteen ingewilligd, vermoedelijk dank zij de hulp van zijn contactrijke vader.

Een uur wachtte Sokolov in de aula van het gebouw aan de Baumanstraat. Lev was in de verboden kamers en om zeven uur joeg de bibliothecaresse, een grijze dame met KGB-licentie, hem naar buiten. In gedachten had Sokolov tientallen redevoeringen gehouden, monologen met klassieke structuren over vriendschap en verraad, loyaliteit en bedrog, maar hij voelde alleen stille weerzin toen hij Lev naar zich toe zag komen.

'Weet je wat ik heb zitten lezen?'

Sokolov keek hem afwachtend aan. 'Die Traumdeutung. Sigmund Freud. Adembenemend. Fictie allemaal, maar binnen zijn eigen beperkingen revolutionair. Zoiets zou verplicht gesteld moeten worden. Weg met Engels, Freud verplicht.'

Ze liepen naar de uitgang.

'Ik heb een paar roebel,' zei Lev, 'zullen we wijn kopen? Ik zal je precies vertellen wat ik gelezen heb.'

'We moeten praten,' zei Sokolov.

'Natuurlijk.'

'Overzicht van de eerste zes vijfjarenplannen.'

'Wat is daarmee?' Lev hield de deur voor hem open.

Het was een zachte avond, de zomer was onder handbereik, en ze liepen langs de rivier Jauza, die een paar kilometer verder in de Moskwa uitmondde, in de richting van metrostation Koerskaja.

'Je hebt me toen belazerd.'

Lev nam hem verbaasd op. 'Wat is er?'

'Je bent toen niet eerlijk geweest.'

'Toen? Wanneer?'

'De handschoenen.'

'Sasja, dat is honderd jaar geleden!'

'Gisteren, is dat, Lev Sergejewitsj. En het doet pijn. Je bent m'n beste vriend en je hebt me toen bedrogen.'

'Ouwe koek is dat allemaal! We zijn nu met Freud bezig en jij begint over een paar oude handschoenen! Of misschien moet ik dit allemaal psychoanalytisch benaderen. Waar moet je aan denken bij het woord 'handschoen?'

'Je hebt me toen vernederd.'

'Je was toen m'n vriend nog niet.'

'Dat maakt geen verschil! Je was niet eerlijk!'

'Kom nou, Sasja! Je bent in je eigen waan gebleven! Wie kan nou zo'n heel hoofdstuk even doorbladeren en dan alles weten? Zelfs jij kan dat niet, en jij hebt een beter geheugen dan ik! Maar je was zo ijdel dat je erin gestonken bent. Eigen schuld.'

'Wat heb jij toch met eerlijkheid?' vroeg Sokolov.

'Wat heb jij met bedrog?' schoot Lev terug.

'Ik stond voor schut. Niemand wist het. Jij kwam er als overwinnaar uit. Ze zagen mij niet meer staan. Noem je dat een spelletje?'

'Het kon geen kwaad! Luister, Sasja, we gingen toen nog helemaal niet met elkaar om. We zijn er juist vrienden door geworden!'

'Ik heb jarenlang met koude vingers gelopen door jouw stomme spelletjes, zak!'

Lev begon te lachen. 'Dat was ook goed belachelijk van je!'

'Om niks!'

'Dan had je maar niet zo in jezelf moeten geloven, gek.'

'Dat doe ik niet. Ik geloof in eerlijkheid.'

'Ik geloof in het leven,' verklaarde Lev.

'Dat is alles en niks. Je onttrekt je aan je verantwoordelijkheden als vriend.'

'O ja? We staan kostbare minuten te verdoen aan een ouwe grap, die jij toevallig veel te serieus genomen hebt, en nu moeten we overgaan tot de orde van de dag. Maak je niet belachelijk.'

'Je moet je verontschuldigingen aanbieden.'

'Onzin.'

'Lev, ik méén het.'

'Sasja, een *grap*. Hoor je dat? Een *grap*.'

'Ik had ze van mijn moeder gekregen...'

'Je hebt ze toch nog steeds?'

'... en ik heb haar toen verteld dat ik ze was kwijtgeraakt. Ik heb erover gelogen! Tegen m'n moeder!'

'Ik moet toch es serieus met jou praten. Jij zou echt een volmaakte patiënt zijn voor een freudiaanse analyticus, weet je dat?'

'Ik ben serieus, Lev, verdomd serieus.'

'En ik ook. Je moet leren relativeren, jij. Als je zo doorgaat word je een eersteklas neuroot. Je krijgt dwangneurosen, smetangst, en ten slotte word je impotent. En weet je waarom? Omdat je geen onderscheid maakt...' Levkiaans, dacht Sokolov. '... tussen je ervaringen. Alles heeft hetzelfde gewicht. Kolossaal, namelijk. Weet jij waar jij eindigt?'

'Ik weet waar *jij* eindigt.'

'Vertel me, eeuwige vriend.' Lev spreidde zijn armen, acteur, bedrieger, beroepsgokker.

'In de gevangenis,' beweerde Sokolov.

'Ik ben onthutst.'

Overdreven spelend greep Lev zijn voorhoofd en trok een gekweld gezicht.

'Ik? In de gevangenis? Een asociaal element? Op water en brood en verzwakt door de dwangarbeid?'

Sokolov zei vastbesloten: 'Als je je niet verontschuldigt dan maak ik een einde aan onze vriendschap.'

Lev zuchtte diep, zichtbaar vermoeid door de aard van hun gesprek.

'Heb ik de handschoenen gehouden? Heb ik ze niet teruggegeven? Ik heb nooit overwogen om ze te houden! Ik ben geen oplichter. Ik wilde die handschoenen niet in bezit krijgen! Ik wist niet eens dat jij ze had! Dus: waar heb je het over?'

'Over het principe.'

'Het principe is niet iets statisch. Het principe moet betrekking hebben op de werkelijkheid. Heb ik van jou gestolen? Nee. Heb ik van jou wederrechtelijk geprofiteerd? Nee.'

'Ik *voel* me bestolen, Lev.'

'Van wat?'

'Van onze vriendschap.'

'Doe iets aan dat *gevoel* van je, vriend.'

'Zo ben ik.'

'Ik weet dat je zo bent, dat behoort tot jouw attracties, maar relativeer het een keer. Je maakt jezelf gek met zo'n houding.'

'Je verontschuldigingen, Lev.'

'Ik zou niet weten waarvoor.'

'Je hebt me gekwetst.'

'Een ongevaarlijk, misschien ietwat lichtzinnig spelletje, ik ben bereid dat toe te geven, heb ik met jouw sensibele stemmingen gespeeld. Maar geen grove gewelddaad! Dat weiger ik te aanvaarden! Sasja, over een paar weken word je tweeëntwintig! Word volwassen, kijk vooruit en niet over je schouder! En nog wat...' Hij keek hoofdschuddend naar de mensen die, onbewust van het drama dat zich tussen de twee jongemannen voltrok, in de metro-ingang verdwenen.

'Toen je me die handschoenen liet zien schrok ik me wezenloos, weet je dat? Ik dacht: o, in hemelsnaam, laat ie nou wat anders inzetten in plaats van die kostbare schat, maar nee, je speelde het hoog. Je speelt het *altijd* hoog, Sasja, bij jou gaat het altijd om *de* waarheid, *het* goede. Ik voelde me echt klote dat je ze verspeelde. Maar je verspeelde ze door je eigen hoogmoed. Zie dat nou toch eens in!'

'Doet er allemaal niet toe,' antwoordde Sokolov koppig, 'zoiets doe je niet met een vriend. Ik in ieder geval niet, en ik verwacht van jou dat jij dat ook niet doet.'

'Er bestaan geen protocollen over vriendschap! *Alles kan*!' Lev werd fel nu, gebaarde driftig. '*Alles moet*! Vrienden testen elkaar uit, slaan, bijten, vechten! En dat doen ze niet om elkaar te vernietigen, ze doen dat om sterker te worden, om elkaar de lessen te leren die je nodig hebt om te *overleven*! Daar draait het om! Je begrijpt het niet, Sasja, en als je dit niet begrijpt dan heeft onze vriendschap inderdaad geen zin, jammer, maar dat is zo.'

Sokolov voelde dat hij het initiatief verloren had. *Hij* was nu degene die de vriendschap zou beëindigen.

'Je verontschuldigingen...' probeerde Sokolov zwak en verdrietig, bang dat hij het nu te ver had laten komen. Hij twijfelde aan alles, aan zijn woede, verbijstering, aan zijn behoefte aan genoegdoening.

'Voor iets dat van belang is, tussen vrienden die elkaar blindelings vertrouwen? Ja. Zonder meer. Maar bij zoiets? Geen haar...' Verontwaardigd schudde Lev zijn hoofd. 'Laten we maar een punt zetten achter onze omgang, Sasja. 'Vriendschap' moeten we het, achteraf gezien, maar niet noemen. Ik heb me vergist, jij hebt je vergist. We gaan ieder ons weegs. Tabee.' Lev liep naar de metro-ingang.

Met tranen in de ogen keek Sokolov hem na. Hij had zich laten meeslepen door wat Lev hem net had aangetoond: ijdelheid, trots, arrogantie, eigenwaan. Als hij onderweg naar het Instituut even buiten zichzelf was getreden en door Levs ogen had gekeken, dan was dit niet gebeurd. Maar hij was verblind geweest door zijn overdreven moralisme, dat, zo begreep hij nu, niets anders dan een oceaan van angst was. Eerlijkheid was geen natuurlijke innerlijke eigenschap van hem, nee, hij was eerlijk omdat het *duidelijkheid* verschafte in een onduidelijke wereld.

Ze waren toen begin twintig en dezelfde thema's speelden nog steeds een rol. Opnieuw had Lev het woord *overleven* gebruikt, en opnieuw ging het om zijn pragmatisme ten opzichte van Sokolovs zuivere moralisme.

De dood van Levs vader had hen weer bij elkaar gebracht. Sokolov ging naar de begrafenis en condoleerde Lev. Ze omhelsden elkaar en Lev fluisterde in zijn oor: 'Dat jij bent gekomen, dan is die stompzinnige dood nog ergens goed voor geweest.'

Later legde hij uit: 'Ik doe dingen blijkbaar veel meer

met een symbolische lading. Ik wil wel eens indirect iets duidelijk maken. Ik beloof je dat ik dat met jou nooit meer zal doen. Jij bent veel te rechtlijnig voor die dingen. Voor jou is zwart niks anders dan zwart, maar voor mij kan zwart opeens van kleur veranderen en wit worden. Laten we het vergeten, goed?'

De herinnering aan dit deel van de geschiedenis van de handschoenen had zich al lang niet meer in zijn hoofd vertoond. Sokolov kon geen afstand van de handschoenen doen, de dubbelzinnige symbolen van hun vriendschap. Hij had ze meegenomen uit de Unie, en hij vroeg zich af of het moment van afscheid niet was aangebroken. Lev had vermoedelijk gelijk: hij moest niet meer omkijken, niet meer krampachtig vasthouden aan wat alleen in het geheugen bestond.

ZEVEN

Sokolov werd wakker omdat er op de deur van zijn flat werd gebonsd. Hij ging rechtop zitten en hoorde de laatste klap naklinken. Er waren er meerdere geweest, hoeveel wist hij niet, misschien stond iemand al minutenlang voor de deur. Hij stapte in een onderbroek, trok een overhemd aan en liep de hal in. Het was ochtend maar hij had er geen idee van hoe laat het was. Vermoedelijk kwam Roy informeren of hij van dienst kon zijn.

'Ik kom.'

Hij draaide de deur van het slot en trok hem open.

'Net uit bed? Kan ik binnenkomen?'

Het was een Russische stem. Hij was het bestaan van de man vergeten, maar de man was hem niet vergeten. Sokolov wees naar de woonkamer.

'Gaat u daarheen. Ik kom er zo aan.'

Naum Katsz knikte en betrad de hal, nieuwsgierig om zich heen kijkend.

Sokolov, bevangen door onzekerheid, schoot een broek aan en probeerde zich voor de geest te halen wat hij tegen de politieman had gezegd. Niets, in feite. Hij had een onbekende gezien en hij was bang geweest. Hij had niet gelogen. Hij had de waarheid gesproken.

'Ik kan u niks te drinken aanbieden,' zei Sokolov toen hij de kamer in liep, 'ik heb nog geen boodschappen gedaan.'

Katsz antwoordde: 'Ik heb de hele ochtend koffie gedronken.' Hij zat comfortabel in de nieuwe fauteuil en glimlachte alsof hij op visite was bij een oude vriend. Opnieuw hing zijn overhemd over zijn broek om zijn gezette buik te verbergen, en de vrijetijdsbroek die hij vandaag had gekozen, in groen-blauwe ruiten, reikte niet verder dan halverwege zijn harige kuiten. Blote voeten in sandalen. Gekleed op een zaterdagse wandeling over de boulevard.

Sokolov ging op de bank zitten en probeerde net zo ontspannen te zijn als de politieman.

'Mooi appartement,' zei Katsz.

'Ja,' antwoordde Sokolov.

'Alles goed?'

Sokolov knikte.

'Een tijdje geleden was een van mijn mensen op uw oude adres, om u uit te nodigen voor een tweede gesprekje, maar er zat toen eerlijk gezegd weinig leven in u.'

Niet alleen Tanja dus maar blijkbaar ook een politieman was bij hem aan de deur geweest. Meer bezoek dan hij in Herzlia had ontvangen.

'Ik had wat problemen.'

'Dat begrijp ik.'

'Ik heb toch nog wat navraag gedaan over u, dat is m'n werk, en u schijnt hier te zijn afgewezen voor een baan. In de Unie was u een hoge piet.'

'Wat wilt u daarmee zeggen?'

'Dat het nogal frustrerend moet zijn voor iemand als u om de straten te vegen. Er zit heel wat kennis in uw hoofd...' Hij tikte op zijn slapen. '... die niet gebruikt wordt. Zonde voor u, zonde voor ons land.'

'Dat ging niet eenvoudig, toen bij die sollicitatie. Ik had het moeilijk, ja. M'n moeder is een jaar geleden overleden, m'n huwelijk was stuk, m'n carrière vernietigd, dus ik zat aan de grond, ja. Maar ik weet zeker dat dat nou allemaal achter de rug is.'

'U zit hier heel wat beter.'

'Hoe bent u aan m'n nieuwe adres gekomen?'

'Uw oude buren.'

Katsz had een bezoek gebracht aan Tanja. Zij had hem verteld waar Sokolov te vinden was. Zij was zich niet bewust van de curieuze problemen die de politieman hem gaf.

'Dit zal niet goedkoop zijn,' merkte Katsz op.

'Ik heb een baan.'

'Gelukgewenst. Waar, als ik vragen mag?'

'*October Enterprises*.'

'October? Is dat niet dezelfde naam als de raket waar u toen aan gewerkt heeft?'

'U heeft uw huiswerk gedaan.'

'Ieder z'n vak, dr. Sokolov.'

'Wat wilt u nog weten, meneer Katsz? Ik heb u verteld wat ik me kan herinneren van die dag.'

'Er zit me iets dwars,' zei hij. 'Mag ik hier roken?'

'Gaat uw gang.'

Hij trok een pakje Marlboro Light uit zijn borstzakje en Sokolov stond op om een schoteltje te halen. Hij had geen asbak in huis. Hij voelde zich rustiger dan bij de eerste ondervraging. Hij was hier op eigen terrein en hij had niets te verbergen. De moordenaar droeg enige gelijkenis met Lev, en zelfs dat was twijfelachtig omdat hij toen gedronken had. Het was niet zijn verantwoordelijkheid om de dader te grijpen. Katsz werd ervoor betaald.

'Alstublieft.'

Katsz keek naar het schoteltje. 'Dank u wel.'

'Waarmee kan ik u helpen?' Sokolov ging zitten en keek afwachtend naar de krachtige man. Hij vroeg: 'Weet u al wie het slachtoffer is?'

'Fransman. Woonde hier al een paar jaar. Jood. Maar niet genaturaliseerd. Hij werd in Frankrijk verdacht van drugshandel, maar ze hadden te weinig bewijzen voor een zaak. Toen hij hierheen ging hebben ze ons ingelicht, maar we hebben nooit iets kunnen vinden dat hem in verband bracht met drugs.'

Het had iets opluchtends om de man te horen praten. Het waren zinnen uit een krantebericht, ver weg van Sokolovs realiteit, ver weg van de wereld van laboratoriumonderzoek en rakettenbouw.

'De cafetaria waarvoor hij werd neergeschoten wordt gebruikt als opslagruimte voor een kruidenier een paar huizen verder. De kruidenier weet van niks. Maar hij rijdt in een BMW. Dat is nogal ongewoon voor een kruideniertje in die buurt. Maar ik zie dat u ook goed boert.'

'Ik heb geluk gehad.'

'*October Enterprises*?' Katsz hield zijn buik in en trok een notitieboekje uit zijn broekzak. Een eenvoudige BIC hing in zijn borstzakje. 'Waar zitten die?'

Sokolov las de gegevens die op het kaartje van Roy stonden. Katsz noteerde ze.

'Wat doet u daar?'

'Ik moet eigenlijk nog beginnen.'

'Maar dit kon er al van af?'

'Een voorschot.'

'Genereus.'

Ze keken elkaar zwijgend aan. Het lawaai van het langsrazende verkeer nam vreemd genoeg toe, alsof de ervaring van het volume van een geluidsbron door iets mentaals werd bepaald. Het verkeer was hem tot nu toe niet opgevallen.

'Dat is het zeker. Maar ik heb niks te verbergen, meneer Katsz. Ik heb van de moordenaar geen geld aangenomen. Ik heb niets maar dan ook niets van hem gehoord, de hemel zij geprezen, en ik ben juist bezig een lastige periode van mijn leven af te sluiten. Dat lukt me, wonderlijk genoeg. En dat ik hier zit en nu weer gewoon aan een toekomst kan denken dat heb ik aan een vriend te danken, niet aan de man die u zoekt.'

'Ik beweer niet dat ik u van iets beticht, maar ik moet alle mogelijke varianten onderzoeken. Ik kan niets uitsluiten, hoe gering ook. En dat ik hier zit heeft te maken met een behoefte aan duidelijkheid. Kijk.'

Hij trok een papier uit zijn borstzakje, vouwde het zorgvuldig open, en duwde zich met moeite uit de diepe stoel. Hij schoof het papier over de salontafel naar Sokolov terwijl hij op de rand van de fauteuil bleef zitten.

Het waren twee compositietekeningen. De linker was gemaakt op aanwijzing van Sokolov. De kop was opgebouwd uit voorgevormde elementen, die door hem na de eerste ondervraging op het politiebureau bij elkaar waren gebracht. De rechterkop was een echte schets, getekend met details en schaduwen. Hij herkende er de ronde vorm van zijn eigen hoofd in, maar tegelijkertijd deden de felle ogen en de neus aan Lev denken, alsof de tekenaar twee gezichten over elkaar had gelegd. Verrast staarde hij naar de schets, de verbinding tussen hem en Lev. Hij hoopte dat het niet meer was dan een bezopen persoonlijke associatie. De koppen van duizenden mannen konden erop geprojecteerd worden. Dit was Lezjawa noch Sokolov. Of misschien was het hen allebei.

Katsz vroeg: 'Het lijken wel twee verschillende mensen, niet?'

'Deze is van mij. En die?'

'Van onze andere getuige. Een oude heer. Een amateur-schilder.'

Ergens, verborgen achter een raam, was er een paar ogen geweest dat de straatveger en de moordenaar in één gezicht had gevangen. Sokolovs aanwezigheid bij de moord maakte hem medeplichtig, erbij zijn was verantwoordelijkheid dragen, leek de tekening hem te zeggen.

'Hij heeft talent,' zei Sokolov.

'Maar u heeft oog in oog met hem gestaan. Is hem dat?' Hij maakte een handbeweging naar de schets.

'Ik wou dat ik u kon helpen. Ik had nogal wat gedronken, ik was verbijsterd door wat ik zag, en toen hij naar me toe kwam zag ik eigenlijk alleen maar de loop van het pistool. Misschien heeft die schilder hem beter kunnen zien dan ik.'

'Herkent u hem erin?'

'Niet echt. Ik weet het niet. Waarom gaat u niet naar die man op zoek?'

'Daarvoor is de tekening niet specifiek genoeg. Ik ben er nog niet over uitgedacht.' Hij staarde naar Sokolov. 'En daarbij: met alleen een tekening heb ik nog geen zaak. Ik heb twee solide getuigen nodig. De amateur-schilder en u.'

'Ik weet niet of u iets aan mij heeft. Het enige wat ik weet is dat er iemand werd doodgeschoten. Niet per ongeluk, maar een echte afrekening. U moet in het verleden van die Fransman zoeken. Ik kan u niet helpen. Het spijt me.'

Hij gaf het papier terug aan Katsz. Deze vouwde het dicht en duwde het achter het pakje sigaretten in zijn borstzak. Hij vroeg: 'Dus u heeft een voorschot ontvangen?'

'U kunt daar informatie krijgen.' Sokolov wees op Katsz' notitieboekje met de gegevens over *October*.

'Ik neem aan dat die vriend van u de baas is van die zaak?'

'Klopt.'

'Ook een Rus?'

'We zijn collega's geweest.'

'Ook een raketspecialist?'

'De beste die de Unie had.'

'Ik begrijp dat het ongeluk van die raket het begin van de ellende is geweest?'

'Voor iedereen die eraan gewerkt heeft.'

'Lezjawa,' zei Katsz. 'Georgisch. Maar een christelijke naam.'

'Z'n vader. Z'n moeder is joods.'

'Dat komt niet vaak voor daar, hè, Georgiërs en joden onderling. De kruidenier van die opslagplaats is ook een Georgiër.'

'Geen Jemeniet?'

'Georgiër. Chaim Siguralidze. U kent hem niet?'

'Nee. Ik deed boodschappen bij een andere kruidenier.'

'Meneer Lezjawa heeft dus een bloeiend bedrijf?'

'Ja.'

'Wat voor bedrijf?'

'Ex- en import. Allerlei handelsactiviteiten.'

'Wat moeten ze met een raketspecialist?'

'Ik ben metallurgisch ingenieur. Er bestaan eigenlijk geen raketspecialisten in bredere zin. *October Enterprises* heeft plannen voor een elektronisch bedrijf. Ik ga daarbij adviseren, plannen maken, onderzoek doen. Gewoon m'n werk.'

'Wanneer begint u?'

'Over een maand.'

Hij had het nog niet besloten, maar de antwoorden die hij nu gaf bezegelden waaraan hij in gedachten al had toegegeven. Er sprak identiteit en zelfrespect uit de mededeling dat hij werk had en door ambities werd gedreven. Het was verstandig om iets over te nemen van Levs opportunisme. Ook hij moest *overleven*. Hij hield zichzelf voor dat hij moest leren van deze wederopstanding. Nooit meer wilde hij zijn *ik* kwijtraken in de kosmos van Gold en Stolitsjnaja, nooit meer wilde hij gekweld worden door de gedachte dat hij het enige leven dat hij bezat, deze uren en minuten van Aleksandr Sokolov, niet had gebruikt voor wat hij het liefst deed: natuurkundig onderzoek verrichten, testmodellen bouwen, als een alchimist jagen op nieuwe verbindingen, de kennis die hij van de natuurlijke orde had misschien één milimeter verder brengen, en de hoop koesteren dat hij op een dag, over twintig, dertig jaar, wanneer de Amerikanen een Shuttle commercieel exploiteerden, een reis door de dampkring kon maken.

'U moet het me maar vergeven dat ik zo lastig ben,' zei Katsz zonder dat hij aanstalten maakte om op te stappen, 'maar een moordzaak als deze komt nooit voor in Tel Aviv. Het doet denken aan Amerika of Sicilië, een soort mafia-afrekening.'

Sokolov knikte en dacht aan het gesprek met Lev, toen dat woord verschillende keren was gevallen.

Hij zei: 'Ik denk dat u in drugskringen moet zoeken.'

'Daar ziet het wel naar uit.'

'Als ik u kan helpen, graag, maar ik ben bang dat de tekening die u me liet zien, niks bij me oproept.'

'Jammer. Want het blijft toch vreemd dat de man u in leven heeft gelaten.'

'Vindt u? Ik ben blij dat dat gebeurd is.'

'Ik ook! Ik ook! Het spijt me dat u het zo opvat. Maar ik bedoel: een beroeps, een *hitman*, zoals de Amerikanen zeggen, die zou geen getuige hebben achtergelaten.'

'Conclusie: dan was hij geen *hitman*.'

'Terwijl het toch volledig plaatsvond in de stijl van een zakelijke afrekening.'

'Nee. Hij was gespannen. Hij was echt zenuwachtig.'

'Waaraan merkte u dat dan?'

'Z'n hand trilde. De loop van het pistool trilde. Dat is het voornaamste wat ik zag.'

'En hij was een Rus.'

'Dat heb ik nooit beweerd,' zei Sokolov beslist. 'Ik heb gezegd dat *ik* een paar Russische woorden heb gesproken. Hij heeft helemaal geen kik gegeven.'

'Maar u dacht dat hij u begreep?'

'Omdat hij wegging! Misschien heeft ie er geen woord van verstaan en voelde hij niet de noodzaak om ook mij van kant te maken! Gelukkig. Ik weet niet zoveel, meneer Katsz. Ik dacht dat ik eraan zou gaan. Ik dacht: dit zijn dus m'n laatste seconden, dit is het laatste wat ik in dit leven te zien krijg, een kerel die een andere kerel afmaakt. Wat een afscheid. Zoiets ging door m'n hoofd. Dus: is die moordenaar een Rus? *Ik weet het niet*! Misschien vond ie het zielig om een Russische straatveger dood te schieten. Misschien is ie een fervent zionist en wilde hij de immigratie niet in gevaar brengen. Alles is mogelijk.'

'Tsja...'

Katsz drukte zich uit de fauteuil. 'Mooie meubels heeft u hier, dr. Sokolov.'

'Waar woont u zelf?' Ze liepen naar de deur.

'Petah Tiqwa. Ten oosten van de stad. Elke dag heen en weer. De huren zijn hier te hoog voor mijn salaris. Ik had ook zoiets als u moeten doen. Raketten.'

'Vijf jaar Tomsk, inspecteur.'

'Alles heeft z'n prijs.'

'Het spijt me dat ik niet kan helpen.'

'Maar wel als we hem hebben. U blijft kroongetuige, doctor. Als we hem hebben dan kunt u hem identificeren.'

'Ik hoop het. Als ik aan dat moment denk, dan zie ik iets vaags, ogen, de loop van het pistool, en dan herinner ik me de angst.'

Hij opende de deur en herinnerde zich dat de lift alleen te betreden was met een sleutel. Hij vroeg: 'Hoe bent u boven gekomen?'

'De trap.'

Sokolov drukte op de liftknop. Hij vroeg, zo achteloos mogelijk: 'Zijn er veel Georgiërs in Israël?'

'Twintig-, dertigduizend. Ashdod zitten ze veel.'

'Hebben ze hier ook het soort familiestructuur als in de Unie?'

'Komt voor, ja. Er zitten een paar criminele families bij.'

'En die kruidenier?'

'Die hebben we nagetrokken, doctor. Geen connecties.'

'Een BMW?'

'Een dure auto.'

'In de Tweede Wereldoorlog bouwden ze daar vliegtuigmotoren, wist u dat?'

Katsz schudde zijn hoofd. Hij zei: 'Nog even afgezien van het feit dat ik het niet kan betalen, ik wilde nooit een Mercedes om redenen die voor de hand liggen, maar ik dacht: als ik ooit een loterij win dan wordt het een BMW', want ik ging ervan uit dat dat een kosjer Duits merk was.'

'Er zijn geen kosjere Duitse merken,' zei Sokolov. De lift was aangekomen en hij opende met zijn sleutel de liftdeur.

'Mooie houten lift. Zie je niet veel meer. Toch moet u een appartement zien te krijgen in de Regov Sokolov, daarachter. Toch handig zo'n naam,' zei Katsz.

Ze gaven elkaar een hand.

'U hoort nog van me, doctor.'

'Ik zal helpen waar ik kan.'

De deur viel in het slot.

ACHT

Een paar dagen later ging Tanja met hem mee naar boven.

'Wat een mooie oude lift,' zei ze.

'Het gebouw is uit 1934. Kijk.' Sokolov wees naar een plaatje dat de leeftijd van de lift aangaf. 'Sinds het begin hebben ze hem blijkbaar niet meer vervangen. Hout, dat zie je niet meer. Maar hij is traag.'

De lift trilde een moment toen hij tot stilstand kwam, en ze volgde Sokolov de verdieping op. Met zenuwachtige handen – de deur moest met de juiste kracht worden aangetrokken terwijl de sleutel een korte felle draai kreeg – opende hij na vier pogingen zijn appartement. Ze vroeg waar zijn slaapkamer was en ze nam hem bij de hand. Op de drempel, in het donker, omhelsden ze elkaar en ze vielen kussend op het matras. Ze richtte zich op, opende de rits en liet haar jurk zakken. Een zwarte beha, met kant en strikjes.

'Vanmiddag gekocht,' zei ze met een zware stem.

Hij keek hoe ze haar panty uittrok zonder haar slipje aan te raken, met haar heupen wiegend alsof ze danste.

In haar lingerie, alsof die tot het allerlaatst moest wachten, glipte ze onder het laken en ze zei: 'Zet je de wekker op zeven uur?'

Strak van de spanning hing hij zijn colbert op. Hij wilde een gevat antwoord geven, maar hij kreeg geen klank uit zijn keel. Met Valja was het anders. Loom en onverplicht. Als twee verminkten die geen keuze hadden. En vóór Irina had hij vrouwen gekend zonder dat hij veel ervaring had opgedaan. Hij was geen Lev. Bij Tanja moest hij zich bewijzen. Ook dit was een soort polygraaftest.

'Ik wil een croissant bij het ontbijt.' Tanja herhaalde het terwijl ze zag hoe zijn silhouet zich in de schemer uitkleedde. Ze wilde hem op zijn gemak stellen. 'Croissant. Met café-au-lait. Heb ik ook nog nooit gehad. En ik wil een keer een Gauloise roken. Ik rook niet meer, maar voor een Gauloise na het ontbijt wil ik een uitzondering maken. En dan *Dr. Zhivago* zien. En Napels. En sterven.'

Hij had het gevoel dat zij deze situaties vaker had meegemaakt. Zij was hier de ervaren minnares, hij de blozende beginneling. Hij stapte uit zijn broek en stond in zijn boxershort met afbeeldingen van olifanten.

'Vanmiddag gekocht,' zei hij toen hij naast haar in bed schoof.

Ze rolde in zijn armen en hij voelde de huid van haar rug en de achterkant van de beha.

'Aan de voorkant,' zei ze.

'Westerse flauwekul,' vond hij.

Hij schoof de bandjes van haar schouders en nam de beha weg. Ze trok zijn hoofd naar haar borst en hij kuste haar kleine donkere tepels, zonder geheugen, alsof het de eerste keer was. Haar hand gleed over zijn heup naar zijn onderbroek, schoof onder het elastiek en deed onverschrokken een greep naar zijn harde geslacht. Hij was onder de indruk van haar doortastendheid. Maar vrijwel meteen voelde hij haar lichaam verkrampen, en ze trok haar hand uit zijn broek. Misschien schrok ze terug van haar eigen overmoed. Ze bleef lang stil, met gesloten ogen.

Hij fluisterde: 'Tanja? Is er iets?'

Ze antwoordde niet.

'Ik heb condooms,' zei hij. 'Joodse condooms. Onder rabbinaal toezicht. Van het merk Kosjer.'

Hij pakte haar kin en draaide haar hoofd zodat hij haar kon aankijken.

'Tanja?'

Ze antwoordde niet. Stijf hield ze haar ogen toegeknepen.

'Alsjeblieft. Vertel me, denk je... denk je aan hem?'

Ze schudde haar hoofd. 'Nee.'

'Wat dan? Ik begrijp het niet.'

Ze slikte en hapte naar lucht. Ze opende haar ogen en keek hem bedroefd aan.

'Je bent niet besneden,' zei ze.

Traag dwarrelden haar woorden naar de bodem van zijn begrip. Hij had er nooit aan gedacht. Hij had niet geweten dat iemand daar een probleem van maakte. Hij richtte zich op en steunde op een elleboog.

'Denk je dat ze me het land zullen uit zetten?'

'Nee, natuurlijk niet.'

'Ik heb ook geen barmitswah gedaan, ik heb de torah nooit gelezen, ik heb maar een paar keer in m'n leven een synagoge van binnen gezien. Maar ik heb een joodse moeder en een joodse vader en daarom ben ik naar dit land gekomen en lig ik uiteindelijk naast jou in bed.'

'Vind je dat ik me aanstel?'

'Ik weet niet wat jouw opmerkelijke constatering dat ik onbesneden ben inhoudt.'

Ze schudde haar hoofd en sloot opnieuw haar ogen.

'En hij?'

'Ook niet.'

Hij zag haar gezicht, de gladde huid van haar wangen, haar wimpers.

'Toen was ik nog iemand anders,' voegde ze eraan toe. 'Jij kan er niks aan doen.'

Ze sloeg haar armen om zijn hals en trok hem naar zich toe. Ze kusten. 'Jij kan er niks aan doen,' zei ze nog een keer.

'Wie dan wel? De oude Hebreeën in de woestijn die dit bedacht hebben?'

'Ik. Het is mijn idee-fixe.'

'Hoe bedoel je? Jij hebt moeite met mijn overtollig stukje huid?'

'Niet omdat jij het bent,' zei ze.

'O gelukkig. Maar meer: in het algemeen?'

'Ik ben naar Israël gegaan omdat ik tussen joden wilde leven.' Met beide handen omklemde ze zijn gezicht. 'Ik weet dat dat voor jou anders is, maar mijn keuze is een positieve, doelgerichte keuze geweest. Ik ben joods, ik hoor bij een bepaalde cultuur, en daarvan is besnijdenis een onderdeel. Voor mijn gevoel een belangrijk onderdeel. Barmitswah, hoort erbij, kosjer eten, sjoel, en ik had me voorgenomen, toen ik hierheen kwam, om me daaraan te houden. En de eerste de beste man die ik tegenkom vind ik zo... ontroerend, dat ik verliefd op hem word en met hem in een slaapkamer beland, en ik verzeker je, Sasja, dat is me op deze manier in Kiëv nooit, nooit overkomen. Maar...'

'De voorhuid,' zong hij.

Ze glimlachte.

'Ik vind je heel leuk, Sasja. Echt. Maar ik kan niet met je slapen zolang je niet besneden bent.'

'Ik heb condooms. Er gaat een jasje omheen.'

'Het spijt me.'

'Denk je dat andere vrouwen in dit land dezelfde eisen stellen?'

'Weet ik niet.'

'Want als jij me niet wil...'

'Ik wil je wel, Sasja.'

'Ik ben gedoemd tot het celibaat.'

'Het spijt me. Ik vind het zo belachelijk van mezelf.'

'Ik spreek je niet tegen.'

'Maar ik kan niet anders. Toen ik het voelde, toen wilde ik er niet aan toegeven, maar... het houdt me tegen, begrijp je dat?'

'Ik probeer het te begrijpen.'

'Het is net zo wezenlijk voor het jodendom als de Torah,' zei ze.

'Een stukje voorhuid?' Hij lachte.

'Ja!' riep ze, getroffen door zijn cynische toon.

'We hebben het over een oud gebruik dat in deze tijd van badkamers en douches en zeep nogal gedateerd aandoet,' zei hij.

'Dat is allemaal zo, en toch is het belangrijk.'

'Waarom? Leg 't me uit.'

'Als ritueel. Ik hecht aan het ritueel, Sasja. Ik hecht aan de rollen van de Torah, ik vind dat vrouwen in het mikwe horen te gaan, ik vind dat joodse mannen op zaterdagochtend in sjoel horen te zitten, ik vind dat wij kaddisj horen te zeggen voor onze doden. Ritueel.'

'Ik ken het zelf niet,' zei hij, 'wij hebben in Moskou nooit tussen joden geleefd.'

'Ik heb hier echt voor gekozen. Deze cultuur wil ik voortzetten. De waarden ervan, de ideeën, de gebruiken.'

Hij vroeg: 'Heeft het jodendom zichzelf niet overleefd?'

'Hoe kun je dat nou zeggen?' Ze klonk feller nu. Tot zijn vraag had ze bijna gefluisterd, ze lag met haar mond tegen zijn schouder, maar nu draaide ze zich een beetje zodat ze haar stem kon verheffen.

Hij zei: 'Ik bedoel niet dat we dit land moeten opheffen en het jodendom maar moeten beschouwen als iets frivools van andere tijden, maar ik bedoel: ik begin nu een beetje in te zien dat het jodendom van belang is geweest voor de manier waarop mensen met elkaar omgaan. De regels, de voorschriften, al die dingen over hoe je met armen moet omgaan, met vrouw en kinderen, waarover de talmoed gaat, dat alles is toch een joodse uitvinding? En in feite is het allemaal gemeengoed geworden in de Westerse cultuur. De meeste mensen in de wereld wéten dat toch?'

'Maar ze léven er toch niet naar? Wij hier in Israël doen dat toch ook niet?'

'Eigenlijk gaat het over de Tien Geboden,' zei hij, dit plotselinge inzicht poetste hij al pratende op. 'Dat is de basis geworden van een hele cultuur. Die Tien Geboden hebben de joden aan de mensheid gegeven, primitieve lieden in de woestijn die regels gingen opstellen over hoe mensen met elkaar moesten omgaan. Knap is dat. Geniaal. En mijn kleine onvolkomenheid is dan een verwaarloosbare overtreding van de regels. Trouwens, die besnijdenis komt in de Tien Geboden niet voor.'

'Nee, en toch is de *brith millah* ouder. Het is vermoedelijk het oudste joodse ritueel. Het verbond tussen God en het joodse volk moet in het vlees van de jood worden gegrifd. Het mag ook gedaan worden op sjabbat en zelfs op Jom Kippoer, weet je dat?'

'Ik ben onder de indruk.'

'Jammer dat je niet besneden bent,' zei ze.

'Als ik een condoom gebruik dan voel je het toch niet?'

'Ik voel het verschil in mijn ziel. Niet dáár.'

'Maar het *idee*,' zei hij.

'Het ritueel,' verbeterde ze.

'Jammer,' zei hij.

Hij vroeg of ze nog iets wilde drinken. Koffie. In de keuken zette hij water op terwijl zij zich buiten zijn blikken aankleedde. Hij deed de lampen aan en liet haar het huis zien. Ze raakte alles aan, liet zich op de bank en de stoelen vallen, bewonderde de uitrusting van zijn keuken. Op het terras, met de buik tegen de stenen balustrade, keken ze uit over het noordelijke deel van de stad, de platte daken met opbouwtjes en antennen en zendmasten. De nacht was helder en ze staarden naar de sterren van het Midden-Oosten.

'Ik wil je weer zien, Sasja.'

'Ik jou ook.'

Ze lachte ongemakkelijk en boog haar hoofd om de blik in haar ogen te verbergen.

'Zeg het maar,' zei hij.

Ze overwon haar onzekerheid en haalde diep adem: 'Maar zonder voorhuid.'

Hij knikte. 'Want anders...'

'Anders blijft het bij wat het nu is.'

'Gemeen is dat,' zei hij.

Ze zei het met zelfspot, maar ze was duidelijk: 'Ja.'

'Dus ik heb een probleem?'

'Als je me wilt blijven zien dan heb je een probleem.'

'Op mijn leeftijd?'

'Waarom niet?'

'Sommige dingen moet je op latere leeftijd gewoon laten zitten, Tanja.'

'Ik kan me niet voorstellen dat 't weghalen zo moeilijk is.'

'Alleen al als ik eraan denk word ik ziek.'

Ze kuste hem om hem bij voorbaat te troosten voor de pijn.

'Ik heb geen keuze, hè?' vroeg hij ernstig.

'Nee,' antwoordde ze, 'als je mij wilt, dan moet je onder het mes.'

'Waar gebeurt zoiets?' vroeg hij bezorgd. 'Moet ik gaan informeren?'

'Ja.'

Ze pakte zijn hand. 'Tefje passeert een winkel...' Ze bleef even stil en wachtte op zijn goedkeuring.

'Ja?' zei hij ter aanmoediging.

Ze lachte. Hij genoot van hun eigen ritueel.

'Tefje komt langs een winkel en ziet dat daar een klok in de etalage staat. Hij gaat naar binnen en vraagt aan de man: Kunt u mijn horloge repareren? De man haalt zijn schouders op. Geen idee, zegt hij, ik ben geen horlogemaker, ik ben de *moheel*, de besnijder. Tefje kijkt hem verbaasd aan. Maar... stottert hij, er staat een klok in de etalage! De moheel knikt en zegt: ja, wat dacht u, wat moet ik anders in de etalage zetten?'

NEGEN

Roy nam hem mee naar de confectiewijk rond de Regov Herzl, tientallen groothandels die uitsluitend aan detaillisten leverden. Voor Roy maakten ze een uitzondering. Tegen inkoopsprijs kochten ze voor Sokolov een garderobe. Roy rekende af.

'Op voorwaarde dat het een lening is,' zei Sokolov, 'Lev heeft genoeg voor me gedaan. Hou de bonnen, dat moeten we later echt verrekenen.'

Vier kostuums, echte Levi's spijkerbroeken, sokken, ondergoed, overhemden, polo-shirts, schoenen, bij elkaar ruim vierduizend sjekel, het dubbele van een gemiddeld Israëlisch maandsalaris. Een gezin kon daarvan moeilijk rondkomen. In de Unie waren dat fabelachtige bedragen, maar je raakte hier snel gewend aan het prijspeil en de volle supermarkten. Hij had nu kleren gekocht voor een bedrag dat hij in Kaliningrad niet eens in jaren bij elkaar had kunnen sparen. Vierduizend shekel was tweeduizend dollar – in de Unie had hij zich daarmee de leefstijl van een miljonair kunnen aanmeten.

Toen ze terugreden stond de achterbank van de Escort vol papieren tassen en plastic zakken.

'Is Lev thuis?'

'Hij is vandaag de stad uit.'

'Wanneer is hij weer terug?'

'Morgenavond, geloof ik.'

'Kun je hem vragen of hij mij belt?'

'*No problem*,' zei Roy. 'U krijgt morgen een ander nummer. Wat u heeft is nog van de vorige bewoners.'

'Weet je al wat het wordt?'

'In het handschoenenkastje.'

Sokolov opende het en zocht tussen de kaarten naar het formulier van de telefoondienst. Achter in het kastje lag iets metaligs. Hij trok het naar voren en herkende de blauwzwarte vorm van een kleine revolver. Om uitleg vragend keek hij om naar Roy.

Nonchalant wierp de jongen een blik opzij.

'Punt 22,' legde Roy uit. 'Gebruikt de politie ook.'

'Waarom heb je dat hier?'

'Ik moet wel eens voor het een of ander op de West Bank zijn, en dan ben je gek als je ongewapend rondrijdt. En dan ligt ie niet in het kastje, geloof me maar.'

'Heb je vergunning?'

'Natuurlijk. Als u wilt krijgt u ook vergunning.'

'Nee, dank je.'

'Als u geregeld bij Nablus moet zijn gaat u anders praten.'

Sokolov vond het telefoonnummer van zijn nieuwe appartement en Roy zette hem thuis af.

Hij hing zijn pakken op, legde zijn kleren in de slaapkamerkast, zette zijn schoenen netjes naast elkaar. Bij het zien van de garderobe voelde hij een mengeling van trots en zorg, alsof hij nog steeds het kind was voor wie zijn moeder een trui had gebreid. Hij was elf, zij had kostbare knotten wol bemachtigd en wekenlang had hij na het avondeten het tikken van de naalden gehoord. De trui was zo prachtig dat hij haar niet aan kon trekken. Dagelijks had hij zijn klerenkast geopend en bewonderend naar de trui gekeken. Onder dreiging dat ze haar anders aan kinderen zou weggeven die niet zo overdreven zuinig waren, dwong zijn moeder hem zo nu en dan de trui over zijn hoofd en armen te trekken. Dat deed ze op zondagen of als er iets bijzonders was, een manifestatie, 1 Mei, of een feestmatinee voor kinderen van de ambtenaren van het ministerie waar zijn vader werkte, maar bij voorkeur liet hij de trui zorgzaam gevouwen in de kast liggen. Zijn moeder had nooit begrepen dat het geen zuinigheid was maar volstrekte bewondering. Hij voelde liefde voor de trui en wilde haar beschermen tegen slijtage en roet en vlekken. Met hetzelfde gevoel van gelukzaligheid keek hij naar de kast in zijn appartement aan de Regov Ben Jehuda.

De jaren van verwaarlozing en verloedering waren definitief ten einde.

DEEL DRIE

EEN

De Ford Escort verliet Snelweg No. 4 tussen Tel Aviv en Haifa, en draaide de 55 op, de weg die van Kefar Sava naar de West Bank leidt. Sokolov zat op de achterbank naast Lev Lezjawa, die al na een paar minuten zijn ogen had gesloten en onverstoorbaar sliep. Hij was vannacht teruggevlogen uit Frankfurt en had geen oog dichtgedaan. 'Dolle turbulentie, de hele vlucht. Misselijk was ik. Ik zag mensen groen en geel naar de plee wankelen. Eventjes geen El Al.'

'Niet-joodse maatschappijen vliegen natuurlijk zonder turbulentie?' wilde Sokolov weten.

'Vanzelfsprekend,' glimlachte Lev. 'Wanneer ik met El Al vlieg, schud ik het toestel bijna uit.'

De buitenwijken van Tel Aviv strekten zich eindeloos uit over de glooiende heuvels. Hoge bouwkranen draaiden hun armen over de skeletten van flats in aanbouw. Nieuwe industrieterreinen en woonwijken wisselden elkaar af. Bij elke bushalte wachtte een menigte reizigers, onder wie opvallend veel dienstplichtige soldaten die hun wapen om de schouder droegen als een damestas. Sokolov was gewend geraakt aan de zichtbare aanwezigheid van wapens. Het land was een vesting, belaagd door honderd miljoen Arabieren die de Europese indringers de zee in wilden jagen. In Arabische ogen vormden de joden een beschamende erfenis van de koloniale tijd toen de Britten en de Fransen hun wil aan de Arabieren oplegden. Maar of de Arabieren zich schaamden of niet, dit land was een feit. 'Alles hier was joods, zoals Tanja had gezegd.

De afgelopen weken had Sokolov kranten gelezen. Hij oefende er zijn Ivriet mee zodat hij Tanja's taalvermogen weerwerk kon bieden. Zij volgde angstvallig de actualiteit. Ze keek naar CNN via een schotel op het dak en fel uitte ze haar zionistische standpunten. Sokolov had geen sympathie voor de Palestijnen in de bezette gebieden, hun cultuur kwam hem nog vreemder voor dan die van de orthodoxe joden, maar als ze daar onafhankelijkheid wilden dan moesten ze die krijgen. De intifadah was een van de vele bewijzen dat ze niets van de Israëli's wilden weten, ook al hadden ze het beter onder de joden dan vroeger onder Koning Hoessein van Jordanië, die hen per slot van rekening, zoals het een despoot betaamde, bij vele duizenden had afgeslacht. Als de Palestijnen zichzelf onder hun eigen dictator (Arafat of een andere volksmenner) wilden onderdrukken, dan mochten ze wat hem betreft hun gang gaan. Hun nieuwe held, Sadam Hoessein, tot voor kort een graag geziene gast in Moskou, was een populistische antisemiet die de Koeweiti's had uitgekleed. Bush had hem vergeleken met Hitler, en Sadam Hoessein had gemakshalve hetzelfde met Bush gedaan. De Amerikanen hadden inmiddels meer dan tweehonderdvijftig duizend soldaten naar de Golf gestuurd.

Sokolov voorspelde dat Sadam Hoessein zich op het

laatste moment uit Koeweit zou terugtrekken, maar Tanja wist zeker dat het oorlog zou worden. Sadam Hoessein was een gevaar en hij moest uit Bagdad worden weggebombardeerd. Voor Tanja was het bittere ernst, voor Sokolov zomaar een gespreksonderwerp.

Er waren bijna vier weken verstreken sinds Lev hem het aanbod had gedaan, en tot vandaag had Sokolov geen antwoord gegeven. Hij had de bibliotheken van de universiteit van Tel Aviv, het Weizmann Instituut en het Technion in Haifa bezocht, en aarzelend probeerde hij zijn tot stilstand gekomen loopbaan op gang te brengen. Hij las veel, zowel over zijn vak als over de geschiedenis van het jodendom, en hij probeerde een normaal dagritme aan te houden. Tanja hield hem overdag vaak gezelschap. Als ze niet naar CNN keek verdiepte ze zich in een obscure negentiende-eeuwse joodse schrijver uit Galicië of Litouwen. 's Avonds wandelden ze met Emma over de boulevard bij de grote hotels aan zee. Langs de balustrade die de wandelpromenade van het strand scheidde zaten groepen bejaarden op witte plastic stoeltjes bij elkaar, delibererend over de vraag met welke studie hun kleinkinderen meer kans op een Nobelprijs maakten, neurochirurgie of experimentele natuurkunde. Ze aten ergens een gevulde pita of een salade, en als Tanja kookneigingen kreeg maakte ze gevulde blini's of een van de Jiddische gerechten die ze van haar moeder had afgekeken. Ze sliepen niet met elkaar. Hij had de huisarts van Lev gebeld en deze had hem doorverwezen naar een plastisch chirurg, dr. Shulman. Binnenkort zou hij hem bellen.

Tanja's aanwezigheid gaf zijn herstel glans. Het voelde vertrouwd en veilig om met een Russin te zijn en zijn eigen taal te spreken, en tevens vormde zij de brug naar de Israëlische samenleving, waarin zij met haar dochter nu al dieper verankerd was dan hij sinds afgelopen februari. In korte tijd had zij mensen leren kennen in de Regov Ivri, winkeliers in de Regov Etsel, ze wist de namen van Finkelsjtains ouders en voorouders, en ze sprak de taal zo goed dat ze al bijna les kon geven aan andere Russische immigranten. Ze was een sociaal wezen, gefascineerd door de maatschappij die hier was ontstaan, bereid haar leven te richten op de versterking en verrijking van het land. Naar Emma probeerde hij zonder bijgedachten te kijken. Een ander wezen, hield hij zichzelf telkens voor, een ander mens boordevol onbekende genen en karaktertrekken, de dochter van een vreemde Rus die in een Afghaanse vallei op een mijn liep en uiteen werd gereten, en *zij*, in Leningrad, zij is nu gewend geraakt aan een andere vader ook al schijnt Irina weer van hem te zijn gescheiden, zij noemt hem gewoon papa.

'Ik wil nog een kind,' had Tanja een paar dagen geleden gezegd. 'Emma moet in een echt gezin opgroeien hier. En verder vind ik dat dit land kinderen nodig heeft. Anders lopen op een dag de Arabieren over ons heen. Laat het nou doen, Sasja. Het zal echt een bevrijding zijn.'

'Misschien gaat er iets mis bij de operatie. Stel je voor dat de chirurg met het mes uitschiet.'

'Dan zoek ik een ander.'

'En ik ben verloren.'

'Zodra je je besneden hebt gaan we trouwen.'

'Geef me dat mes maar even aan.'

Lachend dreigde ze met het mes en beschermend legde hij zijn handen op zijn kruis.

'Ik méén het, Sasja. Ik wil niet te lang meer wachten. Volgend voorjaar word ik achtendertig.'

'Ik zal Shulman bellen.'

'Doe je het echt?'

'Ja.'

'Anders ga ik een ultimatum stellen.'

'Hoe luidt dat?'

'Je krijgt twee weken om te besluiten. Anders is het beter om elkaar niet meer te zien.'

'En dat kun je zomaar nuchter stellen, *niet meer zien*?'

'Niet nuchter, nee. Maar ik moet wel.'

'Iedereen stelt me tijdslimieten. Ben je bang dat ik anders geen besluit neem?'

'Ja.'

Dat was eergisteren. Nu zat hij naast Lev en keek naar de straten van Kefar Sava. Immigranten uit een bepaalde cultuur hadden de neiging om bij elkaar te blijven, en dit was een Russische stad, zoals Petah Tiqwa een stad was voor Amerikanen, Canadezen en Britten. Met belangstelling keek hij naar de door bomen omlijnde straten, met koele schaduwen en spelende kinderen. Hij vroeg zich af of hij hier uiteindelijk met Tanja zou belanden, hun kinderen op straat, de radio van de buren achter de muur, de auto in de garage. Een bescheiden leven in een bescheiden gezin, zonder dromen over een reis naar Mars – zou hij er gelukkig zijn? Dr. Shulman had hij nog niet gebeld. Zijn aarzeling kwam niet voort uit twijfel over Tanja's bedoelingen. Zij zocht een vader voor haar kind. Maar hoe kon hij de vader van andermans kind zijn na het verlaten van zijn eigen kind? Geen gebaar, geen blik, geen woord was onbesmet. Emma was een lief, slim kind, dat geduldig in een hoek kon zitten spelen of opgewekt hun lange wandelingen langs de zee verdroeg. Het lag niet aan haar. Het was de stupide onoplettendheid in zijn verleden.

Sinds zijn verhuizing had hij Lev alleen via de telefoon gesproken. Lev had het erg druk en werkte aan 'een gecompliceerde deal' met banken en financiers. 'Het lijkt een beetje op onze stafvergaderingen in Kaliningrad, maar dit is abstracter.' Hij was de afgelopen weken naar Zürich, Cyprus, Frankfurt, Parijs, Londen en New York gevlogen. 'Onderhandelingen met bankmensen. Gerenommeerde lui, als je dat wil weten. Helemaal volgens de letter van de wet.'

Een week na het voorstel had Sokolov aan Roy gevraagd of Lev, onbereikbaar voor hem, contact kon opnemen.

'Ha, Zjiddok,' zei Lev toen hij belde.

'Zjidjonok,' schold Sokolov terug.

'Je hebt een vriendin, hoorde ik.'

'Ja.' Sokolov dacht aan Irina. Hij zou Tanja voor hem afschermen.

'Israëlische?'

'Russin.'

'Het bloed kruipt...'

'Blijkbaar.'

'Ik ben blij voor je, Sasja. Waarover wil je me spreken?'

'Kunnen we elkaar ergens zien?'

'Ik ga morgenochtend naar Zürich. Dringend?'

'Niet echt. Het is meer curieus dan dringend.'

'Waar gaat het over?'

Op den duur zou de politieman in de nabijheid van Lev komen. Want Lev was Sokolovs werkgever. En vermoedelijk zou Katsz op een dag bij Lev aanbellen en met de schets in de hand iets herkennen in de ogen van de vroegere raketspecialist, zoals hij ongetwijfeld iets herkend had in de vorm van Sokolovs gezicht. Misschien had hij Lev al opgespoord en wachtte hij koelbloedig op het juiste moment om hem te bespringen. Met alleen het werk van de amateur-schilder had hij geen zaak, had hij gezegd. Als dat waar was, zou hij Lev op de huid gaan zitten, uitroken en in een hoek drijven. Had Sokolov zijn mond moeten houden over Lev? Maar de politieman had geïnformeerd, argwanend als hij was over Sokolovs plotselinge verhuizing. Hij moest Lev op de hoogte stellen van de affaire. Zo goed als zeker was er niets aan de hand en sukkelde Katsz achter zijn eigen staart aan, maar Lev moest weten dat de politieman kon verschijnen.

'Het gaat over een moord.'

'Een *moord*?'

'Ik heb een moord gezien. Toen ik nog straatveger was. Ik zie op klaarlichte dag een kerel uit een huis komen en er komt een andere kerel aan en die schiet hem door zijn hoofd.'

'Lieve hemel...'

'Ik heb die man gezien. Niet echt goed, want ik was bang dat hij mij ook uit de weg zou ruimen. Hij dacht natuurlijk dat ik alles had gezien.'

'Dat had je toch?'

'Ik had gezopen, Lev. Ik had het me net zo goed kunnen inbeelden.'

'En toen?'

'Die man komt naar me toe en ik zeg, in het Russisch, dat ik niets heb gezien. En hij loopt door.'

'Ongelooflijk...'

'Ik ben ondervraagd door de politie, want die denken dat ik kroongetuige ben. Maar ik kan hem niet echt herkennen.'

'En als ze je onder hypnose brengen, dat doen ze toch hier?'

'Wil ik niet.'

'Waarom niet?'

'Ik wil geen gedonder met leugendetectors en ondervragingen. Ik wil nadenken over jouw aanbod en weer terug naar wie ik ben.'

'Ik kan het me voorstellen.'

'Maar die politieman is lastig. Hardnekkig.'

'Wat wil die van je?'

'Dat ik de dader aanwijs.'

'Weet je dan wie het is?'

'Nee. Maar hij vertrouwt me geloof ik niet. Nu ik in dit appartement zit is hij helemaal argwanend geworden. Hij wilde van alles weten en toen moest ik natuurlijk zeggen dat ik bij jou in dienst ben.'

'Natuurlijk...'

'Dus, wat ik wil zeggen, hij kan bellen of langskomen.'

'Ik begrijp het. Dat is toch geen probleem?'

'Ik vond dat je het moest weten.'

'Dat zal dan die man geweest zijn... even kijken...' Sokolov hoorde dat hij tussen zijn papieren zocht. '... Katsz?'

'Precies.'

'Hij heeft al twee keer gebeld.'

'Hij wil controleren of ik echt bij je werk. Of ik zwijggeld heb aangenomen.'

'Ik zou me geen zorgen maken, Sasja. We vertellen hoe de vork in de steel zit.'

'Heb ik gedaan. Maar hij blijft zoeken.'

'Komt allemaal goed.'

'Fijn.'

'Als je Roy nog nodig hebt, je weet hoe je hem moet vinden, hè? En als je geld nodig hebt, hij kan voorschieten.'

'Ik heb voldoende, Lev.'

'Geen valse schaamte, Sasja.'

'Nee. Ik zal oppassen. Dank je wel.'

'Nog iets?'

'Irina. Nog iets gehoord?' vroeg Sokolov.

'Nee. Heb je haar al wat gestuurd?'

'Nog niet.'

'Help haar, Sasja.'

'Ik zal geld sturen.'

'Roy heeft haar nummer.'

'Goed.'

'Nog iets?'

Sokolov wilde het zeggen, de schets, de vage gelijkenis, maar hij was bang dat hij Lev voor het hoofd zou stoten. 'Nee.'

Lev vroeg: 'Ben je niet bang dat die kerel achter je aan komt?'

'Nee. Hoe bedoel je?'

'Nou, stel dat hij achteraf spijt krijgt dat hij jou in leven heeft gelaten, dan gaat ie je zoeken natuurlijk.'

'Dat is niet bij me opgekomen,' zei Sokolov.

'Dat is het eerste waar ik aan zou denken. Wil je een wapen hebben?'

Sokolov had toen alleen aan Lev gedacht, aan de absurde mogelijkheid dat de man met wie hij nu sprak een mens had vermoord. De werkelijkheid was voor die variant niet ziek genoeg, maar het was vreemd dat Lev ook echt enkele dagen later was verschenen. Niet als een moordenaar die een getuige uit de weg komt ruimen, maar als een vriend die een reddende hand uitsteekt. Hij was niet in de buurt gekomen van de gedachte dat de dader opeens voor zijn neus zou staan, zoals Lev nu suggereerde. Het was op dat moment bizar genoeg geweest.

'Die politieman...' Sokolov zweeg. Misschien maakte hij zichzelf belachelijk, voor de zoveelste keer, maar hij moest Lev waarschuwen.

'Die politieman heeft een schets van de mogelijke dader...'

'Heb jij die gemaakt?'

'Ze hebben dat ook mij laten doen. Maar ik geloof niet dat ze daar veel aan hebben.'

'*Ook*, zei je...'

'Ze hebben er nóg een. Er schijnt nog iemand anders te zijn die het gezien heeft.'

'Ja? Wie is dat?'

'Een oude man. Een raamzitter blijkbaar. Hij zat naar buiten te kijken en heeft alles gezien. Dat de moordenaar naar mij toe kwam en zo. Daarom denkt die politieman dat ik iets met hem afgesproken heb, met de moordenaar.'

'Dat zou onzin zijn. Je hebt echt het gevoel dat ie jou daarvan verdenkt?'

'Het lijkt er verdomd veel op.'

'En die oude man? Die heeft dus bij die reconstructie geholpen?'

'Hij heeft zelf een schets gemaakt. Dat doet ie als hobby.'

'Ik hoop dat ze hem daarmee vinden.'

'Het klinkt nogal belachelijk, Lev, maar die schets...' Hij begon te lachen, verbaasd over de omvang van zijn gekte, zijn paranoia, zijn ingewikkelde psyche die drogbeelden en illusies voortbracht.

'Ja, wat is daar mee?'

'Jij lijkt er een beetje op.'

'Wat?'

'Jij lijkt op die schets. De dader. Iets in de ogen en de vorm van de neus...'

'Ja. Waarom niet?'

'Ik weet dat het stompzinnig is, Lev, maar ik zag een soort gelijkenis. Maar dat is niet alles, ook ik...'

'O, nou begrijp ik het,' brak Lev hem af. 'Je waarschuwt voor die politieman. Als hij komt dan word ik gearresteerd. Is dat eigenlijk de reden dat je me wilde spreken?'

'Ik wilde je het gewoon vertellen, Lev.'

Hij had er spijt van. Het was onzinnig allemaal, kwetsend en beledigend. Hij leed aan waanideeën.

'Natuurlijk was ik dat! Wat denk jij? Natuurlijk moet ik wel eens iemand voor z'n kop knallen! En jij stond erbij en, verdomd, ik kan het niet over m'n hart krijgen om m'n oude makker – van wie ik dacht dat ie nog in Tomsk zat – om m'n oude makker ook maar even naar de andere wereld te helpen!'

'Het spijt me, Lev, ik wilde je niet beledigen.'

'Je bent echt doorgedraaid, weet je dat?' Lev klonk onthutst.

'Ik weet dat het stompzinnig is, maar mijn ogen zien iets dat me aan jou doet denken! Maar niet alleen aan jou. Ook aan mezelf!'

'Wat bedoel je nou weer?'

'Die schets, er zit iets van jou in, maar ook van mij.'

'Hoe dan?'

'Iets van jouw ogen in mijn gezicht...'

'Heb je gedronken?'

'Geen druppel.'

'Verzacht je nu je beschuldiging door erbij te verzinnen dat jij jezelf ook herkende?'

'Nee, Lev. Zo was het echt. Die tekening was jij en ik in één tronie.'

'Ik moet ophangen. Ik heb nog veel te doen,' zei Lev vermoeid, afgemat opeens door Sokolovs vreemde mededeling.

'Ik was paranoïde. Er waren zoveel herinneringen, vreemde dingen die we hebben meegemaakt, blijkbaar moest dat er op de een of andere manier uit. Mijn excuses.'

Het was stil. Sokolov hoorde geruis en het gerommel van een handeling. De klik van een aansteker.

'Ik zal dit gesprek vergeten,' sprak Lev. Hij had nu iets in zijn mond. Een sigaar.

'Gelukkig,' antwoordde Sokolov.

'Bel Roy als je iets wil.'

'Tot ziens, Lev. Ik denk wel dat ik je aanbod aanneem.'

'Je bent al behoorlijk gek, dus niets verbaast me, maar je zou nog gekker zijn als je dat afslaat.'

Hij hing op.

Lev sliep, kin op de borst, handen onschuldig op zijn schoot.

Het landschap werd woester. Het groen verdween uit de kleuren. Meer kale stenen, grijsachtig bruin van toon, meer knoestige struiken. De auto's droegen kentekenplaten van de West Bank en achter het stuur zaten mannen met doeken om het hoofd, ongeschoren taxichauffeurs, een enkele keer een gesluierde vrouw. Ze waren de Groene Lijn overgestoken en reden in de bezette gebieden, die door Israëli's Judea en Samaria werden genoemd. Sokolov had geen grenspost of controleplaats gezien, maar de aanwezigheid van het Israëlische leger lag als een ijzeren klem over het landschap. Op kruisingen stonden olijfgroene militaire voertuigen, soms kropen over de droge zandwegen in de verte jeeps met zwaarbewapende soldaten in dikke jacks en lange zwiepende antennes van de communicatieapparatuur. In een vallei tussen twee steile bergwanden stond in de berm een colonne militaire wagens, voertuigen met beschermde ramen, zware mitrailleurs, rupsbanden. Ernstige soldaten keken de Escort na terwijl sigaretterook langs hun hoofd naar de grijze lucht wapperde, andere soldaten leunden met een kartonnen beker in de hand tegen de dikke platen van een rupsvoertuig, koffie of thee nippend. Het landschap was leeg en dor, door God vervloekt.

Roy stuurde beheerst en ontspannen. Hij had Sokolov een paar keer naar Haifa gereden, naar het Weizman Instituut in Rehovot, en hij had als chauffeur gefungeerd toen Sokolov aan Tanja en Emma Jeruzalem wilde laten zien. Roy was stil en, ondanks zijn omvang, zo goed als onzichtbaar.

Gedurende zijn reizen had Lev niets van zich laten horen.

Vermoedelijk was Levs enthousiasme over hun weerzien getemperd door Sokolovs paranoïde bekentenis over wat hij in de Regov Etsel had gezien. Hij was te ver gegaan. Jaren geleden had hij tegen Irina moeten zwijgen en nu had hij zijn mond moeten houden over zijn verwarde argwaan. Gelukkig leidde de omgang met Tanja af, en ze stimuleerde zijn behoefte om zijn vak weer op te nemen. Na zeven dagen stilte belde Lev opeens op. Hij leek het voorval te zijn vergeten. Sokolov vroeg niets, Lev liet alles rusten.

Op sommige dagen stond hij bij Supersol minutenlang voor de kast met wodka, vlak bij de ingang. Tot nu toe had hij de kracht gevonden om de fles weer uit zijn wagentje te halen en verder te lopen naar de schappen met vruchtesappen. Langzaam verminderde de hoeveelheid herinneringen die hem 's nachts uit zijn slaap hield, langzaam begon hij het vermogen te ontwikkelen om het deksel op zijn woeste geheugen te houden. Volgens Tanja voelde hij zich voortdurend schuldig aan het mislukken van zijn huwelijk, aan het verlies van zijn kind, aan de ramp met de raket, aan de vereenzaming van zijn moeder, en aan dit alles zouden de angsten van zijn moeder ten grondslag liggen, angsten die hij als kind zou hebben aangevoeld.

'Welke angst dan?'

'Dat ze zou worden ontdekt. Dat jullie joods waren.'

'Denk je dat dat haar zo beheerst heeft?'

'Ze reageerde zo heftig toen jij de ketubah vond, dat is toch zo? Vermoedelijk heb je jezelf dat nooit vergeven. Je hebt je altijd schuldig gevoeld dat je op die manier ontdekte dat je joods was. En vervolgens probeerde je het weer te vergeten en te ontkennen, want het was alleen maar iets vervelends, iets schandelijks om joodse ouders te hebben. Vermoedelijk heb je haar dat onbewust verweten.'

Sokolov haalde zijn schouders op: 'Ik weet nooit wat ik me bij 'onbewust' moet voorstellen.'

'Hou je me voor de gek?'

'Nee! Ik weet het echt niet.'

Ze keek hem verstoord aan. 'Ik hou van een imbeciel,' zei ze hoofdschuddend. 'Waarom heb je je zo bezopen? Omdat je het lekker vond?'

'Dat ook,' antwoordde hij.

'En had je niet het gevoel dat er méér was dan je begrijpen kon? Dat jouw ellende door andere dingen werd versterkt?'

'Misschien wel. Ik weet het niet.'

'Ik noem dat voor het gemak 'het onderbewuste', okee?'

'Ga je gang,' zei hij, 'misschien zit ik te veel te zeiken.'

'Laat dat "misschien" maar weg.'

Ze keek hem keurend aan, zich afvragend of hij een spelletje met haar speelde. Hij ging naast haar op de bank zitten.

'Ga door,' zei hij, 'ik heb dit soort gesprekken nooit gevoerd, geloof ik. Alleen met Lev, verder met niemand.'

'Ik geloof dat ik jou beter begrijp dan jij jezelf begrijpt.'

'Ik sluit dat niet uit. En misschien begrijp ik op mijn beurt jou beter.'

'Denk je over mij na dan?'

'Tot op zekere hoogte. Ik neem je zoals je bent. Ik ga niet zitten analyseren waarom je bent zoals je bent. Ik accepteer dat. Ik ga het niet proberen te veranderen.'

'Je hebt er anders behoorlijk over geklaagd.'

'Driften. Ik ben ook maar een slaaf van mijn lichaam.'

'Daarmee kun je alles goedpraten. Geef toe dat je je afgewezen voelt.'

'Dat is zo.'

'Dat je ook in je mannelijke trots geraakt was.'

'Dat is ook zo, al zou ik niet weten op welke plek in mijn lichaam die trots zit.'

'Ik wel,' zei ze lachend. 'En dat is misschien ook de reden dat je me nooit zomaar naar huis kunt laten gaan voordat je het geprobeerd hebt.'

'Moge mijn rechterhand verschrompelen als ik dat niet doe.'

'Dat soort dingen moet je niet zeggen.' Fel doorbrak ze de ironiserende toon van hun gesprek. 'Dat zijn voor mij zinnen die me in Kiëv geholpen hebben. *Volgend jaar in Jeruzalem. Moge mijn rechterhand verschrompelen als ik niet meer aan u denk, o Jeruzalem.*'

'Zullen we naar Jeruzalem gaan? Dan nemen we Emma mee. Roy kan ons rijden.'

'Geen grapjes meer daarover, beloof je dat?'

'Beloof ik. Jeruzalem?'

Ze maakten een toer naar de winkelstraten, Jaffa

Poort, de Knesseth, het Israël Museum met de Dode-Zeerollen. Roy raadde het af om de Arabische wijk te bezoeken aangezien er Palestijnse gekken met messen liepen te zwaaien. Door de messetrekkers en de intifadah bleven de toeristen weg van het plein voor de Klaagmuur, *Hakotel*, ook al werden de hoeken en uitkijkpunten van het plein door soldaten bewaakt. Bij het hekje dat de mannenafdeling van de rest van het plein scheidde nam Sokolov een kartonnen keppeltje uit een doos, en slenterde naar de muur. Ernaast, bij de vrouwen, liep Tanja met haar kind naar de heilige stenen, allebei met grote ogen van de spanning, bevangen door de magie van de plek.

Sokolov stond nu bij het heiligste dat de joden hadden, maar hij ervoer niets mystieks of metafysisch. Melancholie misschien, omdat zijn moeder nooit zou weten dat hij hier had gestaan, als jood tussen joden, maar wat overheerste was het gevoel van vervreemding bij het zien van de bebaarde mannen om hem heen. Ze waren gekleed in lange zwarte jassen, waaronder sommigen zijden kuitbroeken met strakke witte kousen droegen, en door hun donkere, grijze, of felrode baarden (veel chassieden waren rossig, had hij in Tel Aviv al gemerkt) kregen hun gezichten iets gelijkvormigs, alsof ze allemaal broers waren. De jongere chassieden waren over het algemeen broodmager en de ouderen gezet, velen droegen sterke brillen, en ze vermeden het om hem aan te kijken. Sokolov oogde als een goj. Hij was niet eens een geassimileerde jood, hij was hoogstens een valse, besmet door het communisme. De tientallen chassieden om hem heen reciteerden heupwiegend hun gebeden, hun peies zwiepten langs hun wangen heen en weer, en Sokolov liet niet merken dat hij hun kleding en gedrag met verwondering bekeek. De God die dit van mensen eiste en tegelijkertijd de Planck-constante, Einsteins $E = mc^2$ en de quantum-onzekerheid geschapen had, was een curieus wezen.

Nieuwsgierig betrad hij de catacombe links naast de Klaagmuur, in de wand onder de gebouwen die langs de hoge noordzijde van het plein stonden. Hij belandde in een middeleeuwse galerij met nissen, kamertjes en aparte sjoeltjes achter traliedeuren, aan de duisternis ontrukt door lampen die mysterieus oranje licht verspreidden. Hij, vertegenwoordiger van de ruimte van de technologie, bevond zich nu in de ruimte van de God Zonder Handen En Zonder Gezicht, de ruimte van magie en wonderen en de beleving van *tijdloosheid*. Hij kende die ruimte van zijn wodkareizen, en hij herkende wat de chassieden met hun ritmische gebeden wilden oproepen. Zij deden het met de taal, grondstof van gebed en smeekschrift, waarmee ze hun bewustzijn verruimden (of misschien vernauwden ze het, hij wist het niet) en vervolgens Gods Licht zagen. Hij had erover gelezen. Het waren mystici. In trance reisden ze door de *cheikalot*, de hemelse sferen en paleizen, op weg naar de Goddelijke Troon, die baadde in het licht van de *shekinah*, de Goddelijke Aanwezigheid. Hij was een kind van geheime joden, maar hij voelde de chassidische hunkering naar het Licht.

Terwijl hij net als Lev in de auto in slaap viel, baarde de herinnering aan de catacombe een droom. Hij was op bezoek bij zijn ouders in Moskou. Zijn moeder zat in de keuken, buiten op straat deelde zijn vader pamfletten uit. Hij liep een paar meter met een voorbijganger op, duwde hem een blaadje in de hand, en wachtte op een andere passant. Maar niemand wilde het blaadje houden. Telkens bukte zijn vader zich om het weggegooide pamflet op te rapen en weer uit te delen. Wat staat daarop geschreven? vroeg hij zijn moeder. Ze zat te breien. De draad kronkelde uit de oven van het fornuis, iedere keer trok ze een stuk naar zich toe, breide tot de draad als een snaar gespannen werd, en dan rukte ze opnieuw tot ze voldoende had voor een nieuwe naald. Dat de joden naar Israël moeten gaan, dat staat erop, zei ze, en jij moet ook gaan want hier loopt het fout af, ook al heeft Stalin de boeren goed onder de duim, want die kun je niet vertrouwen. Ik wil niet naar Israël, antwoordde hij, ik wil naar Saturnus. Zijn moeder lachte. Daar woont God, zei ze, aan de achterkant van Saturnus woont God. Hij trok een stoel naar zich toe, ging zitten, en legde uit: Saturnus draait om zijn as, dan hadden we God al lang kunnen zien. Ze schudde haar hoofd en zei: Saturnus draait misschien, maar God loopt hard, harder dan Saturnus kan draaien, daarom blijft hij aan de achterkant, hij schuilt omdat hij niet gezien wil worden. Waarom niet? wilde Sokolov weten. Een treurige glimlach trok over haar gezicht. Omdat je je als jood moet verbergen, zei ze.

TWEE

Sokolov opende zijn ogen op het moment dat Roy de revolver uit het handschoenenkastje nam. Hij keek opzij naar Lev, die hem glimlachend aankeek.

'Lekker geslapen?'

'Ik was helemaal weg.'

Lev gebaarde naar het landschap. Ze stonden op een troosteloze plek aan de rand van een kale vallei. Er liepen elektriciteitsdraden naar een handjevol huizen een paar honderd meter verderop, de rij palen verdween in de verte achter een heuvel, en dichter bij hun positie lag een berg afval, flessen, blikjes, oude koelkasten, autowrakken.

'Ik heb dat allemaal gekocht,' zei Lev. 'Het was van de gemeente hier, niet van een particulier. Administratief werd het door de militairen beheerd. Ik heb het van ze overgenomen. Gelijke partners kunnen we worden als je wilt.'

'Waarom deze plek?' Sokolov staarde naar het wapen dat door Roy met blauwzwarte hulzen werd geladen.

'Omdat hier niks is.'

'Die Arabieren?'

'Die kunnen hier werken. Er moet gebouwd worden, daarna kunnen ze in de fabriek werken.'

'En een fabriek in Tel Aviv neerzetten?'

'Dan krijg je geen subsidie.'

'Heb je dat nodig dan?'

'We praten over miljoenen dollars, Sasja! Moet je die laten liggen?'

Hij maakte een hoofdbeweging en ze stapten uit, tegelijk met Roy, die het wapen achteloos achter de riem van zijn spijkerbroek schoof, tegen de harde spieren van zijn buik.

Over de zandweg naderden twee legerjeeps. In beide wagens zaten drie soldaten in olijfgroene uniformen, het hoofd bedekt met een rode baret. In de voorste jeep zat een officier in een zandkleurig uniform, blootshoofds, zijn rode baret als een koker onder de linkerepaulet van zijn hemd. Achter de wagens stoof fijn zand op dat als mist bleef hangen. Toen ze tot stilstand kwamen, stapte alleen de officier uit.

Hij was enkele jaren ouder dan Lev en Sokolov, acht- of negenenveertig, een man met een getraind figuur en de lome pas van een zelfverzekerd heerser. Hij droeg een zonnebril met spiegelglazen, een pistool in een open holster op de heup, en ondanks het stof glommen zijn laarzen. Lev omarmde hem en breed glimlachend hielden ze secondenlang elkaars handen vast. Sokolov kon niet horen wat ze tegen elkaar zeiden. Lev wenkte hem.

'Sasja!'

Sokolov ging naar hen toe. Ze stonden halverwege de jeeps en de Ford Escort.

'Sasja, dit is kolonel Uri Bar-On. Uri, dit is Sasja Sokolov.'

Sokolov schudde zijn sterke hand. De glazen weerspiegelden zijn eigen vervormde gestalte. De open boord van het uniform toonde een gespierde nek en donker borsthaar. De man had dik grijs haar, nogal lang in de nek, joyeus als van een playboy.

'De kolonel heeft bemiddeld en na zijn pensionering – over een jaar is dat toch, Uri?' De militair knikte. 'Over een jaar komt hij in dienst van het bedrijf als adviseur.'

'We zullen veel met elkaar te maken krijgen, Sasja.' Een raspende stem, uitgesleten door geschreeuwde commando's.

'Ik kijk ernaar uit, kolonel.'

'Uri.'

'Uri,' herhaalde Sokolov.

'Uitstekend hier, hè?' meende de militair.

'Een beetje verlaten,' zei Sokolov. De militair had geen oor voor de cynische toon.

'Dat ziet er over een jaar heel anders uit,' zei hij optimistisch. 'Volgens mij zetten hier binnenkort een paar kolonisten hun caravans neer.'

'En dat weet u nu al?' vroeg Sokolov. Bar-On suggereerde dat hij weet had van toekomstige acties van kleine fanatieke groepen, vaak in het geheim voorbereid en officieel gehinderd door het leger, met als doel nederzettingen te stichten in bezet gebied.

'Ik weet niks, ik méén te weten. M'n gevoel, zeg maar,' zei hij glimlachend.

Lev gaf Roy opdracht om de sigaren uit de auto te halen. 'Allebei de dozen!'

Hij ging tussen Sokolov en de kolonel staan en legde een hand op hun schouder, hen via hem verbindend. Ze keken naar de vallei beneden.

Lev zei: 'Dit wordt een goede investering. Uri, jij

hebt uitstekende contacten, ik mag zeggen over de hele wereld, en jij, Sasja, jij hebt de technische expertise.'

'Vlak jezelf niet uit,' zei Sokolov.

'Ik ben de manager. Met de directe technische leiding bemoei ik me niet.'

'Tegen de tijd dat de fabriek klaar is hebben we dat dorp daar weg, denk ik.'

'Ik heb er alle vertrouwen in, Uri,' zei Lev, en hij kneep opgetogen in hun schouders.

'Palestijnen?' vroeg Sokolov.

'Alles wat daar woont is Palestijns,' zei Bar-On. 'Het is joods gebied, ook al wonen er nog Palestijnen.'

'Hebben jullie last van ze?'

'De bedoeling is om hier een joodse nederzetting te stichten, Sasja,' zei Lev. 'Als we hier willen werken zullen we huizen moeten bouwen, scholen, winkels, een ziekenhuis. Dit is niet zomaar een fabriek neerzetten, dit is een wereld creëren!'

'Is er in de Negev geen ruimte?' Sokolov bleef koppig, want het ene recht maakte het andere recht niet minder geldig. Misschien hadden joden het recht om hier te leven, maar daarmee vermochten ze deze Palestijnen niet uit hun armzalige gehucht te verjagen. Om de een of andere reden hadden de Palestijnen hun huizen hier gebouwd, vermoedelijk al eeuwen geleden, en de fabrieksplannen hoefden er niet onder te lijden.

'Sasja is een ethicus,' legde Lev aan de kolonel uit. 'Sinds ik hem ken – en dat is al meer dan achtentwintig jaar, achtentwintig jaar! – sinds ik Aleksandr Iwanowitsj Sokolov ken stelt hij bij elk plan de gewetensvraag.'

'Dit is van ons,' zei de kolonel, en hij maakte een gebaar waarmee hij het hele landschap aanduidde, 'dit is het bijbelse Judea en Samaria. God heeft ons hierheen geleid. We zijn hier altijd gebleven. Hier hebben altijd joden gewoond. Ook verderop, in Nablus, achter de berg daar, in Hebron, in Ramallah, dat was allemaal joods. Waarom zijn dat Palestijnse steden geworden? Omdat de joden gevlucht zijn voor de Palestijnse terreur. In de jaren twintig joegen ze al op de joden. Dat is nooit opgehouden. Tot de dag van vandaag. Maar in dit land hebben de joden hun wortels. Onuitroeibaar. Nu keren we terug. We maken vruchtbaar wat de Palestijnen hebben laten rotten. Kijk naar deze vallei! Ze storten puin in hun eigen achtertuin. Kijk eens goed! Ze hebben geen flauw benul van de moderne tijd.'

'Vindt u niet dat ze dat zelf moeten weten?' vroeg Sokolov.

'Ze doen maar. Laat ze maar in de middeleeuwen blijven.'

'Net als onze eigen chassieden.'

'Ik ben het met je eens. Ook de chassieden moeten het leger in. Geen uitzonderingen. Anders gaan ze maar naar New York of Antwerpen. Maar goed, dat is een probleem van de Knesseth. Op deze plek komt een joodse stad. De Palestijnen hebben hun eigen land. Dat heet Jordanië. Zestig procent van de bevolking daar is Palestijns, weet je dat Sasja? Samenleven met ze is onmogelijk. Ze horen echt bij een andere cultuur. Je hebt dat soort diepe verschillen ook in de Sovjet-Unie meegemaakt. Als je sommige volken bij elkaar brengt krijg je een explosie. Ik moet vaststellen: wij gaan niet goed samen met ze. Wij zijn Westers, zij zijn wat anders. Dat merken we elke dag.'

'We kunnen ze met respect behandelen,' opperde Sokolov.

'Met zelfrespect,' verbeterde de kolonel. 'Draai nooit je rug naar ze toe. Ik zal je een voorbeeld geven. In '73 heb ik op de Golan gevochten. Het was bloedig daar. We moesten standhouden tot de versterkingen waren aangekomen. Veel jongens verloren toen. De krijgsgevangenen die wij maakten, zijn behandeld volgens de conventies van Genève. Wij hebben ze als mensen behandeld. Onze jongens zijn door de Syriërs als insekten gemarteld. Ze hebben ze de ogen uitgestoken, de pikken afgesneden, de kloten in hun mond gepropt. Zo vonden we ze terug toen we de Syriërs terugmepten naar Damascus. De Arabier is een wild beest. De Westerse pers zit voortdurend op onze nek. Het tuig in Bagdad, Damascus en Tripoli wordt bewonderd.'

'Op het moment is het even anders,' zei Lev, refererend aan Sadam Hoessein.

'Als hij de Islamieten aan zijn kant krijgt wordt het ook hier gedonder.'

'Genoeg politiek,' onderbrak Lev hen.

'Alles hier is politiek, elke steen hier, elke zandkorrel,' antwoordde de militair.

Roy toonde Lev twee sigarenkistjes. Lev gaf er één aan Bar-On.

'Deze is voor jou, Uri.'

Voorzichtig opende de militair het kistje. Hij wierp een blik op de inhoud zonder dat Sokolov en Roy konden meekijken en hij knikte naar Lev, die uit het andere kistje, door Roy opengehouden, een sigaar nam. De soldaten verderop leken geen interesse te hebben voor wat hun commandant uitvoerde en stonden bij hun jeeps te roken. Een van hen bekeek met een verrekijker het Palestijnse gehucht.

Roy bood Bar-On ook een sigaar aan, maar hij weigerde.

'Sasja...' Lev trok zijn sigaar aan, 'Uri heeft tijdens zijn carrière bij het leger veel mensen ontmoet. Amerikanen, Britten, Zuidafrikanen, allemaal mensen die jij in de loop der jaren ook zult ontmoeten. Ze hebben allemaal hun specifieke vragen en eisen, en jij gaat dat uitvoeren. Met een team van goeie mensen. Uri heeft me al een lijst met namen gegeven, en ik hoop dat jij gesprekken met ze kan voeren.'

Sokolov knikte. Hij wist nog steeds niet precies wat Lev van plan was.

'Natuurlijk,' antwoordde hij.

'Binnenkort moeten we bij elkaar komen en een behoorlijk werkplan maken,' zei Lev.

'Graag,' antwoordde Sokolov.

Bar-On zei: 'Ik sta tot je beschikking, Lev. Bedankt voor de sigaren.'

'Steek ze niet allemaal tegelijk op, Uri.'

De militair grijnsde. Hij gaf Sokolov een hand. 'Leuk je ontmoet te hebben, Sasja.'

Sokolov knikte. 'Uri...'

'We hebben een gemeenschappelijke vriend, Ilan Ben Zwi.'

Dat was Tsjomjakov, de man die Sokolov naar de leugendetector had gebracht en moest constateren dat hij niet stabiel genoeg was voor de baan, een veiligheidsrisico.

'Ik heb met hem gestudeerd, vroeger in Moskou.'

'Dat vertelde hij, ja. Okee, Sasja, tot spoedig.'

Lev bracht Bar-On terug naar de jeeps, een arm om zijn schouders geslagen, en Sokolov begreep dat Bar-On hem alleen had willen meedelen dat hij in zijn verleden had gespit en alles van hem wist.

Sokolov draaide zich naar Roy, die verderop met de armen over elkaar tegen de Ford Escort geleund stond en een sigaret rookte. Hij ging naast de grote jongen staan. De motorkap van de Escort gloeide.

'Ken je Bar-On?' vroeg Sokolov.

'Tuurlijk.'

'Lev kent hem al lang?'

Roy haalde zijn schouders op. 'Geen idee.'

'Is ie een bekende militair?'

'Hij schijnt zo ongeveer in zijn eentje een hele Syrische tankbrigade te hebben tegengehouden op de Golan. Hij is een nationale held.'

Bar-On stapte in, de jeeps werden gestart. Stapvoets rijdend passeerden ze de Escort en Bar-On hief een groetende hand naar Sokolov. Hij groette terug.

Honderd meter verder versnelden de jeeps en de stofwolken wervelden op.

Lev was teruggelopen. 'Dat is dus Bar-On.'

'Uitzonderlijke man.'

'Op z'n zachtst. Hij is z'n gewicht in goud waard, Sasja. Heeft toegang tot de internationale markt.'

'Wat is die internationale markt?'

'De internationale wapenmarkt. Roy...'

Roy maakte zich los van de auto en slenterde bij hen vandaan. Lev had hem opdracht gegeven om buiten gehoorsafstand te wachten.

Lev staarde naar de vallei, de grote sigaar tussen zijn vingers geklemd, en hij wachtte tot de jongen ver genoeg was.

'Wij gaan een lijn van spullen maken. Elektronica waarmee we wapengeleidingsapparatuur gaan fabriceren, smart bombs , computer rammers , misschien zelfs kleine raketten.'

'We worden wapenfabrikant?'

Hun werk in Kaliningrad was puur civiel van aard geweest, nooit waren ze gehinderd door militaire eisen en doeleinden. De militaire ruimtevaartindustrie was gevestigd in Sterrenstad, de zusterstad van Kaliningrad, met een eigen infrastructuur en technici en fabrieken. In de Unie hadden ze hem nooit voor de keuze gesteld, en als dat wel was gebeurd dan had hij vermoedelijk niet kunnen weigeren. Hier kon hij dat wel.

Hij zei: 'Je kunt alles produceren wat je wilt, Lev. Je hebt geld en daarmee koop je mensen die iets kunnen, maar *wapens*?'

'Bar-On wordt vaste adviseur, voor een behoorlijk honorarium, maar wij worden echte partners. Je krijgt tekenbevoegdheid, je krijgt de zeggenschap over miljoenen dollars, en zelf ga je het eerste jaar honderdduizend dollar verdienen, net als ik, en dan bouwen we dat netjes op naar honderdvijftig, tweehonderd, en vervolgens hebben wij, als aandeelhouders, de winstdeling.'

'Ik heb het over wapens, niet over geld.'

'Hou op, Sasja!' Lev keek hem vermoeid aan. 'Hou nou op met dat gelul! Genoeg ethiek. Ik bied je een toppositie aan. Trek je conclusies, denk wat je denken wil, maar begin niet te zeuren over wat hoort en niet hoort. Er zijn oorlogen in de wereld, of wij die spullen nou maken of niet.'

'We worden medeplichtig.'

'We zijn al medeplichtig, Sasja. We zijn medeplichtig omdat we leven.'

Het was een gedachte die Sokolov niet vreemd was. Maar ze waren vrij om de goede kant te kiezen, ook al was die beladen met schuldgevoelens. Lev maakte geen onderscheid in goede en slechte kanten. Alles wat mogelijk was wilde hij beleven.

Vanuit het gehucht woeien stemmen naar hun plek. Gezang van kinderen. Sokolov tuurde en zag een groep kinderen in een kring staan.

Hij vroeg: 'Waarom wil je dit?'

Lev trok aan zijn sigaar en vulde zijn longen. Toen hij

zijn mond opende en zijn lippen tuitte, walmde dikke rook uit zijn keel.

'Een uitdaging. Een zaak opzetten. Een industrie.'

'Ik weet 't niet...'

'Je kunt terug naar de goot.' Met toegeknepen ogen keek Lezjawa naar de vallei.

Sokolov schrok van de harde toon, van de onvriendschappelijke mededeling, van de koele blik over de vallei. Maar Lev had gelijk. Sokolov had geen keuze. Hij zou akkoord gaan. Wat hij nu deed was zijn ziel met een laagje verontschuldigingen glazuren. Hij zou gaan doen wat zijn geweten hem afraadde. Hij zou honderdduizend dollar verdienen met het maken van wapens, en hij zou met het besef moeten leven dat zijn vader zich in zijn graf omdraaide. Zijn vader was dood. Maar ergens in zijn wilde geheugen, onder het stevige deksel dat er sinds enkele weken op rustte, leefde zijn vader nog. Opgeleid tot rabbijn en bekeerd tot het marxisme. Zolang Sokolov niet dronk zou zijn vader zijn mond houden.

'Wanneer beginnen we?' vroeg hij.

De sigaar was voor een deel opgebrand en nu licht genoeg om tussen de tanden te worden geklemd. Nadrukkelijk stak Lev een hand uit. Sokolov legde zijn hand erop.

'De papieren liggen klaar bij de advocaat,' zei Lev.

DRIE

Op de terugweg vroeg Sokolov: 'Heb jij je laten besnijden, Lev?'

Lev zat nu voorin, naast Roy, en draaide zich met een grijns om.

'Ja.'

'Wanneer?'

'In Tbilisi.'

'Waarom daar?'

'Ik wilde echt helemaal joods worden, niet alleen voor de papieren en de visa. En toen heb ik me laten besnijden door een islamiet.'

'Geldt dat dan?'

'Geen idee. Het ziet er in ieder geval echt joods uit. In New York hoorde ik dat bijna iedereen het daar laat doen, jood of niet.'

'Heb je er last van gehad?'

'De jongen zwelt en is een tijdje dik en het doet pijn bij het plassen, een paar weken. Maar dat zakt allemaal.'

'Is het niet gek om opeens een andere pik te hebben? Het voelt toch anders, lijkt me.'

'Alsof je aan een nieuw leven begint. Waarom?'

'M'n vriendin wil het.'

'Vertel es wat over haar! Hoe heet ze, wat doet ze, is ze mooi?'

'Ze heet Tanja Hirschberg. In Kiëv was ze lerares. En voor mij is ze mooi genoeg.' Hij hoopte dat dat *voor mij* duidelijk genoeg was.

'En ze wil dat je naar de moheel gaat.'

'Op onze leeftijd doet een chirurg dat. Onder verdoving.'

'De islamiet doet het zonder verdoving, vriend.'

'Je bent gek.'

'Een jongetje van een week oud wordt ook niet verdoofd. Als je wil weten hoe het in werkelijkheid voelt dan ga je naar de moheel.'

'Ik heb op dit moment even genoeg aan m'n verbeelding,' antwoordde Sokolov.

Lev bleef een mysterieuze man. Hij leek gewetenloos, maalde niet om regels en wetten, en tegelijk had hij iets van een romantische held, wiens onverschrokkenheid bewondering en ontroering teweegbracht. Het feit dat Lev zich zonder verdoving had laten besnijden boezemde Sokolov angst in, want het grensde aan waanzin, en tegelijk klonk in de manier waarop Lev erover sprak een jongensachtige roekeloosheid die synoniem was met moed. Lev was nieuwsgierig, dus hij deed het. Lev wilde het ervaren, dus hij onderging het.

Het was spitsuur toen ze Tel Aviv binnen reden. De belangrijkste straten waren breed aangelegd, maar het massale verkeer, eindeloze rijen personenauto's, vrachtwagens, stadsbussen, vorderde stapvoets. Uitlaatgassen walmden hun auto binnen, overal klonken claxons van verhitte chauffeurs, soms boog iemand zich met een rood gezicht uit een raam en riep een verwensing naar een andere automobilist. 'Veel mensen zijn opgefokt hier,' zei Lev. 'De oorlog, de slechte economie, de duizenden Russen die het land binnen stromen. De mensen maken zich zorgen en er hoeft maar dit...' Hij knipte met zijn vingers. '... te gebeuren of ze vallen tegen elkaar uit.'

Ze zetten Sokolov tegenover zijn flat af op de Regov Ben Jehuda. Hoffelijk stapte Lev met hem uit.

'Morgen om negen uur bij de advocaat, goed? Ik bel hem nu meteen. Roy haalt je om half negen op. Weet je hoe de zaak gaat heten?'

'Nou?'

'*November Enterprises.*'

Sokolov glimlachte.

'Ik heb nog twee andere bedrijven. Die heten *August* en *September*. Ik wil er twaalf hebben.'

'Prachtig.'

Lev pakte zijn hand. 'Nog iets.'

'Ja?'

'Irina belde.'

'Ja?' Sokolov had niets ondernomen, geen brief gestuurd, geen geld. Hij had er wel aan gedacht, maar het zenden van geld leek op het afbetalen van een schuld. En die was er in zulke mate dat hij er niet aan herinnerd mocht worden. Afbetaling van zoiets had geen zin. Als hij met Tanja een toekomst wilde hebben (en daar hoorde ontegenzeglijk Emma bij) dan moest hij het verleden begraven. Dan liever geen bericht aan Irina.

'Gisteren. Roy heeft haar gesproken.'

Sokolov wierp een blik op Roy, die geduldig wachtte. De auto stond half op het trottoir geparkeerd om het verkeer niet te hinderen.

'Wat wilde ze?'
'Ze vroeg of je haar wilde bellen.'
'Was er iets bijzonders?'
'Nee. Roy wist niet of hij je nummer mocht geven.'
'Waar is ze?'
'Bij haar ouders in Leningrad. Heb je dat nummer nog?'
'Nee.'
'Roy zal het je straks doorbellen. Sterkte, Sasja.'

Een paar uur later, via duizenden kilometers draad, langs tientallen relaisstations, bereikte haar stem de hoorn van zijn telefoon, gehuld in ruis en storing.

'Met mij!' riep hij.

'Wie is dat?' vroeg Irina door het gebrom heen.

'Sasja! Ik bel uit Israël!'

Hij had zijn stem verheven, gedreven door onrust en de slechte verbinding.

'Sasja? Ben jij dat?' Ook zij riep nu. De vertrouwdheid van haar stem ontroerde hem. Ondanks de verstreken tijd en de veranderde ruimte ontwaakte het verloren gewaand gevoel voor het meisje in het rekencentrum van de vluchtleiding.

'Ja! Irina! Ik bel vanuit Israël!'

'Hoe gaat het daar!'

'Warm! En daar?'

'Heel slecht, Sasja! De winkels zijn leeg! Ik weet niet hoe we de komende maanden moeten doorkomen!'

'Ik zal geld sturen! Dollars! Dan kun je op de markt kopen!'

'Wat!'

'Ik stuur dollars! DOLLARS!'

'Het gaat om je dochter! Niet om mij!' riep Irina, hem duidelijk makend dat ze het geld voor Natasja zou besteden.

Desondanks schoot er iets pijnlijks door zijn borstkas.

'Is er iets met haar!'

'Ze heeft geen toekomst hier! Geen toekomst!'

'Het zal wel beter gaan als de perestroika doorzet!'

'De chaos wordt alleen maar groter!'

'Ik stuur geld!'

'We kunnen het gebruiken!'

'Je ouders! Hoe gaat het met ze!'

'Vader is gestorven! Drie maanden geleden! Echtparen worden nooit samen oud! Alleen de vrouwen blijven over!'

'Wat naar voor je! Had me gebeld!'

'Ik wist toch niet waar je zat!'

'Sorry! Je hebt gelijk!' Op dat moment woonde hij nog in Herzlia met genoeg daadkracht en zelfvertrouwen voor het sturen van geld en medicijnen. Maar het was een onzinnige gedachte achteraf, een bleke poging om zijn gebrek aan belangstelling voor hun lot goed te praten.

'Je bent gescheiden!' riep hij.

'Ja! Hij dronk!'

'Dat deed ik ook!'

'Pas *daarna*! En als hij dronken was werd hij agressief! Hij was een vergissing! Zo gaat dat! En jij!'

'Ik ben niet getrouwd!'

'Heb je iemand!'

'Ik heb een vriendin ja!'

'Is ze jong!'

'Een paar jaar jonger!'

Ze zei iets wat hij niet verstond. 'Wat zeg je!' riep hij.

'Dan kunnen jullie nog kinderen maken!'

'Zou kunnen, ja!'

'En Lev!'

'Is ook alleen!'
'Dus jullie zijn weer samen!'
'Ja. Het moet zo zijn, blijkbaar!'
'Toen hij me belde! Ik was verbijsterd! Hij zocht jou!'
'We gaan een bedrijf beginnen!'
'Wat!'
'Een bedrijf! Lev en ik samen!'
'Kan dat makkelijk!'
'Ja!'
'Sasja! Ik heb een vraag!'
'Ja!'
'Natasja! Het is hier niet goed voor haar!'
'Hoe bedoel je!'
'Ze is vaak ziek! Ze is geen sterk kind! Ze moet hier weg!'
Hij bleef nu stil en voelde de druk van het vaderschap op zijn schouders dalen, gekwadrateerd door jaren opgespaard schuldgevoel.
'Ik stuur geld! Genoeg geld voor eten en kleren!' Met het salaris dat hij bij Lev ging verdienen zou hij hen makkelijk kunnen onderhouden.
'Alles is fout voor haar! De winters! Het vocht! Ze moet hier weg!'
'Wat wil je dan!' vroeg hij, het antwoord kennend.
'Is het mogelijk om naar jou te komen!'
'Alleen Natasja!'
'Ik ook!'
'Wat moet jij hier doen!'
'Wat ik hier doe!'
'Alle Russen hier zijn werkloos! Het is moeilijk!'
'Hier is het moeilijker! Het gaat om je kind! Sasja!'
'Ik weet het.'
'Als het niet echt heel moeilijk was hier, dan had ik dit echt niet gevraagd!'

'Ik begrijp het! Maar hoe moet dat dan!'

'Ik weet het niet!'

'Jij bent niet joods! Natasja ook niet!'

'Dat worden we wel!'

'Dat is zo makkelijk niet!'

'Het lukt wel!'

'Je overziet de problemen niet! Het is hier echt heel anders!'

'En hier overleven we niet!'

Opnieuw bleef hij stil. Hij kon zich niet voorstellen dat Irina in zijn leven terugkeerde, alsof de jaren tussen de ramp en de wederopstanding konden worden weggestreept. Hij moest duidelijker zijn, haar uitleggen dat hij nu een andere vrouw had en zich zou laten besnijden. Maar een ander leven was moeilijk nu hij wist dat Natasja wegkwijnde. Hij kon zich niet herinneren dat ze zwakker was dan andere kinderen, ze had de normale kinderziekten gehad.

'Laat me nadenken!' riep hij. 'Ik moet dit tot me door laten dringen! Het overvalt me!'

'Dat begrijp ik!'

'En je moeder!'

'Die blijft hier! Die gaat elke ochtend naar de mis!'

'En jij wilt jodin worden!'

'Voor Natasja! Ja!'

'Ik stuur je geld!'

'Dank je wel!'

'Ik zal nadenken!' riep hij.

'Wanneer bel je weer!'

'Een week! Twee weken! Wanneer ik weet wat ik moet doen!'

'Goed!' Zonder te groeten verbrak ze de verbinding.

Het enige dat hem nu kon kalmeren was een wandeling met Tanja over de boulevard, langs het strand en de drukke oudjes en de clowns en muzikanten die een paar sjekel ophaalden. Als Irina zou komen, met Natasja, zou ze vermoedelijk pretenderen dat ze nog getrouwd waren want anders kon ze als niet-joodse geen beroep doen op de Wet op de Terugkeer. Maar hij wilde Tanja niet opgeven, besefte hij nu, zelfs als hij daarvoor Emma's vader moest spelen. Het leek wel of het gesprek met Irina zijn twijfels had opengebroken en dat eindelijk duidelijk werd wat hij wilde. Hij moest dat Tanja duidelijk maken. Nu meteen moest hij haar alles vertellen voordat hij bang werd voor de waarheid. Hij moest Tanja overtuigen van zijn intenties. Met een stukje van zijn huid.

De wereld is krankzinnig geworden, dacht hij toen hij de lift opende.

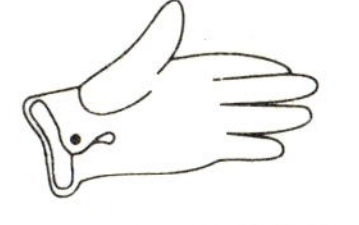

DEEL VIER

EEN

Toen de narcose begon te werken, hoorde Sokolov ver weg het opgewonden gefluister van een verpleegster: 'De Amerikanen bombarderen Bagdad!'

Oorlog, dacht hij, het wordt oorlog. Hij verzette zich tegen de chemicaliën die hem uit zijn lichaam wegsleurden, maar zijn wil verschrompelde en Sokolov werd een onmetelijke ruimte binnengezogen. Hij beleefde daar een vreemde sensatie. Hij bewoog in de richting van een groot licht. Alsof hij geen lichaam had, rustmassa nul, schoot hij als een boson in de richting van de verblindende bron, maar ook alle fermionen, de massadragers, bewogen naar het vuur. De verwachting dat hij in het licht zou samensmelten met alles wat bestond, ging gepaard met een tintelend geluksgevoel. De symmetrie werd hersteld. Wat in een fractie van een seconde na de Big Bang werd verbroken, de eenheid van de Oersoep voordat de uitdijing ruimte en tijd zou creëren, werd nu hersteld. Intense warmte stroomde door hem heen – nee, hij zocht naar een andere omschrijving: hij wàs die warmte. Hij werd opgenomen in de vereniging van alle krachten. De geheimen van bizarre massawaarden van deeltjes als het elektron (0,511003 MeV) en het proton (938,2723 MeV) werden in het licht ontsluierd, en gelukzalig zweefde hij in een kathedraal van vuur.

Een onbepaalde tijd later drong het besef tot hem door dat hij in de operatiekamer lag van het Ichilov Ziekenhuis in Tel Aviv. Om hem heen stonden mensen in zachtgroene jassen, een chirurg, verpleegsters, een anesthesist. Vanochtend vroeg had hij zich in het ziekenhuis gemeld, en in een kamertje had hij zich met een verpleger op de operatie voorbereid. Hij herinnerde zich dat de verpleger sprekend leek op Charlie Chaplin.

'Vruchtbaarheid, voortplanting, genot,' had Tanja gistermiddag gezegd. 'Het is niet zomaar een stukje huid.'

'Zijn mannen die besneden zijn beter?' vroeg hij.

'Beter?'

'Nou ja, hebben ze meer lust, duurt 't langer of korter?'

'Geen idee,' zei ze, 'ik heb geen vergelijkingsmateriaal.'

Het zou minstens drie weken duren voordat hij met haar de liefde kon bedrijven. Hij moest een algehele verdoving ondergaan, de hechtingen zouden na een week oplossen, en zijn geslacht zou de vorm en de kleur van een aubergine aannemen, zo had de arts gewaarschuwd (toen Sokolov dat aan Tanja vertelde antwoordde ze dat ze dol was op auberginegerechten). Door de Russische immigratie was besnijdenis bij volwassen mannen een routine-ingreep geworden. Sokolov was een van de velen die vandaag onder het mes gingen, en voordat hij naar huis mocht zou hij met andere vers besnedenen de volgende ochtend door een rabbijn worden gezegend. Hij zou dan volledig joods zijn. Een gelovige immigrant die zich had aangesloten bij een synagoge kon de operatie gratis ondergaan, maar Sokolov was nergens lid van en moest de besnijdenis zelf betalen. De twaalfhonderd dollar had hij van Lev geleend.

De Amerikanen gooiden Bagdad plat. Hij herinnerde het zich. Hij voelde dat zijn onderlichaam in verband gewikkeld was en het ontbreken van enig gevoel daar veroorzaakte een pijnlijke gedachte. Was er iets fout gegaan? Zou hij nu als eunuch door het leven moeten? Voorzichtig betastte hij het verband. Volgens dr. Shulman was het zoiets als een blindedarmoperatie of een hoornvliestransplantatie. Hij voelde niets, alsof zijn lichaam onder zijn middenrif ophield. Toch had hij de gewaarwording dat hij pijn had. Het was er, en tegelijk was het er ook niet. Elk zenuwbaantje gilde om zijn aandacht, maar de pijnstillers voorkwamen dat de signalen tot zijn bewustzijn doordrongen. Scherper dan ooit voelde hij de tweedeling: de vrije geest, dwalend en twijfelend, en het geketende lichaam, geknecht door natuurwetten. Misschien was deze ervaring de bedoeling geweest van de bedenkers van het ritueel. De onzichtbare, onstoffelijke God van de joden schepte behagen in de kwellingen die zijn aanbidders zichzelf oplegden uit verering voor Hem.

Sokolovs gewetenswroegingen hadden oude wortels. Zijn voorouders hadden elke dag verantwoording afgelegd tegenover de briljantste abstractie die de mensheid had bedacht, de God van het Universum. Sokolov legde verantwoording af aan zichzelf. Hij wist niet wat het moeilijkst was.

In de Torah werd veel nadruk gelegd op *kijken*. Sommige dingen mochten niet worden gezien. De tempel van de joden was kaal, geen beeld, geen icoon, slechts woord en taal vulden hun gebedsruimten. Alleen Mozes had van aangezicht tot aangezicht gestaan met de Schepper, maar desondanks had hij daarbij Zijn Gelaat niet mogen zien. De Almachtige moest Idee blijven en als zodanig worden geïncorporeerd in het geweten van de jood. Hierdoor beschikte ook Sokolov over een Goddelijke blik, en daarmee had hij *gekeken* en *geweten*. De schets die de amateur-schilder had gemaakt leek op een metafysisch teken. Sokolov had gezien, Sokolov had gezwegen. In de ogen van een jood was hij net zo schuldig als de moordenaar zelf.

De deur van zijn kamer werd geopend. Hij probeerde het gezicht van de verpleger te zien, maar het ganglicht was te fel.

'Alles goed, meneer Sokolov?'

Hij knikte, met gesloten ogen.

'Pijn?'

Hij schudde zijn hoofd. Vermoedelijk was wat hij voelde de normale toestand na een dergelijke operatie.

'Wilt u iets hebben?'

Opnieuw schudde hij zijn hoofd. Hij wist niet welke tijd het was, maar het kon niet veel later zijn dan het einde van de ochtend of het begin van de middag. Hij moest hier tot morgenochtend ter observatie blijven en over een week voor controle terugkomen. Een slokje wodka. Hij had niet meer gedronken sinds Lev hem had gevonden en zijn lichaam was zich wonderlijk snel aan het herstellen. Hij kon de aandrang nauwelijks weerstaan, maar de angst om terug te vallen in de verloedering waarvan hij zich had bevrijd, was hevig genoeg om het verlangen naar wodka te compenseren.

Hij maakte zich geen illusie over zijn verslaving: zijn hele leven zou hij alcoholist blijven.

Irina had hem een brief gestuurd met foto's van Natasja. Een meisje van bijna tien met grote donkere ogen, sierlijke lippen, een dunne hals, lang donker haar dat tot haar heupen reikte, tedere handen, slanke enkels onder een gekoesterde Amerikaanse spijkerbroek. De vorm van haar gezicht en de droeve kinderogen lagen blijkbaar genetisch in hem opgeslagen, slapend tot ze in de vorm van Natasja tot bloei zouden komen. Ze deed hem aan zijn moeder denken, maar vermoedelijk zouden haar lichaamstrekken nog verder terug hun oorsprong vinden, in de generatie van zijn grootouders, die hij nooit had gekend. Haar bestaan maakte de moord op zijn families belachelijk, een *practical joke* van de Hand die de Natuur beheerste. Na het zien van de foto's was er geen weg terug en moest hij Irina bellen en haar vragen wat ze eigenlijk van plan was. De kans nam toe dat hij over enkele maanden gezelschap kreeg van zijn voormalige echtgenote en zijn eeuwige dochter, een duizendjarige jodin. Hij belde Irina.

Ze riep in de hoorn: 'Ik word joods. Jij moet ze vertellen dat ik joods ben.'

De nood in de Unie moest wel erg hoog zijn gestegen. Hij antwoordde: 'Dat zijn speciale rechtbanken met rabbijnen, die willen bewijzen zien.'

'Met geld kan alles.'

'Niet bij deze mannen. Deze heren geloven in de Schepper.'

'Ik bedoel: ik kan *hier* alles kopen, Sasja.'

'Ik dacht dat er niets te krijgen was.'

'Ik kan een bewijs van joodse nationaliteit kopen.'

'Dat is valsheid in geschrifte.'

'Het is een èchte. Geen valse.'

'Maar dat maakt geen verschil! Het blijft een leugen.'

'Het gaat om de toekomst van Natasja. Als ik daarvoor moet liegen dan doe ik dat.'

'Dit is een andere cultuur. Je moet een andere taal leren,' probeerde hij ten einde raad.

'Waarom zeg je niet wat je de hele tijd eigenlijk wil zeggen?'

'Ik probeer je iets duidelijk te maken!' riep hij.

'Nee! Je wil ons weghouden! Je dochter bestaat echt, Sasja! Als we hier blijven gaat ze een vreselijke toekomst tegemoet. Je hebt gezien hoe ze eruitziet. Ze is *mijn* dochter, maar ze komt uit *jouw* nest! Wil je het me echt horen zeggen?'

'Zeg het,' zei hij ernstig.

'Ze is een *jodin*! Ze is geen Russin, ze is Hebreeuws!'

'Je klinkt als een racist,' antwoordde hij, ook al had hij zelf gedacht wat Irina nu uitsprak.

'Ze heeft alles van jouw familie. M'n moeder voelt zich ongemakkelijk als ze Natasja ziet.'

'Ik heb altijd wat moeite met haar gehad, Irina, als ik 't voorzichtig mag zeggen.'

'Ik weet 't, ja. Wil je het over háár hebben?'

'Irina... ik heb een streep getrokken onder m'n verleden, onder jou, zelfs onder Natasja, ook al moest ik daar m'n best voor doen...' Hij hoorde het wollige pathos in zijn stem. '... maar ik had geen keus omdat jij ons huwelijk had opgeblazen...'

'Daar heb je zelf vrolijk aan meegeholpen, Aleksandr Iwanowitsj.'

'Je hebt me verraden, Irina, en je hebt Natasja van haar vader beroofd!'

'Je hebt jezelf verraden, Aleksandr Iwanowitsj, en die gruwelijke waarheid probeer je nu al meer dan vijf jaar te ontlopen.'

Een bepaalde categorie verwijten kon hij moeilijk van zich afschudden. Hij had iets met verraad, een grote gevoeligheid voor het woord alleen al. Misschien was hij zo krampachtig principieel omdat hij zijn vermogen tot verraad in bedwang moest houden, en dat was iets dat door Lev werd herkend. Lev bracht het aan de oppervlakte: in feite was Sokolov dezelfde schoft als zijn vriend, met dien verstande dat Lev openlijk en direct op zijn doelen joeg en Sokolov eerst zelfkastijding onderging. Sokolov was principieel omdat hij bang was voor zijn eigen bandeloosheid, zoals zijn drankgebruik aantoonde, en een kunstmatig korset van regels en wetten gaf zijn gedrag de stevigheid die niet door zijn natuur kon worden verschaft.

Irina had hem pijnlijk geraakt. Allebei hadden ze Majoor Kirov ontmoet en dagenlang hadden ze over verraad geschreeuwd. Vervolgens doekten ze hun huwelijk op.

Sokolov had het allemaal doorstaan, en hij betaalde de prijs van de schaamte, in afzondering beleefd, maar met een strengheid die deed denken aan zijn vader. Zelfs in zijn alcoholische periode was hij streng en verbeten. Net als hij bezat zijn vader de rechtlijnigheid van een geboren chaoot die zijn amorfe leven had verpakt in grauw papier met stevig touw. De ouderlijke correcties van zijn vader bestonden uit blikken vol wetten. Nu, jaren later, zag hij in die ogen de jeshivastudent die de talmoed bestudeerde en over de natuur de wetten van God legde. Zijn vader was marxist geworden, maar achteraf gezien was dat zoiets als het verwisselen van de ene hoed voor de andere. Vermoedelijk had zijn vader in de technische boeken die hij immer las dezelfde soort gebeden gelezen die hij vroeger in de Torah had gevonden, een kloppende realiteit, een sluitend wereldbeeld.

Veel conflicten had hij niet met hem gehad, een zwijgzame man, een dromer eigenlijk, net als hijzelf.

Hun grootste ruzie betrof Sasja's weigering om lid te worden van de Komsomol. Hij was opgegroeid in een modelgezin, maar de officiële ideologie was niet in zijn poriën gedrongen, ook al had hij een diepe bewondering voor de Sovjet-technologen en was hij er trots op in dit machtige land te zijn geboren. Ook hij droeg een rode doek om zijn hals als er in schoolverband naar een festiviteit gemarcheerd werd, maar toen de vraag urgent werd of hij Komsomollid zou worden weigerde hij als koppige puber. Hij beriep er zich op dat hij al zijn tijd nodig had om kennis te vergaren en daarmee de Sovjet-maatschappij te dienen. Hij was pionier geweest, dat was genoeg. Hij verzweeg dat hij met Lev had afgesproken dat ze buiten de Komsomol bleven. Dat was vlak na hun heilige eed.

'Iedereen die een loopbaan in dit land wil, wordt lid van de Komsomol. Het is een goede voorbereiding voor later.'

'Papa, het is tijdverspilling. Wat doe je er nou eigenlijk?'

'Je bent met leeftijdgenoten. Je krijgt een goede marxistische vorming, je leert de Sovjet-maatschappij kennen.'

'Ik wil wetenschapper worden, papa.'

'Denk je dat je als wetenschapper niets hebt aan de ideologen?'

Alles wat zweemde naar het klakkeloze aannemen van waarden kon in zijn puberale geest geen genade vinden. Hij was zes jaar lang pionier geweest, een padvindersclub waaraan hij zich met overgave had gewijd, maar toen zijn stem brak en de eerste haartjes rond zijn mond verschenen ontwikkelde hij tegen de jeugdorganisaties een weerzin waarover zijn ouders zich verbaasden.

'Je bent anders nooit zo,' zei zijn moeder bij het horen van zijn tegenwerpingen.

'Nu wel.'

'Het lijkt wel of je een antimarxist bent!' zei zijn vader.

'Iwan!' riep zijn moeder, geschrokken van de beschuldiging.

'Natuurlijk ben ik geen antimarxist,' antwoordde Sasja verontwaardigd. 'Maar ik vind dat de Komsomol voor anderen is. Niet voor mij.'

'Waarom? Ben je beter dan anderen?'

'Nee. Misschien wel slechter,' sprak zijn opstandige mond.

'Sasja,' zei zijn vader, zacht en mild nu, 'een jongen zoals jij, altijd met de mooiste tabel, het is je *plicht* om lid van de Komsomol te worden. Iedereen kijkt naar je, iedereen heeft oog voor je!'

Op school hadden ze oog voor Lev, de kunstenaar, niet voor de zwoeger Sasja Sokolov, en de weigering om zich als lid op te geven groef zich steeds dieper in zijn wil. Met Lev had hij afgesproken dat ze 'waardenvrije wetenschap' zouden bedrijven. Hij wist niet hoe Lev aan die term was gekomen, maar ze hadden erover gediscussieerd en het idee was verblindend mooi. Zelfs het marxisme had kanten die pure wetenschap konden verduisteren, en wilden ze ooit de grenzen van het Melkwegstelsel bereiken, dan dienden ze 'waardenvrij' te zijn en alleen te buigen voor de zuiverheid van mathematische vergelijkingen. Lev was niet alleen de bron van de ideeën over vrije wetenschap, hij was ook degene die met het voorstel was gekomen om de Komsomol te boycotten. Zij moesten het anders doen dan hun ouders, meende Lev, voor hen geen pakketten uit Finland, geen decadente orgieën in datsja's, geen carrière ten koste van derden, maar een leven gebaseerd op pure denkkracht, als kroon op de ratio van de natuur. Op zestienjarige leeftijd klonk het in Sasja's oren als de enige logische en benijdenswaardige levenshouding.

'Ik doe het niet,' zei hij vastbesloten tegen zijn ouders.

'Je stelt ons erg teleur,' zei zijn vader.

'Ik moet...' Hij aarzelde en vroeg zich af of hij het woord zou laten vallen. 'Ik moet gewoon al mijn tijd besteden aan waardenvrije wetenschap.'

De uitwerking was verwoestend. Hij zag de mond van zijn vader openvallen, zijn moeder schudde afkeurend haar hoofd.

'Dat is antimarxistisch,' mompelde zijn vader onthutst.

'Uiteindelijk niet,' zei Sasja.

'Hoe kom je aan die wijsheden? Van wie heb je dat?'

'Van niemand,' beweerde hij.

'Dat geloof ik niet. Van wie?'

'Van mezelf.'

'Zeg je dit soort dingen ook op school, tegen je vrienden?'

'Natuurlijk niet!'

'Aleksandr! Dit is het gif van het bewustzijn! Elke rationele analyse wordt onmogelijk als je in dat soort vreemde kronkels gaat denken! Het marxisme *is* wetenschappelijk en waardenvrij! Het is een *methode* om de waarheid te beschrijven! Het lijkt wel of je gehersenspoe...'

'Papa! Het marxisme is een bepaalde vorm van wetenschap, maar je kunt niet op een marxistische manier wetenschap bedrijven!'

'Waarom niet? Miljoenen mensen doen dat!'

'Nee!'

'Toch is dat zo!'

'Ze noemen het misschien zo, maar dat is het niet. Echte wetenschap is waardenvrije wetenschap! Altijd!'

'Aleksandr! Wil je dat nooit meer zeggen?'

'Het *is* zo, papa!'

'Ik weet niet wat ik hoor. Mijn eigen zoon...'

'Papa, voor mij is het zo. Ik kan er niet anders over praten.'

'Het is 1963, de imperialisten dreigden vorig jaar nog met een oorlog omdat ze Castro willen verdrijven, en jij beweert dat je geen marxist bent!'

'Dat ben ik wel! Maar niet als wetenschapper! Ik ben marxist omdat ik nu eenmaal hier leef!'

'Is dat alles? Heb je geen overtuiging? Zie je niet de objectieve krachten die tot het socialisme hebben geleid?'

'Natuurlijk wel...'

'Jij moet oppassen, jij, Aleksandr, met zulke denkbeelden loopt het fout af met jou.'

'Nee,' beweerde hij koppig, 'met mij loopt het goed af.'

'Vind je het niet gek, na alles?' vroeg zijn vader aan zijn moeder. Ze reageerde met een onrustige hoofdbeweging, en Sasja had het gevoel dat zijn vader met die vraag het verleden aanroerde. Het was de eerste keer dat zijn vader een opmerking maakte die door zijn zoon in verband gebracht werd met de afgezworen tradities van het oude volk, met de vermoorde families, met de vlucht naar Rusland. *Na alles*.

'Thee,' zei zijn moeder te luid, 'ik zal thee zetten.'

Nerveus verliet ze de kamer. Sasja zei: 'Ik kan geen lid worden van de Komsomol, papa.'

'Je *moet*,' zei zijn vader fel. Hij liep naar het raam.

'Niks moet, *na alles*,' zei Sasja.

Zijn vader draaide zich om. Sasja bleef hem onverschrokken aankijken. In de ogen van zijn vader las hij onzekerheid over wat zijn zoon wel of niet wist. Toen zijn vader zich weer naar het raam keerde, met neergeslagen blik, was het gesprek beëindigd. Ze kwamen er nooit meer op terug.

De Amerikanen bombardeerden Bagdad. Hij was vergeten de verpleger te vragen of het waar was. Hij had geslapen. Er klonk een stem.

'Sasja,' hoorde Sokolov, 'ouwe zjid...'

Het was Lev, die hem uit het niets kwam weghalen, zoals toen.

Sokolovs oogleden hadden het gewicht van oermaterie, dichter dan lood, en hij glimlachte zonder te kijken. 'Smerige rotjood,' mompelde hij. 'Ik word ook nog ingewijd.'

'Inwijden is een christelijk woord,' zei Lev afkeurend. 'Je wordt gejidst, zo heet dat.'

Nog steeds met gesloten ogen grijnsde Sokolov. Het had iets veiligs en vertrouwds om stil in bed te liggen en Levs stem te horen, alsof hij weer een kind was voor wie gezorgd werd. Maar nog steeds werd hij door de slaap omarmd, en ook al wilde hij met Lev praten, hij bezat niet de kracht om zijn gedachten te richten en zijn ogen te openen.

'Alles is goed,' mompelde hij.

'Gelukkig,' sprak Lev, 'stel je toch voor dat je 'm zou moeten missen, je toverstok, dat zou je vriendin niet leuk vinden.'

Sokolov schudde zijn hoofd en hij viel weg in een lange zware val die niets angstigs had. Vrij en onbelast zweefde hij langs een soort waterval, leek het wel, met fonkelende waterdruppeltjes en geruis dat als muziek klonk.

Hij bewoog zijn hoofd en hoorde Levs stem.

'Lekker geslapen?'

Hoe lang was hij weg geweest? Hij herinnerde zich dat Lev eerder bij hem aan bed had gestaan.

'Toverstok,' zei hij.

'Is dat het enige waar je aan denkt?' vroeg Lev.

Sokolov knikte. Voorzichtig opende hij zijn ogen. Lev stond aan het voeteneind, zijn ellebogen steunden op een hoge buis van het frame van het bed, de vingers in elkaar verstrengeld, en hij keek de patiënt ontspannen aan.

'Je viel in slaap, ik heb een wandelingetje gemaakt. Pijn?'

'Nee.'

Hij probeerde rechtop te zitten, maar zijn armen waren van nat karton en hij gaf de poging op.

'Wacht,' zei Lev toen hij dichterbij kwam. Hij hielp Sokolov en schoof twee kussens achter zijn rug en hoofd.

'Zo goed?'

'Fijn. Dank je wel.'

Lev keerde terug naar zijn plek bij het voeteneinde en leunde opnieuw op het frame van het bed.

'Hoe laat is het?'

'Half vier.'

'Vreemde reizen in m'n slaap.' Hij dacht aan de bombardementen. 'Hoe is het in Irak?'

'Ze bombarderen ze daar aan stukken. *Live* op CNN te zien.'

'Je moet die Hoessein niet onderschatten.'

'Arabieren...' Lev maakte een wegwerpgebaar. 'Retorische cultuur. Eer, schaamte, respect, begrippen uit het vocabulaire van woestijnstammen.'

'Wordt er ook op de grond gevochten?'

'Geen idee.'
'Hoe is het buiten op straat?'
'Stil. Veel mensen zijn thuisgebleven. Er wordt rekening gehouden met een aanval. Maar de Amerikanen schijnen de lanceerinrichtingen van z'n Scuds te hebben geraakt.'
'Ik hoop het.'
'Is Tanja al geweest?'
'Ze had de hele dag cursus. Na vieren zou ze komen.'
'Ik ben blij dat je weer iemand hebt, Sasja.' Hij zei het ingetogen en teder, de woorden van een vriend.
'Ja.'
'Hoe staat het met Irina?'
'Ze wil daar weg, koste wat kost. Ze wil papieren kopen daar. Zodat ze als joodse het land in kan.'
'Je kunt haar niet tegenhouden, Sasja. Laat haar komen. Straks verdien je genoeg om haar elke maand wat toe te stoppen zodat je dochter een behoorlijke jeugd krijgt.'
'Ik ben met Tanja. Die heeft een kind.'
'En je eigen kind? Als ze hier komt dan kun je haar een paar keer per week zien. Je hebt een dochter van elf, man!'
'Tien.'
'Een dochter die je nog kunt zien opgroeien! Laat dat niet schieten.'
'Nee.'
Ze lachten naar elkaar, verlegen opeens, alsof ze nog vijftien waren en over hun kwetsbare idealen hadden gesproken.
'Ik heb een probleem,' zei Lev opeens.
Het was de stem die ooit had bekend dat zijn leven kapot en voorbij was omdat hij een joodse moeder had.
'Wat voor probleem?'

'Een onmogelijk probleem.'

'Dat zijn de moeilijkste,' zei Sokolov. 'Geld?'

'Ja.'

Zou de zaak instorten? Was de toekomst die over enkele weken zou aanbreken een lichtzinnige grap geweest van een aartsfantast?

Lev woonde in een miljonairswoning, hij moest zijn personeel betalen, zijn auto's en reizen, dus hij beschikte over het geld om op die manier te leven. Vanaf 1 maart zou *November Enterprises* een kantoor betrekken in de Shalom Tower, het hoogste kantoorgebouw in Israël, zichtbaar vanaf zijn terras, en dan zou Sokolovs salaris stijgen naar het duizelingwekkende bedrag van achtduizend dollar per maand. Hij had een contract getekend en was nu directeur van het bedrijf. Hij had 'tekenbevoegdheid', wat betekende dat hij bij de bank vrijelijk bedragen kon opnemen.

'Ik wil dat we echte partners zijn,' had Lev gezegd toen ze na het bezoek aan de West Bank in de Caprice op weg waren naar het advocatenkantoor. 'We gaan deze onderneming met ons tweeën leiden. Ik neem het management, jij de technische leiding. Zo staat het ook omschreven in de papieren. Ik lever het kapitaal en jij leidt de produktontwikkeling.'

'Ik heb mensen nodig. Goeie mensen.'

'Er lopen duizenden eersteklas Russen rond. We plaatsen advertenties en werven onder onze oude kameraden. Er moeten er tientallen zijn die in de Unie aan wapenontwikkeling gewerkt hebben.'

'En je vriend, de kolonel?'

'Er zullen nog een hoop vergaderingen komen, maak je geen zorgen. Eerst gaan we formeel een bedrijf opzetten. De statuten zijn ruim geformuleerd zodat we ons niet tot één activiteit hoeven te beperken, en zodra de juridische basis er is gaan we aan de slag.'

Het advocatenkantoor was gevestigd aan de Sederot Rotschild, een straat waarin de twee rijrichtingen werden gescheiden door een langgerekt park met stoffige bomen en struiken. Roy bleef buiten voor het voorname pand wachten terwijl Lev en Sokolov door een groep serviele advocaten werden ontvangen. Sokolov kreeg geen tijd om de tientallen documenten te lezen, maar de essentie was volstrekt duidelijk. De papieren legden de hoogte van zijn salaris vast, de regelingen ten aanzien van de winstdelingen, de omschrijving van het doel van de bedrijfsactiviteiten, en de verantwoordelijkheden ten aanzien van zijn tekenbevoegdheid. Voorts werden verzekeringen geregeld, ziektekosten, juridische aansprakelijkheid, levensverzekering. Hij plaatste tientallen parafen en handtekeningen.

Vanaf die dag verdiepte Sokolov zich in wapenfabrieken en wapensystemen. Verwonderd stelde hij vast dat er in het Westen talloze tijdschriften werden uitgegeven die hem een helder en waarheidsgetrouw beeld konden geven van de internationale wapenindustrie. Via Bar-On ontmoette hij militairen die gespecialiseerd waren in de raketsystemen die in Israël werden ontwikkeld: luchtafweerraketten, ground to ground raketten, de gecompliceerde antiraketraketten, raketten die op zee gebruikt werden en de raketten waarmee de superieure Israëlische luchtmacht straaljagergevechten won. Het begon tot hem door te dringen dat de ontwikkelingskosten van nieuwe systemen vele tientallen miljoenen dollars bedroegen, en vervolgens was het nog maar de vraag of de wapens konden worden verkocht. Het was van belang dat het eigen leger de wapens inkocht, en daarmee kon op de internationale markten, zoals vliegshows en conventies van wapenfabrikanten, reclame gemaakt worden. In de Unie waren deze problemen afwezig, want de researchcentra waren onderdeel van het leger, en als een systeem waardevol bleek te zijn dan was de produktieopdracht een kwestie van een aantal handtekeningen, de kosten deden niet ter zake. Maar in dit kapitalistische land kon een wapenfabriek alleen overleven als er genoeg klanten waren. Lev en de kolonel verzekerden hem dat de afzet geen probleem vormde.

'Een Israëlisch wapensysteem is overal in de wereld een gewild produkt,' had Lev gezegd, 'en als we met betaalbaar materiaal komen dan kunnen we een lucratieve zaak hebben.'

'Mijn relaties hebben geld over voor goede spullen,' zei de kolonel, 'en met jouw kennis en de mensen over wie je beschikt kunnen we die spullen maken.'

Sokolov ontmoette Bar-Ons zwager, een briljant elektronicus die bij de Israel Aircraft Industries werkte. In zijn vrije tijd had hij gedetailleerde plannen ontwikkeld voor geavanceerde antiraketraketten. Met de vorming van een team en een kapitaalinjectie van twintig miljoen dollar zou *November* binnen een halfjaar een testmodel kunnen produceren in de fabriek op de West Bank.

Sokolov ontving vertegenwoordigers van computerfirma's. Hij maakte kennis met *state of the art* technologie, computers met fenomenale geheugens en werksnelheden, en hij was onder de indruk van de software, die driedimensionale beelden genereerde en een groot aantal tests met echte modellen overbodig maakte. Een van de vertegenwoordigers bood hem zelfs een gecompliceerd computerprogramma aan dat luchtstromen over metaaloppervlakten kon berekenen en *full color* in beeld bracht, Computer Fluid Dynamics. Hij mocht het van Lev aanschaffen.

Hij ging wapens bouwen. Tanja, zijn maagd, vond zijn gewetenswroeging getuigen van gebrek aan realiteitszin en dus bespottelijk.

'Je bent hier in Israël, Sasja! Dit land is in oorlog. Politiek is alles!'

'Pure wetenschap wil kennis bevorderen.'

'Ja. En nu komt er iets heel praktisch bij: het overleven van het land waarin je woont.'

'Je praat er wat al te makkelijk over, Tanja.'

'Ik? *Jij* praat er makkelijk over! Elke seconde wordt het bestaan van dit land ter discussie gesteld! Het is niet zoiets als Frankrijk, dat er al eeuwen is en er nog eeuwen zal zijn, nee, elke dag moeten *wij* het rechtvaardigen. En verdedigen. En nu jij er direct aan kan bijdragen word je opeens principieel!'

'Niet opeens. De hele tijd al.'

'Goed, niet opeens maar de hele tijd. Sasja! Maak toch niet altijd een probleem van alles! Je bent een geprivilegieerd mens, je verdient een fortuin, je doet het soort werk dat je graag wilt doen, je kunt helpen je land te versterken, en in plaats van tevreden te zijn word je gekweld door problemen! Ga wapens maken! Zorg ervoor dat onze kinderen hier kunnen leven!'

Om kinderen met haar te maken had hij zijn voorhuid laten verwijderen. En nu had Lev een probleem.

Liggend in zijn ziekenhuisbed vroeg Sokolov: 'Heb je geen geld meer?'

'Jawel.'

'Maar...?'

'Maar ik heb een probleem.'

'En ik begrijp dat dat probleem zich niet tot jou beperkt?'

'Nee,' antwoordde Lev. 'Alles kan erdoor aangetast worden. Alles wat ik hier heb opgebouwd.'

'Wat is het? Iets met de politie?'

De onrust dat Lev toch met de moord in verband gebracht kon worden schoot los uit zijn geheugen.

'Nee. Nog niet.'

'Word nou es preciezer,' drong Sokolov aan.

'Okee.' Lev sloot zijn ogen en boog zich over zijn gevouwen handen heen, zich concentrerend als een biddende chassied.

'Een halfjaar geleden heb ik in mijn huis, en ook in m'n kantoor, een alarminstallatie laten aanleggen. Ik vond dat veiliger, je weet maar nooit wat er gebeurt, ook al wordt er niet zo veel ingebroken hier, en ik heb toen een installateur ingehuurd met goede referenties die dat voor een plezierig bedrag heeft aangelegd. Uiterst gevoelige apparatuur, infraroodlampen, beveiligde drempels, raamkozijnen, alles.

Wat me geruststelde was het feit dat de eigenaar van die zaak ook een Georgiër was, een *gruzin*. De man was geen toonbeeld van verfijning, maar ik had vertrouwen in de zaak en ik liet hem overal toe. Je kunt niet willekeurig iemand in je huis binnenlaten en draadjes door je muren laten trekken. Dit is een zaak van vertrouwen, zeker als je het soort zaken doet waar ik zo nu en dan bij betrokken ben.

Een maand of twee geleden kwam hij naar me toe. Alles was toen al aangelegd en ik was tevreden over wat hij had gedaan, geen vals alarm gehad sinds de aanleg, een blije klant was ik. Hij kwam naar me toe, en toen begonnen de problemen.'

Lev richtte zich op en liep naar het raam.

'Is het geoorloofd om hier te roken?' Een Levkiaanse zin. Een vraag tegen beter weten in.

'*Jij* mag hier roken,' antwoordde Sokolov.

Hij keek toe hoe Lev een sigaar opstak. De scherpe lucht van brandende tabaksbladeren dreef naar hem toe. Hij wist nog steeds niets van de aard van Levs problemen, maar zijn ongewone onrust vertelde dat ze ernstig waren. Sokolov kon zich niet herinneren dat Lev ooit zo'n spanning had getoond, nerveuze bewegingen met zijn vingers, korte rukken met zijn schouders, snel knipperende ogen. Hij hulde zich in sigarerook.

'Goed. Deze gruzin kwam me waarschuwen. Hij vertelde dat de fraudebestrijding me op de hielen zat. Twee maanden geleden gebeurde dat. Hij had van z'n neef gehoord dat er een onderzoek naar me was ingesteld – z'n neef is belastingambtenaar. Ik was toen met iets bezig en ik begreep waar hij het over had. Het was niet echt helemaal legaal, een bepaalde transactie, en als ze me op iets hadden willen grijpen dan zouden ze het daarmee doen. Ik heb toen die zaak meteen in orde gemaakt zodat de belastingen van me af zouden blijven. En ik heb de gruzin en de neef wat gegeven omdat hij me zo delicaat getipt had.'

'Maar dat was niet het einde van je problemen?'

'Nee. Het begin.'

Lev zoog een witte wolk naar binnen en hield even zijn adem in toen de zware lucht in zijn longen hing. Met getuite lippen ademde hij uit.

'Afgelopen week komt hij bij me op bezoek. Hij vertelt dat zijn neef nieuwe informatie voor me heeft.'

'Die neef bestaat echt?'

'Hij is er, deze neef.'

'Wat heeft ie nu gehoord?'

'Hij weet alles van de zaak. Onze zaak.'

'Is dat erg?'

'Sommige dingen kunnen beter niet door buitenstaanders geweten worden.'

'Hoe komt hij eraan?'

'Volgens hem is de fraudebestrijding getipt.'

'Door wie?'

'Geen idee.'

De onrust die Lev tentoonspreidde kwam natuurlijk voort uit het vermoeden dat zijn beste vriend de politie had getipt.

'Ik heb niemand gesproken, Lev. Zelfs Tanja weet heel weinig van onze plannen.'

Lev maakte afwerende gebaren. 'Daar gaat het niet om. Ik vertel je dit niet omdat ik jou verdenk. Ik verdenk jou niet. Ik *weet* hoe hij aan z'n informatie is gekomen.'

Hij keek Sokolov strak aan, met strenge ogen, maar de spanning van de komende onthulling ontlaadde zich rond zijn neus. Zijn neusvleugels trilden en hij boog zijn hoofd en kneep er met duim en wijsvinger in, alsof hij een opkomende niesbui wilde onderdrukken. De grote sigaar walmde.

'Goed,' zei hij, 'toen hij me dat had verteld ben ik nog eens gaan nadenken en toen heb ik andere kanalen aangesproken en nog eens nagetrokken wat de fraudebestrijding nou eigenlijk wist.'

Hij hield even stil en zuchtte, het natuurlijke theater van een geboren voordrachtskunstenaar.

'Ze wisten daar niks,' zei hij. 'Ze hadden natuurlijk wel een dossier over me, dat hebben ze over iedereen. Maar er was geen onderzoek, begrijp je? De klootzak probeerde me te belazeren. Hij heeft me opgelicht en ik ben erin gestonken alsof ik de eerste de beste dilettant ben.'

'Hoe kwam hij dan aan informatie? Die klopte toch?'

Lev knikte en opnieuw liet hij enkele seconden verstrijken, alsof hij moed zocht voor het vertellen van zijn verhaal.

'Alles wat hij zei klopte. Daarom had ik hem geloofd. Het was informatie die hij van iemand had gekregen die verdomd veel van mij wist. Hij had een hele goeie bron aangeboord.'

'Bar-On?' vroeg Sokolov.

Lev schudde zijn hoofd, beledigd bijna. 'Nee, je denkt de verkeerde kant uit.'

'Je huishoudster dan?'

Nu begon Lev te lachen. Sokolov had geen flauw vermoeden van de oorsprong van Levs gekrenkte vrolijkheid.

'Sasja toch. Natuurlijk niet. Niet eens bij me opgekomen, die gedachte. Nee, onze gruzin heeft me afgeluisterd. Begrijp je? Met zijn alarminstallatie heeft hij meteen een paar microfoontjes ingebouwd en daarmee heeft die klootzak me te grazen genomen! Alles wat jij en ik daar besproken hebben, alles wat ik met m'n relaties besproken heb, elk detail, elke scheet, heeft onze vriend op tape opgenomen. En nu chanteert hij me, de klootzak. Maar ik heb één troef: hij weet niet dat ik het weet. Hij laat me geloven dat de fraudebestrijding me bij m'n ballen vasthoudt, maar ik weet nu van wie die hand is, begrijp je, Sasja? Het is *zijn* hand, niet die van de fraudejongens.'

Sokolov had met verbazing geluisterd naar zijn zinnen, die uit een andere wereld leken te komen, uit die van een ongrijpbare, mysterieuze Amerikaanse onderwereld met gangsters en dieven die elkaar afluisterden en afpersten. Vroeger bespraken ze de techniek van een *dual fuel* motor, nu de chantage door een boef.

'En nu?'

'Nu moet de gruzin sterven.'

'En dan?' vroeg Sokolov. Hij nam de opmerking niet serieus.

'Dan is het afgelopen.'

'En nu echt: wat ga je doen? Hem betalen?'

'Wat ik zei, Sasja, hij moet sterven.'

'Dat kan niet,' zei Sokolov, alsof hij tot een kind sprak.

'Dat kan wel.'

'Alles kan, maar we *doen* het niet.'

'Ik méén het, Sasja.'

'Néé, Lev.'

Lev was de moordenaar, dacht Sokolov. Het was Lev geweest op de hoek van de Regov Etsel en de Regov Roni, op klaarlichte dag had Lev iemand vermoord en Sokolov was er getuige van, de Heer van het Universum had de inval gehad om de twee oude vrienden daar op hetzelfde moment neer te zetten en nu zat Hij zich te verkneukelen bij het aanschouwen van deze scène.

'Heb je zoiets eerder gedaan?' vroeg Sokolov.

'Ik ben niet gek. *Ik* doe zoiets niet. Het is één keer eerder voorgekomen dat iets dergelijks gedaan moest worden, maar toen heb ik het niet zelf gedaan. Maar ik had de verkeerde man ingehuurd. Dat is een probleem als je zoiets wilt, het vinden van de juiste man.'

'Lev! Zijn *wij* dit? Praten wij hier over het vermóórden van een mèns? Jij en ik? Als twee criminelen? Zijn we daarvoor helemaal hierheen gekomen, om een mens van kant te maken?'

'Soms kun je niet anders.'

'Betaal die man. Dan ben je ervan af.'

'Dan vraagt hij nog meer.'

'Wat wil hij?'

'Twee miljoen dollar.'

'Mijn god...'

'Hij beweert dat ie daarmee agenten van de fraudebestrijding afkoopt en het dossier kan laten verdwijnen. Dat was te véél allemaal. Ik werd argwanend. En als ik erop inga, blijft hij vragen, geloof me, ik ken de gruzini, ik ben er namelijk zelf één.'

'Betaal hem! Je hebt geen keuze!'

'Ik heb wel een keuze. Hij gaat eraan.'

'Uitgesloten.'

'Als hij in leven blijft, met de informatie waar hij nu over beschikt, maakt hij onze zaak onmogelijk, Sasja! Je kent dit soort mensen niet! Iemand die het lef heeft om bij *mij* afluisterapparatuur achter te laten heeft grote kloten, Sasja, en zo'n beest krijg je niet getemd. Zo'n beest moet worden afgemaakt.'

'Je hebt het over een *mens*, godverdomme!' riep Sokolov, en een steek trok door zijn buik. De verdoving begon blijkbaar op te lossen. Zachter, beheerster, zei hij: 'We mogen niet op die manier over mensen praten, Lev. Dan gaat die zaak maar niet door, begrijp je? Geef hem maar alles, maar we kunnen hem niet doodmaken. Zo simpel is dat.'

'Jij gaat liever terug naar waar ik jou vond?'

'Misschien wel, ja.' Sokolov blufte nu. Hij wilde niet terug.

'Ik laat niet van me afpakken wat ik heb, Sasja. En jij hebt ook verantwoordelijkheden. Je kind komt, ik neem aan dat je met Tanja ook een gezin wilt stichten. Hoe ga je dat aanpakken allemaal? Ga je de straten weer vegen? Ga je kranten bezorgen? Bij mij kun je een vermogen verdienen, Sasja, en met dat vermogen kun je een nieuw bestaan bekostigen, maar dan moet die gruzin wel het zwijgen worden opgelegd. Hij maakt ons kapot als we niets doen. Wat hij heeft opgenomen zal ons gaan nekken als we niets doen. Ze zullen ons grijpen, als hij die tapes doorgeeft.'

'Wie, *ze*?'

'De fraudebestrijding, de politie, alles wat een penning draagt. En *jij* gaat ook niet vrijuit, Sasja.'

'Waarom ik?'

'Omdat je verdomd goed weet dat we met geld gaan werken dat niet helemaal kosjer is! Je bent ervan op de hoogte en je participeert! Je bent medeplichtig! Zo simpel is het! Als ik hang, hang jij ook.'

'Fijn dat je me dat allemaal uitlegt. Ben ik er wel op vooruitgegaan, sinds toen?' Sokolov klonk verongelijkt, als een verwend ventje dat zijn overdadige speelgoed moet teruggeven.

'Lijkt me wel, ja. Je ligt hier in een dure kamer, je hebt een dak boven je hoofd, kleren, geld, een vrouw, dat was er nog niet allemaal.' Lev schudde zijn hoofd in ongeloof. 'Sta ik me zelf te verdedigen... Sasja, wanneer dringt het tot je door? We zitten tot hier...' Hij hield een hand voor zijn keel. '... in de stront. Die kerel heeft een ongelooflijk handig spelletje gespeeld. Ik zal niet de enige of de eerste zijn bij wie hij dit geflikt heeft, maar dat maakt de soep niet lauwer. Wat we moeten slikken is gloeiend heet, en als we niks doen dan zijn we alles kwijt.'

'Wat weet ie dan?'

'*Alles*. Ik zei het toch? Hij heeft vierentwintig uur lang een bandje laten lopen. Daar is ie echt mee bezig geweest, begrijp je? Hij heeft er aan moeten *werken*, de klootzak. Opnemen met grote spoelen, afluisteren, notities maken, hij heeft alles in kaart gebracht.'

'Hoe heb je de microfoons ontdekt?'

'Bar-On. Hij kent types die daarin gespecialiseerd zijn. Zoeken die dingen op. Ze zijn piepklein, technisch interessant, maar voor ons zijn ze cyaankali.'

'En Bar-On weet ook van de hoed en de rand?'

'Nee. Hij beseft dat er wat aan de knikker is, maar ik laat hem er buiten.'

'En de gruzin, die is de enige die het weet?'

'Voor zover ik dat kan overzien, ja. Hij heeft geen helpers gehad.'

'En die neef, wat weet hij?' Sokolov had de vraag gesteld, maar alles bleef de voortzetting van een vreemde droom waaruit hij straks zou wakker schrikken.

'Die weet niks. Die neef heeft hij genoemd omdat hij daarmee een aanknopingspunt had voor het noemen van de fraudebestrijding. Misschien is ie door z'n neef op het idee gekomen, weet ik niet. Ik weet ook niet hoeveel voorgangers ik gehad heb, het enige dat ik weet is dat er nu een tijdbom rondloopt die mij kan opblazen als hij dat wil.'

'Dan moet ie zichzelf ook bekendmaken.'

'Hij kan de tapes anoniem naar de politie sturen. Die zullen de postbode bedanken en mij aan mootjes hakken.'

'Betáál die kerel.'

'Dat lost niets op.'

'Als je hem betaald hebt zie je weer verder.'

'Ik heb hem al een keer betaald, Sasja. Dit is de tweede keer! Hij gaat door tot ik ben uitgeperst. En dan is het feest uit. Voor mij, voor jou, voor Bar-On, of misschien voor hem niet want hij kan nog alle kanten uit, maar voor ons is het spelletje over, net als toen, Sasja. *Net als toen.*'

Sokolov kon niets zeggen en hij voelde hoe de dreigende onzekerheid *van toen* tussen zijn slapen terugkeerde. Hij had vijf jaar in ballingschap geleefd, hij was niet bij machte om het nog een keer te doorstaan.

'Je hebt geen keus,' zei Sokolov wanhopig, 'je moet hem betalen, of je wil of niet. Je kunt niet naar de politie, je kunt hem niet aanklagen, je *moet*!'

Vastbesloten schudde Lev zijn hoofd en hij tikte de as van zijn sigaar in de pot van een verlepte plant die op de vensterbank stond, vergeten door het personeel.

'Hij wil àlles, Sasja. Misschien lijkt ie wel een beetje op mij. Ik wil ook alles. Als ik me in hem verplaats dan zou ik *alles* willen. Ik zou het hoerenjong uitpersen tot ik hem als een insekt kon doodtrappen.'

'Je weet niet wat je zegt,' zei Sokolov met weerzin.

'*Ik* pers niemand uit, Sasja!' Lev wees met een dreigende vinger naar zijn eigen hart. '*Ik* richt dit niet aan maar die klootzak in Ashdod!' Dezelfde vinger wees nu naar het raam. Sokolov zag opeens hoe vuil het was. Woestijnzand.

'Je moet betalen,' zei Sokolov. 'Je kunt geen kant uit. Je moet het rekken. Dreig hem. Laat Roy komen. Sla wat krachtpatserstaal uit. Maar je mag hem niet vermoorden.'

'Als ik m'n bestaan moet redden, zoals nu? Dan doe ik het.'

Bij die woorden staarde Lev naar de vloer, en de vraag werd onbedwingbaar.

Sokolov vroeg: 'Jij hebt toen toch niet die man vermoord, Lev?'

'Wat?'

'Regov Etsel.'

Lev schudde zijn hoofd. 'Je bent niet goed snik,' zei hij.

Hij wendde zich naar het raam en Sokolov sprak tegen zijn rug.

'Jij bent wel snik? Wat je allemaal zegt? Wat je je durft te veroorloven? Lev! Dit is allemaal te gek voor woorden! Zeg me dat ik nog onder narcose ben en droom. Want dit kan niet waar zijn. Ljovka! Dit is allemaal een grap! Zeg me dat het een grap is! Je neemt me in de maling! Ja! Een grap!'

Lev antwoordde bijna fluisterend: 'Hij moet eraan, Sasja. Dat is geen grap.'

Het geluid van overvliegende helikopters vulde opeens de kamer. Het diepe gebrom van de zwaaiende rotorbladen en de sonore dreun van de motoren deden de ruiten trillen. Lev drukte zich tegen het glas en zocht in de lucht naar de helikopters.

'Het leger is gemobiliseerd,' zei hij toen het geluid wegzakte.

Sokolov sloot zijn ogen. In zijn rusteloze hoofd ontstond opeens een angstaanjagende gedachte. Hij keek naar Lev en vroeg: 'Waarom vertel je me dit, Lev? Wat heb je eraan om dit allemaal te vertellen? Je had je mond kunnen houden en een moordenaar kunnen inhuren. Ik had niks geweten, het was dan allemaal in stilte voorbijgegaan.'

'Jij bent m'n vriend,' antwoordde Lev. 'Ik neem niemand meer in vertrouwen. Geen moordenaar, geen zakenrelaties van me, Roy niet, alleen jij.'

'Ik had het niet willen weten.'

'Ik moest het *kwijt*! Ik werd er gek van! En het is verstandig van me om er verder niemand mee lastig te vallen, Sasja! Alleen wij samen kunnen hier uit komen! Zodra je iemand inlicht ben je afhankelijk van zijn grillen. *Samen* moeten we een oplossing vinden.'

'Die oplossing is dus een moord?'

'Ja.'

'Laten we even die krankzinnigheid volgen. Hoe denk je dat te gaan aanpakken?' vroeg Sokolov.

'Gewoon. Piefpafpoef. Kogel in z'n hoofd. Weg.'

'En de geluidsbanden?'
'Vernietigen.'
'Hoor je jezelf praten, Lev? *Jij?* Zulke woorden?'
'Ja. Ik weet het. *Ik*.'
'Weet je zeker dat hij en hij alleen die banden heeft?'
'Ja. Er is niemand anders bij betrokken.'
'En als dat wel zo is?'
'Die zal z'n mond houden als onze gruzin in z'n kist naar het kaddisj heeft geluisterd.'
'Nou, wat let je?'
'Jij,' zei Lev.
'Ik? Ik weet van niks. Ik heb dit allemaal niet gehoord. En ik wil er nooit meer over horen, Lev. Vertel er niks meer over. Laat me dit rustig verdringen, alsjeblieft.'
'Het is ook jouw toekomst! Steek je hoofd niet het in het zand! *Mijn* probleem is *jouw* probleem! Er is maar één manier om eraan te ontkomen, Sasja, en dat is het verbreken van onze vriendschap. Je kunt weggaan en je eigen weg zoeken. Niets houdt je tegen. Maar als je met *mij* te maken hebt dan dien je ook hiermee rekening te houden!'
'In wat voor soort zaken doen we, Lev? Is dat misdaad of het opzetten van een fabriek? Wat doen we eigenlijk?'
'Op dit moment? Nu? We redden onze nek. Dàt doen we.'
'Misschien moet je het soort gesprekken dat je vriend heeft opgenomen niet meer voeren, Lev. Misschien is dat de oorsprong van de problematiek.'
'Dat soort gesprekken betaalt je ziekenhuisbed, Sasja. Betaalt je salaris, je huis, je hele leven. Moet ik ze niet meer voeren? Dan is er niets meer, begrijp je?'
Sokolov zat klem. Als hij zijn bestaan wilde redden uit

de puinhopen van Tomsk en de Regov Ivri dan moest hij alles wat Lev nu te berde bracht serieus nemen. Een moord. Een afluisterende installateur van alarmapparatuur uit Ashdod. Hij hief zijn handen en maakte een wanhoopsgebaar. Er was geen weg terug, hij had zijn lot in handen van Lev gelegd, en die handen zouden nu naar een wapen grijpen. Hij was medeplichtig, wat Lev ook ging doen. En omgekeerd was het net zo waar: Lev was medeplichtig, wat Sokolov ook ging doen.

'Hoe ga je het doen? Een relatie uit New York hierheen brengen?'

'Te gevaarlijk. Ook die relaties kunnen je uitpersen. En ik wil niet dat mijn compagnons te weten komen dat ik mezelf in de stront heb gedraaid. Dat zou m'n positie wel eens kunnen schaden. Als ze dit horen dan verlies ik m'n geloofwaardigheid. Want ik ben erin gestonken als de eerste de beste snotneus. Geen buitenstaanders, en Bar-On wil ik er evenmin bij betrekken.'

'Dus je gaat het zelf doen?' Sokolov probeerde nu zo gewoon mogelijk te klinken, alsof ze over het wieden van een tuintje spraken.

'Jij moet het doen.' Lev keek hem hulpeloos aan.

'Geen probleem,' antwoordde Sokolov. 'Hoe wil je het hebben?'

'Met een pistool.'

'Heb ik niet.'

'Krijg je van me.'

'Mooi. En dan schiet ik hem door z'n hart?'

'Of door z'n hoofd. Wat je wil.'

'Dus ik mag kiezen?'

'Als jij het doet heb jij het voor het zeggen. Als het maar zorgvuldig gebeurt.'

Sokolov keek in de ogen van zijn vriend en vond geen greintje ironie, geen behoefte aan relativering, geen besef van de onwerkelijkheid van hun gesprek; wat hij zag was de serieuze vastbeslotenheid van iemand die had vastgesteld dat hij zijn verworvenheden tot het bittere einde zou beschermen, desnoods ten koste van anderen. En het werd Sokolov pas nu duidelijk dat hij hetzelfde besluit had genomen: toen Sokolov in zijn doodskist lag was hij door Lev tot leven gewekt, en daarmee had hij zijn ziel verkocht. De schets van de amateur beschreef niets anders dan wat in de Regov Etsel had plaatsgevonden.

'Waarom doe je het zelf niet?' Sokolov zette het tuiniersgesprek voort, een zakelijke uitwisseling van ideeën tussen twee wieders over het gebruik van zeis en schoffel.

'Ze komen bij mij. Ze gaan z'n contacten natrekken. Ik moet een alibi hebben dat openlijk en duidelijk is. Een restaurant, een feest, ergens waar veel mensen rondhangen die onkreukbaar zijn. Jij moet het doen. Er is geen verband tussen jou en hem. Hij kent je niet, jij hebt geen motief, en we zijn van hem verlost.'

'Ik kan niet schieten, Lev.' Sokolov zei het zo terloops mogelijk.

'Eenvoudig. Zorg dat je vlak voor hem staat. Je haalt de trekker over. Als je vlak voor hem staat kun je niet missen.'

'Spat het niet?'

'Zoals in films? Geen idee. Maar ik verzeker je: je krijgt van mij een nieuw pak. Plus vijfhonderdduizend dollar.'

Een uitstekend betaalde tuinklus. Lev bleef er nuchter bij. Hij barstte niet in lachen uit, knipperde niet met zijn ogen, nee, hij behield zijn kalmte en wachtte op Sokolovs antwoord.

'Nog een keer...'

Sokolov had het goed gehoord, maar zijn oren moesten die klanken een tweede keer registreren.

'Vijf-honderd-duizend-dollar.'

Vanuit zijn liezen sneed er iets scherps door zijn buik, de narcose was uitgewerkt.

Sokolov had aangenomen dat Lev een beroep op een vriend had gedaan, maar dat was het niet. Lev wilde Sokolov voor zijn diensten betalen. Doordat hij geld ter sprake bracht maakte Lev het ondenkbare zo mogelijk nog viezer en platvloerser. Wat het geheim tussen twee vrienden kon zijn – het diepste geheim dat tussen twee mensen kon bestaan, de overtreding van het zwaarste taboe – werd door het aanbod om ervoor te betalen een gevoelloze transactie. Als die vent in Ashdod echt een grote klootzak was, een slecht mens, uitperser en oplichter, en de twee vrienden zouden besluiten om aan het treurige leven van de man een einde te maken (dwars door hun geweten heen, rouwend en klagend), dan kon Sokolov nog een vorm van troost vinden in de gedachte dat ze de eed die ze vroeger hadden afgelegd, het verbond dat tussen hen bestond, in het zwartste zwart hadden verdiept met een *moord*!

'Geld? Denk je dat ik zoiets voor geld zou doen? Wie denk je dat ik ben? Hoe haal je het in je hoofd om mij geld te bieden? Moeten we nu gaan onderhandelen? Moet ik een miljoen vragen, en dan bied jij zes of zeven? Zoiets doe je niet voor geld! Zoiets doe je om iemand te redden! UIT VRIENDSCHAP! LEV! WAAROM BIED JE ME GELD?'

In verwarring schudde Lev zijn hoofd.

'Ik wilde alleen maar... ik wilde je duidelijk maken hoe belangrijk het is. Natuurlijk gaat het om iets anders tussen ons. Ik heb me mee laten slepen door mijn eigen waanzin, Sasja. Ik ben bang. Ik maak me zorgen. Ik vraag iets krankzinnigs van je en ik stel je iets krankzinnigs in het vooruitzicht. Zo bedoelde ik het niet. Mijn excuses. Ik wil je niet beledigen. Ik wil alleen maar... we hebben nog een fantastische toekomst, jij en ik, we kunnen weer aan de weg timmeren, iets tot stand brengen, en opeens is er die gek. Ik bedoelde, met dat geld, alles wat van mij is is van jou. Als we dit doen, jij en ik, dan kan niets onze band meer aantasten, Sasjka!'

Sokolov knikte. Het waren de woorden die hij wilde horen, en hij voelde hoe Levs hand in zijn schouder kneep en hem zacht heen en weer schudde. Sokolov legde zijn hand op die van hem. Iets tragisch en onafwendbaars kwam over hem, een breed melancholiek gevoel, alsof het noodlot gesproken had en de dingen gedaan moesten worden in hun absurde, onmogelijke, onaanraakbare, onverzoenbare logica.

Hij keek op naar Lev. Ook hij had tranen in de ogen. Allebei konden ze opeens een lach niet onderdrukken en de spanning trok uit hun ogen. Ze keken elkaar aan als schooljongens die iets ondeugends van plan waren.

'Dit is totaal ziek, Lev,' grinnikte Sokolov terwijl hij vergeefs probeerde de situatie te doorgronden.

'Ziek. Waanzinnig. Maar onvermijdelijk.'

'Ja, toch? Kunnen we anders? Is er een alternatief?'

Lev schudde zijn hoofd.

'Mijn God,' lachte Sokolov, ook hoofdschuddend. 'Zijn we echt tot zoiets in staat, Lev? Gaan we dit echt doen?'

'Ja.'

'Wanneer?'

'Vannacht.'

'Vannacht?'

'Ja.'

'Vannacht ben ik hier!'

'Ja. Maar vannacht ben je ook even buiten. Een uurtje. Rond twaalf.'

'Maar Lev! Dat kan niet!'

'Vannacht is perfect! Ik weet waar hij vannacht is. Vannacht moet het gebeuren. Daarom heb ik gewacht met het je te vragen. Ik wilde je er niet mee lastig vallen tot het moment was aangebroken. Er moet echt actie ondernomen worden. Vannacht, Sasja. Vannacht gaat Koeznadze eraan.'

'Heet ie zo? Koeznadze?'

'Koeznadze heet de schoft.'

'Ik ken hem,' zei Sokolov met droge keel.

'O nee toch?' Lev keek hem panisch aan.

'Hij doet in vliegtuigonderdelen?'

'Ook, ja.'

'In Ashdod?'

'Ja. Hoe kan dat? Waar ken je hem van?'

'Toen ik hier pas was heb ik bij hem gesolliciteerd!'

'Hij is de schoft, Sasja.'

Sokolov herinnerde zich het gesjoemel met vliegtuigonderdelen. Koeznadze was onmiskenbaar een meedogenloze man die speelde met levens. Het was de vraag of hij de voltrekker daarvan moest zijn, maar als Koeznadze dit ondermaanse verliet dan hoefde de mensheid niet te treuren. Maar had hij het recht om daarover te beslissen?

'Wat nu?' vroeg Lev.

'Ik weet 't niet,' zei Sokolov.

'Vannacht moet 't. Anders gaan we eraan.'

'Het is te snel!'

'Vannacht. Ik weet niet of we zo snel nog een kans krijgen. Als we die kans krijgen.'

'Te snel!' Sokolov voelde eigenlijk niets, dacht eigenlijk niets, herinnerde zich niets. Dit gesprek vond buiten hem plaats, in een andere werkelijkheid. Mijn God, hij had behoefte aan een glas.

'Vannacht moet het gedaan worden, Sasja,' hoorde hij Lev zeggen.

Sokolov knikte.

TWEE

Hij zat op de keukentafel, zijn voeten bungelden ver boven de vloer. Zijn moeder legde een verband om de open knie die hij rennend van school naar huis had opgelopen, en ze sprak vermanend tegen hem. Toen het verband naar haar zin was aangebracht nam ze zijn gezicht tussen haar warme handen en drukte een kus op zijn voorhoofd

Ze vertelde dat zijn familie in de Grote Vaderlandse Oorlog was vermoord, want de Duitsers, vaak aangevuld met Oekraïners, hadden soms hele Russische dorpen geëxecuteerd. Sasja besloot om zijn ouders te beschermen. Als de Duitsers weer kwamen zou hij ze wegjagen. Op school deed hij zijn uiterste best opdat hij de steun en toeverlaat van zijn ouders zou worden. Hij kon niet vertrouwen op bescherming door zijn ouders, want die liepen zelf gevaar. Zijn kinderjaren had hij doorgebracht in het besef dat hij niet te kort mocht schieten. Hij was bang om te falen, bang zijn ouders kwijt te raken. Tot Lev verscheen. Lev bracht de verbinding met de wereld van de grote dingen tot stand.

Met Lev vormde hij een ploeg, een tweeënheid, collega's-samenzweerders die onverveerd de vesting bouwden waarin ze zich konden verschuilen. Als hij bij Lev was voelde hij zelfvertrouwen, zekerheid, daadkracht. Samen met Lev zou hij de horizon bestormen en kruistochten voeren.

Sokolov zou alles verliezen als hij Levs smeekbede in de wind sloeg. Iemand probeerde Lev op de knieën te dwingen. Levs manier van werken droeg niet zijn goedkeuring, maar hij was ermee akkoord gegaan om op Levs voorwaarden te werken, en daarmee had hij in feite het recht op kritiek verloren. Hij was gezwicht voor het comfort en de luxe die Lev hem had aangeboden, en nu hij eraan geroken had, nu hij er gedurende enkele maanden mee vergroeid was geraakt, zakte Lev kermend door zijn benen en riep om hulp. Sokolov tastte naar het glas water dat op het hoge nachtkastje stond en dronk het leeg. Gold. Zonder bedwelming lag hij in bed, met trillende vingers en een omzwachtelde lul ter grootte van een komkommer. Aubergine, hadden ze gezegd. Het maakte niet uit waarmee het werd vergeleken. De pik van een moordenaar.

Waarom wilde Lev dat juist *hij* het zou doen? Als de politie de contacten van Koeznadze zou natrekken, alle klanten bij wie hij alarminstallaties had aangelegd, dan zou Lev slechts een van de velen zijn. Misschien had de afperser alleen een handvol grote klanten, en zou Levs wazige achtergrond in New York argwaan wekken. Of had Lev hem niet alles verteld? Had hij nog andere redenen om Koeznadze uit de weg te ruimen? Sokolov werd zich bewust van de woorden die hij gebruikte, *afperser*, *uit de weg ruimen*, en woedend greep hij in het matras en schudde het bed heen en weer. De ijzeren ombouw kreunde, de spiraal onder het matras bracht een piepend geluid voort. Maar hij bleef stil liggen toen de bewegingen van het bed vlammende steken door zijn onderbuik joegen. Het drong tot hem door dat hij gevangen zat in een net van verplichtingen en ambities.

Waarom had Lev hem niet eerder verteld dat hij problemen had? Vannacht moest het gebeuren. Lev wist waar Koeznadze vannacht zou zijn. Maar Sokolov had tijd nodig. Dagen om alles te laten bezinken. Waar haalde hij de kracht vandaan voor het meest monsterachtige dat hij zich kon voorstellen? Sokolov kreeg nauwelijks tijd om de affaire tot zich door te laten dringen. Was dat opzet? Had Lev nagedacht over de snelheid waarmee dit moest gebeuren? In de haast kon zijn weerzin niet de overhand krijgen.

Lev kon het niet zelf doen omdat hij een sluitend alibi moest hebben, en evenmin kon hij een huurmoordenaar inschakelen omdat hij moest voorkomen dat zijn relaties op de hoogte raakten van zijn problemen. Sokolov moest hun toekomst redden. Met een kogel. Misschien kon hij ergens anders een baan vinden, kon hij zich laten omscholen en op zijn minst als leraar de kost verdienen, maar dan zou de rijkdom die hij nu kende een herinnering worden. Hij had vele herinneringen. Deze wilde hij niet aan zijn geheugen toevoegen. Maar het was niet alleen de rijkdom die hij moest verdedigen. Koeznadze zou Levs ondergang veroorzaken. Als Sokolov Lev op dit kritieke moment de rug toekeerde, zou Lev zelf de kerel afmaken, met alle gevaren van dien. En als de man in leven bleef zou hij, nadat hij Lev had uitgekleed, de fraudebestrijding tippen, en dan zou ook Sokolov als medeplichtige naar de ondergang glijden. Definitief. Na de *Oktjabr*, Tomsk en de zware maanden in Israël had Sokolov geen spankracht meer om opnieuw uit de goot te komen. Hij wilde Tanja en Emma een goed leven bieden, en als zijn dochter naar Israël kwam wilde hij voor haar kunnen zorgen en haar de jeugd geven die hij zelf niet had beleefd. Koeznadze moest sterven. Kon hij dat voor zichzelf verantwoorden? Lev had vanmiddag gezworen dat de kerel met elke ademtocht de lucht vergiftigde, en Sokolov herinnerde zich dat de man hem angst had ingeboezemd door de manier waarop hij de risico's van versleten vliegtuigdelen calculeerde, maar toch betekende zijn dood niets minder dan de dood van een medemens. Mijn God.

DRIE

Toen hij weer wakker werd zat Tanja op een stoel naast zijn bed. Ze las een krant. Emma stond voor het raam, een pop tegen zich aan gedrukt, en kon net over de vensterbank naar buiten kijken. Tanja voelde zijn blik niet en secondenlang kon hij naar haar intense gezicht kijken. Ze had een prachtige egale huid, grote, intelligente ogen. Op haar voorhoofd liepen fijne rimpels, zichtbaar als ze haar wenkbrauwen fronste, en ook rond haar mond zag hij kleine groefjes. Ze was niet jong maar ze straalde de kracht en nieuwsgierigheid van een tiener uit.

'Wat doen we als Sasja blijft slapen, mam?' fluisterde Emma.

'Dan komen we later terug.'

Toen ze merkte dat hij naar haar keek, glimlachte ze. 'Maar hij is wel wakker. Hij zit te loeren.'

Emma draaide zich blij om en holde naar hem toe.

'Pas op!' zei Tanja. 'Sasja is nog een beetje ziek.'

Ze stond op en kuste hem met volle warme lippen. 'Dag lief,' zei ze.

'Ik ook!' riep Emma. Tanja kreunde toen ze haar dochter optilde. Zij kuste hem ook op de mond.

'Hoe is 't gegaan?' vroeg Tanja.

'Op het laatste moment werd dr. Shulman vervangen door een vrouw. Na afloop vertelden ze dat zij een bekende mannenhaatster is. Alles weg.'

'En wat doet ze daar dan mee?'

'Ze zet ze op sterk water.'

'Misschien heeft ze wel gelijk,' zei Tanja, en ze kuste hem opnieuw, 'het zijn nutteloze dingen.' Ze ging zitten, Emma op haar schoot.

'En nu? Doet 't pijn?'

'Een beetje. Het zeurt daar wat. Verder niks. Was je vandaag op de oelpan, Emma?'

'We mochten naar huis. Het is oorlog,' zei ze.

'Maar hier niet,' zei Sokolov.

'Papa was ook in de oorlog.'

'Dat was ver weg,' zei Tanja. Ze richtte zich tot Sokolov: 'De Amerikanen zeggen dat ze z'n raketinstallaties vernietigd hebben.'

'Mooi.'

'Geloof jij dat?'

'Anders had ie ze vanochtend al lang afgeschoten. Er is niks gebeurd, dus de Amerikanen hebben hun werk gedaan.'

'Je had je gasmasker thuis laten liggen.' Ze keek naar het bruin kartonnen doosje dat ze op de tafel naast de deur had gelegd. Haar eigen doosje en dat van haar dochter had ze beschilderd, net als scholieren en studenten deden, met vrolijke felle kleuren.

'Ik denk niet dat we die nodig hebben,' zei hij.

'In de oorlog ga je dood,' zei Emma.

'Oorlog is heel naar. Maar hier is niets aan de hand. Het leger beschermt ons.'

'De Tsahal is de beste in de wereld,' zei Emma trots.

'De allerbeste, schat. Ik hoop dat het daar snel voorbij is.'

'Een paar dagen,' zei Sokolov kalmerend. 'De Amerikanen zijn oppermachtig. De Irakezen maken geen kans.'

Tanja knikte, maar hij zag de ongerustheid in haar ogen.

'Irina belde.'

'Wat wilde ze?'

Het had iets onnatuurlijks, Irina en Tanja met elkaar in gesprek, het verleden dat zich in het heden vrat.

'Ze vroeg naar de situatie hier.'

'Dit is de eerste keer dat je haar sprak.'

'Ze klonk aardig.'

'Heb je verteld waar ik was?'

'Ja.'

'Wat zei ze?'

'Ze begreep het.'

'Ze vindt me lachwekkend, maar dat zal ze jou niet zeggen.'

'Nee, echt niet. Ze vond het vanzelfsprekend dat je zoiets doet als je hier woont.'

'Heeft ze het nog over haar komst gehad?'

'Nee. Ze vroeg of jij terug wilde bellen.'

'Ja. Lastig is dit allemaal.'

'Je kunt je er niet aan onttrekken,' zei Tanja.

'Ik wil niet dat dit tussen ons komt te staan.' Hij maakte een uitnodigend gebaar en ze legde haar hand op de zijne. Emma legde de hare erbovenop.

'Dat zal ook niet gebeuren,' zei ze. 'Is Lev nog geweest?'

'Nee.'

Zijn antwoord was nauwelijks een leugen. Levs bezoek had plaatsgevonden in een andere wereld, niet in de kamer waarin Tanja zich nu bevond. Zij was echt, ze was zijn adem, het licht in zijn ogen. Lev had hem uit de goot gehaald, maar Tanja had hem een reden gegeven om naar de toekomst te hunkeren. Hij kneep in haar hand.

'Doet 't pijn?' vroeg Emma.

''t Valt wel mee. Morgen voel ik er al niets meer van.'

'Ik ben gevallen gisteren.' Ze tilde een been op en liet hem een pleister op haar knie zien.

Sokolov keek er ernstig naar. 'Dat is nog eens een pleister. Dat is heel wat erger dan dat van mij.'

'We blijven vannacht in jouw flat, Sasja, dan maak ik een *sealed room*, dat kan bij mij niet. Vind je het goed?'

'Natuurlijk. Ik vind dat ook beter.'

'We gaan nog even boodschappen doen.'

Ze zette Emma neer en ging op de rand van het bed zitten. Ze omarmden elkaar. Hij klemde zich aan haar vast, krampachtig de levende realiteit van haar lichaam in zijn vingers brandend, en de intimiteit van haar mond veegde de laatste restanten van Levs vuil uit zijn ziel.

Ook Emma wilde hem kussen en Tanja tilde haar op en hij trok haar aan haar hand naar zich toe. Toen ze naar steun zocht beroerde ze even zijn onderbuik, en de pijn spatte door zijn lendenen.

'O sorry, schatje,' zei Tanja. 'O, het spijt me. Doet 't pijn?'

'Maak je geen zorgen,' zei hij. Emma keek beteuterd en Tanja streek over haar haar. 'Kan jij niks aan doen, Emmaatje,' troostte Sokolov.

'Drie weken...' Tanja zuchtte terwijl ze naar de deur liep.

'Ik ben zo benieuwd,' zei Sokolov, 'misschien ziet ie eruit als een droge banaan.'

'Het schijnt voor te komen.' Ze lachte.

Elke seconde die zij hem had gegeven had hij in dankbaarheid aanvaard, en elke seconde had hij zich erover verbaasd dat zij zijn kant had gekozen.

'O ja. Er was een politieman.'

Katsz? Hij had al lang niks meer van hem gehoord. Misschien hadden ze de dader gegrepen of nieuwe bewijzen gevonden. Het herinnerde hem aan de dag waaraan hij niet wilde terugdenken, die hij niet wilde zien, en toen Tanja en Emma afscheid hadden genomen, kon hij de gesprekken met de politieman uit zijn bewustzijn houden door het lezen van de krant die Tanja had achtergelaten. *Jediot Agronot*, een populaire Israëlische krant met de opmaak van een reclamefolder had een extra editie uitgebracht.

De verpleger betrad zijn kamer, de kleine donkere jongen met snorretje en clownspas, en Sokolov at de maaltijd die de ziekenhuiskeuken had bereid.

Toen hij opnieuw wakker werd was het donker. En alleen in de kale kamer, met de nacht achter de vuile ramen, trok een oud besef van verlatenheid door hem heen. Hij dacht aan zijn ouders, en hij probeerde zich voor de geest te halen hoe hun handen zijn gezicht hadden gestreeld.

VIER

Sokolov droeg het grijze trainingspak dat hij vanochtend had meegenomen, en het doosje met het gasmasker hing aan een riem bij zijn heup. Hij plaatste zijn voeten ver uit elkaar zodat de dikke prop tussen zijn benen niet bekneld raakte, maar toch voelde hij bij elke stap een steek. Als een oude man schuifelde hij door de stille gang. De gedimde avondverlichting legde een blauwig waas over de gladde linoleum vloer, en ongezien bereikte hij de ijzeren deur van de nooduitgang.

Het trappenhuis was een kale betonnen ruimte, verlicht door zwakke peertjes, en hij hield zich met beide handen aan de leuning vast terwijl hij tree voor tree naar beneden ging. Drie verdiepingen. Het doel dat voor hem lag was een ongrijpbare abstractie, iets dat zich onttrok aan overwegingen, maar hij vervolgde zijn weg omdat hij Lev moest redden. Hij deed het voor Lev, voor Tanja, voor Natasja, en als de daad net zo absurd was als de gedachte eraan dan zou hij ermee kunnen leven. Dit moest zo blijven. Als hij er later aan terugdacht dan moest het net zo werkelijk zijn als een nachtmerrie. Hij deed wat Lev hem had opgedragen. De nooddeur had een stangslot dat van binnenuit kon worden geopend, en hij duwde het met een schouder open zodat hij geen vingerafdrukken achterliet. Hij legde de handdoek die hij uit zijn kamer had meegenomen op de grond en sloot de nooddeur. De handdoek voorkwam dat de deur in het slot viel. Hij stapte het pad op dat om het gebouw heen liep, en waggelde naar de parkeerplaats.

Het was stil in Tel Aviv. Vanavond niet het volle geruis van het verkeer, geen mensen die terugkeerden van de restaurants en bioscopen. In de verte passeerde een enkele auto. Iedereen wachtte thuis op Sadam Hoessein. Hij haastte zich naar de parkeerplaats, heen en weer zwaaiend als een dwerg, en hij kon niet voorkomen dat het zaakje tussen zijn benen in beweging kwam. Zijn geslacht was veranderd in een speldenkussen.

De gele Subaru stond aan de rand van de parkeerplaats. Hij opende het portier, een hoek van zijn sweatshirt als beschermend doekje gebruikend, en hij vond de sleuteltjes achter de zonneklep. Nadat hij minutenlang het parkeerterrein had bekeken en geen bewaker had ontdekt, ontsloot hij de achterbak. Gewikkeld in een doek lag het zware stalen ding waarmee hij iemand ging vermoorden. Op de loop was een stuk pijp gedraaid, de geluiddemper. Naast de lap lag het zwarte koffertje met de springstof. In een plastic zak vond hij de handschoenen. Was dit een grap? Of wilde Lev aan hun vriendschap appelleren? Hij staarde naar de handschoenen van James Dean, verblufd over Levs onnavolgbare rituelen. Hij had geen keus, hij trok ze aan.

Het kostte moeite om zijn lichaam achter het stuur te

krijgen. Door de houding waarin hij zich op de bestuurdersstoel moest vouwen werd de prop in elkaar gedrukt, en zware steken schoten door zijn buik. De pijn was zo hevig dat hij begon te zweten, maar hij beet op zijn tanden en startte de auto.

Tel Aviv was uitgestorven. Een enkele taxi, een jeep met militairen, een paar lege stadsbussen, een auto met jonge mensen die naar hem joelden en zwaaiden alsof er iets te vieren viel. Het trainingspak kleefde aan zijn lijf en hij hijgde alsof hij kilometers had gerend. Hij stuurde de auto naar de straat die Lev hem had opgegeven. Hij had al lang niet meer gereden. Wanneer hij bij de stoplichten wachtte, dacht hij na over de handelingen die hij moest verrichten als zo meteen de lichten op groen sprongen. Hij moest zijn hoofd erbij houden. De kruispunten bleven leeg en de lichten hadden geen functie, maar Sokolov wachtte, bang dat hij door een politiewagen zou worden aangehouden als hij door rood reed. De politie zou de auto onderzoeken wanneer ze het wapen vonden. Hij zou zeggen dat hij het in een café in Jaffa had gekocht. Voor zijn eigen veiligheid. Iedereen hier had een wapen. Ze zouden hem vragen stellen over het zonderlinge bezit van een geluiddemper, en hij zou volhouden dat die bij het wapen zat toen hij het kocht. Een café in Jaffa. De naam ervan was hij vergeten en als ze hem zouden meenemen naar Jaffa zou hij er willekeurig één aanwijzen. Leugens. Maar als hij het koffertje moest openmaken was zijn lot bezegeld. Een dubieuze Rus die op de eerste dag van de oorlog met een bom rondrijdt. Hij zou bekennen dat hij Palestijnen wilde opblazen uit wraak voor hun sympathie voor Sadam Hoessein.

De man woonde in een van de straten achter het busstation. Sokolov probeerde de straten te herkennen waar hij doorheen reed, en blind volgde hij de aanwijzingen die Lev hem had gegeven. Wie was Sokolov dat hij over dood en leven beschikte? Had Lev het niet aan zichzelf te wijten dat hij werd afgeperst? Als zijn zaken op een legale manier geregeld waren dan had hij nooit in de val van de afperser kunnen lopen. Lev had dit zelf uitgelokt, en toch ging Sokolov hem nu redden. Hij ging ook zichzelf redden. Hij wilde niet terug naar de goot. Hij herkende de straat die naar het busstation liep, ook hier had hij lopen drinken, en hij vertraagde de auto. Nu het leeg was straalde het plein iets nutteloos uit, eenzaam wachtend op de passagiers die zich 's ochtends vroeg weer zouden verdringen bij de bussen, iedereen bezeten van de heiligheid van zijn reisdoel, ernstig op weg naar het werk, familie, de kazerne, de bijbelse gebieden Judea en Samaria. Het plein lag er verstoten bij. Hij parkeerde de onopvallende Subaru in een van de zijstraten, draaide de sleutel uit het contact, en de stilte verdoofde zijn oren. Een zware dieselmotor sloeg aan, ergens achter hem op het busstation, en het geluid van een wegrijdende bus echode tussen de huizen.

Lev kon alles van hem vragen, zijn toekomst, zijn dromen, maar hij was werkelijk niet in staat om iemand met een wapen te bedreigen, laat staan een kogel door het hoofd te jagen. Volgens Lev was dat het beste. 'Schakel de hersenen uit,' had hij een paar uur geleden aangeraden, teruggekeerd naar het ziekenhuis om hem instructies te geven. 'Alles is dan meteen weg. Een kogel door het hart laat de hersenen nog een paar seconden functioneren, het kan nog een halve minuut duren voordat ze eraan zijn, weet je dat? En dat schijnt verdomd vervelend te zijn. Sommige kerels hebben dan nog genoeg kracht om op de vuist te gaan, om je te wurgen terwijl ze zelf doodbloeden. Door het hoofd, Sasja, dat is professioneel.' Maar Sokolov was geen *pro*. Hij was een metallurgisch ingenieur. Hij wist alles van de samenstelling van de kogel, van de ontbranding van het kruit in de huls en de hitte die door de snelheid van de kogel ontstond, maar hij wist niets van het werk van een *hitman*. Hij miste er nu eenmaal de zenuwen voor. Hij moest alles aan Tanja vertellen. Samen zouden ze een oplossing vinden voor zijn geldzorgen, voor zijn armzaligheid en voor het gebrek aan mogelijkheden van iemand die raketten heeft gebouwd waarmee mensen naar de kosmos werden geschoten. De handschoenen die hij droeg waren door zijn ouders geschonken om zijn handen te beschermen tegen een Moskouse winter, niet tegen kruitsporen op zijn huid tijdens een moordaanslag. Het met bont gevoerde leer broeide rond zijn vingers en het zweet stond in zijn handpalmen, net als in zijn nek, onder zijn oksels, rond zijn ogen en op zijn bovenlip. In '79 had Lev hem naar Kaliningrad gehaald en was hij gaan werken aan machines waarmee mensen buiten de dampkring konden vliegen. De mannen die in hun capsules rond de aarde zweefden keerden allemaal *veranderd* terug. Er gebeurde daar iets met de kosmonauten, ze konden het niet beschrijven, maar het was zoiets als het plotselinge perspectief vanuit de ruimte, alsof ze even met de blik van God naar de kwetsbare blauwe bol hadden gekeken. Allemaal beleefden ze het wonder dat in die gigantische zwarte ruimte van koude en stilte en stofstormen de atoomconfiguraties van Da Vinci en Michelangelo en Rembrandt waren ontstaan. In een ten diepste onbegrijpelijk fenomeen als dit universum, door kosmologen met wanhopige wetten beschreven teneinde de angstaanjagende vreemdheid ervan onder emotieloze formules weg te moffelen, bestonden atoomconfiguraties met namen als De Nachtwacht, Mona Lisa, Het beeld van David. Het perspectief waarover iemand beschikte, veranderde zijn leven. Het perspectief dat Sokolov straks zou krijgen, zou hem nooit meer verlaten. Als hij over zichzelf nadacht, dan was het enige positieve dat hij kon zeggen dat hij intens verlangde naar een oprecht en zuiver bestaan. En opeens wist hij wat hem te doen stond, alsof het al jarenlang had liggen sudderen in de crypten van zijn onderbewuste. Hij moest een gebedsdoek kopen, een *talles*, en een hoed en een gebedenboek, en hij moest boete doen voor zijn onvolkomenheden, zijn ontoereikendheden, zijn gebrek aan karakter en moed. Na deze nacht zou hij het Oerprincipe, dat vijftien miljard jaar geleden de kosmos had doen ontstaan met een explosie die nog steeds hoorbaar was in de radiotelescopen, om vergiffenis vragen. Het was onvermijdelijk, dacht Sokolov, en hij zag zijn ouders, de flat in Moskou, de kamer die hij alleen mocht bewonen, de trottoirtegels waarover hij naar school liep, zijn handschoenen, de haartjes in de oorschelp van zijn vader – dit alles zag hij in een eeuwige seconde, alles wat zijn geheugen had vastgehouden, en hij besloot om terug te keren naar het ziekenhuisbed en zijn leven te wijden aan Tanja.

Op het moment dat hij de sleutel in het contact stak en de motor liet ronken, gleed er een auto voorbij die een parkeerplek zocht. Enkele auto's verder zette de bestuurder zijn wagen langs de kant van de straat. Sokolov zette zijn motor uit. De lampen van de andere auto doofden en een man stapte uit.

Sokolov herkende hem. Het was ontegenzeglijk de man die hij eerder in Ashdod had ontmoet, de eigenaar van het bedrijf in vliegtuigonderdelen dat *All Seasons*

Parts heette, David Koeznadze. Een kleine dikke kerel met een glad, kaal hoofd, een *tjag tjag*. Koeznadze was een schurk, een bandiet van Charles Dickens-achtige allure, en Sokolov zakte onderuit, gepijnigd door zijn besneden geslacht. Over het dashboard zag hij hoe de man om zich heen kijkend naar de overkant van de straat liep, in de richting van het huis waar hij veronderstelde een koffer met geld in ontvangst te nemen.

Koeznadze droeg een wit overhemd met korte mouwen, de boord lag op z'n Israëlisch plat op zijn schouders, en zijn hemd stond open tot op zijn buik, ook al was het een frisse avond. De broek die hij droeg glom in het licht van een straatlantaarn, zijde natuurlijk, de favoriete stof van de *tjag tjag*, en toen hij een hand in een broekzak liet glijden herkende Sokolov de zware Rolex om zijn linkerpols. Een man van het type Zwarte Jossi, zonder smaak, zonder cultuur, maar slim en sterk. Koeznadze wist niet dat hij over enkele minuten zou sterven. Onbewust van de dreiging draaide hij zijn rug naar de straat en opende zijn huis. Zijn leven lag in Sokolovs hand. Die man daar ging elke sjabbat naar de synagoge en bad tot dezelfde God tot wie Sokolov nu op zijn eigen onvolkomen manier bad. Vergeef me, Heer. Ik ben een zondaar. Vergeef me.

Hij opende het portier en boog zich achterover naar de passagiersstoel. Voorzichtig draaide hij zijn onderlijf en bewoog zijn benen naar buiten. Het was omslachtig, maar de enige manier om uit te stappen zonder zijn gezwollen geslacht overmatig te beroeren. Hij opende de achterbak en wikkelde het wapen uit de wollen lap. Hij keek om zich heen, speurde in portieken en achter ramen, maar alles was stil en leeg. Hij stak het wapen onder het koord waarmee hij de trainingsbroek had aangesnoerd, het sweatshirt trok hij over de kolf, en hij tilde het attachékoffertje op. Zacht duwde hij de klep dicht.

Hij wankelde naar de overkant van de straat, als een aangeschoten kwartel, en toen hij voor de deur van de man stond zette hij de koffer naast zich neer. Uit het kartonnen doosje op zijn heup nam hij het gasmasker. Zoals hij eerder thuis met Tanja had geoefend ter voorbereiding op een gasaanval van Sadam Hoessein trok hij het rubberen masker over zijn hoofd. Het ding dekte zijn gezicht volledig af. Hij kwam op het idee bij het verlaten van zijn ziekenhuiskamer toen hij het doosje zag staan. Hij tilde het koffertje op en belde aan.

Zodra hij oog in oog met de man zou staan, was er geen weg terug meer. Nu nog kon hij rechtsomkeert maken en zijn leven redden, maar de man gaf hem daarvoor geen kans. Zijn stem klonk uit een roostertje naast de deur: 'Wie is daar?'

Sokolov moest antwoorden, maar het masker bedekte zijn mond. Hij trok het mondstuk van zijn kin en antwoordde: 'Een assistent van meneer Grünwald.' Dit was het wachtwoord, had Lev gezegd.

Een zoemtoon klonk en de deur sprong van het slot.

Sokolov stapte een donkere hal in. Hij voelde zijn op hol geslagen hart door zijn borstkas springen, en zijn geschoeide hand greep het pistool. Hij was bang, maar hij moest zich concentreren en geen ruimte laten voor angsten en twijfels. Nu hij hier was diende hij zich te gedragen als een gemaskerde man met een dodelijk wapen in de hand. Opeens ging het licht in de hal aan, een witte ruimte met een houten bank en een oud Perzisch kleed op de ruwe bakstenen vloer, en hij drukte zich tegen de muur en richtte zijn wapen op de deuropening. Koeznadze bleef verrast staan en knipperde met zijn ogen, alsof hij niet kon geloven wat zijn ogen registreerden. Enkele seconden staarde hij roerloos naar het pistool. Toen slikte hij en bevochtigde zijn lippen, alsof hij net iets had gegeten.

'Wat... wat moet je van me?'

Sokolov zweeg. Hij hield zijn linkerarm gestrekt en richtte de loop van het wapen op het hoofd van de man. Hij had zich er niet op voorbereid dat de man iets zou zeggen. Misschien had hij direct moeten schieten en daarmee een persoonlijke confrontatie kunnen voorkomen. Hij wist niet wat hij moest doen en hij gebaarde met zijn wapen, alsof hij duidelijk wilde maken dat de man achteruit moest gaan. Dat deed hij. Sokolov volgde hem een kamer in, een kantoorruimte met kasten en ordners, verlicht door een moderne bureaulamp op een tafel van donker glas. Sokolov maakte een gebaar naar de leren stoel die voor het bureau stond, en Koeznadze ging zitten. Hij beefde en bevochtigde opnieuw zijn lippen.

'Wat wil Grünwald? Ik heb 'm toch niets gedaan? We doen al jaren zaken! Wat heb ik gedaan?'

De angst joeg zijn stem een octaaf omhoog, Sokolov had medelijden met hem. Opeens legde Koeznadze beide handen op zijn kruis en Sokolov zag dat hij zijn urine liet lopen. Zijn broek kleurde donker en de druppels gleden langs zijn broek op de marmeren vloer.

'Sorry, sorry, sorry,' kermde de man, vernederd en beschaamd, 'ik heb niks gedaan. Wat wil Grünwald? We zijn vrienden!'

Hij zat er met opgetrokken knieën, zijn handen tussen zijn benen, en boog zich voorover zodat Sokolov zijn angstige gezicht niet kon zien.

'Lezjawa,' zei Sokolov. De tranen schoten in zijn ogen.

Koeznadze richtte zich op en keek hem bang aan.

'Wie?' vroeg hij smekend.

Sokolov begreep dat de man hem niet kon verstaan. Hij zette het koffertje neer en trok het masker van zijn mond, het wapen onafgebroken op de man richtend.

'Lezjawa,' herhaalde hij.

Koeznadze schudde heftig zijn hoofd en leek in zijn geheugen te graven.

'Lezjawa, Lezjawa,' herhaalde hij met trillende stem. 'Lev Lezjawa! Bedoel je die?'

Sokolov knikte.

'Wat heb ik hem aangedaan? Ik ken die man nauwelijks!'

'Je hebt hem afgeluisterd!'

'*Ik*? Afgeluisterd? Hoe kan dat nou?'

'De alarminstallatie,' zei Sokolov.

Koeznadze schudde wild zijn hoofd, en er trok iets van hoop door zijn ogen.

'Dit is een misverstand!' riep hij. 'Hij ziet me voor een ander aan! Ik doe niet in alarmspullen! Heb ik nooit gedaan! Ik doe in vliegtuigonderdelen! Ik weet daar niks van! Dit is een misverstand! Echt waar! Hoe kan ik nou iemand afluisteren! Hoe dan?'

'Je hebt een alarminstallatie aangelegd bij hem. En meteen microfoons ingebouwd!'

'Ik?! Als je het me voor zou doen zou ik nog niet weten hoe! Ik en techniek? Ik ben een zakenman! Ik doe in vliegtuigonderdelen, zei ik toch! Hij vergist zich! Lezjawa! Ik heb de man misschien twee keer in m'n leven ontmoet! Gelooft u me! Ik weet hier niets van!'

Koeznadze begon te huilen en nu drukte hij zijn natte handen tegen zijn gezicht. Zijn dikke lijf schokte. Sokolov keek verslagen op de man neer. Hij kon hem niet doden. Als hij de moord op deze man op zijn geweten had zou hij geen uur kunnen ademen. Koeznadze nam onverantwoorde risico's met zijn handel, maar daarmee verkreeg Sokolov niet het recht om hem te begraven. Had Lev zich vergist? Was er een andere Koeznadze die hem had afgeluisterd? Of speelde de man op zijn gemoed zodat hij tijd kon winnen en de kans kreeg om te vluchten?

Hij had het moment verspeeld, besefte Sokolov. Meteen na binnenkomst in de hal had hij moeten schieten, en nu keek hij naar een huilende man die voor zijn leven vocht en hem ervan probeerde te overtuigen dat Lev zich vergiste. Zielsgraag wilde Sokolov Koeznadze geloven. Als de man Lev had afgeluisterd dan had hij Sokolov vermoedelijk geld geboden, dan had hij het op een akkoordje proberen te gooien, maar deze man ontkende alles!

'Mag ik een... mag ik een zakdoek pakken?'

Sokolov knikte. Koeznadze liep naar een antiek kastje met bewerkt hout, oriëntaals en sierlijk, en Sokolov pakte het koffertje weer op en deed enkele stappen in Koeznadzes richting. Ook de achterkant van Koeznadzes broek was nat van de urine, vochtige lijntjes liepen naar zijn schoenen. Hij had medelijden met de man en hoopte dat hij hem vergiffenis kon vragen. Dit moest een misverstand zijn, ergens bestond er een andere Koednadze, de schoft door wie Lev werd gechanteerd.

In zijn ooghoeken zag hij hoe de man opeens een felle beweging maakte. Intuïtief trok Sokolov ter bescherming de koffer omhoog en hield die voor zijn borst. Op hetzelfde moment schoot de man en Sokolov voelde de kogel in de koffer slaan en door de kracht ervan viel hij bijna achterover. Terwijl hij een snelle stap naar achter deed om zijn evenwicht te bewaren – de pijn scheurde door zijn onderbuik – kneep hij in de kolf van zijn wapen en beroerde daarbij de trekker.

Tegelijk met het wegspringen van de lege huls uit

zijn pistool klonk er een doffe knal, meer *plof*, een zucht vergeleken met de knal die Koeznadzes wapen had gemaakt – die meer deed denken aan een gelanceerde kurk van een champagnefles – en Koeznadze trilde alsof hij een stroomstoot kreeg. Vervolgens keek Koeznadze omlaag naar zijn borst, waarop ogenblikkelijk een grote rode vlek ontstond, als bij een lek in een emmer verf. Uit een wond ter hoogte van zijn borstbeen gulpte bloed uit zijn lichaam. Toen keek hij verbaasd op naar Sokolov. De levende, vragende ogen van de man maakten hem panisch, en met zijn gehandschoende vinger trok hij nog een keer aan de trekker.

De tweede kogel trof de man in de keel. Koeznadze zakte door zijn knieën en greep naar zijn strot, alsof hij het bloed kon tegenhouden, en een diep rochelend geluid kwam uit zijn open mond. Bloed stroomde over zijn handen en het geluid uit zijn keel was zo onthutsend klagend en treurig dat Sokolov nog een keer de trekker naar achter haalde. Hij draaide zijn hoofd weg toen een deel van Koeznadzes gezicht wegspatte.

Sokolov slingerde het wapen weg en wankelde naar het bureau. Hij trok het gasmasker van zijn gezicht en gaf over, vanuit zijn pijnlijke ingewanden spatte het ziekenhuiseten op het dikke glas van Koeznadzes werktafel. Door het braken leek zijn lichaam te worden opengereten, zijn dikke geslacht gilde en zijn mond brandde door het maagzuur. In zijn hoofd klonk een smeekbede aan de Schepper, Maker van Sterren en Planeten, van het leven en van de dood.

Met zijn rug naar de dode man op de vloer liet hij zich in een stoel zakken en wachtte. Hij wist niet waarop hij wachtte, maar hij kon nog niet teruggaan naar het gebouw waar hij besneden was om definitief te worden toegelaten tot het geloof van de Wet. Zijn woekerende lul klopte mee in het ritme van zijn hartslag, hoog en zwaar, en in zijn hoofd hingen verdorven luchten en de restanten van een vervlogen leven.

Het geluid van een overkomend vliegtuig bracht hem terug naar zijn stoel.

Waar was hij geweest? Buiten de Melkweg, tussen de sterrenstelsels aan de rand van het universum?

In zijn neus hingen de geuren van verbrand kruit en zuur braaksel.

Hij pakte de koffer van de vloer. De twee sloten klikten soepel open en hij keek neer op het mechanisme van de bom. Acht pakjes okergele Semtex-H waren met stroomdraden verbonden aan een ontsteking, die kon worden ingeschakeld met een tijdmechanisme. De kogel had de klok geraakt, de platgeslagen loden kop zat vast in een ijzeren plaat die de klok op de bodem van de koffer hield. De bom had zijn leven gered.

Hij moest de bom hier achterlaten zodat het huis in de fik ging. Maar het tijdmechanisme was kapot en hij had geen gereedschap bij zich. Hij keek om zich heen, de aanblik van de man vermijdend, en hij vond in een hoek een videorecorder. Hij kon de bom aan de klok van de videorecorder koppelen en de tijd instellen. Als de recorder aansloeg zou de bom exploderen. Semtex – volgens Lev zette dat de politie op het spoor van Palestijnen.

Op het bureau lag een zilveren briefopener waarin de initialen D.K. gegraveerd stonden, en hiermee schroefde hij de ontsteking van de ijzeren plaat. Nog steeds droeg hij de handschoenen, langer dan ooit tevoren. Hoe vaak had de dode de briefopener vastgehouden? Bij deze gedachte haperde en stotterde zijn lichaam alsof hij al duizenden jaren had geleefd, en meteen schoot de punt van de briefopener uit het draaigroefje van een schroef en trok een kras in het leer van zijn linker handschoen. 'Voor Lev,' zei hij hardop, telkens opnieuw, hopend dat het ritme van de herhalingen hem tot rust bracht. 'Voor Lev. Voor zijn toekomst. Zijn leven. De dood van Koeznadze is leven voor Lev. Voor Lev. Voor Lev.'

Lev had hem bezworen dat hij alles moest opblazen zodat de vlammen het huis en de banden en alle sporen vernietigden. Sokolovs krachteloze vingers trilden als die van een oude zuiplap. Toen hij na jarenlange minuten het ontstekingshuis van de plaat nam, onthulde hij een overbodige draad en een tweede ontsteking, verborgen als reptielen onder het zand. De draad verbond de knop waarmee de bom geactiveerd werd, met de tweede ontsteking en de batterij, die uit een set gewone Duracel-staafjes bestond. Het was een onnodige dwarsverbinding, zinloos en gevaarlijk, en hij trok de draad uit het koffertje. Verwonderd keek hij naar de geplastificeerde koperen slang op de palm van zijn handschoen, en het onmogelijke besef groeide dat hij zichzelf had opgeblazen als Koeznadze niet een kogel door de koffer had gejaagd.

Lev had een rampzalige fout gemaakt!

Starend naar de koffer vroeg hij zich af of Lev zo onachtzaam kon zijn. Het zou een einde aan zijn leven gemaakt hebben. Als Koeznadze de koffer niet geraakt had en Sokolov na het instellen van de klok de knop had ingedrukt, dan had hij nu onder het brandende puin van het huis gelegen.

Het was niet te bevatten dat de draad het gevolg was van een vergissing. Het was mogelijk dat een zenuwachtige amateur inderhaast twee draden met elkaar verwisselde, maar deze draad en de tweede ontsteking waren verborgen aangebracht, onzichtbaar voor iemand die snel het mechanisme wilde controleren, zoals Sokolov van plan was geweest. De draad en de ontsteking kwamen niet voort uit een constructiefout, zo klonk in het suizende hoofd van Sokolov, ze waren weloverwogen aangebracht om degene die de klok inschakelde op te blazen.

Sokolov, verdwaasd door de spanning en het onvermogen om zijn gedrag te rechtvaardigen, verzette zich tegen die gedachte en keek naar het stroomdraadje dat hij tussen duim en wijsvinger hield. Wilde zijn vriend verhinderen dat hij dit moment zou overleven? Hij begreep het niet. Zijn makker had hem een bom meegegeven die zijn dood had moeten betekenen. Dit draadje vertelde dat zijn broer hem in een val had gelokt.

In een andere kamer vond hij een kast met drank. Stolitsjnaja, de volmaakte. Hij zette de fles aan zijn mond en verdoofde de pijn van zijn ziel. Met de fles naast zich op het bureau schroefde hij de kap van de videorecorder, en hij verbond de elektronische klok die de recorder automatisch in- en uitschakelde via de gedemonteerde ontsteking met een deel van de Semtex. Lev had de bom eigenhandig gemaakt, had hij in het ziekenhuis verteld. Hij had Sokolov precies gezegd wat hij moest doen, elke stap, elke beweging. Zodra Koczнadze verscheen had hij volgens Lev moeten schieten, zonder pardon, en daarna had hij de klok van de bom in werking moeten stellen.

'Binnen dertig seconden is het gepiept,' hoorde hij Lev zeggen, 'je springt in je auto en je rijdt terug naar het ziekenhuis. Niet hard, niet opvallend, maar rustig ga je terug en dan vraag je om een lekkere slaappil en als

je wakker wordt dan lijkt het net of het een droom was.'
'Een nachtmerrie,' had Sokolov geantwoord.
'Een nachtmerrie,' gaf Lev toe, 'maar ook die kun je vergeten.'
'Wie heeft die bom gemaakt?'
'Ik. Zoiets kun je niet bij de bakker bestellen, Sasja.'
Waarom zou Lev hem willen doden? Had Lev alles tot nu toe geveinsd? Als de bom moedwillig door hem gesaboteerd was, dan had Lev ook de ramp met de *Oktjabr* op zijn geweten, en de dood van de man in de Regov Etsel. Als Lev zijn vriend kon wegsturen met een koffer die direct zou exploderen bij het aanraken van de activeringsknop, dan was Lev de duivel die sommigen in hem vermoedden. Maar waarom zou hij Sokolov willen doden? Vergelding?
Er was maar één mens aan wie hij alles kon opbiechten zonder dat ze hem zou brandmerken en veroordelen. Misschien bestond er toch een manier om verder te leven. Als hij haar nu alles bekende, dan kon één gebaar van haar hem van de ondergang redden. Hij zou nooit meer onbezorgd en vrij ontwaken, maar haar aanwezigheid was de troost die de lucht in zijn longen blies, in haar nabijheid kon hij zijn koude bloed verwarmen. Hij wilde haar nu zijn angsten toeschreeuwen, uit haar mond wilde hij horen dat hij een zieke geest had en dat Lev zijn eeuwige jeugdvriend was, zijn metgezel.
Opeens bekroop hem de angst dat ze zijn helse ideeën over Levs dubbelspel zou beamen. Ziek van de zenuwen holde hij door het huis en vond op het nachtkastje in de slaapkamer een moderne digitale klok die haar voeding kreeg van een kleine lithiumbatterij, niet groter dan een knoop. Als ze hem gelijk zou geven, als ze zijn vermoeden zou bevestigen, dan moest hij Lev opblazen.

Hij gaf de recorder een kwartier, en hij verliet het huis met het attaché-koffertje waarin de rest van de Semtex, de klok en de fles. Met gespreide benen wankelde hij naar de Subaru. Zijn geslacht leek te zijn gezwollen tot een grote pompoen, en hij liet zich achterover in de auto zakken en reed weg.

Hij zette de radio aan, de berichten over de oorlog leken de waanzin van deze nacht te verhevigen. Hij zocht naar een ander station. Popmuziek. Door dezelfde lege straten reed hij terug en hij dwong zichzelf om aan haar te denken, aan de rimpeltjes in haar voorhoofd, aan haar meisjeshanden. Hij stuurde de auto naar de Regov Ben Jehuda en de beelden van Tanja werden overmeesterd door waangedachten. Lev had de man in de Regov Etsel neergeschoten, Lev had de dood van Maltsev en de andere kosmonaut veroorzaakt, en nu had Lev hem willen vermoorden. De duivel bestond echt, klonk het in Sokolovs hoofd. De duivel was zijn verlangen naar liefde, naar vriendschap, naar geborgenheid, naar iemand met wie hij zijn eenzaamheid kon delen. Lev was zijn vijand. Nee! Nee! Nee! Tanja zou het hem uitleggen, zij zou naar haar gegroefde voorhoofd wijzen en hem uitlachen.

VIJF

In de woonkamer van zijn flat brandde licht, Tanja was nog wakker. Hij parkeerde de Subaru in de Regov Ben Gurion. Vermoedelijk was ze opgebleven om naar de actualiteiten op de televisie te kijken, slapeloos door de oorlog duizend kilometer verder. Emma sliep in het kamertje op de hoek, voor haar ingericht toen ze de eerste keer kwam logeren.

Hij wankelde naar het gebouw op de hoek met Ben Jehuda en bleef even staan bij het horen van de sirenes van brandweerwagens. Op houten benen waggelde hij over het verlaten kruispunt naar huis. Hij nam zich voor om haar alles te vertellen, elke fase, elke zucht. Hij moest naar haar vragen luisteren en het risico nemen dat ze hem meteen in afschuw zou verlaten.

Toen hij in het trappenhuis van het gebouw stond, besefte hij dat de sleutel van de liftdeur in zijn broek in het ziekenhuis zat. Alleen de flatbewoners beschikten over een sleutel van de antieke lift, hij had er niet eens aan gedacht toen Tanja vertelde dat ze in zijn huis wilde overnachten. Zonder het licht aan te doen nam hij de trap. Hij vocht zich naar boven. Er hing een vreemde lucht tussen de muren, en toen hij op de tegels van de eerste verdieping stond, op de overloop voor de liftdeur, drukte hij op de lichtknop, die verbonden was aan een tijdmechanisme. Luisterend naar het nuchtere tikken van de klok die zestig seconden verlichting bood, nam hij het trappenhuis in zich op, en hij begreep waarvan de tabaksgeur afkomstig was: het lag op de eerste tree van de trap die naar de tweede verdieping leidde. Op hetzelfde moment schakelde de klok het licht uit en werd hij overvallen door de diepste duisternis. Hij tastte naar de lichtknop en schakelde opnieuw de verlichting in. Wat hij zag maakte hem zo panisch dat hij nog een keer wanhopig op de knop drukte, en nog een keer, en nog een keer, alsof de lamp hem iets anders kon laten zien, als een toverlantaarn met magisch licht.

Hij staarde naar de uitgetrapte sigaar.

ZES

In de Subaru zette hij het diplomatenkoffertje op zijn schoot en met Koeznadzes briefopener demonteerde hij de digitale klok. Hij verbond de ontsteking aan de stroomdraden die de alarmzoemer activeerden. Tijd en dood, verbonden door twee stroomdraadjes. Hij stapte uit en liep met het koffertje naar de Ford Escort, die enkele huizen verder op de Regov Ben Jehuda geparkeerd stond. Met de briefopener forceerde hij het slot aan de passagierskant van de Escort en op de achterbank wachtte hij op het licht in het trappenhuis van het flatgebouw. Het zwarte koffertje, met wanden van namaakleer, compleet met de nerven en poriën van een echte huid, lag naast hem.

Wreedheid was een menselijke notie, maar hij had vastgesteld dat het ook in de natuurwetenschappen voorkwam. Kosmologie maakte deel uit van zijn studie, want als hij zich met de ruimte wilde bezighouden dan moest hij zich ook daadwerkelijk tot de sterren en nevels wenden. De wetten van de natuur nam hij waar in hun kale majesteitelijkheid, en na afloop van de colleges voelde hij zich vaak verstoten door het Principe dat dit allemaal op zijn geweten had, de God van de Oerknal die de materie had doen ontstaan. Wreedheid was een natuurwetenschappelijk idee. Sommige kabbalisten verklaarden het Kwaad door het breken van de symmetrie toen God zijn licht door het vacuüm liet stralen. Zijn vonken bereikten niet alle delen van het universum dat zich aan het vormen was, en daarmee begon de wereld die nu bestond, een gevecht van licht en donker, goed en kwaad.

Het licht in het trappenhuis schemerde opeens door de glazen toegangsdeur van het flatgebouw, een rechthoek van licht dat in intensiteit leek toe te nemen. Alsof het een teken was staarde Sokolov naar de glazen deur, en hij probeerde de boodschap te lezen die in het licht verborgen lag. Hij wist zeker, voorbij alle twijfel, dat Lev een bezoek had gebracht aan Tanja en nu over de trap naar beneden liep omdat hij geen sleutel had voor de lift, over de tegels in het trappenhuis waar hij zijn verbrande sigaar had achtergelaten. Beelden van wat zich daarboven had afgespeeld schudde hij met een wilde beweging uit zijn hoofd, en meteen bracht hij met een korte draai van de alarmwijzer de tijd op de bom aan, sloot de koffer en schoof hem onder de bestuurdersstoel. Hij verliet de Escort en haastte zich naar een portiek aan de overkant van de straat.

Sokolovs onderlijf stond in brand, zijn geslacht leek open te barsten en leeg te lopen, en toen hij vanuit de duisternis van de portiek naar het flatgebouw keek, zag hij dat Lev naar buiten kwam.

Een moment bleef Lev in de duisternis staan, net als Sokolov, en hij leek op te lossen in de donkere muur. Maar toen verscheen hij weer in het licht van een straatlantaarn. Met gebogen hoofd haastte hij zich naar de

Escort, gleed snel achter het stuur en reed weg. Het geluid van de automotor echode door de stille straat.

Sokolov schommelde naar de Subaru, invalide en waanzinnig, en keerde naar het ziekenhuis terug.

ZEVEN

Honderden luchtalarmsirenes gilden over de daken van Tel Aviv. Gevuld met wodka lag Sokolov in zijn ziekenhuiskamer, en hij luisterde naar de kreten die door de nacht schoten. Opeens leek de lucht te zijn geladen met angst, zelfs de metalen stem die door de gangen van het ziekenhuis galmde trilde onrustig: *'Ambulante patiënten dienen zich direct met hun gasmasker naar de luchtdichte kamer te begeven! Op elke verdieping is aangegeven waar de kamer zich bevindt. Spoed! Herhaling! Ambula...'*

Sokolov bleef liggen, verbaasd over het feit dat de wereld buiten zijn schedel net zo dol geworden was als die erbinnen, en hij hoorde de paniek op de gang, gehaaste voetstappen, schreeuwende mensen.

De sirenes leken de raketten naar zich toe te lokken, naar het ziekenhuis, naar zijn bed, waar hij, starend naar het oneindige zwart, op de inslag van de raketten met gifgas wachtte die de dictator de joden had beloofd.

Hij verlangde naar het vuur. Hij hunkerde naar het licht.

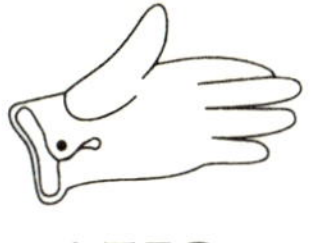

LATER...

Boven de Middellandse Zee hing een gouden avondzon, precies achter de patrouilleboot die dag en nacht de rede van Tel Aviv bewaakte tegen Palestijnse terroristen. Een van de masten van de kanonneerboot deed hem denken aan een touw waarmee de zon op zijn plek werd gehouden.

Het was zondag, een werkdag in Israël, maar als zijn blik de kustlijn volgde – met toegeknepen ogen achter de glazen van zijn Vuarnet-zonnebril – zag hij duizenden mensen beneden op het witte zandstrand liggen.

Over het dakterras van het Carlton Hotel streek een wind, en Sokolov hief zijn gezicht en genoot van de koelte die langs zijn wangen gleed. De geluiden van de drukke stad kropen langs de muren van het hoge gebouw naar zijn oren, maar na de muziek klonk vrijwel alles gedempt en ver, een volle stilte die ontspande.

De muziekgroep had haar instrumenten gepakt en de kinderen waren door hun ouders opgehaald. Verdoofd bleef het terras achter, bezaaid met de restanten van het feest. Op de witte kunststoftafels stonden kartonnen bordjes met stukken slagroomtaart, soms nauwelijks aangeroerd, en glazen met lauwe cola en limonade, plastic bestek. Tussen de stoelpoten kronkelden kapotgetrokken slingers. Glanzende feesthoedjes, geplette toeters met harige slierten, en resten verpakkingspapier knisperden onder de zolen van het personeel dat zwijgend het terras leegruimde.

Tevreden dacht hij terug aan de middag. Tientallen uitgelaten kinderen van talloze nationaliteiten, Russische, Amerikaanse, Franse, Zuidafrikaanse, waren druk met elkaar in gesprek geweest in rudimentair Ivriet. Het partijtje had handenvol geld gekost. Hij koesterde de zekerheid dat hij morgen dezelfde welvaart kon begroeten.

Hij leunde tegen de brede betonnen balustrade en keek naar het gekrioel op het strand en de boulevard. Het dakterras van het Carlton was een eiland van rust in de drukte van Tel Aviv. Bij voorkeur maakte hij hier zijn lunchafspraken, ook al was het zeker een half uur rijden van zijn kantoor in de Shalom Tower. Op heldere dagen zag hij vanachter zijn bureau de bergen van de Golan, ver naar het noorden, en lag heel Israël als een speelgoedlandje onder de warme hemel.

Een afmattend spelletje was populair op het strand, een soort squash zonder muur. De zware bal maakte een gevaarlijk zoevend geluid als hij werd weggeslagen. Hij zag de spelers beneden als sprinkhanen heen en weer schieten, honderden duo's in zwembroek en badpak langs de waterlijn.

Een glas wodka zou de dag volmaakt kunnen besluiten, maar hij beheerste zich en het briesje nam de opwelling mee. Sinds hij een geregeld leven leidde was zijn gewicht toegenomen. Hij nam zich voor om te gaan joggen. Zijn huis op Ben Jehuda lag tenslotte op een paar honderd meter van de zee en rond acht uur 's ochtends waren de stranden verlaten. Op dat tijdstip waagden groepen bejaarden zich onder begeleiding van energieke instructeurs tot hun knieën in de golfjes van de bedaagde Middellandse Zee. Achter hem ruimde het hotelpersoneel de tafels af. Hij legde zijn handpalmen plat op de warme stenen. Een dag verblindend zonlicht gloeide in de blokken na. Er werd met tafels en stoelen geschoven, maar het bleef stil in zijn hoofd, een diepe, fluwelen stilte.

De grote gele parasols hadden voldoende schaduw verspreid voor de klasgenoten die Natasja had uitgenodigd. Vol bewondering draaiden ze rond de jarige. Natasja straalde met een innerlijke beschaving, alsof ze was opgegroeid met de overvloed die de punctuele bedienden op de feestelijke tafels serveerden. Irina droeg een dunne zomerjurk, vrijdagochtend op Dizengoff gekocht. Ze vierden niet alleen Natasja's tiende verjaardag, maar ook de tiende week van hun immigratie. In Leningrad had Irina een ketubah gekocht en als joden hadden ze uitreisvisa gekregen. Ze woonden nu bij hem in het gebouw, in een driekamerappartement op de tweede verdieping, en bezochten een oelpan. Ze hadden recht op de normale immigrantengelden en hij betaalde wat hun gretige Sovjet-ogen in de winkels begeerden.

Hij schatte de rekening van het partijtje op drieduizend sjekel, maar het was de vergoeding voor al die keren dat hij, de verloederde vader, in Tomsk Natasja's verjaardag in stilte had laten verstrijken. Hij kon er nu in alle rust aan terugdenken, het was een herinnering zonder stekels, deel van een ver verleden.

Hij keek opzij en zag het grote lijf van Naum Katsz, die naast hem was komen staan. De politieman zette zijn zonnebril boven op zijn hoofd en veegde kleine zweetdruppeltjes van zijn neus.

'Je bent toch niet komen lopen?' vroeg Sokolov.

'Is goed voor de lijn,' zei Katsz. 'Leuk hier.'

Hij nam het uitzicht in zich op, de zonaanbidders beneden op het strand, rechts de gebouwen van het Hilton, links die van het Ramada en het Sheraton. 'Dit is de eerste keer dat ik hier ben, weet je dat?'

'We moeten es samen lunchen hier.'

'Je weet dat ik dat niet kan aannemen, Sasja. Was het leuk?'

'Misschien was het een beetje te veel voor haar, maar ik denk dat ze zich vermaakt heeft.'

Katsz keek om zich heen. 'Waar is ze?'

'Ze is even met haar moeder naar de wc.'

De politieman leunde op de balustrade en keek met toegeknepen ogen naar de zee.

'Met geld is 't toch een stuk leuker,' zei hij.

'Ik kan het niet met je oneens zijn,' antwoordde Sokolov.

'Had ik maar een ander beroep moeten kiezen,' klaagde Katsz.

'Wat heb je vandaag?'

'Gewoon. Ik wil dingen blijven controleren. Ik kan nog niks bewijzen. Nog niet. Misschien komt dat nog.'

'Als je je best maar doet...'

Op de ochtend na de eerste Scuds had Katsz zich bij Sokolov in het ziekenhuis gemeld, maar zijn alibi was van titanium, zoals Lev voorspeld had, en Katsz had hem sindsdien bijna wekelijks bezocht. Ondanks de situatie waren ze in de loop van het afgelopen halfjaar op elkaar gesteld geraakt.

De laatste weken stelde Katsz vragen over de dood van de tweede getuige van de moord in de Regov Etsel,

Max Grünwald, de oude amateur-schilder die zo'n verdienstelijke schets had gemaakt. Grünwald was op dezelfde avond overleden als Lev en Koeznadze, de eerste nacht van de oorlog. Zijn dochter vond hem de volgende ochtend en een arts stelde een natuurlijke doodsoorzaak vast, maar Katsz kon de samenhang tussen de drie gevallen niet wegwuiven.

Sokolov vermoedde dat Lev, teneinde zijn problemen in één nacht op te lossen, Grünwald had bezocht voordat hij later die avond een tweede bezoek zou afleggen, aan een flat op Ben Jehuda.

Katsz' vele ondervragingen maakten de aanslagen geleidelijk abstracter, tot een wiskundig probleem, en de eindeloze herhaling van dezelfde vragen hadden een oplossend effect op zijn schuldbesef. Katsz had geen vooruitgang geboekt, ofschoon Sokolov voelde dat hun ontmoetingen diens argwaan voedden.

'Grünwald heeft een juwelierswinkel gehad,' zei Katsz.

Sokolov keek naar het strand, naar de kleine wezens beneden die hun huid lieten bronzen en hun spieren aan elkaar toonden.

'Wat is daarmee?'

'De alarminstallatie is door Koeznadze aangelegd,' vertelde Katsz.

Sokolov schudde grijnzend zijn hoofd. Dit was een nieuw verband, maar volstrekt onschuldig. Die dag had Lev gezegd dat Grünwald een soort codenaam was, maar Katsz vertelde later dat de overleden getuige die naam droeg. Blijkbaar had Koeznadze ook bij Grünwald een alarm aangelegd. Had Lev na advies van Grünwald de Georgische alarminstallateur ingehuurd? Lange tijd had Sokolov aangenomen dat Lev gelogen had over Koeznadze om hem in de val te laten lopen, maar het curieuze was dat Koeznadze toch de installatie had aangelegd. Lev had gewoon twee vliegen in één klap willen slaan: zijn afperser en zijn verrader met één bom.

Sokolov wenkte een van de bedienden en wees naar de humidor die in de schaduw bij de bar stond.

'Misschien heb je nu je doorbraak in het onderzoek,' zei Sokolov, beseffend dat Katsz geen millimeter opschoot met het verband tussen Grünwald en Koeznadze. Katsz zelf besefte dat ook.

'Ik hoop het,' zei hij tegen beter weten in.

'Met vier onopgeloste moorden zit er anders geen promotie in dit jaar.'

'Bedankt voor deze analyse,' zei Katsz.

'Een vriend wil je altijd helpen,' antwoordde Sokolov.

De bediende, een donkere smalle Fashada met grote zwarte ogen en dik kroezend haar, een Afrikaanse jood, opende de humidor en Sokolov wees op Katsz, maar de politieman bedankte. Uit het sigarenaanbod in de kist koos hij voor de *Churchill* van Romeo Y Julieta, die nog groter was dan de *Cohiba*, de favoriet van Fidel Castro. Hij knipte het mondstuk open en viste een Ronson uit zijn broekzak. Terwijl hij met een hand de wind tegenhield, liet hij op de aansteker een vlam dansen.

Katsz zei: 'En tussen de spullen van je vriend Lezjawa hebben we een ring gevonden die vermoedelijk uit de winkel komt van Grünwald.'

Nog zoiets. Sokolov overdacht de consequenties en besloot dat het evenmin iets te betekenen had. Hij wachtte met een reactie tot hij vuur in zijn sigaar had getrokken.

'Hij was toch gepensioneerd?'

'Z'n dochter heeft de zaak overgenomen.'

'Je zei: *vermoedelijk*.'

'Zo goed als zeker.' Katsz wreef met een hand over zijn vochtige nek.

'Wat wil je drinken?'

'Een colaatje, graag.'

Sokolov wenkte naar een bediende en bestelde cola en mineraalwater.

'*Zo goed als zeker* is te weinig voor de rechter, Katsz,' waarschuwde Sokolov.

Katsz haalde zijn schouders op. 'Voor hem misschien. Voor mij niet. Koeznadze is zowel bij Lezjawa als bij Grünwald over de vloer geweest. Alle drie sterven ze in dezelfde nacht. Er zit iets in de schets van Grünwald dat aan Lev doet denken...'

'Aan mij ook,' zei Sokolov.

'Ook. Een beetje...'

'En aan jou...'

'Ja? Vind je?' vroeg Katsz. Hij haalde zijn schouders op. 'Lezjawa lijkt een beetje op de dader van de moord die Grünwald heeft gezien, maar als Grünwald Lezjawa gekend heeft dan heeft hij om de een of andere reden zijn mond gehouden.'

'Grünwald heeft z'n best gedaan op die tekening,' zei Sokolov. 'Maar heb je jezelf wel eens afgevraagd waarom hij die überhaupt heeft gemaakt? Als Grünwald Lezjawa heeft gekend, dan had ie jullie toch gewoon de naam van de dader kunnen geven? Hij had kunnen zeggen: luister, die moordenaar ken ik en die heet Lezjawa.'

'Grünwald was bij vlagen helder, maar meestal dacht hij dat hij tien jaar oud was. Hij heeft het gezicht van de dader gezien – en volgens mij was dat Lezjawa – maar hij heeft niet aan Lezjawa gedacht.'

'Te veel psychologie,' zei Sokolov. 'Waarom moeten

die gevallen met elkaar samenhangen? Misschien hebben ze niks met elkaar te maken.'

'Toch wel. Koeznadze heeft Lezjawa en Grünwald gekend. En Lezjawa heeft een ring bij Grünwald gekocht. Koeznadze smokkelde dus elektronica. Alarminstallaties uit Duitsland en Zweden. En legde die dus zelf aan.'

'Ik heb het gevoel dat je moet weten waarom de eerste werd gedood, in de Regov Etsel, en pas dan kun je verder.'

'Lezjawa,' zei Katsz.

'Die is helaas gestorven,' zei Sokolov.

De drankjes kwamen. De serveerster zou ze bij de kosten van het partijtje boeken.

Katsz dronk zijn glas in één keer leeg. Hij onderdrukte een boer toen hij het glas op de balustrade zette en vroeg: 'Heb je Grünwald ooit bij Lezjawa gezien?'

Sokolov vroeg zich af wat Katsz tot die vraag had gebracht.

'Je bedoelt of Grünwald Lezjawa is gaan afpersen?'

'Bij voorbeeld,' zei Katsz.

'Ik heb Grünwald nooit gezien. Nergens.' Hij nam een slok mineraalwater, gevolgd door een trek van zijn sigaar, goed voor minstens een uur rookgenot. Hij herinnerde zich de roes van vroeger, wodka als brandstof voor zijn interstellaire reizen, voorbij de laatste sterren waar de ruimte en de tijd nog niet waren doorgedrongen, de eeuwigheid van het niets. Hij had gelezen en wist nu dat de middeleeuwse kabbalisten God en het Niets aan elkaar gelijkstelden. Vóór de schepping was er het Niets. Een Spaanse kabbalist had geschreven: 'Schepping uit het Niets betekent twee dingen: ten eerste dat de wereld niet eeuwig is, en ten tweede dat de wereld niet uit een oermaterie buiten God zelf voortkomt.' Het was een beeld dat angstaanjagend veel gelijkenis vertoonde met de Oerknal. Vóór de knal was er niets. Daarna blaast een proton zichzelf op en in zijn hitte ontstaan de bouwstenen van het Alles. Dit gebouw, de zee, Katsz. Volgens de kabbalisten was de Goddelijke wijsheid het Oerpunt, waaruit alle dimensies waren gegroeid. Door meditatie en gebed streefden zij naar het beleven van de *kabod*, Gods Licht. Wanneer een kabbalist een mystieke ervaring omschreef, vertelde hij over het Licht.

'Je hebt bij Koeznadze gesolliciteerd, Sasja. Is de naam van Lezjawa toen gevallen?'

'Nee. Er was geen aanleiding.'

'Lezjawa is de spil van dit alles,' zei Katsz.

'Lezjawa is helaas gestorven,' herhaalde Sokolov.

'Denk je vaak aan hem?' vroeg de politieman.

'Alleen als jij ernaar vraagt.'

'Waarom niet?'

'Hij is gestorven.'

'Waarom niet?' herhaalde Katsz.

Sokolov haalde zijn schouders op. 'Het leven gaat verder.'

Hij hoorde haar stem en toen hij zich omdraaide zag hij Tanja, in druk gesprek met Irina. Natasja holde naar hem toe, gevolgd door Emma.

'Papa! Gaan we nog zwemmen?' Ze greep hem bij een arm.

'Gaan we zwemmen?' herhaalde Emma. Ook zij greep hem vast.

'Hebben jullie een zwempak bij je?'

'Ik heb er wel drie gekregen.'

'Mag Emma er dan eentje aan van jou?'

'Natuurlijk.'

Emma keek haar dankbaar aan.

'Goed. Zeggen jullie niks tegen meneer Katsz?'

'Dag, meneer Katsz,' zeiden ze in koor.

'Dag, dames. Heb je een leuke dag gehad, Natasja?'

'Ik heb heel veel gekregen. Meer dan alle verjaardagen bij elkaar.'

Verderop stonden de moeders. Tanja was aan het woord, gebarend als altijd, en Irina knikte ernstig. Irina steunde met een hand op een leeggeruimd tafelblad, en Tanja, lang en slank, stond op open platte schoenen op de betonnen vloer, sterk als een eik. Vriendinnen waren ze niet geworden, maar er heerste een vorm van lotsverbondenheid tussen hen, gevluchte Russinnen in het land van de Eeuwige. Een enkele keer gingen ze samen winkelen, aten taartjes in een lunchroom.

De levensverzekeringen die Lev en Sokolov op elkaar hadden afgesloten hadden van hem een rijk man gemaakt. Bij de advocaten had hij papieren getekend die later, na *toen*, drie miljoen dollar waard werden. Sinds hij zichzelf had drooggelegd was zijn geheugenmachine tot rust gekomen, en zonder lastige herinneringen dineerde hij in het restaurant van het Carlton en stond hij op kantoor Roy te woord. Roy was nu joods, net als Sokolovs dochter en ex-vrouw. *The sky is the limit*, schoot door zijn hoofd, en hij keek naar een speedboot die langs de kanonneerboot spoot en dansend op de golven in de richting van Jaffa voer over de met grint gevulde handschoenen op de bodem van de groene zee. Het leek wel alsof hij hier het opspattende water kon ruiken.

Sokolov luisterde naar het gesprek tussen zijn dochters en Katsz. Na twintig jaar Israël sprak Katsz zijn Russisch met een accent. Natasja en Emma holden terug naar hun moeders.

'Leuke kinderen,' zei Katsz.

'Je moet es komen eten met je familie,' zei Sokolov.

'Dat kan niet.'

'Jammer,' zei Sokolov.

'Je bent verdacht.'

'Als ik dat ben,' antwoordde Sokolov, 'wie is dan niet verdacht?'

Katsz zuchtte, schoof zijn bril recht, en liep naar de lift.

Sokolov bleef staan, dankbaar voor het geluk dat hem ten deel was gevallen, en keek om naar de vrouwen van wie hij hield, de sigaar als een koningsstaf in de hand. Tanja had Katsz staande gehouden en Sokolov hoorde dat ze hem een mop vertelde: 'Een jood loopt op straat per ongeluk tegen een antisemiet aan. Zwijn! gilt de anitsemiet. Goldberg, zegt de jood terwijl hij hoffelijk zijn hoed op tilt.' Katsz' gelach waaide over het terras.

Op een dag wilde Sokolov met eigen ogen de kosmos zien. Het viel te verwachten dat de Amerikanen ergens in het begin van de volgende eeuw een ruimtebus konden exploiteren, en hij werkte nu in zijn kantoor aan een ontwerp dat hij aan de NASA wilde voorleggen, een Shuttle die tachtig toeristen in een zware vacuümbuis door de atmosfeer en stratosfeer naar de ruimte vervoerde, en weer terugbracht naar de aarde als na een bezoek aan de kathedralen van het Kremlin.

EINDE

DANK

Deze roman kon alleen geschreven worden dank zij de onschatbare hulp van hoofdinspecteur Misha Shauli, fraudebestrijder te Tel Aviv, die mij razend van jaloezie maakte wanneer hij de ene affaire na de andere uit de doeken deed. Ir. Zandbergen van de T.U. Delft hielp bij de rakettechnologie, evenals Jaap Terweij, kenner van de Sovjet-ruimtevaart. Jaaps vrouw Nadja, matrjosjka-schilderes, smokkelde me Kaliningrad binnen en Joeri Sidorin en Gerrie Bruil redigeerden de Russische details van mijn verhaal. Renate Brandsen, arts in Tel Aviv, was vraagbaak voor medische kwesties en stelde de logeerkamer van haar appartement aan de Regov Ben Jehuda ter beschikking. Tamar Fennema, met wie ik de laatste dag van de Golfoorlog op Ben Gurion Airport doormaakte, bracht me op het oer-idee van dit verhaal. Het CIDI in Den Haag tipte een handvol nuttige informanten. In het huis van Ester Spitz in Los Angeles mocht ik in alle rust schrijven. Sander Blom, oud-redacteur van De Bezige Bij, voorzag de verschillende versies van helder commentaar, en ten slotte ben ik Alice Toledo veel verschuldigd, mijn editor, die het geduld van een middeleeuwse monnik paart aan de vasthoudendheid van een martelaar.